谨以此著纪念先师王林书先生（1937—2006）

徐晋如 著

大學詩詞寫作教程

陳永正題

中華書局

图书在版编目(CIP)数据

大学诗词写作教程/徐晋如著. —北京:中华书局,2022.12
(2025.6 重印)
ISBN 978-7-101-15916-5

Ⅰ.大… Ⅱ.徐… Ⅲ.诗词-创作方法-中国-高等学校-教材 Ⅳ.I207.21

中国版本图书馆 CIP 数据核字(2022)第 183423 号

书　　名	大学诗词写作教程
著　　者	徐晋如
责任编辑	林玉萍　李世文
责任印制	管　斌
出版发行	中华书局
	(北京市丰台区太平桥西里 38 号　100073)
	http://www.zhbc.com.cn
	E-mail:zhbc@zhbc.com.cn
印　　刷	河北博文科技印务有限公司
版　　次	2022 年 12 月第 1 版
	2025 年 6 月第 2 次印刷
规　　格	开本/880×1230 毫米　1/32
	印张 14¾　插页 2　字数 300 千字
印　　数	6001-9000 册
国际书号	ISBN 978-7-101-15916-5
定　　价	68.00 元

目 录

名家荐语

（依赐教先后为序）

李汝伦先生

如今诗词市场繁荣，刊物不但千帆竞发，诗集也万舸争流，接近泛滥。讲究格律的书，不断推出，当然其中也有较好的，但总脱不掉旧衣衫鞋帽。徐晋如此书别开生面，另树一帜，它告诉你诗之为物何如，什么才算好诗，好在何处？是在眉如黛间还是唇如丹上？诗的语言与散文语言是男女之别、阴阳之差，还是妍媸之分、肥瘦之异？它告诉你诗的通天河，诗美的轨迹，诗神缪斯的诞生，更谆嘱你如何作人。诗人需要感情，也需要器识，此书不仅说了作诗之法，更说了作人之度。过去的工具书交给你一应工具，最好能给你个木匠，而不过还是斧头、刨子、锯……此书给你的是位墨子。墨子能造野战攻城之具，还能达天人之理、熟事物之情。此书旁及史论、美学、哲学，此正诸多同类书之所轻乃至所无。

黄坤尧教授

徐君是享誉诗坛的高手，深晓创作之道，进而以过来人的经验，与读者分享创作的经验，理论与写作紧相结合，自然更是切于时用。徐君的著述体大思精，每能说明诗词写作的意义和方法。总论一编畅论"诗人与诗心""器识与胸襟""体性与门径"等，都是诗词入门的大方向，内行人可以交流经验，初入门者不妨视为指路明灯，同参正觉，同登正道。其他各章分别讲解诗词的体制和作法，辨析平仄，讲求规范，要言不烦，亦得要领。

刘世南教授

八十五岁的我，从《六一诗话》到民国时期种种同类的书，大概都翻阅过；今人"诗法"之类，也大抵涉猎过。印象比较深刻的，还是俞陛云的《诗境浅说》，一新耳目的要数少年时读的《饮冰室诗话》，而常置座右、经常过眼的，则是《石遗室诗话》和《兼于阁诗话》。现在忽得徐晋如博士此书，捧读一过，竟如梁启超说晚清一般维新志士初读龚自珍文，"若受电然"。这才是中国现代化新时期的说诗论词之作，一股清新的气息扑面而来，"西山朝来，致有爽气"，王子猷此语正可移赠此书。

"总论"中惊世骇俗的见解，一扫"五四"前后"贵族文学""平民文学"的说法，而提出了 natural aristocracy（自然贵族）的"雅文学"。这不是回复到"贵族文学"去，而是继承"士大夫"传统，形成"现代知识分子"的雅文学。第二编诗说，第三编词说，其可贵之处，是皆为自得之言：鸳鸯绣出从君看，更把金针度与人。例如：老杜的"字眼"；五律求丰神情韵，七律求筋骨思理；南社诸人学龚自珍无成之故；渔洋七绝之法；善为诗者多，善为古文者少。凡此种种，都是作者深造自得之言，对学诗词者极有益。第四编结语，谈到诗词的当代命运，批评诗词的"改革派"，也深有见地。

王蛰堪先生

佳胜处在简明清新，不弄玄虚，直指津要，不袭陈言。且夫议论发明，多有前人所未道者，令人耳目一新。

杨启宇先生

晋如以风华激越之诗坛健儿兼积学深思之学界精英双重身份作此书，不仅于创作甘苦，能现身说法，度人金针；于诗词理论，亦能戞然独造，发人深省。尤可贵者，是能明确揭示忧患意识、悲悯情怀乃诗人之灵魂，中华诗词是以士大夫为传承体之精英文化，于此即与老干少干体彻底划清界限。

秦鸿先生

如果仅仅是解决诗词技术入门的问题，过去时代的任何一位塾师都可以轻松胜任。晋如的这些文字，用他自己的话来说：

"是在我最绝望的时候完成的,完成它却使得我重新寻找到希望。"一本诗词写作教程的写作可以让作者自己脱胎换骨藉以悟道,其内在的力量是毋庸置疑的。当它摊在我的案头时,我仍然可以强烈地感受到文字深处充盈着的血性,而这种血性,冷静的思想家们是无从流露的。如果从我以往的阅读中寻找似曾相识的经验,晚年熊十力的文字焕发着同样迷人的色彩,尽管这可能危及思想的客观性,导致一定程度的不宽容。

魏新河先生

博征精选诗词、理论,参以己见,深入浅出,着意发隐探微,不乏真知灼见,出以举重若轻,源自创作实践,令人击节叹赏者再四。窃以为凡今学者,宜人手一册,可奉为圭臬,于吟咏之道,必大有益。

王翼奇先生

晋如诗似龚定庵,已有定评。文亦似定庵,则知者甚鲜。此著殆如定庵乙丙书,令读者若受电然。此书以沉博之思力、渊深之学养,启民以新智,为吾诗国文化存亡继绝,洵千秋之业也。

何永沂先生

徐子追求"独立之精神,自由之思想",又具深厚之学养。

其所作诗词，剑气箫心，幽光狂慧，为余所爱读。由他这样一位兼学者诗人于一身的中文系博士编著的教人作诗填词的书，可谓一而不易有二。

龚鹏程教授

是书四编十七章，元元本本，看起来是讲具体作法，其实是教人如何做个真正的诗人。详述诗法，而探本诗心，为坊间一切谈诗词写作之书所未有。且讲得明白精要，实在难得。因诗法繁密，谈起来容易琐碎；诗心深窈，说来又涉玄眇。能讲得如此深著明切，足见功力。

叶嘉莹教授

作者诗作才华横溢，论诗论词，也十分恰当、得体，是切中肯綮之言。

胡中行教授

新时期以来，传统文化日益为世人所重。国学热、诗词热长盛不衰，诗词写作的热潮，从《当代诗词》创刊算起，已有三十五年的历史。但高校开设诗词写作课程，至今仍是凤毛麟角。本书作者除了在深圳大学开设《诗词写作与吟诵》课，并在全国地方高校优课联盟开设了同名的MOOC课程，影响巨大。本书是在作者课堂讲义的基础上精心撰写而成，在保证学术严谨的同时，不失生动活泼，加以所论皆出自作者的体悟，殊便实用，故能广受读者好评。它不仅是一部优秀的大学教材，同时也是一部普及诗词创作之道的优秀作品。

周笃文教授

说诗论词，字字从实践体悟中来。故本书不止示人以规矩，更授人以巧。不但是青年大学生诗词的绝佳教材，更是广大诗词爱好者由入门到升堂入室的必备参考书。

熊东遨先生

今日诗坛形势，犬牙交错，杂草丛生；然引路只需一灯，辨真只需只眼。晋如兄此著，一灯高悬，只眼独具，研习者循此而进，据此而辨，庶几可免误入歧途，有所成就。

弁　言

　　2006年春季学期，张海鸥教授为中山大学、广东外语外贸大学本科生开设"格律诗词写作"课，嘱我助教。我在每次讲课之前，先用一周时间备课，撰成讲义，一学期下来，积成初稿，打印成册，分赠友好，颇蒙奖掖。而在学期结束前，我诗学的引路人，大丰王林书先生，已溘然长逝。林书师临终遗命，一律不通知故旧门生，免增人悲痛，所以我直至林书师过世后一月，才得噩耗。我想起最后一次见林书师，他因全胃切除，已瘦得皮骨支离，但仍关心时事，恫瘝民瘼，眼睛亮得如同太白之焰，那一幕我终身也不会忘记！我的诗学观，实自大丰、新津（蓝师棣之）二家出，故此书成后，献给先师林书公，以表永思。

　　一向爱我如同胞弱弟的李焱女士，帮我联系了广西师范大学出版社。付梓之前，我去谒见平生最钦佩的前辈诗人李汝伦先生，其时他身体已十分虚弱，我只是请他为拙著题端数语，谅不致耗精损神，不意数日后再去李老的寓所，他已手写了一篇气势恢宏的文章！李老眷爱之殷，思之恻恻，不胜西州之悲！

2007年8月，广西师范大学出版社首版刊行，香港中文大学黄坤尧教授、韩山师范学院赵松元教授见而爱之，用为课诗教材。次年，友人穆如杨君，又热心联系香港花千树出版有限公司，在港台地区发行繁体竖排版。我藉此因缘，大事修订。香港地区不同内地，花千树叶海旋兄建议更改书名，以便销行，遂取谭嗣同诗"禅心剑气相思骨"作为书名，意思是，深刻的思想、充沛的激情、执着的情怀，是诗心的根本，又用"中国诗词的道与法"作为副标题。港版出版前，2009年6月在广西师范大学出版社印行了第二版，这一版，采用了与拟出港版一样的书名。山西高履成前辈，特订购二十册赠人，又致电下走，揭橥我写作本书的用意，谓为"解毒之书"，堪称本书第一知音。香港版正式面世，已经是2012年的8月了，中间我再次作了大幅增订。2015年1月，本书在港版基础上稍事删削，改由浙江古籍出版社出版，是为增订第四版。业师陈沚斋先生欣为题签，益光拙著。本书同步MOOC课程《诗词写作与吟诵》，也已摄制完毕，全国一百馀所高校学生，可登录优课联盟学而时习。

此前半年，我才得彭玉平教授告，当年张海鸥教授让时为博士生一年级的我担任助教，登台授课，一些人很有看法，也给张老师带来了一些困扰，至今思之，感愧交集。

2015年1月15日徐晋如谨识

2015年3月浙江古籍出版社增订第四版将付梓，乃为上篇识语冠首。是著二年中加印三次，读者待我，可谓厚矣。初稿写定，迄阅十年，值广东省高等学校"十二五"规划精品课程教材建设项目结项，复补入《吟诵与歌唱》一章，又合原书六、七章为一章，重新写定原书第十二章，其余补苴处无算焉。《汤铭》曰："苟日新，日日新，又日新。"敢不勉诸！

2016年12月25日徐晋如补识

友人秦鸿为本书所作书评中说："如果说还有什么缺憾的话，那就是它指引的是已经具备一定的独立思考能力的大学生，我们还缺少一本面向更为年轻的读者群的教程，而这个群落的人数正在急剧扩充。"这个建议久悬我心中不去，作为回应，我在2021年4月，于中华书局出版了拙著《诗词入门》，冀能令初学者快速入门。与《诗词入门》相比，本书博，后者约，本书重在提高，而后者意在普及，读者当自知其所择。金粟老人屈复有云："诗犹兵也。无法而有法，有法而无法，微矣。"（《唐诗成法》自序）我所汲汲者，则不止是诗法，更是诗道、诗心。世有屈翁，谅不以我为僭也。

2022年5月1日徐晋如又识

第一编 总论

第一章　诗人与诗心

我国文学导源于《诗》三百零五篇。当春秋之时，赋诗言志之事盛行于朝聘盟会之间，贵族子弟皆以《诗》为必修之课程。子曰"不学诗，无以言"，即此之谓。《诗》中《雅》《颂》之部，除少数篇什作用有别，其馀多为朝廷郊庙乐歌之词，自古迄今未有异论，而《国风》一百六十篇，有论者以为皆出自民间。如近代说《诗》者多认为《关雎》是当时民间自由恋爱之诗。对于这个问题，钱穆先生指出：

> 《诗》不云乎：琴瑟友之，钟鼓乐之。……当时社会民间，其实际生活状况，曷尝能有琴瑟钟鼓之备？又如《葛覃》之诗曰：言告师氏，言告言归。当春秋时民间，又曷能任何一女子，而特有女师之制乎？故纵谓《二南》诸诗中，有采自当时之江汉南疆者，殆亦采其声乐与题材者为

多，其文辞，则必多由王朝诸臣之改作润色，不得仍以当时之民歌为说。①

我国现代著名学者朱东润著有《国风出于民间论质疑》②一文，也认为《国风》一半以上为统治阶级之诗。而那些不能明确确定为统治阶级所作的诗，依理推之，也当是贵族所作，或经贵族整理。盖民间歌谣自古及今，其形式莫不简单，措词莫不直率，而又不忌鄙俗，如钟敬文先生所引客家山歌：

> 门前河水绿飘飘。阿哥戒赌唔戒嫖。说着戒赌妹欢喜，讲着戒嫖妹也恼。

> 桃子打花相似梅。借问心肝那里来。似乎人面我见过，一时半刻想唔来。③

即春秋当时来自民间之歌谣："既定尔娄猪，盍归吾艾豭。"（古音通叶）亦与《诗》三百篇大异其趣。两千多年前编定的《诗》三百篇，其文学价值之大、内在意蕴之丰富，竟是后世任何民

---

① 钱穆：《读诗经》，《中国学术思想史论丛》卷一，安徽教育出版社，2004年，第106页。

② 朱东润：《诗三百篇探故》，上海古籍出版社，1981年，第1页。

③ 钟敬文：《谈兴诗》，《兰窗诗论集》，北京师范大学出版社，1993年，第124页。

间的歌谣所无法比拟。若说这些诗篇是产生自民间，实在是令人难以置信的。

反对《国风》是贵族文学的论者，多以《国风》中出现了很多劳动场面为据，说《国风》作自奴隶农夫。这是不知周代的社会实际，徒以西方奴隶社会说去想象中国的结果。实际上，周代农业生产方式是集体劳动，上至天子、下至列士，都要参与农事，中国古代的贵族和西方中世纪"流血不流汗"的贵族完全不同，他们是亲身参与劳动的。另外，遇有重大祭祀，从天子到普通贵族，从后妃到普通贵族妇女，都会亲身参与劳作，准备祭品。这些，无论是在《左传》《国语》以及《礼记》中，都有大量的史料记载①。

又凡诗中描写民间者，并非直事铺陈的赋体，乃是有比兴的意义在的。比如收进中学语文课本的《伐檀》，其意义是"刺贪也。在位贪鄙无功而受禄，君子不得进仕尔"（《毛诗注疏》），而并非是什么"劳者歌其事"的诗篇。诗的字面意义，并不代表诗的真正意义。《国风》中所有从字面上理解是男女相悦之辞的作品，其实皆别有怨刺之含义，故而在周代，才由王室出面，把它们谱以特定的乐调，施之于特定的场合。故知《诗》三百篇，贵族之文学也。

---

① 关于西周时贵族参与劳作的问题，说详陈冬《〈国风〉作者问题的研究》一文，暨南大学2006年硕士生毕业论文。

惟春秋末期，礼崩乐坏，统治阶级"高而不贵"，也不再能够承担本应由他们承担的教化责任，这时候，一位伟大的人物出现了，他就是孔子。孔子招收学生，向他们传授本来只有贵族子弟才有资格学习的诗、书、礼、乐、射、御、数等课程，并通过言传身教，让学生感受到什么是真正的美德。从此，知识和美德的内在丰盈，塑造出一个全新的阶级——士大夫阶级，或者用孔子的话来说，是大人、君子。他们凭借着知识和美德，成为诗国文化的奠基人和实际建筑者。他们是真正的贵族，但不是 noble，而是 natural aristocracy，即不是依靠出身，而是依靠知识和美德而高贵的自然贵族。不论是得意的显宦，还是失意的孤臣，他们都是士大夫。中国文学传统，从一开始，就不是来自民间的草根文学，而是打着深深士大夫烙印的雅文学。

方孝岳教授尝以中国文学与欧洲文学相较，亦得出结论，"中国文学为士宦文学，欧洲文学为国民文学"：

> 仲尼之学，学为人臣。自汉世学定一尊，于是士之所学，惟以干禄，发为文辞，本此职志。于是学术文艺界，无平民踪迹。（学而优则仕，仕而优则学，学问界皆为求仕之士所盘踞，虽有外此例者，亦仅也。）诗赋歌曲，虽略近单表情感，然考其大凡，或以陈辞巧丽，取悦人君，或以怀抱不展，发为哀怨，皆非平民所可与闻。不似欧洲文学，立于政事学术社会之外，以个人地位，表直观情感，虽与

三者有密切关系，然具转移三者之能力而与之并立，不若我国陷入三者之漩涡也。欧洲文学发源于神话（myths），民智鄙野，神万物而为言也。其后国际多故，人事渐杂，于是诗歌繁兴，或表神物之信仰，或表英雄之崇拜，或夸武勇，或达敬爱，如country song、lyric poem、heroic poem、epic等是也。由韵言变为散文，于是有幻言之类（romance），国家精神、宗教精神、恋爱精神，俱席卷而入。降及近世，小说戏曲大盛，曲尽情态，气象更富。凡皆本国民之精神，表其对物之情感，或批评，或叹美，或实写，于自身有独立之价值，而不假他物（政治学术等）之价值为价值。作者亦仅持其对物之观念，而绝不有自身地位存于胸中也。[①]

中国文学不能脱离政事学术社会独立存在，重身份、崇雅正，皆因其源出士宦，是士夫君子之文学。此其所以遗世独立于世界文学之林，而成其为中国文学者。

其实，在新文化运动以前，《诗经》产生自民间说从来就不占主流。认为《诗经》产生自民间，其说昉自汉代。汉代人最早提出所谓的采诗之说，最有代表性者为东汉公羊学家何休，

[①]方孝岳：《我之改良文学观》，原载1917年4月出版之《新青年》三卷二号。引自郑振铎编选：《中国新文学大系·文学论争集》，上海良友图书公司，1935年，第10—11页。

他在《公羊传解诂》中说:"男女有所怨恨,相从而歌。饥者歌其食,劳者歌其事。男年六十、女年五十无子者,官衣食之,使之民间求诗。乡移于邑,邑移于国,国以闻于天子。"南宋朱熹据何休说而信之,《诗集传序》:"凡《诗》之所谓风者,多出于里巷歌谣之作,所谓男女相与咏歌,各言其情者也。"

　　然而,究竟是何人采诗、在每年的什么节令采诗、采诗的方式究竟如何,这些汉代人各家说法都不相同,甚至有同一人的说法前后不一,由此可见,古代并无采诗的定制,更没有明确的证据,各家皆是臆测,这才导致采诗的纷纭众说。

　　汉初说诗者有齐、鲁、韩、毛四家,均没有从民间采诗的记录。在汉代以前的典籍中,也根本找不到从民间采诗的记载。相反,倒是《国语》中两次提到,是"公卿至于列士""在列者"献诗:

　　　　故天子听政,使公卿至于列士献诗,瞽献曲,史献书,师箴,瞍赋,矇诵,百工谏,庶人传语,近臣尽规,亲戚补察,瞽史教诲,耆艾修之,而后王斟酌焉,是以事行而不悖。(《周语·上》)

　　　　吾闻古之言王者,政德既成,又听于民。于是乎使工诵谏于朝,在列者献诗,使勿兜,风听胪言于市,辨祅祥于谣,考百事于朝,问谤誉于路,有邪而正之,尽戒之术

也。(《晋语·六》)

《国语》产生的时代甚早，远比汉代人说史为可信。又毛公传诗，去古未远，皆为先秦古说，阐述《诗三百》在周代的政治功用与其真实意义，确然不移。然而新文化运动以来，以胡适为首的一批人，出于政治需要，完全回避这些对他们不利的证据，在学术上大搞造假运动，这才树立起诗产生自民间的"新文学传统"。

不仅如此，新文化运动的干将们还通过概念偷换，大搞逻辑游戏，以达到混淆视听的目的。比如鲁迅就说："假如那时大家抬木头，都觉得吃力了，却想不到发表。其中有一个叫道'杭育杭育'，那么这就是创作。……倘若用什么记号保存下来，这就是文学；他当然就是作家，也就是文学家，是'杭育杭育'派。"(《且介亭杂文·门外文谈》) 诚然，自有生民以来，即有随口而歌、自然成韵的韵文，但那些韵文只能算歌谣，不能算作是诗。说一件东西的源头，当然要从它具有成为这个东西的性质的阶段开始说。江河不捐细流，细流和江河都是水，因此可以说江河起源于细流；而中国文学的源头，应该从《诗经》算起。

袁宝泉、陈智贤二位先生积二十馀年研究之力，考辨《诗经》民歌说，在《诗经民歌说考辨》一文中得出如下结论：

一、先秦并无采诗的记录。自民间采诗的说法起源于汉代，它是受汉武帝设立乐府采诗的影响而产生的。

二、司马迁和齐、鲁、韩、毛四家研究《诗经》的专家，都一致认为《诗经》的作者们为"圣贤"。这表明汉初学者的明确见解，即《诗经》并不是什么"里巷歌谣"或"民俗歌谣"。

三、根据现有的材料进行考察，《诗经》里能够找到之作者，他们均为奴隶主贵族及其亲信，而没有一个是"民"，这一现象决不是偶然的巧合，合乎逻辑的推论是：《诗经》全部是"圣贤"亦即贵族的作品。

四、逸诗的水平不及《诗经》，而本文中所引逸诗的作者有周天子、诸侯、大夫等等。《风》诗是《诗经》中艺术水平之最高者，如果认为《风》诗有平民或奴隶创作的民歌，那就无异于承认劳动人民中有生而会作诗的天才，他们没有或仅有较低文化水平，却能够写出艺术造诣很高的文学作品，以至天子、诸侯、大夫等人的作品都无法与之比肩，这显然是有悖于常理并不符合实际的。

五、朱熹是力主《风》诗为"民俗歌谣之诗"的。《诗经》民歌说到了他已趋定型。但统计与分析表明，他在解诗时大多沿袭和引申汉儒的说法，并无多少创见。朱熹关于"民俗歌谣"说，是经不起推敲和检验的。[①]

袁、陈二位的论述，见诸他们的专著《诗经探微》，兹不备引。

综上所论，吾国文学传统，实即贵族文学、士大夫文学之传统。中国光辉灿烂的诗国文明，是士大夫创造出来的。汉之大赋、汉魏六朝之古诗乐府、唐之诗、宋之词，莫不如此。惟元曲悖离此一士大夫文学之传统，故元曲之文学价值不能与唐诗宋词相比。今人可诵唐诗宋词名篇无数者，问能诵元曲否？职是之故，今人凡举中国诗歌，类以诗词并称，而曲体例不阑入也。

所以，学习古典诗词就是"要传承高贵的人文精神和高雅的艺术审美情趣。其价值倾向，无疑应该是否定低级而弘扬高级，否定丑恶而颂扬美好，否定卑劣而礼赞高尚，否定庸俗而倡导高雅"[②]。因为，"人类文明进程中的一个重要旨趣就是走向高贵和高雅。如同科学和自由是人类永不停息的追求一样，高贵和高雅也是人类永远心仪的生存佳境。否定这一点，那就是自甘堕落。而我们半个世纪的文学遗产研究，恰恰就一直存在

①袁宝泉、陈智贤：《诗经民歌说考辨》，《诗经探微》，花城出版社，1987年，第335页。

②张海鸥：《传承高贵——古典文学研究的当代意义之一》，《粤海风》1999年第10期。

着这种可悲的堕落"①。当代诗词的创作，也一直存在着这种可悲的堕落。

当代诗坛有这样三种人：第一种人几乎没有任何思想，几乎没有属于个人的见解和情感，他们的一切作品，都是新华社社论的韵文体。第二种人，他们倒不会像上述的人那样，他们的诗倒是涉及一些个人的东西，整日价吟风弄月，在网上遇到一位漂亮的异性就填一首词，遇到另一位漂亮的异性又填一首词，然而其情既不真，其志又伪，清代的金应圭把这种人写的东西叫作"游词"。诗词绝不应该是一种精巧的玩具，真正的诗人，是要把生命作为祭礼奉献于诗歌的。第三种人，他们的作品往往能关注到社会的不公、关注到民生的疾苦，但是，他们的诗作并没有经过情感的酝酿，他们就像一个有良知的新闻记者，揭示出一些别人不敢说不愿说的东西，却依然不是真正的诗。

要学写诗，首先要做诗人，要做一个追求高贵和高雅的人。

高贵的人格必具以下之特征：

甲、苏世独立，横而不流

这句话出自屈原的《橘颂》。我以为这八个字，是高贵灵魂的最基本的特征。诗人应当主动把自己与世俗的人们区别开来。

---

① 张海鸥：《传承高贵——古典文学研究的当代意义之一》，《粤海风》1999 年第 10 期。

他们从不"摧眉折腰事权贵"，他们从不像普通人一样，只要"每顿桌上都有肉"就满足了，他们更不会迷惑于任何"放之四海而皆准的真理"。他们有狷介之个性、独立之精神、自由之思想，特立独行，不同流俗。庄子说"举世誉之而不加劝，举世非之而不加沮"，似此，可为真诗人，可谓真高贵。不仅如此，在一般人的眼中，他们甚至可能是病人。蓝棣之先生说过："一切文学经典都是有病呻吟。"苏珊·桑塔格说："像克尔恺郭尔、尼采、陀思妥耶夫斯基、卡夫卡、波德莱尔、兰波、热内——以及西蒙娜·薇依——这样的作家，之所以在我们中间建立起威信，恰恰是因为他们有一股不健康的气息，他们的不健康正是他们的正常，也正是那令人信服的东西。"①楚之灵均、晋之元亮、唐之太白，莫不如是。《离骚》有云："矫菌桂以纫蕙兮，索胡绳之纚纚。謇吾法夫前修兮，非世俗之所服。虽不周于今之人兮，愿依彭咸之遗则。"这样的人格，便是真诗人的人格；这样的人生态度，便是真诗人的人生态度。

乙、长太息以掩涕兮，哀民生之多艰

闻一多先生曾说过："诗人的最主要的天赋是爱，爱他的祖国，爱他的人民。"钟敬文先生说："诗人的第一件功课，是学

---

① 苏珊·桑塔格：《西蒙娜·薇依》，转引自黄灿然编译：《见证与愉悦》，百花文艺出版社，1999年，第144页。

习怎样去热爱人类。"①诗人永远会把全人类的苦难当作他自己的苦难。在诗人的身上，不可或缺的是悲悯情怀、忧患意识。老杜穷困潦倒，而一饭未尝忘心家国，这是后世要尊之为"诗圣"的原因。李白《古风五十九首》，字里行间，皆是一种伟大的人本情怀，故而"诗仙"不朽。清代大词人陈维崧的《贺新郎·纤夫词》云：

> 战舰排江口。正天边、真王拜印，蛟螭蟠钮。征发棹船郎十万，列郡风驰雨骤。叹闾左、骚然鸡狗。里正前团催后保，尽累累、锁系空仓后。捽头去，敢摇手。　　稻花恰称霜天秀。有丁男、临歧诀绝，草间病妇。此去三江牵百丈，雪浪排樯夜吼。背耐得、土牛鞭否。好倚后园枫树下，向丛祠、卜倩巫浇酒。神佑我，归田亩。

这首词描写清圣祖遣兵讨伐吴三桂，清廷征发壮丁服役的生离死别的场面。词的上片写抓壮丁的原因、真王拜印的声势、里正的横行。"真王拜印"，用韩信的典故。韩信平定齐地以后，写信跟汉王刘邦要王位，但说得婉转，他说齐人伪诈多变，不给我一个假王的称号镇抚，其势不定。当时汉王被楚军围困，日夜盼望韩信遣兵，没料到韩信在这样的情况下竟和他讲条件，

---

① 钟敬文：《诗心》，《兰窗诗论集》，第1页。

极为生气，但他的谋士张良、陈平劝他："汉方不利，宁能禁信
之王乎？不如因而立，善遇之，使自为守。不然，变生。"于是
汉王又骂道："大丈夫定诸侯，即为真王耳，何以假为？"这首
词指的是率军讨吴的顺承郡王勒尔锦、康亲王杰书、安亲王岳
乐、简亲王喇布等。"蛟螭蟠钮"，是指王印的印鼻上雕刻着蟠
龙。而下片则写一个丁男与他的病弱的妻子分别的言语。"此去"
以下三句，是妻子的问话，"好倚"以下四句，则是丁男嘱咐妻
子的话。这首词没有着任何议论，全首只是客观叙述，而作者
的态度尽在不言之中，有着震撼人心的艺术魅力。之所以然者，
就是因为词人寄托了一腔悲悯的情怀。

丙、亦余心之所善兮，虽九死其犹未悔

诗人高贵的灵魂都像龚自珍的诗铭所说"之美一人，乐亦
过人，哀亦过人"。他们比常人的情感要浓烈真挚得多，且对
于自己所信仰的信念极其执着。《中庸》所谓"择善而固执之"
是也。此一信念托于家国，则为"僵卧孤村不自哀，尚思为国
戍轮台"，托于爱情，则为"梦断香销四十年，沈园柳老不吹
绵"。鲁迅谓爱情当"执着如冤鬼，纠缠如毒蛇，二六时中无有
已时"，唯有这样的人，才是真正的诗人，才具有真正高贵的灵
魂。(情感冲淡如王维、孟浩然一类的诗人，其实不是诗人，而
是"写诗的人"。他们在天性上，更像是散文家，而不是诗人。)
而这种哀乐过人、执着到死的天性，实即尼采所谓的酒神精神。

事实上，也唯有具有这样激烈的天性，才可能对于生命的终极意义有着探索之欲望，也才可能最终获得信仰。那些贿神求福的假宗教徒是永远不会如此的。我们可以举弘一法师为例，弘一法师中年以后剃度出家，持律极严，堪称一代名僧，而早岁词作《金缕曲·将之日本，留别祖国，并呈同学诸子》云：

> 披发佯狂走。莽中原、暮鸦啼彻，几枝衰柳。破碎河山谁收拾，零落西风依旧。便惹得、离人消瘦。行矣临流重太息，说相思、刻骨双红豆。愁黯黯，浓于酒。　　漾情不断淞波溜。恨年来、絮飘萍泊，遮难回首。二十文章惊海内，毕竟空谈何有。听匣底、苍龙狂吼。长夜凄风眠不得，度群生、那惜心肝剖。是祖国，忍孤负。

可见其性情之激烈、人生欲望之强烈。而唯有人生欲望如此强烈之人，才可能真正成为一个高尚的人、一个大写的人、一个脱离了低级趣味的人。

既明何谓诗人，更当明何谓诗。钟敬文先生说得好："由于心脏的搏动而咏唱出来的真理，是诗。"[1]

这里有三层含义：第一层含义，诗是诗人内心激情的外在体现。诗是火，是岩浆！内心种种激情的冲突，总有一种激情

---

[1] 钟敬文：《诗论》，《兰窗诗论集》，第22页。

战胜理智，最终让你不得不拿起笔来，只有这个时候，你写出来的才可能是真正的文学经典。写诗根源于心灵，正如中国最早的一篇文艺理论经典《毛诗大序》所说："诗者，志之所之也。在心为志，发言为诗。情动于中而形于言。言之不足，故嗟叹之。嗟叹之不足，故永歌之。永歌之不足，不知手之舞之，足之蹈之也。"心灵是诗歌的唯一的源泉，社会生活只会起到感发心灵的作用，本身并不是诗的源泉。诗不但是心灵的产物，更是个人主义的产物。诗，一定要写个人内心所独有的东西。没有独立的人格，自然也就不会产生真正伟大的诗歌。唐代白居易所谓的"文章合为时而著，歌诗合为事而作"，似是背离了诗歌的本质。可悲的是，这种说法迄今仍流传颇广。

第二层含义，诗是要咏唱的。因此，诗的意境就要追求深远，诗的情感就要追求深婉，不能像白居易在《与元九书》里所说的，诗要"质、径、直、切、顺"，恰恰相反，如诗人任洪渊教授所云："诗是语言的语言。"要求的是极致的美感，绝不可追求老妪能解。有一项对海外华人的调查，结果显示在海外华人中间，最受欢迎的诗是李白的《静夜思》。于是有论者以为，"床前明月光，疑是地上霜。举头望明月，低头思故乡"就是最好的诗，因为它最通俗易懂，群众基础深厚。然而，在中国诗词漫长的河流中，这首诗只能说是一粒沙，连浪花都说不上。在李白的作品当中，这首诗并不出众。试想，如果李白只写这样的诗，而没有《古风》《蜀道难》《将进酒》这样的作品，他还能是李白吗？陆机《文赋》云："诗缘情而绮靡。"这就很好地说明了诗的本质第一要根源于情，第二在形式上、语言上要有绮靡之美。这里的绮靡，不能理解成字面的软绵绵的意思，而是说，诗的语言不同于日常的语言，它需要修饰，需要美。我们来看傅庚生先生的一段论述：

> 深情必达之以深入之文字。深入即是多一层联想。若单纯平直，则辞俭于情矣。方人之情有所会、感有所触也，往往将内在情感之颜色涂染于外在事物之表，增益其鲜明或加重其黯晦。更往往凭依己身情感之悲愉，重视或漠视与情感趋向有关涉或无关涉之事物。"行宫见月伤心色，夜雨闻铃肠断声。"怀着一种悼亡伤逝之情愫，身在行宫，目见月而心伤，并以为月原有伤心之色；时逢夜雨，耳闻铃而肠断，并以为铃原有断肠之声。情感之发展与浸淫，只是一派联想，文学原为凭依情感之触发而生，自然颇重联想工夫。或有阙失，则不足以达情感之真蕴也。
>
> 杜工部诗云："一片飞花减却春，风飘万点正愁人。"花飞一片即已是春减却，则飘万点正惹人愁可知。辛幼安词云："惜春长怕花开早，何况落红无数。"人悯花落，乃至于怕花开，则见落红当惜春残可信。李义山诗："三年已制思乡泪，更入新年恐不禁。"思乡已制泪三年，应更难制，是就时间明思乡之弥切也。陆放翁词："故山犹自不堪听，况

半世、萧然羁旅。"故山且犹不堪听，矧在他乡，是就空间明羁旅之难堪也。沈约斋《论词随笔》云："词贵愈转愈深。稼轩云'是他春带愁来，春归何处，却不解、带将愁去'，玉田云'东风且伴蔷薇住，到蔷薇、春已堪怜'，下句即从上句转出，而意更深远。"[1]

可知诗当求深求婉，夫文胜于质则史，质胜于文则野，一定要文质彬彬，而后始可与言诗。

第三层意思，诗是真理。钟敬文先生说："诗人是真正的预言家。他的敏感使他预见到人世未来的祯祥或灾祸，而他的诚实使他敢于宣布它。"[2]伟大的思想家不一定皆是诗人，但伟大的诗人一定有深刻的思想。只是，诗人的思想，不一定符合语言的逻辑，却符合着情感的逻辑。他不是用理性，而是用比历史更严肃、更具有哲学意味的东西来感发人、让人看到未来的世界。

---

[1]傅庚生：《中国文学欣赏举隅》，陕西人民出版社，1983年，第52—53页。
[2]钟敬文：《诗心》，《兰窗诗论集》，第1页。

第二章　器识与胸襟

诗源既明，复论诗基。我们来看下面三则材料：

一

晦庐居士文席：惠书诵悉。诸荷护念，感谢无已。朽人剃染已来二十馀年，于文艺不复措意。世典亦云："士先器识而后文艺。"况乎出家离俗之侣。朽人昔尝诫人云："应使文艺以人传，不可人以文艺传。"即此义也。[①]

二

大约才、胆、识、力，四者交相为济。苟一有所歉，则不可登作者之坛。四者无缓急，而要在先之以识；使无

---

①林子青编：《弘一大师年谱》，上海佛学书局，1995年，第205页。

识，则三者俱无所托。无识而有胆，则为妄、为卤莽、为无知，其言背理、叛道，蔑如也。无识而有才，虽议论纵横，思致挥霍，而是非淆乱，黑白颠倒，才反为累矣。无识而有力，则坚僻、妄诞之辞，足以误人而惑世，为害甚烈。若在骚坛，均为风雅之罪人。唯有识，则能知所从、知所奋、知所决，而后才与胆、力，皆确然有以自信；举世非之，举世誉之，而不为其所摇。安有随人之是非以为是非者哉！其胸中之愉快自足，宁独在诗文一道已也！然人安能尽生而具绝人之姿，何得易言有识！其道宜如《大学》之始于"格物"。诵读古人诗书，一一以理事情格之，则前后、中边、左右、向背，形形色色、殊类万态，无不可得；不使有毫发之罅，而物得以乘我焉。如以文为战，而进无坚城，退无横阵矣。若舍其在我者，而徒日劳于章句诵读，不过剿袭、依傍、摹拟、窥伺之术，以自跻于作者之林，则吾不得而知之矣。[1]

三

诗之基，其人之胸襟是也。有胸襟，然后能载其性情、智慧、聪明、才辨以出，随遇发生，随生即盛。千古诗人

---

[1]〔清〕叶燮著，霍松林校注：《原诗·内篇下》，《原诗·一瓢诗话·说诗晬语》，人民文学出版社，1979年，第29页。

推杜甫，其诗随所遇之人之境之事之物，无处不发其思君王、忧祸乱、悲时日、念友朋、吊古人、怀远道，凡欢愉、幽愁、离合、今昔之感，一一触类而起，因遇得题，因题达情，因情敷句，皆因甫有其胸襟以为基。如星宿之海，万源从出；如钻燧之火，无外不发；如肥土沃壤，时雨一过，夭矫百物，随类而兴，生意各别，而无不具足。①

以上三段材料，都是讲的思想、识见、胸襟对于诗人的重要性。对于一个优秀的诗人来说，器识、胸襟是文艺创作的根基，正如情感是文艺创作的源泉一样。没有这个根基，也就不可能写出真正的好诗。

第一段材料，是弘一法师写给他的朋友、金石家许霏的一封信中的一段话。据《新唐书》记载，"初唐四杰"王杨卢骆皆有文名，有一个叫李敬玄的人向裴行俭推荐，裴行俭认为："士之致远，先器识后文艺，如勃等虽有才而浮躁炫露，岂享爵禄者哉。炯颇沉默，可至令长，馀皆不得其死。"在中国这样一个信奉儒家集体主义的国度，最怕的是"露才扬己"，你只有"夹起尾巴做人"，才能获得升迁。裴行俭所批评王勃等人的，恰恰是他们之所以成为诗人的东西。我们这里所说的士先器识而后

---

① 〔清〕叶燮著，霍松林校注：《原诗·内篇下》，《原诗·一瓢诗话·说诗晬语》，第17页。

文艺，指的是一个人必须先在人格上演进为一个现代知识分子，才可能写出好诗。只有那些真正是从哲学的高度去理解这个社会的现代知识分子，才可能是这个时代的真正诗人。

第二、三段材料都出自清代诗论家叶燮的《原诗》，第二段开头仍是讲器识的重要，自"然人安能尽生而具绝人之姿"以下，则谈了如何养识的问题。具体到诗文一道，就是既要广泛阅读前人的名作，复当覃思其义，变成自己的腹笥。

第三段材料提出了一个胸襟的问题。胸襟者何？就是诗人的主体意识、历史感与使命感。诗人面对历史，要像耶稣一样，敢于宣称："我是全世界底王！"我们来看杜甫的一首七言歌行：

乐游园歌·晦日贺兰杨长史筵醉中作

乐游古园崒森爽。烟绵碧草萋萋长。

公子华筵势最高，秦川对酒平如掌。

长生木瓢示真率，更调鞍马狂欢赏。

青春波浪芙蓉园，白日雷霆夹城仗。

阊阖晴开昳荡荡。曲江翠幕排银榜。

拂水低回舞袖翻，缘云清切歌声上。

却忆年年人醉时。只今未醉已先悲。

数茎白发那抛得，百罚深杯亦不辞。

圣朝亦知贱士丑，一物自荷皇天慈。

此身饮罢无归处，独立苍茫自咏诗。

叶燮评论说：

> 时甫年才三十馀，当开宝盛时，使今人为此，必铺陈飏颂，藻丽雕缋，无所不极；身在少年场中，功名事业，来日未苦短也，何有乎身世之感？乃甫此诗，前半即景事无多排场，忽转"年年人醉"一段，悲白发、荷皇天，而终之以"独立苍茫"，此其胸襟之所寄托何如也！

又比如王羲之的《兰亭集序》：

> 永和九年，岁在癸丑，暮春之初，会于会稽山阴之兰亭，修禊事也。群贤毕至，少长咸集。此地有崇山峻岭，茂林修竹，又有清流激湍，映带左右，引以为流觞曲水，列坐其次。虽无丝竹管弦之盛，一觞一咏，亦足以畅叙幽情。
>
> 是日也，天朗气清，惠风和畅，仰观宇宙之大，俯察品类之盛，所以游目骋怀，足以极视听之娱，信可乐也。
>
> 夫人之相与，俯仰一世，或取诸怀抱，悟言一室之内；或因寄所托，放浪形骸之外。虽趣舍万殊，静躁不同，当其欣于所遇，暂得于己，快然自足，不知老之将至。及其所之既倦，情随事迁，感慨系之矣。向之所欣，俯仰之间，已为陈迹，犹不能不以之兴怀。况修短随化，终期于尽。古人云："死生亦大矣。"岂不痛哉！

每览昔人兴感之由，若合一契，未尝不临文嗟悼，不能喻之于怀。固知一死生为虚诞，齐彭殇为妄作。后之视今，亦犹今之视昔。悲夫！故列叙时人，录其所述，虽世殊事异，所以兴怀，其致一也。后之览者，亦将有感于斯文。

叶燮指出：

兰亭之集，时贵名流毕会，使时手为序，必极力铺写，谀美万端，决无一语稍涉荒凉者。而羲之此序，寥寥数语，托意于仰观俯察，宇宙万汇，系之感忆，而极于死生之痛。则羲之之胸襟又何如也！

故此："有是胸襟以为基，而后可以为诗文。不然，虽日诵万言，吟千首，浮响肤辞，不从中出，如剪彩之花，根蒂既无，生意自绝，何异乎凭虚而作室也！"[1]

不过更有说服力的例子还是李白的《古风》（其一）：

大雅久不作，吾衰竟谁陈。
王风委蔓草，战国多荆榛。

_____

① 〔清〕叶燮著，霍松林校注：《原诗·内篇下》，《原诗·一瓢诗话·说诗晬语》，第17页。

龙虎相啖食，兵戈逮狂秦。

正声何微茫，哀怨起骚人。

扬马激颓波，开流荡无垠。

废兴虽万变，宪章亦已沦。

自从建安来，绮丽不足珍。

圣代复元古，垂衣贵清真。

群才属休明，乘运共跃鳞。

文质相炳焕，众星罗秋旻。

我志在删述，垂辉映千春。

希圣如有立，绝笔于获麟。

　　一个年轻的士子，以成为孔子那样的圣人为目标，这是何等的胸襟与气概！

　　因此，任何一位伟大的诗人，作诗在他的生命中一定不是占据最重要的位置。对于他来说，"为天地立心，为生民立命，为往圣继绝学，为万世开太平"才是其追求的目标。他不囿于一己的悲欢，更在艰难困苦中仍一刻不停地思索国家民族的前途命运。他对于社会，对于历史，不仅有着批判意识，他本身更具有超越同时期大多数人的思想素质。屈原说"举世皆浊我独清，众人皆醉我独醒"，往往可以移来作为一切伟大诗人人格的写照。

　　复如诗界革命的领袖，清末诗人、外交家黄遵宪的一首词：

双双燕

题潘兰史《罗浮纪游图》。兰史所著《罗浮游记》，引陈兰甫先生"罗浮睡了"一语，便觉有对此茫茫，百端交集之感。先生真能移我情矣。辄续成之，狗尾之诮，不敢辞也。又兰史与其夫人旧有偕隐罗浮之约，故"风鬟"句及之。

罗浮睡了，试召鹤呼龙，凭谁唤醒。尘封丹灶，剩有星残月冷。欲问移家仙井。何处觅、风鬟雾鬓。只应独立苍茫，高唱万峰峰顶。　　荒径。蓬蒿半隐。幸空谷无人，栖身应稳。危楼倚遍，看到云昏花暝。回首海波如镜。忽露出、飞来旧影。又愁风雨合离，化作他人仙境。

这是一首题画词，作者的友人、著名词人潘飞声去罗浮游玩，动了归隐之兴，并绘有一图纪游，作者就写了这首词赠他。今人写这样的题材，会怎样写呢？大抵不出友朋酬唱、山林烟岚，而在黄遵宪的笔下，却是一派独立苍茫的气象。词的起笔，就有"召鹤呼龙"的大魄力，"只应独立苍茫，高唱万峰峰顶"二句，更勾画出一位英风侠概的主体形象。这既是作者对友人的赞美，也是作者自身心灵的写照。而到了词的下片，作者更不能忘情于动乱的时局——"危楼倚遍，看到云昏花暝"，"云昏花暝"是一个精妙的比喻，比喻大清王朝面对西方列强，无力自救，业已气息奄奄。而"又愁风雨合离，化作他人仙境"，更是明明白白地写出：这画中的美景如此令人流连，然而，我真是怕它被列强侵占，成为他人的仙境。

一首赠朋友的题画词，却能够写出词人宏大的忧患意识，如果没有以担荷历史为己任的博大胸襟，是万万作不出的。因此，要想真正写好诗，就得要有胸襟，有历史感，有忧患意识和悲悯情怀，否则，即使日诵万言，吟千首，也只是如叶燮所说："如剪彩之花，根蒂既无，生意自绝，何异乎凭虚而作室也!"

谈论诗的胸襟，不可不注意两种可怕的倾向。这两种倾向，都具有一定程度的迷惑性，会使人误以为带有这两种倾向的诗词是有胸襟的诗词。

第一种倾向是民粹主义倾向。当代诗坛有一批人，发动了一个所谓"新国风"的运动，说要站在大众的立场上，去感受大众的喜怒哀乐。他们认为自己比白居易新乐府运动高明：白居易是站在官僚的身份与立场上同情怜悯大众，而他们则要把自己定位成大众。但中国历史上流传千古的伟大诗人，屈原、李白、杜甫、苏轼，莫不把自己定位成士大夫，因为只有士大夫才会拥有对知识的敬畏和对道义的担当，才会去追求人格的内在完善。

另一方面说，这种定位也是极其虚伪的。诗必须而且只能写个人的情感，写自己内心的激情。诗人的任务，是忠实地表现内心，而不是去要求自己写什么，不写什么。当一个人为了写诗而硬要给自己规定写什么，不写什么，这其间还有多少真诚的东西呢?

第二种倾向是专制主义倾向。诗的本质是自由，但是有一类诗，它在本质上是反自由的。这类诗所体现出来的，是极权者的心声。黄巢有咏菊诗云"他年我若为青帝，报与桃花一处开"，宋太祖有诗云"未离海底千山黑，才到天中万国明"，皆是极权主义的诗歌。这类诗，往往会选择宏大的、貌似崇高的意象，乍一读，真是气势非凡，但如果你与西方悲剧相比，就会发现，这类诗中体现的是一种伪崇高。因为那里面不是以真挚的情感、伟大的情操去感动人，而是以所谓的"气魄""霸气"——也就是绝对权力的体现——去压服人。中国几千年来的皇权崇拜传统，至今犹自阴魂不散，故而这类诗词也仍有不小的市场。英国保守主义思想家阿克顿勋爵说过："自由的本义，不被他人奴役；自由的反义，奴役他人。"黄巢、赵匡胤的诗，正反映了他们要奴役他人的心声。试想，菊花本有菊花的时令，桃花也有桃花的时令，这些都是由它们的本性所决定的，你又如何能够要求别人顺应你的意志，去戕贼自己的天性呢？即此二句，可见黄巢这个野心家是多么蛮横。黄巢的另一首咏菊诗，更见其本性之专断凶残："待到秋来九月八。我花开后百花杀。冲天香阵透长安，满城尽带黄金甲。"残酷的战争、涂炭的生灵，在黄巢的眼中，竟有了"满城尽带黄金甲"的美感。这是对暴力和残忍的礼赞，任何热爱人类、热爱和平的人，都是不能认同这种所谓的"暴力美学"的。

　　宋太祖的两句诗，有着一段悲凉的故事。这个故事见于宋

代陈师道的《后山诗话》:

> 王师围金陵，唐使徐铉来朝，铉伐其能，欲以口舌解围，谓太祖不文，盛称其主博学多艺，有圣人之能。使诵其诗。曰:《秋月》之篇，天下传诵之，其句云云。太祖大笑曰:"寒士语尔，我不道也!"铉内不服，谓大言无实，可穷也。遂以请。殿上惊惧相目。太祖曰:"吾微时自秦中归，道华山下，醉卧田间，觉而月出，有句曰:'未离海底千山黑，才到天中万国明。'"铉大惊，殿上称寿。

徐铉是南唐使者，他觉得赵氏粗鄙无文，没有资格征服文采风流的后主李煜。然而，在听到赵氏的两句诗后，徐铉却不得不拜服在地，不敢再争。其所以然者，即在于他通过这两句，感受到了赵氏要掌握绝对权力的决心。

赵匡胤的这两句诗，选择宏大壮伟的意象，以造成崇高的错觉。但实际上，崇高感只能来自于个体生命意志对命运的反抗，以及对人类的终极悲悯。像美狄亚、普罗米修斯、俄狄浦斯、屈原，那都是真的崇高；而这样的诗，却表现的是一种君临天下的帝王心态，它是要凌驾于一切世人之上的反自由的宣言书，是一种伪崇高。

明太祖朱元璋也有类似的作品。他有一首诗云:"鸡叫一声撅一撅。鸡叫两声撅两撅。三声唤起扶桑日，扫尽残云与淡月。"相比宋太祖的救世主心态，显得更加的残暴与冷酷。宋太祖只能自己拥有无上权力，而其他人都得沐浴在他的光芒下——"未离海底千山黑，才到天中万国明"；而明太祖，则是要把一切异己分子都彻底消灭——"扫尽残云与淡月"。

第三章　体性与门径

叶维廉先生说：

中国古典诗里，利用未定位、未定关系或关系模棱的
词法语法，使读者获致一种自由观、感、解读的空间，在
物象与物象之间作若即若离的指义活动。我在"语法与表
现"里，曾经提出"松风""云山"等中国古典诗中常见的
词语，并说英文大多译作 winds in the pines（松中之风）或
winds through the pines（穿过松树的风），这种解读把"松
风"所提供的"置身其间"、物象并发（既见松亦感风）的
全部环境缩改为单线的说明。又如"云山"常被解读为
clouded mountain（云盖的山），cloud like mountains（像云
的山）或 mountains in the clouds（在云中的山），但事实上，
就是因为"云"与"山"的空间关系模棱，所以能够同时

兼容了三种情况。像这样我们习以为常的词语，呈现在我们感受心镜中的，是玲珑明彻的两件物象，我们活跃在其间，若即若离地，欲定关系而又不欲定关系。类似的词语，在中国诗中甚多，现在列举一些：

岸花飞送客，樯燕语留人。_{杜甫}

楼雪融城湿，宫云去殿低。_{杜甫}

楼云笼树小，湖日落船明。_{杜甫}

风林纤月落。_{杜甫}

涧户寂无人。_{王维}

溪午不闻钟。_{李白}

……①

对于习惯于用白话思维的人，要掌握诗的语言殊为不易。和白话文讲究主谓宾定状补的语法结构不同，诗词的语法是完全不一样的语法。在这一套属于诗词所特有的语法里，逻辑、理路的东西都要靠边站，对于作者来说，他不是依靠因果律、大前提、小前提这样地写作，也不是因为要表达一种思想、一种情绪才有诗句，恰恰是把他所感到的最深切、最鲜明的意象传递出来，而对于读者来说，也不是先"思"后"感"，恰恰相

---

①叶维廉：《中国古典诗中的传释活动》，《中国诗学》，生活·读书·新知三联书店，1992年，第18—19页。

反，是先"感"而后"思"。可以说，诗词的语言是意象的语言，而不是词汇的语言；是感觉的语言，而不是逻辑的语言。葛兆光先生把诗词比作"汉字的魔方"，可以说是一语中的。

所以，"落花人独立，微雨燕双飞"如果解读成"落花里有一个人独立着，微雨里有成双的燕子在飞"，顿然了无兴味。又如"云霞出海曙"，如果你解读成"云霞从海上映出一片曙光"，那还有什么诗意可言？要是"潮平两岸阔"就是"潮水涨起与两岸相平，显得更加开阔了"的意思，你还能接受这是一句千古名句吗？叶维廉先生在《中国古典诗中的传释活动》一文中举了以上的例子，最后说明："在文言的句法里，景物自现，在我们眼前演出，清澈、玲珑、活跃、简洁，合乎真实世界里我们可以进出的空间。白话式的解读里（英译亦多如此），戏剧演出没有了，景物的自主独立性和客观性受到侵扰，因为多了一个突出的解说者在那里指点。"他并指出：

> 王力先生的学问我极其景仰，他在《汉语诗律学》所提出的句形与文法关系，对后学者启发的地方仍然是很丰富的；但在语法的解释上，我觉得有商榷的必要……最不妥当的是杜甫这两句"绿垂风折笋，红绽雨肥梅"被读为"风折之笋垂绿，雨肥之梅绽红"。在诗人的经验里，情形应该是这样的：诗人在行程中突然看见绿色垂着，一时还弄不清是什么东西，警觉后一看，原来是风折的竹子。这

是经验过程的先后。如果我们说语言有一定的文法，在表现上，它还应配合经验的文法。"绿—垂—风折笋"正是语言的文法配合经验的文法，不可以反过来。"风折之笋垂绿"，是经验过后的结论，不是经验当时的实际过程。当王力把该句看为倒装句法的时候，是从纯知性、纯理性的逻辑出发（从这个角度看我们当然可以称它为倒装句法），如此便把经验的真质给解体了。①

其实，杜诗的这种句法来自骈文，"绿垂风折笋，红绽雨肥梅"宜解为："绿垂者何？风折笋也；红绽者何？雨肥梅也。"又如他的"林风纤月落，衣露净琴张"，宜解为："林子起风了，而纤月正向西落去；衣上沾满了露水之时，取出素净的琴，弹奏一曲。"我们更可以明白，多年来聚讼未已的杜甫的《秋兴八首》（其八）中的名句"红稻啄残鹦鹉粒，碧梧栖老凤凰枝"，不能解释成是倒装句："红稻是鹦鹉啄残之粒，碧梧为凤凰栖老之枝"，它就是从骈文句法压缩成的："红稻乃啄残鹦鹉之粒，碧梧乃栖老凤凰之枝。"骈文的这种思维是审美的、艺术的，骈文的这种语法是感性的、非逻辑的。如果你想写好诗词，就暂时地从现实生活中逻辑的、理性的思维方式中解脱出来，让词语的意脉跟随心灵的直感，去抒写最明晰最深切的意象吧！

---

① 叶维廉：《中国古典诗中的传释活动》，《中国诗学》，第21—22页。

以上所论，是诗词体性的第一个特征："**不涉理路，不落言筌。**"

> 碧山胸次恬淡，黍离之悲、麦秀之叹，直以唱叹出之。①

> "庄生晓梦迷蝴蝶，望帝春心托杜鹃"，此一联，言作诗之法也。心之所思，情之所感，寓言假物，譬喻拟象。如飞蝶征庄生之逸兴，啼鹃见望帝之沉哀，均义归比兴，无取直白。举事宣心，故"托"；旨隐词婉，故易"迷"。此即十八世纪以还，法国德国心理学常语所谓"形象思维"；以"蝶"与"鹃"等外物形象体示"梦"与"心"之衷曲情思。②

以上为周济、钱锺书二家之说。钱锺书引用西方文艺批评术语，说诗是要讲形象思维，实则诗词似乎不必引西人论述为证。诗家语贵在以比兴写情，而一般不采取直抒胸臆的方式。比者，比喻也，用人与物作比喻。兴，依照吴孟复先生说，是托景为兴。吴先生认为，凡文学作品，皆有"托"而非"直言"，其中托"事"为"赋"，托"物"与"人"为"比"，托"景"

---

① 周济：《宋四家词选》。
② 钱锺书：《冯注玉溪生诗集诠评》，转引自周振甫《诗词例话》，中国青年出版社，1962年，第19页。

为"兴"①。这一观点非常有见地。

用赋比兴尤其是比兴，诗意就不是明白说出，而给了读者以联想的空间。杜甫《天马行》结句云"安得壮士挽天河，一洗甲兵长不用"，这比说"何时干戈息，四海无战尘"要高明得多。罗大经《鹤林玉露》云：

> 诗家有以山喻愁者，杜少陵云"忧端如山来，澒洞不可掇"，赵嘏云"夕阳楼上山重叠，未抵春愁一倍多"是也。有以水喻愁者，李颀云"请量东海水，看取浅深愁"，李后主云"问君都有几多愁，恰似一江春水向东流"，秦少游云"落红万点愁如海"是也。贺方回云："试问闲愁知几许。一川烟草，满城风絮，梅子黄时雨。"盖以三者比之愁多也，尤为新奇，兼兴中有比，意味更长。②

也是说的诗家语要多用比兴，这样才能"意味更长"。

又如清代词人蒋春霖的一首《虞美人》：

> 水晶帘卷澄浓雾。夜静凉生树。病来身似瘦梧桐。觉道一枝一叶怕秋风。　　银潢何日销兵气。剑指寒星碎。

---

① 吴孟复：《吴山萝诗文录存》，黄山书社，1991年，第38页。
② 《鹤林玉露》乙编卷一。

遥凭南斗望京华。忘却满身清露在天涯。

　　首句"水晶帘卷"，见期盼官兵来复之情，"浓雾"暗喻时局。"夜静"句，既见心情之幽冷，复见人之孤寂。"病来"二句，以身似瘦梧桐，而梧桐亦似人，知道"怕秋风"，这种手法，我们当然可以依照西方修辞的说法称之为通感，然而此种通感高明在人物互相感通，绝非一般通感都能到之境。过片"银潢"即杜诗之"天河"，你看词人抒发企盼战争结束的理想，写得多么高明啊！而"剑指"句，不言悲愤，悲愤之情自在其中。结二句化用老杜《秋兴》中"遥凭南斗望京华"（通行本作"北斗"，亦有版本作"南斗"）、黄仲则"似此星辰非昨夜，为谁风露立中宵"，一片忠爱之情，皆由兴象出之，可谓诗词创作的神妙境界。

　　此即诗词体性的第二个特征："**穷理析义，须资象喻。**"

奉和晦日幸昆明池应制

沈佺期

法驾乘春转，神池象汉回。

双星移旧石，孤月隐残灰。

战鹢逢时去，恩鱼望幸来。

岸花缇骑绕，堤柳幔城开。

思逸横汾唱，欢流宴镐杯。

微臣雕朽质，羞睹豫章材。

奉和晦日幸昆明池应制
宋之问
春豫灵池会，沧波帐殿开。

舟凌石鲸度，槎拂斗牛回。

节晦蓂全落，春迟柳暗催。

象溟看浩景，烧劫辨沉灰。

镐饮周文乐，汾歌汉武才。

不愁明月尽，自有夜珠来。

以上两首诗，是同题之作。唐中宗李显，在一个正月的"晦日"，也就是三十日，到昆明池游玩，作了一首诗，于是便命随从的官员和他一首。当时有一百多人和了这首诗。在当时，沈佺期与宋之问齐名，这两首诗所讲的意思也差不多。昆明池是汉武帝所凿的池，本以训练水军，到了唐代，就成了一个著名的游览区了。据说当时凿昆明池时，在池底挖得黑灰，有一个胡僧说是天地大劫发生大火留下的残灰，叫作劫灰。实际上就是煤。汉武帝时，有人乘槎从黄河直上银河，遇牵牛星而返。这两首诗都用了这个典故。古代船首往往画有一种名叫鹢的水鸟，故战鹢亦扣昆明池。周武王曾与群臣在镐京宴饮，汉武帝曾与群臣乘舟汾水，作有《秋风辞》。又汉武帝曾救过一条大鱼，后来在昆明池边得到一双夜明珠，即为大鱼报恩所赠。当时的昭容上官婉儿评定，认为宋之问这一首要超过沈佺期所作。这首好在哪里呢？好就好在宋诗的结尾言尽而意不尽，沈诗的结尾却才气已尽了。上官婉儿评论说："二诗工力悉敌，沈诗落句词气已竭，宋犹健笔。"可谓目光如炬的评定。

湘灵鼓瑟

陈季

神女泛瑶瑟，古祠俨野亭。

楚云来泱漭，湘水助清泠。

妙指微幽契，繁声入杳冥。

一弹新月白，数曲暮山青。

调苦荆人怨，时遥帝子灵。

遗音如可赏，试奏为君听。

省试湘灵鼓瑟

钱起

善鼓云和瑟，常闻帝子灵。

冯夷徒自舞，楚客不堪听。

苦调凄金石，清音入杳冥。

苍梧来怨慕，白芷动芳馨。

流水传湘浦，悲风过洞庭。

曲终人不见，江上数峰青。

唐代以诗赋取士，以上两首，是两位作者参加天宝十载礼部试而写的。当年的省试题目叫《湘灵鼓瑟》，出自屈原《远游》："使湘灵鼓瑟兮，令海若舞冯夷。"从前面数句看，陈季的诗其实还要好一些，因为钱起的前十句说来说去都是一个凄苦的意思，而陈季的诗中就有转折、有跌宕，但发榜的时候，钱起的名次要高得多，就因为当时的主试官李暐欣赏钱起的结句，认为"必有神助"。这两句，传说是钱起进京赴考，住在京口（今江苏镇江）的旅馆里，在一个月夜听见有人吟诗，吟来吟去就是两句"曲终人不见，江上数峰青"，于是在考试时便用作诗的结尾，果然高高得中，一直做到尚书考功郎中。那么，这两句结句好在哪里？好就好在含有馀不尽的韵味，诗虽然完了，但结句却引起人不尽的联想。

以上则是诗词的第三个重要特征："**竟体空灵，馀意不尽。**"①

---

①中国诗歌史上，曾经长期存在着唐宋诗之争。以上所讲的三个特征，是唐诗的特征，因为唐诗侧重的是表现——同时表现自然与表现内心，而宋诗却侧重达意，倡导的是明白如话的表达。我个人更加欣赏宋诗，但唐诗其实是更具有中国特色的诗。从唐诗入手学诗，对于把握古典诗词的韵致更加容易，而一旦你不满足于表现自然，而要表达内心的痛苦与哀矜，那么宋诗就是一个很好的选择。由唐诗入手进入宋诗比较容易，但如入手即为宋诗，则很难上窥唐人高境，这是需要给初学者说明的。

以上所论，是诗词共有的体性，而具体到各种体式，还有一些独特的、不同于其他诗体的体性，这些问题在以后讲到各种诗体的写作时会涉及。

凡学诗，须有门径。入门一步走差，以后弊病无穷。《红楼梦》中香菱学诗一段：

> 香菱见过众人之后，吃过晚饭，宝钗等都往贾母处去了，自己便往潇湘馆中来。此时黛玉已好了大半，见香菱也进园来住，自是欢喜。香菱因笑道："我这一进来了，也得了空儿，好歹教给我作诗，就是我的造化了！"黛玉笑道："既要作诗，你就拜我作师。我虽不通，大略也还教得起你。"香菱笑道："果然这样，我就拜你作师，你可不许腻烦的。"黛玉道："什么难事，也值得去学。不过是起承转合，当中承转是两副对子，平声对仄声，虚的对实的，实的对虚的，若是果有了奇句，连平仄虚实不对都使得的。"香菱笑道："怪道我常弄一本旧诗偷空儿看一两首，又有对的极工的，又有不对的，又听见说一三五不论，二四六分明。看古人的诗上亦有顺的，亦有二四六上错了的，所以天天疑惑。如今听你一说，原来这些格调规矩竟是末事，只要词句新奇为上。"黛玉道："正是这个道理。词句究竟还是末事，第一立意要紧。若意趣真了，连词句不用修饰，自是

好的，这叫做不以词害意。"香菱笑道："我只爱陆放翁的诗'重帘不卷留香久，古砚微凹聚墨多'，说的真有趣！"黛玉道："断不可学这样的诗。你们因不知诗，所以见了这浅近的就爱，一入了这个格局，再学不出来的。你只听我说，你若真心要学，我这里有《王摩诘全集》，你且把他的五言律读一百首，细心揣摩透熟了，然后再读一二百首老杜的七言律，次再李青莲的七言绝句读一二百首。肚子里先有了这三个人作了底子，然后再把陶渊明、应、谢、阮、庾、鲍等人的一看。你又是一个极聪敏伶俐的人，不用一年的工夫，不愁不是诗翁了！"

这一段文字，今天很多倡导诗词"改革"的人都引用过，其意旨主要在前半段，以说明必要的时候应打破格律。后半段，谈的是学诗门径，今人却往往忽略。黛玉所讲的学诗先当学五律，次则学七律，次则学七绝，是学诗的不二法门。古代塾师授诗，也是如此讲法。业师陈永正先生说：

　　七绝易学难精，古贤是叹。司空表圣云："绝句之作，本于诣极。"非有别才者，不能为之。试观历代诗家别集，或有长篇古风，阳开阴阖，气势恢弘者；或有五七言律，挼藻摘辞，工致妥贴者，皆不失为合作。然求其二十八字绝佳者，每不可得。何也，盖古诗可以学问阅历养之，律诗可以工力词采足之，而七绝则纯乎天籁，不容假借也。每有民间妇人小子，信口而歌七言四句，自然成韵，而魁士鸿儒，竟不能道其片言只字者。噫！七言绝句殆真诗人独擅之体，乌得不谓之最尊者乎。[1]

学诗，当先由王维五律入手，次则求杜甫之七律，而七绝作法，我以为不可学李白，因为李白是天才，他的诗是天籁，绝不可学；而应当学清人王渔洋，王渔洋绝非天才，但他的七绝富丽精工而有神韵，即是从学问中来。多学渔洋七绝，诗作自然工妥。至于五七言古风，则端须思想识力学养以为基，功夫在诗外矣。

至如学词，有学者认为应当先填小令，次填长调，这是祸人不浅的说法。词之难于小令，正如诗之难于七绝。历代词论家，都主张学词先由长调入手，而长调尤当先以南宋入。今人无知浅妄，才说学词先学小令。周济《宋四家词选·序》云：

　　清真，集大成者也。稼轩敛雄心，抗高调，变温婉，成悲凉。碧山餍心切理，言近指远，声容调度，一一可循。梦窗奇思壮采，腾天潜渊，返南宋之清泚，为北宋之秾挚。

---

①陈永正：《历代七绝精华序》，《沚斋丛稿》，中山大学出版社，2001年，第252页。

是为四家，领袖一代。馀子荦荦，以方附庸。夫词，非寄托不入，专寄托不出。一物一事，引而伸之，触类多通。驱心若游丝之胃飞英，含毫如郢斤之斫蝇翼。以无厚入有间。既习已，意感偶生，假类毕达，阅载千百，謦欬弗达，斯入矣。赋情独深，逐境必寤，酝酿日久，冥发妄中，虽铺叙平淡，摹绩浅近，而万感横集，五中无主。读其篇者，临渊窥鱼，意为魴鲤，中宵惊电，罔识东西。赤子随母笑啼，乡人缘剧喜怒，抑可谓能出矣。问涂碧山，历梦窗、稼轩以还清真之浑化。余所望于世之为词人者，盖如此。

我对于周济的说法大体赞同，但入门我以为可先由柳耆卿入手，耆卿词为长调之始，章法尚质，易于敷衍成篇，次则姜白石、张玉田，求一清空而知词之体性，次则吴梦窗、周清真，以吴之章法，上窥周之浑化。碧山词皆有寄托，学之者遂能"言之有物"，然气象太小，且伤于涩，稼轩天才横溢，学之不似，则画虎不成反类犬矣。

以上是单就掌握诗词的艺术技巧而论。如欲为一代之作手，则无论诗词，皆当更求之晚清。朱庸斋先生云：

余授词，乃教人学清词为主。宗法清季六家（蒋鹿潭、王鹏运、朱彊村、郑文焯、况周颐、文廷式）及粤中之陈述叔，祧于两宋，对于唐五代词，宜作为诗中之汉魏六朝而观之，此乃所持途径使然。故凡学词者，如只学宋周、史、姜、吴、张等，学之难有所得。惟一经学清词及清季词，则顿能出己意。此乃时代较近，社会差距尚不甚大，故青年易于接受也（清季词多结合时事，益易启发学者）。①

我的诗学清代龚自珍与民国陈寅恪，故能自成一家；而词则学清初王士禛《衍波词》及纳兰《饮水词》，未能专力于清季六家，故不能臻于第一义谛也。

---

① 朱庸斋：《分春馆词话》，新星出版社，2016年，第14页。

第四章　吟诵与歌唱

　　《尚书·舜典》云:"诗言志,歌永言,声依永,律和声。八音克谐,无相夺伦,神人以和。"意思是:诗是用语言来宣泄情志,歌是曼长其言,用舒徐的"咏"突出诗的意义。诗的行腔依照字音的高下疾徐而确定,乐律用来协调行腔,让诗乐一体。音声和谐,不违伦序,便可臻于天人合一,神人相和的至境。《诗大序》云:"诗者,志之所之也。在心为志,发言为诗。情动于中而形于言。言之不足,故嗟叹之。嗟叹之不足,故永歌之。永歌之不足,不知手之舞之,足之蹈之也。情发于声,声成文谓之音。治世之音,安以乐,其政和;乱世之音,怨以怒,其政乖;亡国之音,哀以思,其民困。故正得失,动天地,感鬼神,莫近于诗。先王以是经夫妇,成孝敬,厚人伦,美教化,移风俗。"诗何以能"正得失,动天地,感鬼神"?何以上古贤君以之"经夫妇,成孝敬,厚人伦,美教化,移风俗"?原因有二：

其一，诗根植于性情，而性情是天下之大本。

其二，诗是声音之道，故最易感人。

声，是反映了人的情绪的单个音节，即所谓的嗟叹；音，是由很多的单音节组织成文，即所谓的咏歌。人类之间，情绪莫不相通，声音之道，能沟通人的情感，也能反映出不同时代人的共同心声。职是之故，从上古三代直至清末，诗与音乐都如鲦如鲽，密不可分。诗词曲无一而非音乐文学，影响所及，本非音乐文学的文章，也得通过音乐化了的诵念来传递其声情。这是中国文学特有的品质。

传统音乐与诗古文辞及词曲文本之间的关系共有四种，分别是诵、吟、歌与唱。诗词曲之所以有声律上的要求，是因它们必须要配合音乐；之所以其格律宽严不一，是因其与音乐关系的远近亦有不同。当代有不少人惮于守格律，每以解放声律、用今声今韵自解，其根本原因当然是他们懒惰不肯向学，但近百年来诵吟歌唱教育的缺位，也难辞其咎。正因他们不理解诗词曲的格律无不据音乐而发生，对待诗歌文本只会用当代的语音去朗读，遂致拘于井蛙夏虫之见，相信"声韵要与时俱进"的声韵改革之论，而全然不顾千年来日常语音发生了极大变化，但声韵标准却严守"旧韵"而不变的历史现实。

写诗所用的"旧韵"，指的是**平水韵**。

在音韵学上，把汉语的发展阶段大致划分为三个阶段，即上古音系统、中古音系统、近代音系统。

上古音是指上古汉语时期（从西周初年到汉末）的汉语语音。历时一千二百多年。这一时期还可以分为三个阶段：一、春秋以前；二、春秋战国时期；三、两汉时期。上古音的代表性音系是《诗经》的韵部系统和先秦的声母系统。

中古音是指南北朝至隋唐时期汉语的语音。中古汉语语音可以分前后两期。南北朝的汉语是中古前期，唐五代的汉语是中古后期。中古汉语的代表性音系是《切韵》音系。

近代音是指宋元明清时期的汉语语音，近代音的代表性音系是元朝的《中原音韵》音系。

近代汉语共同语的语音系统跟中古音的主要不同是：声母里的全浊声母变成了清声母；韵母简化，中古时期以［-p］、［-t］、［-k］为韵尾的入声韵母都变成元音韵尾或者没有韵尾的韵母，韵尾［-m］变成了［-n］。中古的平声分化成阴平和阳平，入声调逐渐消失，分别派入了阴平、阳平、上声、去声里面去。

现代普通话属于近代音系统，而诗词写作所依准的平水韵，却属于中古音系的《切韵》音系，这就需要学者先下一番工夫，了解、熟悉、掌握平水韵。

隋代陆法言与刘臻、萧该、颜之推、卢思道、李若、辛德源、薛道衡、魏渊等硕学之士，会于长安，讨论声韵，后由陆法言根据讨论的结果，编成《切韵》五卷，共收录12158字，分成193个韵部。据陆法言序，此书是在讨论"南北是非，古今通塞"的基础之上，"我辈数人，定则定矣"，所确定的古今方国之音的最大公约数。《切韵》从来就不是对一个时期、一个地区现实语音的描述，而是用以指导诗文押韵的虚拟语音体系，尽管它与南北朝时的实际语音较为接近。唐代孙愐增修刊正了《切韵》，比原书多出两个韵部，是为《唐韵》。唐人以诗赋取士，此书获官方认可，故需求量甚大，传说唐大和年间，仙女吴彩鸾于钟陵遇书生文箫，相互爱悦而成夫妇。文箫贫，吴彩鸾抄写孙愐《唐韵》，售以为生。后二人皆乘虎仙去。至宋真宗时，陈彭年奉诏修订《切韵》，是为《大宋重修广韵》，简称《广韵》，计206韵，26194字。广，是增广的意思。此书是宋代礼部考试专用工具书，至今日本人写汉诗，仍悬以为准鹄。与《广韵》同时竣工的，还有收字较少而韵目一致的《韵略》。宋仁宗时《韵略》收字再经修改，收9590字，成为礼部颁行的考试标准工具书《礼部韵略》。《广韵》《礼部韵略》二书标明了韵目"同用""独用"的原则，把同用的韵目合并，就等于是后世的平水韵或《佩文诗韵》了。而实际上，唐初许敬宗上书皇帝，已奏请将一些相近的韵如"先、仙""删、山"合并使用。清代学者戴震认为宋人标明"同用""独用"，实自许敬宗始。则唐诗用韵，已和平水韵相吻合了。

平水韵产生于当时金国统治区。山西平水经籍所书籍官王文郁根据《礼部韵略》同用的原则，将原书206韵合并为106韵，以《增注礼部韵略》付梓，后又以《平水新刊礼部韵略》之名再版，即所谓平水韵。金国灭亡后，原籍山西平水的刘渊，复根据《礼部韵略》的同用原则，将206韵合并为107韵，以《壬子新刊礼部韵略》之名出版，这本书也被称作平水韵。但决定了后世诗韵106部韵目体系的，仍是王文郁的平水韵。清代官定的韵书《佩文诗韵》，也是沿袭王韵，分作106韵。必须指出，无论王文郁还是刘渊，他们的平水韵都不是他们自己的创造，而只是在宋朝官修韵书的基础上根据原书同用原则所作的简省，没有王文郁或刘渊，其他任何人去编简省的韵书，也只能是106或107韵。当代一些鼓吹声韵改革、要用普通话押韵的人，竟然说平水韵是金人的韵书，用平水韵就是汉奸，这种言论纯属胡搅蛮缠，不必理会。平水韵的韵目如下：

上平声

一东二冬三江四支五微六鱼七虞八齐九佳十灰十一真十二文十三元十四寒十五删

下平声

一先二萧三肴四豪五歌六麻七阳八庚九青十蒸十一尤十二侵十三覃十四盐十五咸

上声

一董二肿三讲四纸五尾六语七虞八荠九蟹十贿十一

轸十二吻十三阮十四旱十五潸十六铣十七筱十八巧十九皓二十哿廿一马廿二养廿三梗廿四迥廿五有廿六寝廿七感廿八俭廿九豏

去声

一送二宋三绛四置五未六御七遇八霁九泰十卦十一队十二震十三问十四愿十五翰十六谏十七霰十八啸十九效二十号廿一个廿二祃廿三漾廿四敬廿五径廿六宥廿七沁廿八勘廿九艳三十陷

入声

一屋二沃三觉四质五物六月七曷八黠九屑十药十一陌十二锡十三职十四缉十五合十六叶十七洽

其中，上声、去声、入声的字，通称作仄声，而平声的字，即谓之为平声。仄，又称侧，即不平的意思。**平仄，是诗词声律的基础。**平声韵字数多，故分上平声与下平声，即平声字上卷、平声字下卷。韵目的下面，是与韵目的字同韵的各个例字，如"一东韵"下，就有：

东同铜桐筒童僮瞳筒中衷忠虫冲终戎崇嵩菘弓躬宫融雄熊穹穷冯凤枫丰充隆空公功工攻蒙濛笼聋栊珑洪红鸿虹

丛翁葱聪鬃通蓬篷烘潼曚昽鬵匆峇峒罿蠡狨沣癃懞梦（不明也，又楚谓草中日梦）潫讧菱緵巇猕冻瞳鲷翀忡崧彤芁郫鱶釭镤雺曹璁銾恫鬃总（缝也。董韵异）猣棕逄蝀侗桐幢幢氃燑湍窿悾曚朦杲憕咙昽曨庞（充实貌。江韵异）溇艭膧衏种盅芎𦱤绒湘……

"梦"字下注明读平声的"梦"字是"不明"的意思，不是"睡梦"的意思，又说楚方言把"草丛里"叫作"梦"。"总"字读平声，是缝的意思，不是"总数"的"总"。"庞"字下注明"充实貌。江韵异"，是说这个字既读如"póng"，又读如"páng"，但读"póng"时，表示"充实"之意，与"庞然大物"的"庞"字读音不一样，意思也不相同。

宋人填词但取便于唇吻，本无韵书，至清代道光年间，乃有戈载所编《词林正韵》。然当时流传即不广，一般词人填词，都是在诗韵的基础上更加简省而已。龙榆生先生《唐宋词格律》一书后附有张珍怀女士所编的《词韵简编》，就是依诗韵合并相邻近的韵，可以作为今人填词用韵的标准。又因古体诗用韵较近体诗为宽，也可用词韵作为古体诗用韵的标准。

20世纪以来，中国的一部分带有强烈浪漫色彩的知识分子对自己的传统产生了彻底的虚无感与幻灭感。尤其是受了苏俄革命的影响，他们认为中国一切皆不如人，一切都是落后的、守旧的，甚至是反动的，最终发展到喊出"汉字不灭，中国必亡"的口号,要对生我育我的民族文化施以彻底的破坏。正是在这样的背景之下,继胡适等人提倡名为语体诗实为外来文体的所谓"新诗"之后,又有人提出废止旧韵的主张,认为作者用韵应以个人为单位,遵从现代人及各地方方言土语之读音,以求真切而自由。这一观点的提出者,在20世纪前期主要有徐凌霄、徐志摩等人。

事实上,以个人为单位,以求得"真切而自由"为目的,就得完全否定人人信守的用韵标准,也就等于不要任何韵。针对徐凌霄、徐志摩等人的观点,吴宓先生指出:"作新诗者,如何用韵,尽可自由试验,创造适用之新韵","若夫作旧诗者,予意必当严格的遵守旧韵(即现行之诗韵)"。他提出了维护平水韵的三条理由:

理由一:凡艺术必有规律,必须宗传(Tradition)。从事此道者,久久沿袭,人人遵守。然后作者有所依据,不至茫无津涯;然后评者可得标准(标准有精神、形式二种之不同,但皆关系重要),可为公平之裁判与比较。世界各国各体文学,皆有其特殊之规律及宗传。中国旧诗之形式上之规律及宗传,厥惟平仄之排置与协韵。去韵,则旧诗不为一种艺术。破坏人人(指作旧诗、读旧诗、评旧诗者)所共遵共守之韵,则旧诗已不成为旧诗,即等于完全消灭矣!

理由二：凡人生社会各种规矩（Convention），似若束缚，实皆为全体或大多数人之利便。当初制定之时，纵属勉强，纵由专断，然既通行之后，则可赖以免除人间多少猜疑、纷争、痛苦、彷皇。譬如马路中车辆左侧东行右侧西行，又譬如电话簿按字画多少编目，其无形中便利群众、便利个人之处，直不可思议，不可限量。上者如道德事功，下之如衣服装饰，于规矩定律之外，随时因人施以变化，乃见巧思与聪明，乃成新奇与美丽。

故各种规矩之存在，不但足以维持社会秩序之安宁，且足以增加个人生活之趣味也。文学艺术，理正同此。各种规律（诗韵亦其一）之存在，不特不至阻抑天才，且能赞助天才之发荣滋长；不特非枷锁之束缚手足，且如枪炮之便利战斗。故谓中国旧诗规律太严者，妄也；谓中国现今之韵应废除者，亦妄也。疑吾言者，请读华次华斯（Wordsworth）之 Nuns fret not at their convent's narrow room 诗（十四行体），又请读《韦拉里说诗中韵律之功用》一篇。其他例证不胜举。

理由三：姑不论源流改革，只论现在，则以予本身实验之经验，常与生长各省之朋友谈话，积久乃知中国现今之诗韵（按照通行韵本），其分部别居，对于任何一地之人，皆不能为完全之适合，然其对于全国所有各地之人，则能为（比较的）最大量之适合。譬犹算术中之公生数（或曰公因子），诚可为文学界公用之标准也。

大抵甲省之人每觉韵本中子丑诸韵字编置不近理，而乙省之人又觉韵本中寅卯等字不应同在一韵（例如陕人读门元音绝异，而苏人常错仁清）。北京话应为全国标准语者，理由亦同此。昔但丁提倡意大利国语，创造新文学，而专取塔斯干之方言，正因此故。彼所取者，谓之雅言。乃塔斯干方言之加以淘汰凝炼者，又非该地市井之流行语也。总之，北京话既可为全国标准语言，文言更应继续为全国统一之文字。而现今之诗韵，尤当为作旧诗者所宜共遵守，此予所深信不疑者也。①

吴宓先生所云"中国旧诗之形式上之规律及宗传，厥惟平仄之排置与协韵"，主要指的是近体诗的格律。所谓近体诗，是指唐代定型的注重声律的新诗体，包括律诗和一部分符合律诗声律要求的绝句。它们每个字的平仄和每句的用韵都有严格限制。唐代以前的诗，字句不限，用韵也不甚严格，近体诗与之相比显得大不相同，因此唐人就称之为"今体诗"，宋代以后则称为"近体诗"，"今""近"都是指唐而言。而唐以前不以声律为重的诗体，就被统称作古体诗。另外，平水韵不止如上述引文所说，是各地方言的最大公约数，还是古今诗人用韵习惯的最大公约数。从古至今，语音词汇就在不停变化，如果我们每一个时代都用一个时代的语音、词汇，下一个时代的人就没有办法欣赏。正如统一的文言和方块字维系了中华民族的大一统，统一的用韵也维系了诗词的古今一贯。今人如用新韵，便是与李杜以降的诗词传统彻底割裂，而且更因语音变化之故，后人一定会继续变动声韵，诗将不诗，词将不词。古人岂不知现实语音有变动，但他们守旧韵而不易，这种穿透历史追求永恒的智慧，才最值得今人学习。

从实践来看，凡写诗词用新声韵者，就没有能写出好作品的。其原因首先是用新韵者心浮气躁，不知敬畏传统。既生出对传统的轻慢之心，必然不能用心学习古人的诗法。其次则以用新韵者之所以要提倡新韵，乃源于他们文言词汇量太过寒俭。格律本无烦难之处，很多人之所以觉得格律很难，其实是因为他们所掌握的文言词汇太少。提倡新韵，其实就是在迎合懒惰。

古人如何解决韵书与现实语音不一致的问题？靠的就是诵吟歌唱，以音乐的方式处理文本的声音表现。诗词都不去用日常的语音朗读，而是以诵吟歌唱这些艺术化的方式去表达。

艺术化地处理文本语音，第一种方式是诵。诵，又称诵念，是指用读书音去哼唱诗文。

从古以来，不论何时，不论何地，其现实语音与韵书的读音均不能完全重合，故各时期、各地皆有叶（xié）音法，即把方言母语读来不押韵的字，强行读作押韵的音。这就形成了与现实语音不一致的读书音。依着读书音的字声行腔，节拍自由，用简单的旋律去哼唱诗文，即是诵念。20世纪初，随着传统教育的终结，诵念诗文的传统也断裂了。今人几乎都不知道中国本无所谓的朗读，凡读诗文，都是要哼着腔调去诵念的。香港邵氏黄梅调电影《梁祝》、大陆越剧电影《红楼梦》中，都曾经出现过诵念的镜头，分别是苏州和绍兴的读书腔。那些镜头不是电影的艺术夸张，而是传统教育的真实场景的再现。

尽管任何一篇文本都可以有诵、吟、歌、唱四种表现方式，但一般这四种艺术表现方式有着明确分工。**诵念适合于表现文章和古体诗的声情。**

我所学习的诵念，是张卫东先生所传承的大明国子监官音诵念。其特点是依准大明官话而行腔，严格区分尖团字、上口字及入声字。张卫东先生已出版有《孝经》《道德经》《大学》《中庸》《论语》的诵念读本及录音光碟，读者日就月将，因声求气，自不难掌握其诵念的腔调神味。

在古音中及较多保留古音的方言如吴语、粤语里，本没有尖团字的概念。比如弓箭的"箭"与宝剑的"剑"，性情的"情"与古琴的"琴"，大小的"小"与拂晓的"晓"，在吴语、粤语里根本就是声母完全不同的字，可是在普通话及大多数北方方言里，它们变成了声母相同的字。大多数在北方方言区生活的人，无法感知"箭""剑"、"情""琴"、"小""晓"的声母的不同，他们要是去学习昆曲、京剧等艺术，便不能不死记住"箭、情、小"是尖字，得把j、q、x读作z、c、s；"剑、琴、晓"是团字，声母仍读作j、q、x。

所谓上口，就是在诵念时处理一些字的韵母，使得它们符合韵书的韵部划分。如"臣、身"二字念作chín、shīn，"如何"二字念作rúhuó。这就是国子监官音的叶音法。

而入声字，是一类发音非常短促的字。汉语分四种声调，即平声、上声、去声和入声。上古汉语本来只有平、入二声，后来才在平声中又分出上（shǎng）声和去声。入声发音短促而具爆破感，故学者称之为"汉语之骨"，当之无愧。现代普通话及大多数北方方言中只有第一第二声（阴平阳平，即平声），第三声（上声）和第四声（去声），实际只有三声，而丢失了入声字，语言的音乐性便丧失了不少。如岳飞《满江红》：

怒发冲冠，凭栏处、潇潇雨歇。抬望眼、仰天长啸，壮怀激烈。三十功名尘与土，八千里路云和月。莫等闲、白了少年头，空悲切。　　靖康耻，犹未雪。臣子恨，何时灭。驾长车踏破，贺兰山缺。壮志饥餐胡虏肉，笑谈渴饮匈奴血。待从头、收拾旧山河，朝天阙。

上文标着重号者皆为入声字。南方方言区的读者，只要用自己的家乡话去念一遍，便可感知此词声情之激烈。北方方言区的读者，可请身边南方的朋友用家乡话念一下，就能知道用普通话去念这一类押入声韵的诗词，其声情上的损失到底有多严重。此词香港歌手罗文曾以粤语演唱。粤语保留中古音最多，相对于普通话仅有阴平、阳平、上声、去声，粤语声调竟有九声之多，应该说，罗文的演唱很接近这首词演唱最应该的样子。

南方人要学诗，因方言母语中就带有入声，故较北方人为易。北方人要学诗，第一难的便是辨析入声。很多学者给出了入声辅助记忆的方法，但治丝益棼，令人畏难不前。其实只需要多看粤语原声的电影电视，多听粤语广播、粤语歌，又或者多听多练吟诵，自然很快就能掌握入声字。不记之记，才是语言学习的至道。

辨别入声字，不止是为了避免把本为仄声的入声当作平声的情况，更是为了能感受入声字独特的声情之美，故必须要学会发入声的语音。又有一些字今读仄声，但在古代读平声，如表示"使令"的"令"字，表示"使得"的"教"字（空教、但教、却教），表示"经过""拜访"的"过"字，表示"讨论"的"论"……复有一些字今读平声，但古代读仄声，如表示"思绪""悲"的"思"字，表示"野火"的"烧"字，表示"奏疏"的"疏"字……另有一些字是平仄两读的，如"看""望""听"……所以学诗者要养成习惯，读诗时遇到今古音差别较大的，就用叶音法去读，去吟诵，这才是掌握诗文声韵的最可靠的方法。

下面是我诵念的《大学》（朱子章句本）首章：

大学之道，在明明德，在亲（sīn）民，在止于至善（shuàn）。知（zhēi）止而后有定，定而后能静（zìng），静而后能安，安而后能虑，虑而后能得。物有本末，事有终始。知所先（siān）后，则近道矣。古之欲明明德于天下者，先治（chí）其国。欲治（chí）其国者，先齐（céi）其家。欲齐其家者，先修其身。欲修其身者，先正其心（sīn）。欲正（zhìng）其心者，先诚（chíng）其意。欲诚其意者，先致其知。致知在格物。物格而后知至，知至而后意诚，意诚而后心正，心正而后身修，身修而后家齐，家齐而后国治（zhì），国治（zhì）而后天下平。自天子以至于庶人，壹是皆以修身为本，其本乱而末治（zhì）者否矣。其所厚者薄，而其所薄者厚，未之有也。

上文中亲民的"亲"是通假字，通"新"，因"新"是个尖字，故念作sīn。"治"是多音字，表示动词念chí，表示形容词则念zhì。其馀如"善"字上口念作shuàn，"知"上口念作zhēi，"诚"上口念chíng，"正"上口念zhìng，不一而足。上文所有的入声字也用着重号标出，对照录音（扫描封面前勒口的二维码下载，下同），自能对尖团、上口及入声字有感性认识。本书另附我诵念的若干首古体诗名作，读者学而时习，循以讽诵，自然有得。

吟，是近体诗的标配。

汉语有平上去入四声，有唇齿牙喉舌五音，声母有清浊之别。汉民族又特别注重音乐与诗的配合。故而古人注重声律，追求用美妙的声调来配合文辞情感，也是自然而然的事。一般认为，近体诗滥觞自南朝齐武帝永明年间的新诗体"永明体"。当时的文人沈约所提出的声律"八病"说，对近体诗的形成有着直接的影响。但"八病"中除"平头""上尾"二病与近体诗的声律似有关联，其余六病，或言声母之清浊搭配，或言同声母、同韵母（声调可不同）之避忌，皆与近体诗的声律漠不相干。二者时有先后，而未必为血胤相继之祖孙。梅祖麟、梅维恒二先生《梵文诗律和诗病说对齐梁声律形成的影响》一文以为：(1) 印度2世纪以前婆罗多《舞论》已分诗病（dosa）为十种，沈约"八病"的概念即出于此。(2) 沈约"两句之中，轻重悉异"的"轻重"相当于后代的"平仄"，来源是梵文诗律的"轻（laghu）重（guru）音"。(3) 齐梁时的翻译佛经，原文中最常用的音律是sloka，由四个音步（pāda）组成，每个音步八个音节，一共三十二个音节。这是律诗绝句句数的来源①。点明了外来文化对齐梁声律形成的影响。循此思路，我认为近体诗声律的形成，也当直接受梵文诗律的影响。

近体诗为什么要有声律的规定呢？是为了吟诗更加悦耳。近体诗的声律，其实是吟诗的基本节奏。吟诗时最基本的原则是平声字占两个节拍，仄声字占一个节拍，平长仄短，是谓之吟。如此，五言近体的四种基本句式：平平平仄仄、仄仄仄平平、仄仄平平仄、平平仄仄平，节拍数分别为：八、七、七、八。平起为八，正与 sloka 由四个音步（pāda）组成，每个音步八个音节相合。仄起为七，当系汉文化的习惯是有阴必有阳，以七的阳数与八的阴数相配。

汉语都是由单音节的字组成，日常语言中只有入声字明显较平、上、去三声为短。然而将四声二元化为平仄，规定平声为一极，上、去、入为另一极，则是因为平仄的概念来自梵文诗律的重轻，平声较重，而上、去、入较轻。但在吟诗时，轻重不如长短明显，故而平声的"重"以拖长其声调而实现。近体诗的平仄调配规则，就是吟诗时长短音节的调配规律，这是非常明显的。

近体诗的吟，其遵循的原则有三：

① 梅祖麟：《梅祖麟语言学论文集》，商务印书馆，2000年，第498—509页。此说承钱文忠教授相告，并此致谢。

一、平长仄短，尾音腔化。

二、一三五不论，二四六分明。

三、依照平仄确定吟的调子的高低。

第二条原则是指在吟七言近体诗时，每句的一三五字的节拍可灵活变通，二四六字的节拍则十分严格。（五言近体是一三不论，二四分明。）体现在近体诗的声律上，就是每句的一三五字平仄不拘，二四六字平仄分明。

各地方言不同，吟诗所定的调子高低也不一样，有的地区是平声低仄声高，有的地区是平声高仄声低。广东分春馆吟诵[①]传人吕君忾先生发现，在粤语九声中，只有阴平和阳平才具有稳定平和的乐感，其馀阴上、阳上、阴去、阳去、阳入、阴入、中入等七声，都会因应文字的不同组合和作品内容、感情的差异，而引致乐音变化。他遂采用"平声定音法"来确定吟诗的基准音，具体方法是：吟诗时根据个人的音域，确定出平声的音准，从而带动整句文字的声律，自然发音，全首作品都不会跑调。对于近体诗，他选取5、2、5这一组音阶，阳平声发5音，阴平发2或5，以5为基准音[②]。本书录音收录了青年诗人邹金灿

---

① 分春馆吟诵，是由朱庸斋先生所传承的粤语吟诵，分春馆是先生的斋号。十九世纪以来，粤语吟诵本有二派：一为广州公私学堂书院所传承，朱次琦传康有为，康有为再传朱恩溥（庸斋父）；一为诗社雅集及私塾传承，由陈澧到黄元直再到陈洵（庸斋师）。分春馆吟诵则二派合流，蔚成巨浸。

② 吕君忾：《粤语吟诵》，香港素茂文化出版有限公司，2015年，第33页。

以分春馆吟诵调所吟的十六首近体诗，涵盖了近体诗的全部十六种声律形式（即附录一《近体诗十六式》），供参考。读者可以遵循上述原则自行创调，用方言母语或普通话吟诗，只要注意须发出入声的音及在用韵处叶音即可。

　　歌，又称咏歌，是根据字的四声确定音乐旋律，曼长其言，依字而行腔，因文而成乐，舒徐以咏之。唱，则是先有相对固定的曲调，而配之以文辞。文辞声律，须大致遵循唱腔，否则便会出现"倒字"，即旋律与字音相去甚远。无论歌还是唱，都要讲究吐字发声。李清照《词论》云："歌词分五音，又分五声，又分六律，又分清浊轻重。"五音指唇齿牙喉舌；五声指宫商角徵羽；六律指黄钟、太簇、姑洗、蕤宾、夷则、无射；清浊轻重则是指声母为清辅音还是浊辅音、声调的阴阳、韵母的开口与合口、发音部位的前后等。她的《声声慢》词前三句：

cam4	cam4	mik6	mik6	laang5	laang5	cing1	cing1	cai1	cai1
寻	寻	觅	觅	冷	冷	清	清	凄	凄

caam2	caam2	cik1	cik1
惨	惨	戚	戚。

　　用广东话念来，一连十四个字都是在唇齿之间发音，营造出一种压抑嗫嚅的情怀。这是典型的把五音运用到词中的例子。

　　歌唱之法，以昆腔最为讲究。如张卫东先生依昆腔南词传谱所咏歌的李煜的《虞美人》：

虞美人

李　煜 词
张卫东 咏歌
程　乾 记谱

1=A

春花秋月 何时 了。 往事知多
少。 小楼昨 夜又 东风。
故国不堪 回首 月明 中。
雕栏玉 砌 应犹 在。
只 是朱颜 改。 问君 能 有
几 多愁。 恰似一江 春水

向　东　　　　　　流。

　　昆腔并不是产生于江苏昆山的地方戏曲，而是直接传承了唐宋词乐、金元杂剧南戏的士大夫文人艺术。张先生的咏歌，磅礴大气，悲慨莫名，系唐宋词乐之遗，与原词的悲剧情怀最为契合。

　　南宋陆游《钗头凤》一词，京剧四大名旦之一的荀慧生先生，曾请人以昆腔打谱，在舞台上演唱。其音乐纯为配合文辞，即亦属于咏歌的范畴。其中"几年离索"荀先生歌作"几多离索"：

钗头凤

陆　游　词
荀慧生　传腔
万如泉　记谱
万凤姝

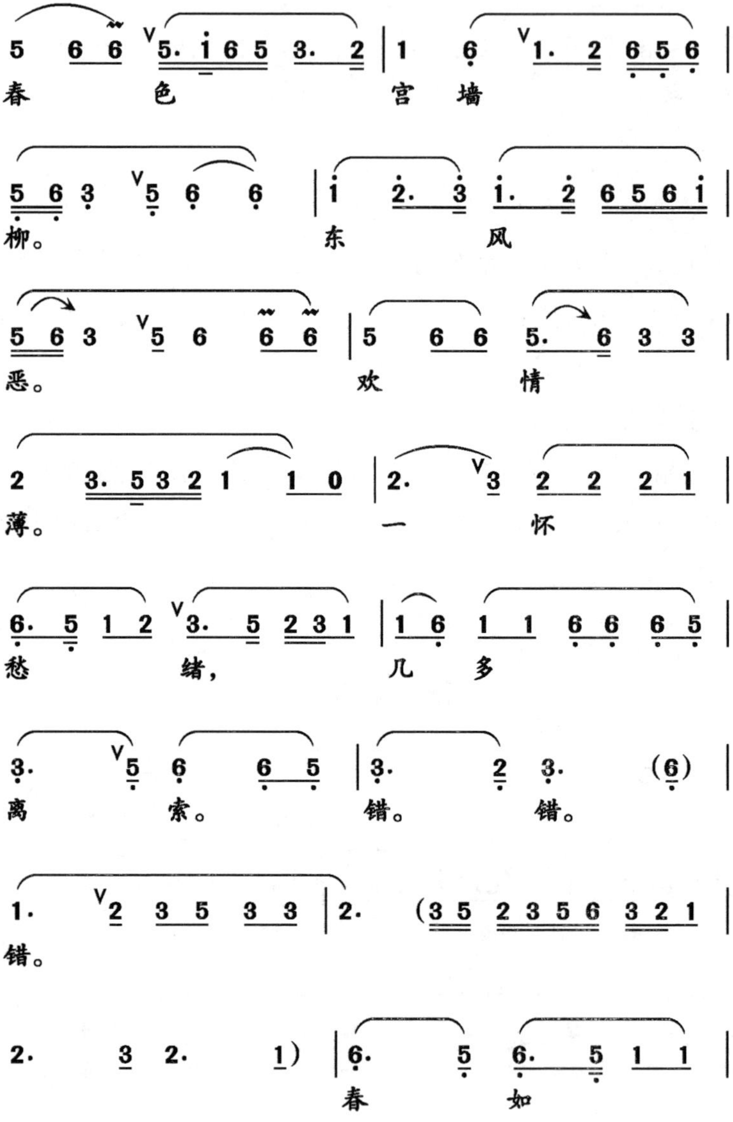
春色宫墙
柳。东风
恶。欢情
薄。一怀
愁绪，几多
离索。错。错。
错。
春如

2.　　3 2 1 1 1　ᵛ|⁵₌3. 2 5　6. i 5 6 5 3|
旧。　　　　　　　人　　空

2　　3 3 2　2　ᵛ|⁵₌3. 5 2. 1　6. 5 1|
瘦。　　　　　　　泪　痕　红

2.　3 2　2　|0 3 2 1 2　⁵₌3. 5 2 2|
浥　　鲛 绡　　　透。

5̣　6̣ 1 5̣ 6.　(5̣)|6. 5 1 2 6 5 1　2|
桃 花　落。　　闲 池 阁。

5　3. 2 ⁵₌3. 2 5　ᵛ|5. i 6 5　3 2　5 3 3　5 3 2|
山 盟 虽　在，　　锦　书

6. 5 1　2.　1|6. 5 ᵛ6̇ 6̇ 6̇|
难　托。　莫。　莫。

稍渐慢　　**再稍渐慢**

5̣　5̇ 0 6̇　7̇ 2̇　7̇ 7̇ 7̇|廿⁷₌6̇ 一 ‖
莫。

南宋词人姜夔，作词往往先"率意为长短句，然后协以律"，这一类的词，也都是用"歌"的方式去作音乐上的演绎。姜夔的《白石道人歌曲》中，有十七首词于文字旁标明了曲谱，是今天所能见到的最早见诸文献的宋词乐谱。杨荫浏先生曾将这十七支曲子译为今谱。细听程雄英女士所歌的《角招》，仍能感觉原词依字行腔，因文成乐的特征：

角　招

姜　夔 词曲
杨荫浏 译谱
程雄英 咏歌

1=A　4/4

为　春　瘦。　何堪更,绕　西湖　尽是垂

柳。　　　自看烟外　岫。记得　与君，湖上携

手。君　归未　久。　早乱落,香红千

亩。　一叶凌波　飘渺。　过三十六离

2̇ - i 7 | 6 - i.7͡ 6̇. 0͜ 1 7 | 6 - - 4 | 6 - i6i͡ | 2̇ - 4 3 |
宫，遣游人回　首。犹　有。画船障　袖。青楼

2̇ 4　5 4 | 6 - i.7͡ | 6 - - 0 4 6 5 4 | 6 - 6 i | 4̇ - 3̇ - |
倚扁，相映人争　秀。　翠翘光欲　溜。爱著宫黄，

2̇ i 4.3̇ | 2̇ - 2͡3̇2̇ | i.2̇ i6i͡ | 2̇ - 0 4 | 6 - 3̇ 　2̇ | i.2̇ 7 - |
而今时　候。伤　春似　旧。荡一点、春心　如

6. 0͜ 4 5 | 6 - 5 - | 4 - 6 - | 2̇ - 3 4 | 5 - 4.3͡ | 2̇ - i 7 | 6 - - 0 ‖
酒。写入吴丝　自奏。问谁识曲中　心，花前　友。

　　词与曲大都是先有曲子，再配上文辞，此即填词的本意。曲子不变，而文辞可换，即是"唱"了。如《凤凰台上忆吹箫》，此调原见于晁补之《晁氏琴趣外编》，李清照根据词的曲调，重新填词，抒写己心。今有古琴谱传世，程乾博士据以演唱，即遵循了"唱"的原则：

凤凰台上忆吹箫

李清照 词
《抄本琴谱》
程 乾 唱

1=F

6 3 - 5 6ⁱ 6 - | 3. 2 2 2 3 5 3 - |
香 冷 金 猊， 被 翻 红 浪，

1. 2 3 3 0 5 5 - | 6 3 5 6 6ⁱ 6 - |
起 来 慵 自 梳 头。 任 宝 奁 尘 满，

6ⁱ 6 5 3 5 6 6 - | 6ⁱ. 6 5 3 3 2 3. |
凭 它 日 上 帘 钩。 生 怕 离 怀 别 苦，

1 2 3 2 - 5̣. 6̣ 2 2 - | 3. 5 6 6ⁱ 6 - |
多 少 事， 欲 说 还 休。 新 来 瘦，

6 ⁱ 5 6 ⁱ 2 6̣ | 5̣. 6̣ 1 1 - |
非 干 病 酒， 不 是 悲 秋。

6 6 - | 5 5 2̇ ⁱ ⁱ - | 5 6 6 5 5 - |
休 休。 这 回 去 也， 千 万 遍 阳 关，

6· 5̲ 2 2 － | 5̲· 6̲ 6̲ 1̲ 2̲ 2̲ 1̲ 1̲ 2̲ 2̲ － |

也 则 难 留。 念 武 陵 人 远，烟 锁 秦 楼。

3̲ 3̲ 2̲ 6̲ 1̲ 2̲ 2 － | 3̲ 3̲ 2̲ 6̲ 1̲· 2̲ 6̲ － |

惟 有 楼 前 流 水， 应 念 我，终 日 凝 眸。

6̲ 1̲ － | 6̲ 1̲ 2̲ － | 2̲ 3̲ 3̲ 5̲ 6̲ 1̲· 2̲ 6 － 6 － ‖

凝 眸， 凝 眸 处， 从 今 又 添， 一 段 新 愁。

再听我所演唱的明清俗乐二种，对"唱"的音乐表现当更
有会心：

银 纽 丝

赵南星 词
徐晋如 唱
叶婵娟 记谱

1=A 4/4

3̲ 5̲ 3̲ 2̲ 1̲ 2̲ 1̲ | 6̲ 5̲ 3 5̲ 6 － | 2̲ 2̲ 3̲· 5̲ 3̲ 2̲ | 1̲ 6̲ 3̲ 2̲ 3̲ 1· |

到春来 难 挨 受用也么慌。百花开 遍 满 林 芳。
到夏来 难 挨 受用也么幽。藤床睡 起 冷 飕 飕。

具　壼　觴。　知心一伙　賽　疏狂。
慢　凝　眸。　荷花池馆　看　轻鸥。

莺舌巧似簧。　何须黄四娘。　　呀，
奔忙白汗流。　提起我害愁。　　呀，

大家齐把襟　怀　放。　　欢天喜地
长安市上红　尘　臭。　　清闲自在

度韶光。　也是俺　前　生
要人修。　念一声　佛　儿

烧了　好　香。
点一　点　头。

我的天　哟，
我的天　哟，

$$6\quad \overset{\frown}{\dot{1}\ 6}\quad \overset{\frown}{5\quad 3.\underline{5}}\quad \overset{\frown}{2\ 3}\ |\ \overset{\overset{rit}{\frown}}{5.\quad \dot{1}}\quad 3\ 2\ 1\quad -\ :\parallel$$

唱齐声，　齐　声　唱。

毂咱心，　咱　心　毂。

板桥道情

郑　燮　词
徐晋如　唱
叶婵娟记谱

1=A　2/4

$$\overset{\frown}{6.\quad \dot{1}}\ \overset{\frown}{2\ 3\ 1}\ |\ \overset{\frown}{6.\quad \dot{1}\ 5}\ |\ \overset{\frown}{\dot{1}\ \dot{1}}\ \overset{\frown}{6.\dot{1}\ 6\ 5}\ |\ \overset{5}{3}\ -\ |$$

老　渔　翁，　　一　钓　　　竿。

老　樵　夫，　　自　砍　　　柴。

$$\overset{\overset{\frown}{\dot{1}}}{6.}\ \dot{1}\ \overset{\frown}{2\ 3\ 1}\ |\ \overset{\overset{\frown}{\dot{1}}}{6}\ -\ |\ \dot{1}\ \dot{1}\ \overset{\frown}{6.\dot{1}\ 6\ 5}\ |\ \overset{\frown}{3.\quad 5}\ 3\ 2\ 1\ |$$

靠　山　崖，　　傍　水　　湾。

捆　青　松，　　夹　绿　　槐。

$$\overset{\frown}{5\quad 5\ 3\ 2}\ |\ \overset{\frown}{3.5\ 6\ \dot{1}\ 5}\ |\ \overset{\frown}{5.\quad \dot{1}\ 3\ 2\ 1}\ |\ \overset{\frown}{1.\quad 2\ 3\ 5}\ \overset{\frown}{2\ 3\ 1}\ |\ \overset{\frown}{6}\ -\ |$$

扁　舟　来　往　无　牵　绊。

茫　茫　野　草　秋　山　外。

6 6 | 2̇ 2̇ 3̇ 1̇ 6 5 | 1̇ 1̇ 6 1̇ 6 5 | 3̇ 5̇ 3̇ 5̇ | 1̇ 6. |

沙鸥 点点　　清波　远，
丰碑 是处　　成荒　冢，

5. 6 1̇ 2̇ 1̇ | 6. 1̇ 6 5 3̇ | 1̇ 1̇ 6. 1̇ 6 5 | 3. 5̇ 3̇ 2̇ 1̇ |

荻 港 萧　　萧 白昼　寒。
华 表 千　　寻 卧碧　苔。

5 5 3 2 | 5 5 1̇ 6 5 5 3 | 5. 1̇ 3̇ 2̇ 1̇ | 1. 2̇ 3̇ 5̇ 2̇ 3̇ 1̇ | 6 - |

高歌　一曲　　斜　阳 晚。
坟前　石马　　磨　刀 坏。

6 6 5 3 | 2 3̇ 5̇ 2̇ 3̇ 1̇ | 6 - | 6. 1̇ 2̇ 6 1̇ 5. |

一霎 时　波摇 金　影，　蓦 抬 头
倒不 如　闲钱 沽　酒，　醉 醺 醺

1̇ 1̇ 6 1̇ 6 5 | 5 3 5 1̇ 6. ‖

月 上 东　　山。
山 径 归　　来。

西哲尼采云：“我们再补充指出全部古代抒情诗的一种最重要的现象：无论何处，抒情诗人与乐师都自然而然地相结合，甚至成为一体。相形之下，现代抒情诗好像是无头神像。"①无论中西方的古典诗歌，都注重诗乐合一，音律与思想感情的协调，这体现了古人对高雅优美的追求与向慕。而今天提倡解放格律、改革声韵的人，正暴露出他们与高雅优美之境的疏离。

---

① （德）尼采著，周国平译：《悲剧的诞生》，生活·读书·新知三联书店，1986年，第18页。

第二编　诗说

第五章　近体诗的格律

　　近代桐城派大家姚永朴《文学研究法》"格律"篇指出：格、律本为二词，格，是指诗文所当达到的文体风格，律，是诗文所不当凌犯的戒条。凡为诗文得体者，即谓之有格。一篇文、一首诗有其独特的面貌，亦谓之有格。《朱子语类·论文》曰：忌意凡思缓，忌软弱，忌没紧要，忌不仔细，忌辞意一直无馀，忌浮浅，忌不稳，忌絮，忌巧，忌昧晦，忌不足，忌轻，忌薄，忌冗。方苞曰：古文中不可入语录中语，魏晋六朝人藻丽俳语，汉赋中板重字法，诗歌中隽语，南北史佻巧语。曾国藩云：大抵剽窃前言，句摹字拟，是为戒律之首。如此等等皆文章之律①。又如古风不可掺杂进近体诗的句法，不可失韵，不可平仄通押，须高古质朴而不能繁缛绮艳；近体诗不得出韵转韵，不

――――――――――――
　　①姚永朴：《文学研究法》，黄山书社，1989年。

得犯孤平、三平尾，不得失粘失对，不可写得像词；词不可违背词谱，不可写得有村俗气，莫一而非其文体戒律。故知我国古典文体，莫不有格律，盖不独近体诗为有格律也。

认为只有近体诗才有格律，古体诗就是中国古代的自由诗，这是一个积非成是的谬见。其实，我们平常所讲的近体诗的格律，只是近体诗声韵安排的戒律，不涉及其文体格调。更确切的说法是声律或韵律——规定了诗的声韵如何安排的戒律，即关于诗的声韵的游戏规则。常见有人作绝句律诗不合律，以"古体诗"自解，便是不明古体诗亦自有古体诗的格律，其辩解也就没有说服力。与其见笑大方之家，不如稍下一番工夫，去了解一下中国古代文体的格律。

只要是诗，就要讲韵律。吴宓先生说："诗者，以切挚高妙之笔，具有音律之文，表示生人之思想感情者也。"[1]天下一切事物，莫不兼具内质与外形，天下一切美丽之物，莫不内质与外形兼美。诗为美丽之物，固不待言矣，诗的文辞韵律，便是诗的外形，舍优美之文辞，动听之韵律，则不能成其为诗。

诗有声韵，本出天然。人类用语言表达人的情感，每有不足，故语言以外，更须有咨嗟咏叹，为语言之助兴，好让表情达意的语言更加婉转动听。咨嗟之不足，继之以咏叹，咏叹之不足，遂发展为歌唱。诗赋词曲之韵律，便是在这样的背景下

---

①吴宓：《诗学总论》，《学衡》杂志第九期，1922年9月。

自然地被发现了。韵律是为了让文本更加悦耳，使之声情并茂，它的作用乃在助成天赋，而非以之为枷锁，去束缚人的诗性。法国学者保罗·韦拉里（Paul Valéry，1871—1945）指出："诗中韵律之功用，正以吾人出言下笔太过轻易，遂特设此种种严密复杂之规矩，作为抵抗之材料。"又曰："此等枷锁羁勒，能常紧束诗人之天才，使不至一刻放纵怠惰，而率尔粗心吟成劣诗。"① 这的确是一个深刻的发现！于诗词格律一道从未下过工夫的人，率尔成篇，绝无可能是及格的作品，便因其下笔太过轻易的缘故。近体诗的韵律包括两个方面，其一是用韵要求，其二是平仄的安排。

近体诗只能押平声韵，所以三十个平声韵目应当记熟：

东冬江支微鱼虞齐佳灰真文元寒删

先萧肴豪歌麻阳庚青蒸尤侵覃盐咸

平声韵目中的常用韵字，则可藉诵念《声律启蒙》辅助记忆。这是一部根据平声三十韵编制成的蒙学课本，它用对仗的骈体文写成，既可以训练学生对仗的基本感觉，提供一些诗文常用典故，也有助于学生熟记平声三十韵中的韵字。清代

---

① 吴宓译：《韦拉里说诗中韵律之功用》，《学衡》杂志第六十三期，1928年5月。

另有传为李渔所著之《笠翁对韵》也很流行，但用韵舛乱，徒乱人思，不建议使用。本书附有我诵念《声律启蒙》全书的录音。以下是《声律启蒙》一东韵的内容，入声字也以着重号标示出来：

云对雨，雪对风。晚照对晴空。来鸿对去燕，宿鸟对鸣虫。三尺剑，六钧弓。岭北对江东。人间清暑殿，天上广寒宫。两岸晓烟杨柳绿，一园春雨杏花红。两鬓风霜，途次早行之客；一蓑烟雨，溪边晚钓之翁。

沿对革，异对同。白叟对黄童。江风对海雾，牧子对渔翁。颜巷陋，阮途穷。冀北对辽东。池中濯足水，门外打头风。梁帝讲经同泰寺，汉皇置酒未央宫。尘虑萦心，懒抚七弦绿绮；霜华满鬓，羞看百炼青铜。

贫对富，塞对通。野叟对溪童。鬓皤对眉绿，齿皓对唇红。天浩浩，日融融。佩剑对弯弓。半溪流水绿，千树落花红。野渡燕穿杨柳雨，芳池鱼戏芰荷风。女子眉纤，额下现一弯新月；男儿气壮，胸中吐万丈长虹。

近体诗的韵位十分严格。如果是八句的律诗，那么一般都是二、四、六、八四句押韵；而如果是四句的绝句，就是二、四两句押韵。下面我们将会讲到，根据近体诗的平仄规律，首句的最后一个字可能是平声，也可能是仄声。如果是仄声，那么就不入韵，如果是平声，就必须入韵。五言诗首句不入韵是正格，入韵是变格；而七言诗首句入韵是正格，不入韵是变格。

近体诗总是一韵到底，不像古体诗可以换韵。所谓一韵到底，就是指韵脚所押的韵字，必须是同一个韵目里面的字。比如第一个韵脚是"丰"字，查韵书知道这是属于上平声"一东"韵，那么以后各个韵脚，就只能从一东韵韵目下"东同铜桐筒童僮……"等字里挑（可检本书附录六）。

因为首句本来不是"法定"的韵位，所以首句的韵可以宽一点，借用到邻韵的字，这种做法叫作"孤雁出群"。所谓邻韵，不是指在排列顺序上相邻的韵，而是指按照中古音，读音相近的韵。

王力先生根据唐人的通韵情况，把平水韵的一百〇六个韵，又参照《广韵》的韵目，补充了拯、证二韵，分为十五部，凡在一部之内，而声调又相同的字，就可以通押。见下表：

	平声	上声	去声	入声
歌部第一	歌	哿	箇	
麻部第二	麻	马	祃	
鱼部第三	鱼虞	语麌	御遇	
支部第四	支微	纸尾	寘未	

	平声	上声	去声	入声
齐部第五	齐	荠	霁	
佳部第六	佳灰	蟹贿	卦泰队	
萧部第七	萧肴豪	篠巧皓	啸效号	
尤部第八	尤	有	宥	
阳部第九	阳	养	漾	药
庚部第十	庚青	梗迥	敬径	陌锡
蒸部第十一	蒸	拯	证	职
东部第十二	东冬江	董肿讲	送宋绛	屋沃觉
真部第十三	真文元先删寒	轸吻阮铣潸旱	震问愿霰谏翰	质物月屑黠曷
侵部第十四	侵	寝	沁	缉
咸部第十五	覃咸盐	感豏俭	勘陷艳	合洽叶

这个表也是古体诗押韵的标准。古体诗可以在任意位置邻韵通押，不像近体诗一样只放宽到首句，古体诗还可以押仄声韵，不像近体诗一样只能押平声韵。

近体诗押韵既然只要用到三十个平声韵的韵字，那么我们只需要记住以下韵部是邻韵即可：

鱼虞、支微、佳灰、萧肴豪、庚青、东冬江、真文元先删寒、覃咸盐。

近体诗的平仄安排，反映的是其吟诵的规则。熟悉了诗的吟，也就会熟悉诗的律。为便初学，兹尽量用图像化的方式来表述诗律。近体诗中七言是在五言的基础上扩充来的，明白了五言的平仄安排，也就懂得了七言的平仄安排。五言诗只需记住以下规律，不必背诵，也就自然掌握了。

一、双平双仄是基本元素

我们用○代表平声，●代表仄声，五言诗可分成○○、●●和○或●的组合。我们把这四个基本元素叫作"音步"，由"声"组成了"音步"，再由"音步"组成了"句"。"音步"的排列方式有二组四种：第一组是○○—●●—○和○○—○—●●，即前面皆是"○○"，后面的"●●"与"○"互调；第二组是●●—○○—●和●●—●—○○，即前面皆是"●●"，后面的"○○"与"●"互调。大家可以发现，每句开头的第一个"音步"，一定是双音步。

二、相粘、相对、相错

近体诗中第一二句、第三四句、第五六句、第七八句都叫作**联**。"对"，是每联上下句第一个"双音步"平仄相反；"粘"，是前联的下句和后联的上句的第一个"双音步"平仄相同。"错"，则是对**粘对**规则的补充。

对的形式有两种，一种是完全相**对**不相**错**，比如上句是

○○—○—●●，那么下句必然是●●—●—○○。上句是
●●—○○—●，下句必然是○○—●●—○。不但第一个"双
音步"平仄相反，以后的"单音步"和"双音步"也相反。另
一种是第一个"双音步"相对，后面的相错。这种情况只会产
生在一首诗的第一二句，也就是首句入韵时，上句是○○—
●●—○，下句为了要押韵，则是●●—●—○○。即第一个
"双音步"相对，后两个"音步"，正对本应该是○○—●，但
为了押韵，要把前音步（○○）与后音步（●）互调，成为●—
○○。还有一种情况是上句是●●—●—○○，下句则为○
○—●●—○。即第一个"双音步"相对，后两个"音步"，正
对本应为○—●●，为了押韵要把前音步（○）与后音步（●●）
互调，就成为●●—○。这就是相错的情形。

　　粘的情况比对还要简单。大家记住一个口诀：相粘必相
错。因为粘的上句都是上一联的下句，那么只有两种情况，就
是●●—●—○○和○○—●●—○。同对的规则一样，首先
满足第一个"音步"，我们上面讲过，第一个"音步"一定是
"双音步"。对，是第一个双音步平仄相反，粘，就是第一个双
音步平仄相同。那么，●●—●—○○的下句——也就是下一
联的上句，前二字就可确认为●●，而后三字如果正粘，则亦
为●—○○，但这样就变成上下句完全一样了，这是不能被允
许的，于是要采取相错的规则，即变为○○—●，一个整句连
起来就是●●○○●。而○○—●●—○的下句，第一个音步

既然要相**粘**，也可确认为○○，后两个音步，一个是双音步，一个是单音步，也当相**错**，是为○—●●，这样，与○○—●●—○相**粘**的就是○○—○—●●。

综合相**对**相**错**和相**粘**相**错**的情况，其实就是一句话，上句末字如入韵，下句不管是**对**还是**粘**，都须相**错**。

绝句一般四句，律诗一般八句，排律能排到很多句，但不管有多少句，运用上面的方法，可以举一反三地出来，哪里需要去苦记什么平起不入韵、仄起入韵的东西呢？（为尊重读者的习惯，本书附录一还是给出了传统的十六种诗格。读者亦可对照本书录音中邹金灿先生的粤语吟诵，多些感性认识。）

以下是五言律诗的四种起句推导图，单箭头代表**粘**，双箭头代表**对**。

以〇〇〇●●起句：

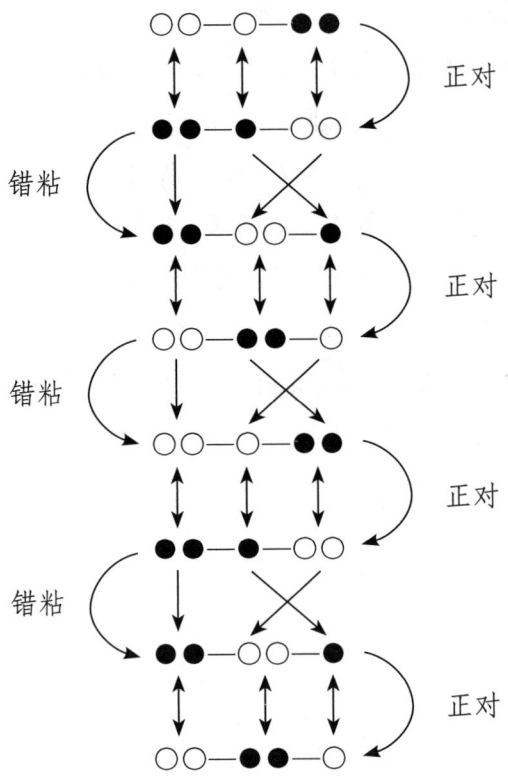

以●●●○○为起句：

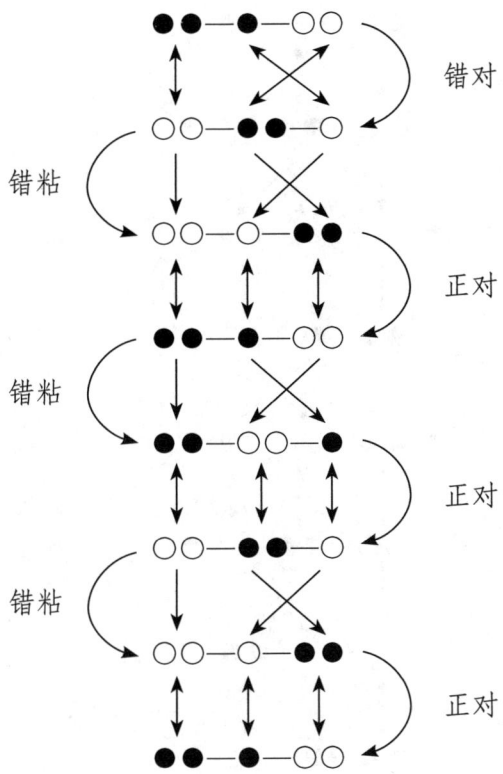

以●●○○●为起句：

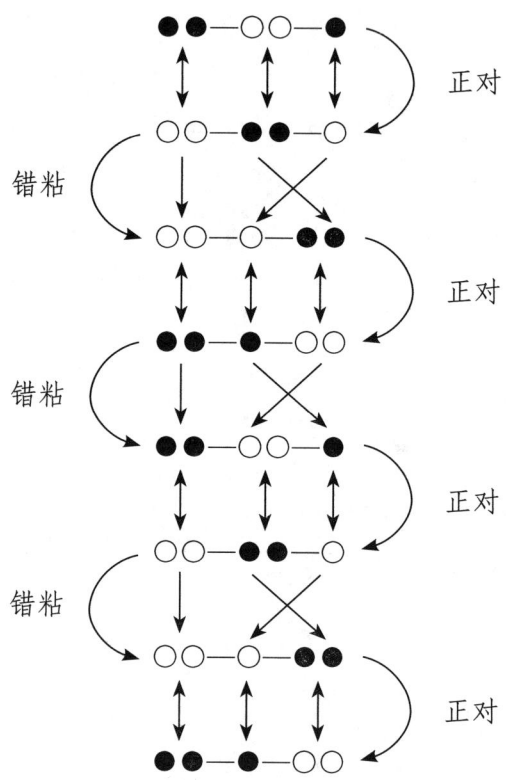

以〇〇●●〇为起句：

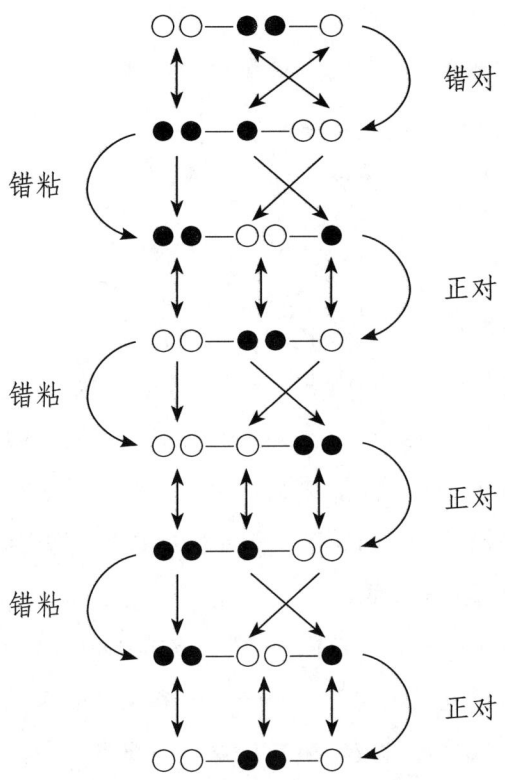

三、五言到七言

从五言到七言，只是把五言的第一个双音步反过来，添在最前面，就成七言。上述五言的两组四种，到七言就是：

第一组：（●●）—○○—●●—○、（●●）—○○—○—●●

第二组：（○○）—●●—○○—●、（○○）—●●—○—○○

四、避免孤平、三平尾

诗词格律很严谨，但绝不是一成不变。传统说诗词的格律，有一个说法叫"一三五不论，二四六分明"，这也是吟诗的基本原则。也就是说，对于七言来说，第一、三、五字的平仄可以有变化。如果是五言，则是一、三两字。由于这种规律的存在，使得格律既严谨，又灵活。

但是，"一三五不论，二四六分明"这句口诀不能包打天下。对于收平声韵的句子（●●）—○○—●●—○来说，假如一三五不论，变成●●（或○●）—●○—●●—○，这就犯了孤平，是诗中大忌。传统认为孤平是指这一句式除了韵脚只有一个平声字，这种说法是不准确的，比如○●—●○—●●—○一句，除去韵脚有两个平声，但它依然犯了孤平。实际上，七言句是从五言句扩展而来，我们看格律，要把七言也当成五言看，看后五个字，只要后五字是●○—●●—○，那就是孤平。孤平一般而言需要补救。补救的方法，就是把●○—
●●—○变成●—○○—●○，让那个孤平后面的仄声字变成
平声，也就是说，让双平音步往后挪一个声位，这样就成了。
如：北风吹白云、客行悲故乡、枳花明驿墙、笑问客从何处来、
双鬓向人无再青……

同样地，（○○）—●●—●—○○这一句，如果按照"一
三五不论"的口诀，第五（三）字的仄似乎可以变成平声。然
而事实上不行。这样，就形成了三平尾，是近体诗中绝对不能
出现的错误。而且，出了这个问题，根本无法补救。

五、拗句与拗式

除了一、三、五字相对自由，古人有时候还在二、四、六
的位置上故意突破格律，以营造一种缺陷美，是为拗句。但拗
句不是随意拗的，而是有规律的。拗句在诗中出现，有以下几
种情况：

一是○○—○—●●一句可变成○○—●—○●（五言或
七言后五字，下同），两句完全等价；如：

　　　　秋风不相待
　　　　今看两楹奠
　　　　遥遥去巫峡
　　　　淮水东边旧时月

这是因为在吟诵时，一连三个平声，一连三个长节拍，节奏不好掌握，不便口吻，不如用一个短节拍的仄声间插在中间来得和谐。

二是〇〇〇●●可以变成〇〇●●●，但通常不要变成●〇●●●（唐人虽有此例，但并不多见）；

如：

> 那堪那音挪，是平声。两处宿
>
> 云霞出海曙

三是上句为●●—〇〇—●（或〇●—〇〇—●，五言一、三不论，故不赘述。下同），如果〇〇变成●〇、〇●、或●●，下句一般要变成〇〇—〇—●〇（或●〇—〇—●〇）。如：

> 腥浪拍心碎，飙风吹鬓华。
>
> 野火烧不尽，春风吹又生。
>
> 向晚意不适，驱车登古原。
>
> 映阶碧草自春色，隔叶黄鹂空好音。
>
> 一身报国有万死，双鬓向人无再青。

上句由●●—〇〇—●变成●●—●〇—●，下句的〇〇—●●—〇也可不改成〇〇—〇—●〇（或●〇—〇—●〇）：

复值接舆醉，狂歌五柳前。

此地一为别，孤蓬万里征。

拜手卷黄纸，回身谢白云。

忽起地仙兴，飘然出旧山。

　　需要注意的是，如果上句出现拗句，在推导下句的格律时，要有**还原意识**。比如上句是○○—●—○●，下句只能是●●—●—○○，而不是●●—○—●○，上句是●●—●●—●，下句不能是○○—○○—○，而只能是○○—○●—○（或●○—○—●○）。

　　唐时格律未臻细密，五言句或七言后五字亦有用仄仄平平平之格式者，用仄仄平仄平者，或许出诸偶然，或许是诗人有意为之，但因后嗣乏响，仿效者少，现在一律作古风句法视之。何文汇先生发现，唐诗人孟浩然就特别喜欢用仄仄平仄平（或平仄平仄平）的句法[1]：

八月湖水平，涵虚混太清。

北阙休上书，南山归敝庐。

卧闻海潮至，起视江月斜。

楚关望秦国，相去千里馀。

---

[1]何文汇：《诗词四论》，汉语大词典出版社，1999年，第53页。

而如果诗人故意失对、失粘，以刻意向古体诗看齐，则被称为拗式。典型的拗体，应当一拗再拗，极尽破格之能事。因为一拗未免单调，必须二拗三拗，才会显得富于变化。比如崔颢的《登黄鹤楼》：

昔人已乘白云去，此地空馀黄鹤楼。
●○●○○●●　●●○○○●○
黄鹤一去不复返，白云千载空悠悠。
○●○●●●●　○○○●○○○
晴川历历汉阳树，芳草萋萋鹦鹉洲。
○○●●●○●　○●○○○●○
日暮乡关何处是，烟波江上使人愁。
●●○○○●●　○○○●●○○

又如李白《登金陵凤凰台》：

凤凰台上凤凰游。凤去台空江自流。
●○○●●○○　●●○○○●○
吴宫花草埋幽径，晋代衣冠成古丘。
○○○●○○●　●●○○○●○
三山半落青天外，二水中分白鹭洲。
○○●●○○●　●●○○●●○
总为浮云能蔽日，长安不见使人愁。
●●○○○●●　○○●●●○○

崔诗的好处是，前半皆拗，近于古体，后半又保留了律诗的整齐之美，极尽错综复杂之能事。而李诗则两处失粘，以独特的声律给人以深刻的印象。杜甫本人也写了很多破律的拗体诗，这是一种实验性的探索。龚自珍说："百事翻从缺陷好。"缺陷，有时正如江小鱼脸上的刀疤，也是一种美①。

有一种特殊的拗体，是于绝句的二三句当粘处未粘，其位置正好在诗的中间，被称作"折腰体"。如张九龄《赋得自君之出矣》：

> 自君之出矣，不复理残机。
> 思君如满月，夜夜减清辉。

崔峒《清江曲内一绝》：

> 八月长江去浪平。片帆一道带风轻。
> 极目不分天水色，南山南是岳阳城。

韦应物《滁州西涧》：

> 独怜幽草涧边生。上有黄鹂深树鸣。
> 春潮带雨晚来急，野渡无人舟自横。

均是二三句当腰处失粘，故曰"折腰"。王维《送元二使安西》：

---

① 关于拗句与拗式的问题，主要采用了谢崧先生的观点。详见谢崧《诗词指要》上编第七章《论拗体诗——破格破律诗》，香港中华书局，1979年。

"渭城朝雨浥轻尘。客舍青青柳色新。劝君更尽一杯酒，西出阳关无故人。"亦是"折腰体"的一种。因此首被谱了曲，是为《阳关三叠》，故后世有依其平仄而填词者，即被称为"阳关体"。"阳关体"是一种特殊的折腰体，即不但二三句失粘，平仄也完全仿照王维此首的，才是"阳关体"。当代诗人杨启宇有一首挽彭德怀的七绝："铁马金戈百战馀。苍凉晚节月同孤。冢上已深三宿草，人间始重万言书。"此诗获得首届中华诗词大赛一等奖。据说这首诗入围时，有评委提出二三句失粘，即有评委以"阳关体"答之。实则此首是"折腰体"，而非"阳关体"。

　　清初大诗人王渔洋说："七绝即唐人乐府。"意谓七言绝句就是唐人的流行歌辞。歌辞但取其便歌，本不求格律十分严谨，而且绝句起源早于律诗，本就有古绝与近体绝之别（说详第九章），古人在绝句上放松格律，也就可以理解了。

　　此外，古人亦偶有意到诗到，不暇细审声律之处。如老杜的《咏怀古迹》：

> 摇落深知宋玉悲。风流儒雅亦吾师。
> 怅望千秋一洒泪，萧条异代不同时。
> 江山故宅空文藻，云雨荒台岂梦思。
> 最是楚宫俱泯灭，舟人指点至今疑。

二、三句失粘，而不失为千古名篇。中国学术有一传统理念：

"例不十不立，反例不十不破。"十者，完全之意。我辈学诗，绝不可以前人亦有违律，转相藉口。

　　总之，格律应当严守，但如生具李、杜般的绝人之姿，亦不妨打破，但终究以严守格律为主。不管是严守还是破律，都应是以《平水韵》为声韵标准。用现代普通话去写诗、用普通话入韵，那就不是诗词了。这不仅是一个学理问题，更是一个信仰问题。阿克顿勋爵说："在还没有理解、掌握、实践保守主义的诸原则之前，自由主义也不过是偏见的集大成者罢了。"一个真正热爱自由的人，不会去毁坏传统，反而应当敬畏和捍卫它。我们旗帜鲜明地倡导严守《平水韵》的声韵系统，不仅是在捍卫一种文学范式，更是在捍卫知识的尊严。

第六章　近体诗对仗的理论与技巧

　　对仗，又称对子，文章中的对仗，古人亦称之为骈句、偶句、俪（丽）辞。传统中国的教育十分注重培养学生对对子的能力。这不仅是因为科举考试的敲门砖——八股文一定要用对仗，也不仅因为作诗总不免用到对仗，还因为骈偶是中国文字独有的特点，从两汉到唐，骈文一直是文章正宗，只有顺利通过对对子的训练，才算真正进入了中国文学之门。

　　1932年，刘文典先生任清华国文系主任，请陈寅恪先生代拟入学考试的国文试题。陈先生其时已定赴北戴河休养，于是匆匆出了试题。这份陈先生倚马而就的试卷，后来成为中国近代教育史上的经典。试卷中有"对对子"一题，上联为"孙行者"，希望考生以"胡适之"来对。因为苏轼有两句诗："前生恐是卢行者，后学过呼韩退之"，"韩卢"合为一词，是犬名，而"行""退"皆步履进退之动词，"者"与"之"，是虚字相对。

陈先生属意考生以"胡适之"对"孙行者",除"适"与"行"、"之"与"者"的相对之外,也因胡、孙合词,可借音"猢狲"（猿猴）。

陈先生认为,一副好的对子,"必具正反合之三阶段。对一对子,其词类声调皆不适当,则为不对,是为下等,不及格。即使词类声调皆合,而思想重复,如《燕山外史》中之'斯为美矣,岂不妙哉'之句,旧日称为合掌对者,亦为下等,不及格。因其有正,而无反也。若词类声调皆适当,即有正,又有反,是为中等,可及格。此类之对子至多,不需举例。若正及反前后二阶段之词类声调,不但能相对,而且所表现之意义,复能互相贯通,因得综合组织,别产生一新意义。此新意义,虽不似前之正及反二阶段之意义,显著于字句之上,但确可以想象而得之,所谓言外之意是也。此类对子,既能备具第三阶段之合,即对子中最上者。赵瓯北《诗话》盛称吴梅村歌行中对句之妙。其所举之例,如'南内方看起桂宫,北兵早报临瓜步'等,皆合上等对子之条件。实则不独吴诗为然,古来佳句莫不皆然。岂但诗歌,即六朝文之佳者,其篇中警策之俪句,亦莫不如是。惜阳湖当日能略窥其意,而不能畅言其理耳。凡能对上等对子者,其人之思想必通贯而有条理,绝非仅知配拟字句者所能企及。故可藉之以选拔高才之士也"。

以陈先生之博学淹通,不知何故谈对对子而不提及《文心雕龙·丽辞》篇。此文提纲挈领,已把对仗这一汉语文学独有的修辞法在理论层面的一切问题都说透了：

> 造化赋形，支体必双，神理为用，事不孤立。夫心生文辞，运裁百虑，高下相须，自然成对。

中国文化，是一种讲感通的文化，在古人的心目中，天地万物之间有着一种神秘的联系。天地间万物有正必有反，文辞生于人心，也不能例外。故文辞成对，本出自然。这八句，讲的是偶句源于造化，发诸天机，其哲学内蕴当为古人"一阴一阳之谓道"的思想。当然，骈偶是上天对中国文字的厚赐，若没有单音节的中国文字，便也不能形成此独特的骈偶文学。

> 唐虞之世，辞未极文，而皋陶赞云："罪疑惟轻，功疑惟重。"益陈谟云："满招损，谦受益。"岂营丽辞，率然对耳。《易》之《文》《系》，圣人之妙思也，序《乾》四德，则句句相衔，龙虎类感，则字字相俪。乾坤易简，则宛转相承，日月往来，则隔行悬合。虽句字或殊，而偶意一也。至于诗人偶章，大夫联辞，奇偶适变，不劳经营。

上段承骈偶出诸自然之理，探本溯源，谓尧舜之世，文辞质朴，但《虞书·大禹谟》中已有偶句，《虞书》所记，是君臣问答之辞，臣下率尔应答，绝无刻意为骈丽之辞的可能，是知吾国文学，天生即宜对偶。又谓孔子作《易·文言》，解释"乾，元亨利贞"时，就用骈语云："元者，善之长也；亨者，嘉之会也；利者，义之和也；贞者，事之干也。君子体仁足以长人，嘉会足以合礼，利物足以和义，贞固足以干事。"又有"同声相应，同气相求。水流湿，火就燥，云从龙，风从虎"之语。《易·系辞》则有："乾道成男，坤道成女。乾知大始，坤作成物。乾以易知，坤以简能。易则易知，简则易从。易知则有亲，易从则有功。有亲则可久，有功则可大。可久则贤人之德，可大则贤人之业。"又有："日往则月来，月往则日来。日月相推，而明生焉。寒往则暑来，暑往则寒来。寒暑相推，而岁成焉。"都是天然含有"偶意"之语。至于诗、骚，句之奇偶，皆是不自觉成之。此外，像《老子》五千言，多用骈语，如"大器晚成，大音希声""无名天地之始，有名万物之母"，《庄子》"鹪鹩巢林，不过一枝；鼹鼠饮河，不过满腹"，其例孔多。

> 自扬、马、张、蔡，崇盛丽辞，如宋画吴冶，刻形镂法，丽句与深采并流，偶意共逸韵俱发。至魏晋群才，析句弥密，联字合趣，剖毫析厘。

此论诗家崇盛丽辞，殆由扬（雄）、马（司马相如）、张（衡）、蔡（邕）始，而至魏晋群才，后出转精。诗赋中有意识地用偶句，其作用在增其深采逸韵，引起特殊的联想和美感。

亦即陈寅恪先生所讲的"别产生一新意义"。

然契机者入巧，浮假者无功。故丽辞之体，凡有四对。言对为易，事对为难。反对为优，正对为劣。言对者，双比空辞者也。事对者，并举人验者也。反对者，理殊趣合者也。正对者，事异义同者也。长卿《上林赋》云："修容乎礼园，翱翔乎书圃。"此言对之类也。宋玉《神女赋》云："毛嫱鄣袂，不足程式；西施掩面，比之无色。"此事对之类也。仲宣《登楼》云："钟仪幽而楚奏，庄舄显而越吟。"此反对之类也。孟阳《七哀》云："汉祖想枌榆，光武思白水。"此正对之类也。凡偶辞胸臆，言对所以为易也。征人之学，事对所以为难也。幽显同志，反对所以为优也。并贵共心，正对所以为劣也。又以事对，各有反正，指类而求，万条自昭然矣。张华诗称："游雁比翼翔，归鸿知接翮。"刘琨诗言："宣尼悲获麟，西狩泣孔丘。"若斯重出，即对句之骈枝也。是以言对为美，贵在精巧；事对所先，务在允当。若两事相配，而优劣不均，是骥在左骖，驽为右服也。若夫事或孤立，莫与相偶，是夔之一足，趹踔而行也。若气无奇类，文乏异采，碌碌丽辞，则昏睡耳目，必使理圆事密，联璧其章，迭用奇偶，节以杂佩，乃其贵耳。类此而思，理自见也。

上论丽辞的分类及其经验、技巧。丽辞有四类：自材料论，有言对、事对之分，自意义论，有反对、正对之别。其经验是，"言对为易，事对为难，正对为劣，反对为优"。言对只要字面相对，故此为易，事对则要胸中蓄积书册，故而为难。正对上下句只说得一个意思，即陈寅恪先生所说的"词类声调皆合，而思想重复"，是"有正而无反"的下等对子。反对是"理殊趣合、幽显同志"的偶句，上下句不但在字面上完全相对，其意义又足相反相成，故曰为优。这也正是陈先生所说的"正及反前后二阶段之词类声调，不但能相对，而且所表现之意义，复能互相贯通，因得综合组织，别产生一新意义。此新意义，虽不似前之正及反二阶段之意义，显著于字句之上，但确可以想象而得之，所谓言外之意是也。此类对子，即能备具第三阶段之合，即对子中最上者"。下面这段文字，出自近代骈文大家瞿兑之的《蟪园文存·序》。文中对句，极尽华赡流美之能事，用事淹博，铢两悉称。读者细玩其文辞，自然有得：

嗣是公尝以国事未定，任南北议和代表，思息阋墙之争，复一统之治。而以武将多负固之思，辩士逞纵横之技，治丝益棼，卒不副愿，爰有历聘三洲之举。始持英簜，躬奉盘匜，驿骑初临，凤麟争识。昔者甘英奉使，空临红海之滨；法显求经，不逾师子之国。公博稽载记，周访名都，乌弋山离，蔚宗之所曾记；白衣大食，杜环之所亲经。拂菻记时之表，驰说于唐书；罽宾王面之钱，详述于汉传；玩条支之大鸟，抚大夏之胡桐。然后知穆满群玉之游，必非凿空；子年拾遗之记，亦异凭虚。种族宜出一源，政教本无殊致。是以安敦之盛治，为汉土所艳称；震旦之宗风，亦大秦所遥慕。公精心默识，秘钥潜窥，契其长短之效，存其会通之迹。以视子云之访轩，止于奇字；裴公之志西域，不越传闻，非其伦矣。欧洲人士，爰有辟中国学院，开四库全书之议。此又公通政事之效四也。

　　《文心雕龙》将思想重复的正对比作人的骈指，后人则将正对称之为"合掌"，谓一掌心对一掌背，两掌相合，而无所用。比如"蝉噪林逾静，鸟鸣山更幽"，虽是名句，但却犯了合掌。《红楼梦》里"玉是精神难比洁，雪为肌骨易销魂""毫端蕴秀临霜写，口角噙香对月吟"、毛泽东的"五岭逶迤腾细浪，乌蒙磅礴走泥丸""独有英雄驱虎豹，更无豪杰怕熊罴"，也都是合掌。

　　事对相比言对，有难易之判，无优劣之分。言对重在精巧，事对之优者，在于允当，即用事未尝牵强附会。用事时尚须注意：所用典实，要优劣相均。否则，便如用马拉车，左边拴着骏马，右边拴着驽马，欲不翻车而不可得。清李伯元《南亭四话》中曾记某名士上巳修禊，同学某出上联："此地有崇山峻岭，茂林修竹"，盖出诸《兰亭集序》，切时切景，十分难对。名士应声就对了句："若周之赤刀大训，天球河图"，用《尚书·顾命》"宗器，先世所藏之重器。若周之赤刀、大训、天球、河图之属也"。满座惊其敏捷。后来有人用《西厢记》里的戏词作对："怕你不雕虫篆刻，断简残编"，字面虽工，但用语不称，明显伤于纤弱。

丽辞偶句，固然能增行文之深采逸韵，但也得要整篇文章有气、有情采，否则只会让人昏昏欲睡。归根结底，形式还是要为内容服务的。近体诗的对仗，在一切对仗当中规则最明确，要求最严格。一般而言，律诗的中间二联即颔联、颈联要求对仗。有时候，诗人故意突破格律，让首联对仗，而中二联只有一联对仗，叫作"偷春格"。如杜甫的《一百五日夜对月》：

> 无家对寒食，有泪如金波。
> 斫却月中桂，清光应更多。
> 仳离放红蕊，想象颦青蛾。
> 牛女漫愁思，秋期犹渡河。

又如王勃《送杜少府之任蜀州》：

> 城阙辅三秦。风烟望五津。
> 与君离别意，同是宦游人。
> 海内存知己，天涯若比邻。
> 无为在歧路，儿女共沾巾。

或者首联、颔联、颈联都用对仗，如杜甫的《登岳阳楼》：

　　昔闻洞庭水，今上岳阳楼。

　　吴楚东南坼，乾坤日夜浮。

　　亲朋无一字，老病有孤舟。

　　戎马关山北，凭轩涕泗流。

甚至全首每联都用对仗。五律如苏味道《正月十五夜》：

　　火树银花合，星桥铁锁开。

　　暗尘随马去，明月逐人来。

　　游妓皆秾李，行歌尽落梅。

　　金吾不禁夜，玉漏莫相催。

七律如杜甫《登高》：

　　风急天高猿啸哀。渚清沙白鸟飞回。

　　无边落木萧萧下，不尽长江滚滚来。

　　万里悲秋常作客，百年多病独登台。

　　艰难苦恨繁霜鬓，潦倒新停浊酒杯。

又或首联不对仗，但后三联均对仗，如杜甫《闻官军收河南河北》：

> 剑外忽传收蓟北，初闻涕泪满衣裳。
> 却看妻子愁何在，漫卷诗书喜欲狂。
> 白日放歌须纵酒，青春作伴好还乡。
> 即从巴峡穿巫峡，便下襄阳向洛阳。

好的对句，往往是以纤微对宏大，如"树色分扬子，潮声满富春""五湖三亩宅，万里一归人"；或以阳刚对阴柔，如"崩石欹山树，清涟曳水衣""黄云断春色，画角起边愁"；或以实对虚，如"绿窗明月在，青史古人空""秦地故人成远梦，楚天凉雨在孤舟""万里羁愁生白发，一帆斜日过黄州"。这种阴阳相生相济的思想发源于《易经》，也一直贯穿在古代诗家的创作实践中。

而如果上下两句对仗的句式合起来才能表达一个意思，贯注一气，如流水不可切断，即俗称所谓"流水对"：

> 嘉此幽栖物，能齐隐吏心。王维《酬贺四赠葛巾之作》
> 何路沾微禄，归山买薄田。杜甫《重过何氏五首》
> 遥怜小儿女，未解忆长安。杜甫《月夜》
> 因想别离处，不知多少山。周朴《寄处士方干》

不知吹者意，何似听人心。欧阳詹《闻笛》

又从江北路，重到水西亭。曾几《留别贾严二阁老两院补阙》

请看石上藤萝月，已映洲前芦荻花。杜甫《秋兴》

惟将终夜长开眼，报答平生未展眉。元稹《遣悲怀》

岂意青州六从事，化为乌有一先生。苏轼《章质夫送酒六
壶书至而酒不达戏作小诗问之》

……

对仗之法，古人归纳为六对："一曰正名对，天地日月是也；
二曰同类对，花叶草芽是也；三曰连珠对，萧萧赫赫是也；四
曰双声对，黄槐绿柳是也；五曰叠韵对，彷徨放旷是也；六曰
双拟对，春风秋池是也。"这种对法，叫作"工对"。但即使是
唐人，对仗也从未严格执行这六对之说。如同类对本要求飞鸟
对飞鸟，而唐人很多是用僧对鸟，这个现象还被写进了宋人的
诗话中。

刘逸生先生曾指出，范畴极狭的"工对"，"写得好的固然
有，但数量实在不多"，因为"束缚限制太大，诗人虽然有意力
求其工，往往又伤于格调卑浅"。他引许浑的句子为例：

林晚鸟争树，园春蜂护花。《献白尹》

林晚鸦争树，园春蝶护花。《下第寓居崇圣寺》

潮平秋水阔，云敛暮山多。《慈和寺移宴》

112　　大学诗词写作教程

潮回孤岛晚，云敛众山晴。《九日登樟亭》

鸟浴寒潭雨，猿吟暮岭风。《发灵溪馆》

鸟浴春塘暖，猿吟暮岭高。《广陵送薛明府》

戏鸟翻江叶，游龟带绿萍。《南亭燕集》

鸟惊山果落，龟泛绿萍开。《南亭偶题》

说明"重重复复，连他本人也记不清了。这就是力求工整带来的毛病"[1]。

诗中对仗，应该讲求，但不应过执。我以为，只要词性、意义、平仄相对就可以了，没有必要太过工整。太过工整的，往往显得雕琢而死板，要不然就伤于纤巧媛薄。古人的原则是：宁粗毋弱，宁拙毋巧，宁朴毋华。这种不求绝对工整的对仗，是为"宽对"。

"宽对"亦有"稍宽"与"甚宽"之别。刘逸生先生举了苏轼的句子为例[2]。一是稍宽的：

夷音仅可通名姓，瘿俗无由辨颈腮。《病中闻子由得告不赴》

树从何代有，人与此堂高。《中隐堂诗》

绕城骏马谁能借，到处名园意尽便。《和子由寒食》

---

①半尊室主：《对仗中的"工对"与"宽对"》,《文艺与你》1985年3月刊，第42—43页。

②同上。

至今游客伤离黍，故国诸生咏雨蒙。《周公庙》

　　稍宽之对，意义、词性都对仗，不过是把对仗的对象扩展到异类，不管什么"正名对""同类对"那一套。如"夷音"对"瘿俗"，如果工对，"夷"当对"夏"，"音"宜对"色"，不过这样一来诗就不成为诗了。

　　甚宽之对，如：

　　　　岂知好事王夫子，自采临潼绣岭山。《次韵和子由澄泥砚》
　　　　泫然疑有蛟龙吐，断处人言霹雳焦。《和子由山木引水》
　　　　短日送寒砧杵急，冷官无事屋庐深。《九月二十日微雪》
　　　　故乡飘已远，往意浩无边。《初发嘉州》
　　　　往时有边警，征马去无还。《戎州》
　　　　耕牛未尝汗，投种去如捐。《荆州十首》
　　　　平日谁能挹，高飞不可驯。《荆州十首》

　　这种宽对，完全侧重在结构上的骈俪，已经不太考虑字面是否对仗了。

　　除此之外，亦有似宽对而实为工对者。这就得用得上一个概念，叫做"借对"。

　　前面讲过，古人对仗的原则是宁粗毋弱，宁拙毋巧，宁朴毋华。但亦有于不工处见其工，以显作者巧思的一种文艺思潮。

"借对"概念的引入，便与此种思潮密切相关。

前人讲的"借对"，分为"借音""借义"二端。借音，如"残春红药在，终日子规啼"，以"红"对"子"（谐紫），"住山今十载，明日又迁居"，以"十"对"迁"（谐千）。借义，最有名的，便是老杜《曲江》诗："酒债寻常行处有，人生七十古来稀。"八尺为寻，倍寻为常，故可与七十对。

借音、借义，均就单音词着眼。王翼奇先生则发现，对于双音词或多音词，古人还有"借式""借类"二种借对法。"借式"之对，像少陵"逐客虽皆万里去，悲君已是十年流"，"逐客"本指"被放逐之人"，与动宾词组"悲君"对仗，是借了动宾词组之式，即表示"驱逐客卿"（秦李斯尝有《谏逐客书》）之义。又如陈恭尹"海水有门分上下，江山无地限华夷"，则以并列词组之"江山"（江和山）借式偏正词组之"江山"（江上之山）。"借类"之对，如少陵"竹叶于人既无分，菊花从此不须开"，此处竹叶是名酒竹叶青之省辞，用以偶"菊花"，是酒借植物之类。又如当代诗人聂绀弩赠张友鸾句"友鸾和绀弩，画虎皆白痴"，鸾和绀是以人名专词借禽兽类、颜色类[1]。

王先生所讲的"借类"的例子，我以为不妨亦看作是一种"无情对"。汉字是单音节的文字，这种特性既为汉字在诗文中

---

① 王翼奇：《绿痕庐诗话》，《霜叶楼丛书》之《绿痕庐诗话·绿痕庐吟稿》，浙江古籍出版社，2006年，第41—43页。

的无限组合提供了可能，又为每一个句子、每一个词中的单字保存其独立的意义提供了可能。后一种现象，我称之为汉字的全息性。古人把字面完全相对，但意义并不对的对仗叫作"无情对"。"无情对"正是基于汉字的全息性。当代诗人聂绀弩就是擅写"无情对"、善于利用汉字全息性的高手。他的对句如咏削土豆伤手之"两三点血红谁见，六十岁人白自夸"、咏知识分子伐木之"高材见汝胆齐落，矮树逢人肩互摩"、咏同人清厕之"白雪阳春同掩鼻，苍蝇盛夏共弯腰"，均属此种。而像"丈夫白死花岗石，天下苍生风马牛"（《挽毕高士》）、"青眼高歌望吾子，红心大干管他妈"（《钟三四清扫》），更是聂诗中的名句。

胡乔木给聂绀弩的诗集写序，说他"还用了不少新颖的句法，那是从来的旧体诗人所不会用或不敢用的。这就形成了这部诗集在艺术上很难达到的新的风格和新的水平"。又说聂诗的特色"也许是过去、现在、将来的诗史上独一无二的"。其实，聂诗在本质上不是诗，而是诗体的杂文，真正写诗、真正用对仗句，是不该学聂绀弩的。他的诗，失去了古雅典正之美，终究不是诗中正道。

朱庸斋先生说："今日初学者未识历代诗词体格，便思躐等，以求创格，或故作奇形怪状，以求面目新异。须知面目有美丑之分，有真伪之别，狰狞攒怒亦面目也，但不可与秀美清华同日而语；涂抹标奇者乃舞台之面谱，亦非本来面目。"①初学诗词，固然要力求对仗工整，以打好根基，但切不可为求工巧，并诗词本身体性亦置诸不顾。须知诗之感人，终究要靠"芳馨悱恻"之情思，而不是语言上的独特、对仗上的精奇。

初学诗者，可以每天给自己制订一份作业，从古人的对句中，摘取上句，自己来对下句，或者摘取下句，自己来对上句。李贺的名句"天若有情天亦老"，宋初石曼卿对以"月如无恨月长圆"，顿成妙联。如果有同学可以切磋琢磨，则可互出对子，考较对方，更易得学诗之乐。还有一种更考验腹笥的方法，就是集句对。比如上句出了白居易的"临邛道士鸿都客"，下句可以对杜甫的"锦里先生乌角巾"；上句出谢桢的"风定花犹落"，下句对王籍的"鸟鸣山更幽"；上句出王维的"劝君更尽一杯酒"，下句可以对李白的"与尔同销万古愁"；上句出王维的"门前学种先生柳"，下句可对杜甫的"日暮聊为梁甫吟"；又或上下句皆出杜诗，如"画图省识春风面，诗卷长留天地间"……

除了对对子，还有一种传统雅戏诗钟，可以训练诗与对仗的语感。

诗钟原出福建，其法用细线缠香，线尾挂一铜钱，其下承一铜盘，香尽线断，铜钱落盘，即要交卷，故名诗钟。其法限以七言诗一联，大类分为分咏格和嵌字格。分咏格上下句各咏

---

① 朱庸斋：《分春馆词话》卷一第二十二则，新星出版社，2016年，第12页。

诗钟图〔姚金娜绘〕

一事物，所咏二物要求绝不相关，但上下句并成一联，又是浑成天然，十分之难。

如：

生子可怜真不肖，得妻如此复何求。驴　梅

秋宵牛女长生殿，故国君王万岁山。杨贵妃　煤

瓶梅春影孤臣泪，窗月秋声怨妇词。潘金莲　蟋蟀

新鬼烦冤旧鬼哭，他生未卜此生休。庸医　八字，集唐诗

嵌字格相对简单，即给出两个绝不相关的字，规定好在七言中居第几字，要求写出一副天然浑成、对仗精工的对子。自第一字至第七字皆可，分别曰凤顶、燕颔、鸢肩、蜂腰、鹤膝、凫胫、雁足。而一般则说一唱、二唱直至七唱。如近代诗人陈

宝琛所作：

> 淡比诗人从品菊，头看穷子不羞蓬。淡头一唱
> 精舍面山才数武，小池涨雨欲全平。武平七唱
> 秋来何突风鸣树，云过犹蒙雨满山。突蒙四唱
> 醉归扶掖劳街卒，少作流传愧手民。街手六唱①

　　初学者可以请同学帮忙或自己任择二字，规定好在一唱至七唱的位置，然后用定时器定时，按时完卷。如数人同玩，带有竞赛性质，会更增兴味。

---

① 谢良佐：《诗钟》，见张伯驹编著《春游琐谈》，中州古籍出版社，1984年。

第七章　五律作法：炼句·炼字·谋篇

　　冯友兰先生曾说过，有一些人写的东西都符合平仄，也都是分行写出，然而就不是诗。一件文字的产品要能成为诗，当然首先需要诗心，需要诗人向其中注入自身的生命精神，同时，要注重意象和意境的营造，但在句法上亦不容忽视。诗不同于散文，很大程度上即因诗有着不同于散文而近于骈体文的句法。故学诗当由炼句始。而炼句，则在变日常语言而为语序错综、结构特殊的诗化句式。五言是近体诗的基础句式，欲得炼句之法，当由五言入手。

　　我们先来看一首王维的五律《从岐王过杨氏别业应教》：

　　　　杨子谈经所，淮王载酒过。

　　　　兴阑啼鸟换，坐久落花多。

　　　　径转回银烛，林开散玉珂。

严城时未启，前路拥笙歌。

第二联，如依散文语序，则当为：兴阑始知啼鸟换，坐久更觉花落多。第三联句法从骈文中来，古人或称之为错综问答格，即"径转者何？回银烛也；林开者何？散玉珂也"。从经验的角度来说，是这样的情形：路径转弯的地方传来了光亮，那是在银烛之光照耀下，一群人回程；树林陡然开阔，空中遂飘散着玉珂的声音。这两联，既有成分的省略，又有语序的错综，复杂多变，不同于散文的句式。而这样的句子，就是诗化的句式，就是诗中能够出彩的句子。

大致说来，诗化的句式，不同于散文句之处在于以下数点：

一、语序的错综

竹喧归浣女，莲动下渔舟。王维《山居秋暝》

柳色春山映，梨花夕鸟藏。王维《春日上方即事》

检书烧烛短，看剑引杯长。杜甫《夜宴左氏庄》

脆添生菜美，阴益食单凉。杜甫《陪郑广文游何将军山林十首》

醒酒微风入，听诗静夜分。杜甫《陪郑广文游何将军山林十首》

短褐风霜入，还丹日月迟。杜甫《冬日有怀李白》

盍簪喧枥马，列炬散林鸦。杜甫《杜位宅守岁》

饭抄云子白，瓜嚼水精寒。杜甫《与鄠县源大少府宴渼陂》

崩石歆山树，清涟曳水衣。杜甫《重题郑氏东亭》

去矣英雄事，荒哉割据心。杜甫《峡口》

烽举新酣战，啼垂旧血痕。杜甫《得弟消息二首》

路人纷雨泣，天意飒风飘。杜甫《故武卫将军挽歌三首》

这种语序的错综，在王维那里还不是特别常见，而发展到杜诗，就随处可拾了。一般而言，这种错综的句式有一个原则，就是要把你最想强调的东西放在最前面。另外，通常是用在律诗中间对仗的二联，如果一联用了错综句式，另一联就不要这样用了。

二、成分的省略

句子中成分的省略，就使得句子更加的紧凑，能够容纳更多的东西，也能够引起更多的联想。

方朔金门侍，班姬玉辇迎。王维《早朝》

渔舟胶冻浦，猎火烧寒原。王维《酬虞部苏员外过蓝田别业不见留之作》

书生邹鲁客，才子洛阳人。王维《送孙二》

五湖三亩宅，万里一归人。王维《送丘为落第归江东》

绿尊虽尽日，白发好禁春。杜甫《奉陪郑驸马韦曲二首》

归路翻萧飒，陂塘五月秋。杜甫《携妓纳凉晚际遇雨》

伊昔黄花酒，如今白头翁。杜甫《九日登梓州》

今日江南老，他时渭北童。杜甫《社日》

故国风云气，高堂战伐尘。杜甫《中夜》

故国犹兵马，他乡亦鼓鼙。杜甫《送远》

草枯鹰眼疾，雪尽马蹄轻。王维《观猎》

水静楼阴直，山昏寒日斜。杜甫《遣怀》

国破山河在，城春草木深。杜甫《春望》

三、十字格

有时候，诗的上下句连在一起，才能表达一个完整的意思。上下两句贯注一气，有一个专门的名字叫"十字格"。

仍闻遣方士，东海访蓬瀛。王维《早朝》

结束平阳骑，明朝入建章。王维《奉和杨驸马六郎秋夜即事》

惟有白云外，疏钟闻夜猿。王维《酬虞部苏员外过蓝田别业不见留之作》

闻道皇华使，方随皂盖臣。王维《送李判官赴东江》

今年寒食酒，应是返柴扉。王维《送钱少府还蓝田》

巳公茅屋下，可以赋新诗。杜甫《巳上人茅斋》

何时一尊酒，重与细论文。杜甫《春日忆李白》

只疑淳朴处，自有一山川。杜甫《陪郑广文游何将军山林十首》

重来休沐地，真作野人居。杜甫《重过何氏五首》

看君用幽意，白日到羲皇。杜甫《重过何氏五首》

寂寞书斋里，终朝独尔思。杜甫《冬日有怀李白》

　　这种句式，可以用在首联，亦可用在尾联。但以用在尾联为佳。用在尾联，一气直下，更增诗的雄健之气。

　　五言诗因字数少，要求下语经济，故有字眼之说。五言句的字眼多在第三字，也有在第二字、第五字或第二及第五字的。一般字眼不用虚字，而用表示动词或形容词的实字。字眼用得好，诗句自然矫健。

　　字眼在第三字，如：

月迥藏珠斗，云消出绛河。王维《同崔员外秋宵寓直》

渡头馀落日，墟里上孤烟。王维《辋川闲居赠裴秀才迪》

渔舟胶冻浦，猎火烧寒原。王维《酬虞部苏员外过蓝田别业
不见留之作》

树色分扬子，潮声满富春。王维《送李判官赴东江》

沙平连白雪，蓬卷入黄云。王维《送张判官赴河西》

落雁浮寒水，饥乌集戍楼。杜甫《晚行口号》

鼓角悲荒塞，星河落晓山。杜甫《将晓》

江莲摇白羽，天棘蔓青丝。杜甫《巳上人茅斋》

竹光团野色，舍影漾江流。杜甫《屏迹三首》

艰难归故里，去住损春心。杜甫《送贾阁老出汝州》

天上多鸿雁，池中足鲤鱼。杜甫《寄高三十五詹事》

字眼在第二字，如：

帆映丹阳郭，枫攒赤岸村。王维《送封太守》

坐对贤人酒，门听长者车。杜甫《对雨书怀走邀许十一簿公》

水落鱼龙夜，山空鸟鼠秋。杜甫《秦州杂诗二十首》

字眼在第五字，如：

九门寒漏彻，万井曙钟多。王维《同崔员外秋宵寓直》

为客黄金尽，还家白发新。王维《送丘为落第归江东》

孤嶂秦碑在，荒城鲁殿馀。杜甫《登兖州城楼》

枕簟入林僻，茶瓜留客迟。杜甫《巳上人茅斋》

野鹤清晨出，山精白日藏。杜甫《陪郑广文游何将军山林十首》

四十明朝过，飞腾暮景斜。杜甫《杜位宅守岁》

两行秦树直，万点蜀山尖。杜甫《送张二十参军赴蜀州因呈杨五侍御》

字眼在第二及第五字，老杜最喜用之。此法最能令诗句振起：

　　日落江湖白，潮来天地青。王维《送邢桂州》

　　山临青塞断，江向白云平。王维《送严秀才还蜀》

　　饭抄云子白，瓜嚼水精寒。杜甫《与鄠县源大少府宴渼陂》

　　竹批双耳峻，风入四蹄轻。杜甫《房兵曹胡马诗》

　　缆侵堤柳系，幔宛浪花浮。杜甫《陪诸贵公子丈八沟携妓纳凉晚际遇雨二首》

　　瓢弃尊无绿，炉存火似红。杜甫《对雪》

　　只益丹心苦，能添白发明。杜甫《月》

　　地坼江帆隐，天清木叶闻。杜甫《晓望》

　　野润烟光薄，沙暄日色迟。杜甫《后游》

　　楚设关河险，吴吞水府宽。杜甫《五弟丰独在江左近三四载寂无消息觅使寄此二首》

　　一句之中，字眼最多不要超过两个，一首之中，不要有两联以上字眼位置相同。过犹不及，如果多了，也就会让人审美疲劳了。最怕通首字眼都在一个位置，那是最要不得的。请看下面这一首：

　　隋堤曾折柳，倦客又登临。
　　去驿看迢递，轻舟过峻岑。

津堠悭旧梦，别浦怨重吟。

斜阳方冉冉，往事忽沾襟。

所有字眼都在同一个位置，句法极其死板，就是一首失败的作品。

律诗一般八句四联，古人以骊龙来比喻一首律诗，故第一联称为首联，第二联称为颔联，第三联称为颈联，第四联称为尾联。因龙首头角峥嵘，故首联往往需要写得夺人眼目。骊龙颔下有骊珠，传说为其吸取天地精华而凝成，故颔联又称诗喉，常出名句。骊珠与龙颔，是虚而不脱的关系，颔联与首联，也该不粘不脱。颈联又称腹联，龙之颈腹处，最擅转动，故颈联要能出奇出新。尾联当如龙尾之有伟巨之力。至明清时，说诗者多以"起承转合"分析律诗章法。但衡诸创作实际，以首联起、颔联承、颈联转、尾联合者绝少，五律的谋篇布局，一般而言，都是首联第一句起，首联第二句承，颔联、颈联是衬贴题目，尾联上句转，下句合。中间二联或就景物加以渲染勾勒，或就人事加以点染，或叙写，或议论，或引事，或比拟，皆为深化题目。如王维的《送张道士归山》：

先生何处去，起 王屋访茅君。承

别妇留丹诀，驱鸡入白云。引事

人间若剩住，天上复离群。议论

当作辽城鹤，<small>转</small> 仙歌使尔闻。<small>合</small>

又如杜甫的《李监宅》：

尚觉王孙贵，<small>起</small> 豪家意颇浓。<small>承</small>
屏开金孔雀，<small>褥</small>隐绣芙蓉。<small>勾勒</small>
且食双鱼美，谁看异味重。<small>点染</small>
门阑多喜色，<small>转</small> 女婿近乘龙。<small>合</small>

下面大略说一下五律起承转合的方法。

一、首联起承之法
甲、叙写时地景人而起，亦就时地景人而承之
如陈子昂《送别崔著作东征》：

金天方肃杀，白露始专征。
王师非乐战，之子慎佳兵。
海气侵南部，边风扫北平。
莫卖卢龙塞，归邀麟阁名。

就时令"秋季"、节气"白露"起，而承以"专征"之人事。
惟起承二句，亦用对仗，但起承间一气贯注，虽为工对而令人

不觉。

唐玄宗《幸蜀西至剑门》：

> 剑阁横云峻，銮舆出狩回。
> 翠屏千仞合，丹嶂五丁开。
> 灌木萦旗转，仙云拂马来。
> 乘时方在德，嗟尔勒铭才。

是就其所至之地起，而以人事承之。

崔颢《送单于裴都护赴西河》：

> 征马去翩翩。城秋月正圆。
> 单于莫近塞，都护欲临边。
> 汉驿通烟火，胡沙乏井泉。
> 功成须献捷，未必去经年。

此诗则以人事起，征马指代其人，而承之以时、地、景。时则秋夜，地则送别之城，景则圆月朗照也。

张九龄《望月怀远》：

> 海上生明月，天涯共此时。
> 情人怨遥夜，竟夕起相思。

灭烛怜光满，披衣觉露滋。

不堪盈手赠，还寝梦佳期。

以"海上生明月"之景象起，而承以"天涯共仰"之人事，此处由实返虚，最见高明。古人谓次句承接首句，须如骊龙之珠，抱而不脱。若有意若无意者最佳。此首可称极则。

刘眘虚《寄江滔求孟六遗文》：

南望襄阳路，思君情转亲。

偏知汉水广，应与孟家邻。

在日贪为善，昨来闻更贫。

相如有遗草，一为问家人。

此诗则以南望襄阳之人事而起，亦以思君情转亲之人事承之。

乙、问答起承或于首句引出次句之问

问答如唐玄宗《经邹鲁祭孔子而叹之》：

夫子何为者，栖栖一代中。

地犹鄹氏邑，宅即鲁王宫。

叹凤嗟身否，伤麟怨道穷。

今看两楹奠，当与梦时同。

次句单问不答，上句为引出问句，则如王绩《野望》：

东皋薄暮望，徙倚欲何依。
树树皆秋色，山山惟落晖。
牧人驱犊返，猎马带禽归。
相顾无相识，长歌怀采薇。

王维《送杨长史赴果州》：

褒斜不容幰，之子去何之。
鸟道一千里，猿啼十二时。
官桥祭酒客，山木女郎祠。
别后同明月，君应听子规。

杜甫《天末怀李白》：

凉风起天末，君子意如何。
鸿雁几时到，江湖秋水多。
文章憎命达，魑魅喜人过。
应共冤魂语，投诗赠汨罗。

丙、以转折起承

王维《送平淡然判官》：

不识阳关路，新从定远侯。

黄云断春色，画角起边愁。

瀚海经年别，交河出塞流。

须令外国使，知饮月支头。

谓虽不识西域之路，也如定远侯班超，万里从戎。"须令"之
"令"，音翎。

王维《送丘为落第归江东》：

怜君不得意，况复柳条春。

为客黄金尽，还家白发新。

五湖三亩宅，万里一归人。

知祢不能荐，羞为献纳臣。

谓我已为君未能中第而怅惘，更何况春日送别，更增愁绪。古
人送别，往往折柳相赠，以"柳"字音谐"留"也。

孟浩然《归终南山》：

北阙休上书。南山归敝庐。

不才明主弃，多病故人疏。

白发催年老，青阳逼岁除。

永怀愁不寐，松月夜窗虚。

首联谓莫再北阙上书，还是归隐终南山吧。

丁、以对仗法起承

五律中此类例子极多，如骆宾王《在狱咏蝉》：

西陆蝉声唱，南冠客思侵。

那堪玄鬓影，来对白头吟。

露重飞难进，风多响易沉。

无人信高洁，谁为表予心。

此诗第二句"客思"之"思"，表示名词，念去声。"那堪"之"那"，古音挪。

陈子昂《度荆门望楚》：

遥遥去巫峡，望望下章台。

巴国山川尽，荆门烟雾开。

城分苍野外，树断白云隈。

今日狂歌客，谁知入楚来。

宋之问《途中寒食题黄梅临江驿寄崔融》：

马上逢寒食，愁中属暮春。

　　　可怜江浦望，不见洛阳人。

　　　北极怀明主，南溟作逐臣。

　　　故园肠断处，日夜柳条新。

崔湜《折杨柳》：

　　　二月风光半，三边戍不还。

　　　年华妾自惜，杨柳为君攀。

　　　落絮萦衫袖，垂条拂髻鬟。

　　　那堪音信断，流涕望阳关。

王维的《辋川闲居》：

　　　一从归白社，不复到青门。

　　　时倚檐前树，远看原上村。

　　　青菰临水映，白鸟向山翻。

　　　寂寞於陵子，桔槔方灌园。

此诗则以流水对起承，诚可谓"如狂风卷浪，势欲滔天"者。

老杜《春日怀李白》：

白也诗无敌，飘然思不群。

清新庾开府，俊逸鲍参军。

渭北春天树，江东日暮云。

何时一樽酒，重与细论文。

首联对仗工致妥帖，惟以真气贯注，反使人不觉其为对仗，亦为首联起承之化境。结句"论文"之"论"，因系动词，念平声。

上举而外，亦有字面意义相对，而首句入韵，与第二句平仄不完全对仗者，亦可认为是对仗起承的例子。本书第五章举王勃《杜少府之任蜀州》，首联为"城阙辅三秦，风烟望五津"，另如陈子昂《春夜别友人》之"银烛吐青烟，金樽对绮筵"、杜审言《蓬莱三殿侍宴奉敕咏终南山》之"北斗挂城边，南山倚殿前"、杜甫《月夜忆舍弟》之"戍鼓断人行，边秋一雁声"，皆属此种。

此外，亦有前四句合在一起，才完成起承任务者，如：

王维《过香积寺》：

不知香积寺，数里入云峰。

古木无人径，深山何处钟。

泉声咽危石，日色冷青松。

薄暮空潭曲，安禅制毒龙。

清赵殿成《王右丞集笺注》曰："此篇起句极超忽。谓初不知山中有寺也，迨深入云峰，于古木森丛人踪罕到之区，忽闻钟声，而始知之。四句……未易多觏。"单独观此四句，固然，而合全首观之，却不免头重脚轻之病，因为用来深化题旨的中间二联，只能由腹联"泉声咽危石，日色冷青松"来完成了。

二、尾联转合之法

甲、用转折性、否定性的虚字转合

唐玄宗《送贺知章归四明》：

> 遗荣期入道，辞老竟抽簪。
> 岂不惜贤达，其如高尚心。
> 寰中得秘要，方外散幽襟。
> 独有青门饯，群英怅别深。

王勃《别薛华》：

> 送送多穷路，遑遑独问津。
> 悲凉千里道，凄断百年身。
> 心事同漂泊，生涯共苦辛。
> 无论去与住，俱是梦中人。

二首皆是。王绩《野望》"相顾无相识，长歌怀采薇"，也是这种结法。

乙、用诘问、问答转结

陈子昂《春夜别友人二首》：

> 银烛吐青烟。金樽对绮筵。
> 离堂思琴瑟，别路绕山川。
> 明月隐高树，长河没晓天。
> 悠悠洛阳道，此会在何年。

> 紫塞白云断，青春明月初。
> 对此芳樽夜，离忧怅有馀。
> 清冷花露满，滴沥檐宇虚。
> 怀君欲何赠，愿上大臣书。

第一首只问不答，第二首以问答体转结。另如他的《晚次乐乡县》"如何此时恨，噭噭夜猿鸣"、《度荆门望楚》"今日狂歌客，谁知入楚来"、骆宾王《在狱咏蝉》"无人信高洁，谁为表予心"，用的都是一样的手法。

丙、借时空转换而转结

如陈子昂《春日登九华观》：

白玉仙台古，丹丘别望遥。

山川乱云日，楼榭入烟霄。

鹤舞千年树，虹飞百尺桥。

还逢赤松子，天路坐相邀。

沈佺期《被试塞上》：

十年通大漠，万里出长平。

寒日生戈剑，阴云拂旆旌。

饥乌啼旧垒，疲马恋空城。

辛苦皋兰北，胡尘损汉兵。

宋之问《登禅定寺阁》：

梵宇出三天。登临望八川。

开襟坐霄汉，挥手拂云烟。

函谷青山外，昆明落日边。

东京杨柳陌，少别已经年。

郭震《塞上》：

塞外虏尘飞。频年出武威。

死生随玉剑，辛苦向金微。

久戍人将老，长征马不肥。

仍闻酒泉郡，已合数重围。

丁、用祈令语、盟誓语结束

用祈令语，如陈子昂《送魏大从军》：

匈奴犹未灭，魏绛复从戎。

怅别三河道，言追六郡雄。

雁山横代北，狐塞接云中。

勿使燕然上，惟留汉将功。

此首虽用否定虚字"勿"字，而实为祈令语也。

崔颢《赠梁州张都督》：

闻君为汉将，虏骑不南侵。

出塞清沙漠，还家拜羽林。

风霜臣节苦，岁月主恩深。

为语西河使，知予报国心。

亦用祈令语作结。如尾联用逆笔，则句法更自矫健，以老杜《捣衣》最称典型：

亦知戍不返，秋至拭清砧。

已近苦寒月，况经长别心。

宁辞捣衣倦，一寄塞垣深。

用尽闺中力，君听空外音。

以盟誓语者，如孟浩然《过故人庄》：

故人具鸡黍，邀我至田家。

绿树村边合，青山郭外斜。

开筵面场圃，把酒话桑麻。

待到重阳日，还来就菊花。

戊、以抒情、议论直接归纳题旨转合

杨炯《从军行》：

烽火照西京。心中自不平。

牙璋辞凤阙，铁骑绕龙城。

雪暗凋旗画，风多杂鼓声。

宁为百夫长，胜作一书生。

王维《秋夜独坐》：

独坐悲双鬓，空堂欲二更。

雨中山果落，灯下草虫鸣。

白发终难变，黄金不可成。

欲知除老病，唯有学无生。

　　总结上列五法，尾联以能推开一步说为妙，要么在思想上更加深刻，要么能含有馀不尽之味，引起人言语之外的联想。

　　下面再来说一说中间二联的章法。

　　"颈联"和"颔联"，在诗中的作用都是为了深化题旨，但要注意颈联下意要和颔联相应相避，要有变化。变化的方法之一是颔联既然写景了，颈联就要写人事；颔联写了人事，颈联就要写景。如果二联都是写景，那么一般颔联侧重写整体，骋目四顾的远景，颈联则着重勾勒细节；同写人事，往往颔联写他人，颈联写自己。这种在诗的内在意脉上的转折，须多读古人名作，自然有得。

　　颔、颈二联，颈联尤其重要。白居易《金针诗格》说："第三联谓之警联，欲似疾雷破山，观者骇愕。"这一联，如能用上精心锤锻的警句，则一篇生机大略已备。如李白《秋登宣城谢朓北楼》：

江城如画里，山晚望晴空。

两水夹明镜，双桥落彩虹。

人烟寒橘柚，秋色老梧桐。

谁念北楼上，临风怀谢公。

颈联初读，不过寻常写景，细味方知着"寒"字、着"老"字，以秋景之萧瑟，映衬诗人俯仰今古之寂寞。如此临风之怀，尽在言外矣。

唯颈联之精警，亦须与全篇相称。中唐刘长卿，自诩为"五言长城"，其《岳阳馆中望洞庭湖》：

万古巴丘戍，平湖此望长。

问人何淼淼，愁暮更苍苍。

叠浪浮元气，中流没太阳。

孤舟有归客，早晚达潇湘。

第三联未尝不有气焰，然视之少陵《登岳阳楼》颔联"吴楚东南坼，乾坤日夜浮"，便觉气象衰飒。这就是通篇不能相称的缘故。

五言律诗，除首联尾联外，中间可以增至很多联，这样一直对下去。这种体裁，叫作"五言长律"或"排律"。七言的长律或排律，古来作者绝少。

排律最要紧的是中间对仗的诸联中，时用一两联以虚字转接，这样章法便不死板。如唐玄宗《早渡蒲津关》：

> 钟鼓严更曙，山河野望通。
> 鸣銮下蒲坂，飞斾入秦中。
> 地险关逾壮，天平镇尚雄。
> 春来津树合，月落戍楼空。
> 马色分朝景，鸡声逐晓风。
> 所希常道泰，非复候缧同。

第三联用"逾"字、"尚"字两个虚字，章法上就显得灵活。

陈子昂《白帝怀古》：

> 日落沧江晚，停桡问土风。
> 城临巴子国，台没汉王官。
> 荒服仍周甸，深山尚禹功。
> 岩悬青壁断，地险碧流通。
> 古木生云际，归帆出雾中。
> 川途去无限，客坐思何穷。

所凭者亦第三联"仍""尚"两字。结句"思何穷"之"思"，表示悲伤之意，念去声。

老杜《行次昭陵》：

旧俗疲庸主，群雄问独夫。

谶归龙凤质，威定虎狼都。

天属尊尧典，神功协禹谟。

风云随绝足，日月继高衢。

文物多师古，朝廷半老儒。

直词宁戮辱，贤路不崎岖。

往者灾犹降，苍生喘未苏。

指麾安率土，荡涤抚洪炉。

壮士悲陵邑，幽人拜鼎湖。

玉衣晨自举，铁马汗常趋。

松柏瞻虚殿，尘沙立暝途。

寂寥开国日，流恨满山隅。

　　第四联之"随"字、"继"字，第七联之"犹"字、"未"字，第十联之"自"字、"常"字，皆着虚字而满篇皆活。

　　唐代科举考试，所试为五言律，一般为四韵、六韵，四韵者八句，即普通的律诗，六韵即为排律了，偶亦有用到八韵的。科场以外，诗人以词翰自喜，也有用到二十韵以上者。北宋王安石变法废除此项考试，直至清乾隆间才重新恢复，并确定为"童试"六韵，"乡、会试"八韵，是为"试帖诗"。

以上所举，只是五律作法一隅，若要真写好五律，正须勤诵前人佳作，用心揣摩作意，所谓"学诗如学仙，时至骨乃换"，如徒以才情聪明为恃，不济之以学，直如无根之木、无蒂之花，又何足道哉。

第八章　七律作法举隅

如果说五言律诗是最唐代的诗歌体裁，那么七言律诗就是最宋代的诗歌体裁。不过，文学史所谓的唐代宋代，并不与历史的真实年代完全重合。这只不过大概言之，取其便于论述罢了。钱锺书曾这样说：

> 唐诗、宋诗，亦非仅朝代之别，乃体格性分之殊。天下有两种人，斯分两种诗。唐诗多以丰神情韵擅长，宋诗多以筋骨思理见胜。严仪卿首倡断代言诗，《沧浪诗话》即谓"本朝人尚理，唐人尚意兴"云云。曰唐曰宋，特举大概而言，为称谓之便。非曰唐诗必出唐人，宋诗必出宋人也。故唐之少陵、昌黎、香山、东野，实唐人之开宋调者；

宋之柯山、白石、九僧、四灵，则宋人之有唐音者。^①

五言律诗与七言律诗的差别，正是在于五言律诗追求的是丰神情韵，而七言律诗追求的是筋骨思理。在讲格律时我们曾经讲过，七言律句就是在五言律句的前面加上两个字，而其平仄与五言律句的前二字正好相反，这是单就格律而言。如果从内容上来说，七言律句并不是机械地由五言律句扩充而来。下面我们来看杜甫的一些典型的七言律诗，对于七言的基本句法，也就有了一个初步的了解：

> 羞将短发还吹帽，笑倩旁人为正冠。《九日蓝田崔氏庄》
> 且看欲尽花经眼，莫厌伤多酒入唇。《曲江二首之一》
> 舍南舍北皆春水，但见群鸥日日来。《客至》
> 但见文翁能化俗，焉知李广未封侯。《将赴荆南寄别李剑州》

五言律诗，一般讲究的是对现实世界、自然世界、内心世界的表现，在五言诗当中，往往诗人是融入到情景之中，如王维的"落日山水好，漾舟信归风"、"涧芳袭人衣，山月映石壁"、"天寒远山净，日暮长河急"、"日暮沙漠陲，战声烟尘里"都侧重于这样一种近乎客观的观照，而七言律诗则更强调诗人内心

---

①钱锺书：《谈艺录》（增订本），中华书局，1984年，第2页。

世界的表达。在七言诗中，往往有一些词，体现出诗人对于现实世界、自然世界和内心世界的评论。如上文所举加着重号的这些词，正是因为有了这些评论，才凸现出诗人强烈的主观感受。在五言律诗里，你所读到的是一个世界中的人，而七言律诗当中，你总能感到有一个超越三界以外的评论者。也正是因为有了这样鲜明的诗人主观情绪的烙印，也才有了七律的筋骨思理。

　　五言律诗要求精简，总希望追求空、虚的境界，但七言律诗则要平实许多。往往五言律诗中所不需要的成分或者说必须被省略的成分，七言律诗中都要写出来，不仅写出来，而且是要强调的对象，例如杜甫这些诗句：

> 户外昭容紫袖垂，双瞻御座引朝仪。《紫宸殿退朝口号》
> 一片花飞减却春，风飘万点正愁人。《曲江二首之一》
> 江上小堂巢翡翠，苑边高冢卧麒麟。《曲江二首之一》
> 五夜漏声催晓箭，九重春色醉仙桃。《奉和贾至舍人早朝大明宫》
> 映阶碧草自春色，隔叶黄鹂空好音。《蜀相》
> 路经滟滪双蓬鬓，天入沧浪一钓舟。《将赴荆南寄别李剑州》
> 丛菊两开他日泪，孤舟一系故园心。《秋兴八首之一》

　　在五言律诗中，常常需要紧缩掉连词、副词。而在七言律诗里，这些连词、副词本身就是诗意不可或缺的一部分，如杜甫诗句：

> 多病所须惟药物，微躯此外更何求。《江村》
> 花径不曾缘客扫，蓬门今始为君开。《客至》
> 即从巴峡穿巫峡，便下襄阳向洛阳。《闻官军收河南河北》

七言律诗中又往往用复沓回环的句法，以与五言律诗相区分，如杜甫诗句：

> 自去自来堂上燕，相亲相近水中鸥。《江村》
> 舍南舍北皆春水。《客至》
> 江天漠漠鸟双去，风雨时时龙一吟。《滟滪》
> 高江急峡雷霆斗，翠木苍藤日月昏。《白帝》

以上所论，亦仅就大体言之，要深入体味中国诗歌各种体裁的体性，只有两个途径，第一是多诵读，第二是多练笔。

七言律诗可以说是中国诗歌最成熟的一种体裁，也是历代文人最喜欢的一种体裁。其起承转合，很多也是首联第一句起，第二句承，颔联、颈联衬贴，尾联上句转，下句合。但也有很多章法上要比五律复杂得多。前人有把律诗分为六种章法[1]，有

---

[1] 唐代李淑《诗苑》，今佚。此据元代范德机《木天禁语》，见张健编著《元代诗法校考》，北京大学出版社，2001年，第142页。

分为十三种章法①，有分为五十一格②，还有分为二十格者③。但我想任何一种划分方法都不可能穷尽诗法。事实上，诗法仅仅对于初学者是必要的，真正高明的诗人，最终是要达到"无招胜有招"的境界。这里，我们姑举一些七律的章法为例，以供初学者参考。

秋 怀

元好问

凉叶萧萧散雨声。起 虚堂淅淅掩霜清。承

黄华自与西风约，白发先从远客生。烘托

吟似候虫秋更苦，梦和寒鹊夜频惊。勾勒

何时石岭关头路，转 一望家山眼暂明。合

这首七律，在章法上是最常见的。诗以凉叶萧萧、雨声淅淅起兴，烘托诗人逢秋的愁绪。这是第一联，完成了诗意的起承。第二联是写时光流逝，你看，菊花仿佛是和秋风约好了一样，又已经像往年般盛开，而我这个漂流远方的客人，却比别人先长出了白发。这里还仅是用黄花年年依旧和远客的白发对比，是就大处进行烘托。而第三联就专力地描写远客的愁绪了，

---

① 旧题元代范德机《木天禁语》，同上。

② 佚名：《杜陵诗律五十一格》，见张健编著《元代诗法校考》，同上。

③ 冯振：《七言律髓》，《诗词作法举隅》，齐鲁书社，1986年。

这是由面到点、由整体到局部、由烘托到勾勒的手段。诗人选择了勾勒远客的苦吟、惊梦，从而把诗意推向了高潮。而这种愁绪又来自何处呢？来自于对家山的思念。最后一联，上句是转，下句是合，点明了题旨，也使得诗意圆满起来。

登快阁

黄庭坚

痴儿了却公家事，快阁东西倚晚晴。起
落木千山天远大，澄江一道月分明。承
朱弦已为佳人绝，青眼聊因美酒横。转
万里归船弄长笛，此心吾与白鸥盟。合

这首诗是《山谷集》中的名作，诗的第二联的炼字锻句，更是黄氏独家秘方。他把"落木千山（因此显得）天远大，澄江一道（尤其见出）月分明"加以紧缩，成了现在这个样子，就显得很有骨力。诗意很浅显，是写作者公牍之馀，登江西吉安府快阁所见所感。诗的章法则是一联一意，起承转合，脉络分明。第一联是"起"，写的是公务之暇，登临快阁。第二联"承"，写快阁所见之景。第三联"转"而感慨知音难觅，像钟子期那样的知音已经逝去，所以自己只能如俞伯牙一般，终身不再鼓琴，现在能让自己感兴趣的，恐怕只有美酒了。第四联是"合"，点明题旨，也是诗人的想象，表达自己乘船归家，与白鸥为盟，忘掉机心的愿望。

西塞山怀古

刘禹锡

王濬楼船下益州。起　金陵王气黯然收。承

千寻铁锁沉江底，一片降幡出石头。渲染

人世几回伤往事，一转　山形依旧枕寒流。一合

今逢四海为家日，二转　故垒萧萧芦荻秋。二合

　　据《唐诗纪事》云：梦得与白乐天、元微之、韦楚客各赋金陵怀古，梦得诗先成，乐天览之曰："四人探骊龙，子先获珠，所馀鳞爪何用耶。"遂罢唱。这首诗写的是西晋灭吴的一段历史，西塞山，在今湖北大冶县东，临江峭壁，形势险要，是三国时吴国的江防要地。西晋大将王濬奉命伐吴，造大战舰号曰楼船，而吴国则在江上险碛要害的地方用铁锁横截，又在江底放置铁锥，以阻挡西晋的战舰。谁知这些截江铁锁都被晋军烧毁。石头，是石头城，也就是金陵城。

　　这首诗在章法上，是第一句总起，第二句承接，三、四两句通过具体的历史场景予以渲染。由于诗人把历史化作形象化的活动的图景，就显得无比生动有气象。这两句的对仗也相当精妙，是千古传诵的名对。第五句由议论而转折，第六句则是诗意的第一次小结。在本联中，以人的有情对比江山的无情，

这就有了艺术的张力，也就更有含蓄不尽的意旨。其实诗意到了这里，也就差不多了，但诗人并不满足于此，他要通过尾联深化诗的主题。尾联的意思，是说现在遇上国家统一的时代，前朝的营垒早已荒废了。用故垒、芦荻的萧瑟，衬托今日四海为家的大好形势，以深远之笔，表现出对大一统的歌诵。这一联也是议论，但高明之处就在于，诗人的议论是意象化了的，这种以兴象作结的手段，使得诗意更加蕴藉隽永。

登大茅山顶

王安石

一峰高出众山颠。拟隔尘沙道里千。

俯视烟云来不极，仰攀萝茑去无前。以上写景

人间已换嘉平帝，地下谁通句曲天。

陈迹是非今草莽，纷纷流俗尚师仙。以上议论

茅山在今镇江句容县，初名句曲山。句曲，即勾曲。传说汉代"三茅"茅盈、茅固、茅衷在此山得道，故后来称茅山。相传茅盈的曾祖父茅蒙，于秦始皇三十一年于华山白日飞升，其时有民谣说："神仙得道茅初成。继世而往在我盈。帝若学之腊嘉平。"腊，是年终的祭祀，因秦始皇笃信神仙，所以他就把当年的腊祭更名曰"嘉平"，嘉平帝，就是秦始皇。"地下谁通句曲天"，是说传闻句曲山即茅山有洞穴，叫做华阳洞天，可是

谁又真的能进入其内呢？这两句，表明作者根本不相信世上有神仙之事。诗的尾联，是说求仙的秦始皇、修道的"三茅"，都变成草莽，而世人无知，还在继续求仙问道。以上是整首诗的意思。明白了诗人的意旨，也就能掌握这首诗的章法。这首诗前四句是写景，后四句是议论，因为议论是关于秦始皇和"三茅"的故事，所以整首诗就能形成一个密不可分的整体。前人有讽刺某些人作诗，放在任何名山大川都适用，这一首就只能是登茅山，移动不到别的山上去。

这种前四句写景，后四句议论或抒情的章法，前人有一个称呼，叫作"纤腰格"。

登　楼

杜甫

花近高楼伤客心。万方多难此登临。

锦江春色来天地，玉垒浮云变古今。

北极朝廷终不改，西山寇盗莫相侵。

可怜后主还祠庙，日暮聊为梁甫吟。

此诗作于唐代宗广德二年（764）春。广德元年，吐蕃侵陷长安，立广武王承宏为帝，代宗逃往陕州。郭子仪收复长安，代宗于十二月还朝。本诗的第三联，就是隐指代宗还朝之事。这些历史背景，就是诗中所说的"万方多难"。

清仇兆鳌《杜诗详注》谓:"上四,登楼所见之景,赋而兴也。下四,登楼所感之怀,赋而比也。"似乎这首诗的结构也是上四句与下四句各说一意的纤腰格。但仇氏认为二、三联之间以起兴之法内在钩连。他说,"锦江春色来天地",是作为"朝廷不改"的"兴",而"玉垒浮云变古今",是作为"寇盗相侵"的"兴"。这样解诗,恐怕有穿凿之嫌。我更认同朱翰对这首诗的解说:"俯视江流,仰观山色,矫首而北,矫首而西,切登楼情事。又矫首以望荒祠,因念及卧龙一段忠勤,有功于后主,伤今无是人,以致三朝鼎沸,寇盗频仍,遂彷徨徙倚,至于日暮,犹为《梁父吟》,而不忍下楼。其自负亦可见矣。"[1]朱翰的意思是,本诗并无明显章法,而是完全根据登楼四方所见,依次写来。结二句,感慨后主死后,犹得还归蜀地,入祠受祀,当为受卧龙遗泽,今则无诸葛亮这样的忠勤贤相,努力撑持,自家只能吟唱着《梁父吟》,徘徊不忍下楼而已。诸葛亮少时躬耕陇亩,好为《梁父吟》,又以管仲、乐毅自比,杜甫用此典,亦是以诸葛自任。

无题四首(其二)

李商隐

飒飒东南细雨来。芙蓉塘外有轻雷。

---

[1] 仇兆鳌辑注:《杜诗详注》,浙江大学出版社,2016年,第1468-1469页。

金蟾啮锁烧香入，玉虎牵丝汲井回。

贾氏窥帘韩掾少，宓妃留枕魏王才。

春心莫共花争发，一寸相思一寸灰。

李商隐的这首七律，和一般的七律作法很不一样，它没有明显的起承转合，而是通过内在意识的转换，表现出诗意的转接。我们可以称之为中国诗歌的意识流。整首诗说的意思，是他见到一位美人，然而自惭形秽，所以只能告诫自己："春心莫共花争发，一寸相思一寸灰。"诗的首联，营造了夏日雨后凄飒的风致，接着便描写这位让诗人一见钟情的女子。然而，诗人并不直接描写她的音容笑貌，而是通过她生活的场景，从侧面烘托，而给你以想象的空间：你看，她进入的房间，里面时时燃着香，香炉上的盖钮，还装饰着金蟾，她汲水的辘轳，也装饰了玉虎。用具器物尚且如此，人又该是美到什么程度呢！这一联，不但语序错综，而且省略掉了主语，这是李商隐善于学杜诗句法的结果。然而，这么美的人，她对诗人却是流水无情的，因为诗人既没有韩寿的年少英俊，也没有曹植的才华绝世，结局只能自我宽慰罢了。晋韩寿，即韩掾，貌美，侍中贾充召为僚属，贾充的女儿在帘后窥见韩寿，很是喜爱。贾充知后，便将女儿嫁给韩寿。"宓妃留枕"句，相传宓妃是伏羲氏之女，溺水洛水，号为洛神。这里借指甄氏，曹植离京回封国途中，宿于洛水边，梦见甄氏来相会，遂作《洛神赋》。魏王指曹植。

亦有学者认为，这首诗并非一首爱情诗，而是如屈原《离骚》那样有政治寄托的作品。这诗中的美人，指的是可能改变他的命运的权相令狐绹。

分析以上诸作，并不是要学者生搬硬套这种种的章法，只是希望这些分析能助于大家的阅读思考。诗无定法，但还是有秘诀可寻的。郁达夫曾指出，旧诗的秘诀，其一是"辞断意连"，其二是"粗细对称"。他说：

近代诗人中，惟龚定庵最擅于用这秘法。如"终胜秋燐亡姓氏，沙涡门外五尚书""近来不信长安隘，城曲深藏此布衣""只今绝学真成绝，册府苍凉六幕孤""为恐刘郎英气尽，卷帘梳洗望黄河""梦断查湾一角青""自障纨扇过旗亭""苍茫六合此微官"之类，都是暗用此法，句子就觉得非常生动了。古人之中，杜工部就是用此法而成功的一个。我们试把他的咏"明妃村"的一首诗举出来一看，就可以知道。

咏怀古迹（其三）

群山万壑赴荆门。生长明妃尚有村。

一去紫台连朔漠，独留青冢向黄昏。

画图省识春风面，环佩空归夜月魂。

千载琵琶作胡语，分明怨恨曲中论。

头一句诗是何等的粗雄浩大，第二句却收小得只成一个村落。第三句又是紫台朔漠，广大无边，第四句的黄昏青冢，又细小纤丽，像大建筑上的小雕刻。①

当然，秘诀并不能代替真正的内功修炼。正如老杜所云："读书破万卷，下笔如有神。"要想写好诗词，肚子里没有上千首古人的佳作，也肯定不行。

___

① 郁达夫：《谈诗》，《郁达夫诗词集》，浙江文艺出版社，1988年，第326页。

第九章 绝句的作法：以渔洋七绝为例

"绝句"亦称"截句"，前人以为绝句是"截"律诗中四句而成，后两句对仗，是截取律诗前四句；前两句对仗，是截取律诗后四句；皆对仗，是截取律诗中间四句；皆不对仗，是截取律诗的首尾。这种说法，是违背了历史事实的。绝句的产生，是在律诗之前。南朝陈徐陵《玉台新咏》收有古绝句四首，曰：

藁砧今何在，山上复有山。
何当大刀头，破镜飞上天。

日暮秋云阴。江水清且深。
何用通音信，莲花玳瑁簪。

菟丝从长风，根茎无断绝。

无情尚不离，有情安可别。

南山一桂树，上有双鸳鸯。
千年长交颈，欢爱不相忘。

原来，古人作诗，以四句为一意思的完结（绝），故单独四句的诗即谓之"绝句"。也正因为绝句是在律诗之前就产生了的，所以绝句就分为两种，一种是符合近体诗格律的"绝句"，一种是不符合近体诗格律的"古绝"。我们说近体诗包括律诗与绝句，但严谨的说法是，包括律诗与一部分绝句。古绝属于绝句，但不属于近体诗，而应归入到古体诗的范畴。在龚自珍的《己亥杂诗》里，就有不少是古绝。

绝句中五言短小，写出来如果词藻工丽，就会显得太纤弱。因此五言绝句下语须古拙有致，多采用问答体，或通首比兴，婉而多讽。如贾岛《寻隐者不遇》：

松下问童子，言师采药去。
只在此山中，云深不知处。

三四两句，稍事渲染，即写出隐者的高洁不群。

又如陶弘景《诏问山中何所有赋诗以答》：

山中何所有，岭上多白云。

只可自怡悦，不堪持赠君。

这首诗是作者写来答齐高帝的，其意是在说，山中隐逸生活之佳处，只能自己怡悦，与世俗之人是没有办法讲的。写得深婉多讽，极耐寻绎。

至于王摩诘五绝，则一片神理，皆自空虚中来：

白石滩

清浅白石滩，绿蒲向堪把。

家住水东西，浣纱明月下。

竹里馆

独坐幽篁里，弹琴复长啸。

深林人不知，明月来相照。

辛夷坞

木末芙蓉花，山中发红萼。

涧户寂无人，纷纷开且落。

鸟鸣涧

人闲桂花落，夜静春山空。

月出惊山鸟，时鸣春涧中。

苏轼《书摩诘蓝田烟雨图》曾说："味摩诘之诗，诗中有画；观摩诘之画，画中有诗。"就是指王维的这类作品而言。五绝易作，其诀窍即在三、四两句不直接写题旨，而渲染景致或托寓比兴。五绝以古绝为正宗，因五绝源于五言短古，近体五绝，终觉气格卑下。

下面主要谈谈七言绝句的作法。七言绝句，源自七言短歌，清代王士禛所谓"七绝是唐人乐府"是也。七绝以唐之太白、龙标最佳，一方面是靠他们的天才，另一方面则是因为有大唐充分自由的社会人文环境作基础。他如李益、刘禹锡、李商隐、王安石，皆此道之作手。清代王士禛及龚自珍允称合作。但王渔洋以风神情味胜，龚定庵则以思力绝伦、茂郁清深胜。渔洋诗有法度，学之易有所得，定庵诗剑狂箫怨，词句也极其漂亮，容易打动人，但如无独立之精神、自由之思想，学之必流于浮滑。清末南社诸公，颇学此体，但终不能传诵，即是此理。因此本章所选的例子，皆是《渔洋精华录》中的作品。

大抵七言绝句章法只在一、二句正说，三、四句转折，并不像律诗一样有明显的起承转合。短短四句，要做到婉曲回环，就往往以第三句为主，而以第四句承接之；亦有以第三句为辅翼，第四句转折者。绝句要诗绝意不绝，渔洋的处理方式就是结句大都宕开一笔，仅就情景加以渲染勾勒，绝不直接说出主题，而把联想的空间留给读者。即所谓"神韵"之法。

先说以第三句为主者。

法一：

> 寒雨秦邮夜泊船。南湖新涨水连天。
>
> 风流不见秦淮海，寂寞人间五百年。
>
> ——《高邮雨泊》

> 扬子桥头鸡未鸣。瓜洲城外日东生。
>
> 风波不惮西津渡，一见金焦双眼明。
>
> ——《瓜洲渡江二首之一》

> 闲踏春泥着屐来。烟波百曲孝侯台。
>
> 柴门径僻少人迹，门外野棠花乱开。
>
> ——《访纪伯紫》

> 宫柳烟含六代愁。丝丝畏见冶城秋。
>
> 无情画里逢摇落，一夜西风满石头。
>
> ——《和牧翁题沈朗倩石崖秋柳小景》

> 青溪水木最清华。王谢乌衣六代夸。

不奈更寻江总宅，寒烟已失段侯家。

——《秦淮杂诗十四首之六》

当年赐第有辉光。开国中山异姓王。
莫问万春园旧事，朱门草没大功坊。

——《秦淮杂诗十四首之七》

红襟双燕掠波轻。夹岸飞花细浪生。
南北船过不得语，风帆一霎觑江行。

——《大风渡江三首之二》

漏天未放十分晴。处处江村有笛声。
水远山长听不足，竹郎祠下竹鸡鸣。

——《竹公溪二首之一》

墨鱼吹浪一江浮。尔雅台荒古木秋。
碧水丹山留不得，风帆回首别乌尤。

——《江行望乌尤山》

洛水邙山饱废兴。宋家幽寝冈鱼灯。
奉香不见临安使，白日茫茫下七陵。

——《宋陵》

此法前二句或赋陈、或起兴、或议论，第三句以否定词转接。

法二：

> 虎山桥畔尽层松。掩映寒流古寺红。
> 却上重楼看邓尉，太湖西去雨蒙蒙。
>
> ——《虎山擅胜阁眺光福以雨阻不得往》

> 结绮临春尽已墟。琼枝璧月怨何如。
> 惟馀一片青溪水，犹傍南朝江令居。
>
> ——《秦淮杂诗十四首之二》

> 不复黄衫舞马床。更无片段荔支筐。
> 只馀今古青山色，留与诗人吊夕阳。
>
> ——《骊山怀古八首之七》

此法，前二句说一事，第三句以转折连词承接。

法三：

> 风雨崖山事杳然。故宫疏影自年年。
> 何人寄恨丹青里，留伴冬青哭杜鹃。
>
> ——《题胡玉昆宋梅图为程翼苍》

宣宗玉殿空山里，箫鼓楼船事已非。

何似茂陵汾水上，秋风南雁泪沾衣。

——《裂帛湖杂咏六首之四》

太华终南万里遥。西来无处不魂销。

闺中若问金钱卜，秋雨秋风过灞桥。

——《灞桥寄内二首之二》

嘉阳驿路俯江流。寒雨潇潇送暮秋。

谁识蛮中风景别，洋州风竹戴嵩牛。

——《夹江道中二首之二》

前旌已拂鹿头关。风雨勾留不肯闲。

何处行人最愁绝，潺亭亭下水潺潺。

——《罗江驿夜雨》

沔上风流万古存。鱼梁洲畔向江村。

何如但作鸿冥好，采药相携去鹿门。

——《落凤坡吊庞士元》

此法第三句故作假设或设问之辞，第四句答之。

法四：

枫叶萧条水驿空。离居千里怅难同。

十年旧约江南梦，独听寒山半夜钟。

——《夜雨题寒山寺寄西樵礼吉二首之二》

连山喷雪浪嵯峨。片片乘流竹箭过。

忆昨伤春三月暮，江东门外柳枝多。

——《大风渡江四首之四》

名园一树绿杨枝。眠起东风踠地垂。

忆向灞陵三月见，飞花如雪飐轻丝。

——《杨枝紫云曲戏代其年二首之一》

波绕雷塘一带流。至今水调怨扬州。

年来惯听吴娘曲，暮雨潇潇水阁头。

——《绝句》

白沙江头春日时。江花江草望参差。

行人记得曾游地，长板桥南旧酒旗。

——《真州绝句六首之二》

郁冈山下雨潇潇。山店寒更断丽谯。

遥忆青溪杨柳岸，一篙新绿涨江潮。

——《雨宿山家二首之一》

卢师昔日经行地，惆怅苍崖古木风。

最忆深秋飞瀑下，四山寒叶乱流中。

——《卢师山》

水轩面面似船窗。沙燕鸧鹒尽作双。

忽忆梦回闻柂鼓，一枝柔橹破烟江。

——《裂帛湖杂咏六首之三》

前二句说今事，第三句追忆畴昔，多用"年来""忆""记"等词。

法五：

扬子秋残暮雨时。笛声雁影共迷离。

重来三月青山道，一片风帆万柳丝。

——《江上望青山忆旧二首之一》

渔阳三月无芳草，客思离情不奈何。

此日淮南好天气，青骢尾蘸鸭头波。

——《花朝道中有感寄陈其年三首之一》

白波青嶂非人境，忆住江南过五年。

今日长征老鞍马，菰蒲春雨梦江天。

——《题胡元润画寄焦山樵道人》

六载隋堤送客骖。树犹如此我何堪。

销魂桥上重相见，一树依依似汉南。

——《赵北口见秋柳感成二首之二》

与君五载扬州梦，细马吟春皂荚桥。

岁晚幽州复相送，九门风雪压盘雕。

——《送其年归宜兴二首之一》

故人消息比何如。万里江湖岁又除。

山寺到来先一笑，春风石壁见君书。

——《退谷见朱锡鬯李武曾潘次耕蔡竹涛题名》

剩水残山只益愁。梓州荒绝接隆州。

眼明今日盐亭路，十里鹅溪碧玉流。

——《鹅溪》

灞桥杨柳碧毵毵。曾送征人去汉南。

今日攀条憔悴绝，树犹如此我何堪。

——《灞桥柳》

照壁孤檠不自聊。隔窗寒雨打红蕉。

惊回一枕乡园梦，身在西川金雁桥。

——《汉州纪梦》

以上诸首，前二句说往事，第三句则用"而今""此日"等词点明今事，以见今昔之感。

法六：

江干多是钓人居。柳陌菱塘一带疏。

好是日斜风定后，半江红树卖鲈鱼。

——《真州绝句六首之四》

万壑千岩云雾生。曹娥江外几峰晴。

分明乞与樵风便，身向山阴道上行。

——《恽香山千岩竞秀图》

龙山晴雪马蹄长。山翠湖云罨画香。

好到旗亭寒贳酒，双鬟低按小秦王。

——《送家兄礼吉归济南二首之一》

竹公溪水绿悠悠。也合三江一处流。

珍重嘉阳山水色，来朝送客下戎州。

——《竹公溪二首之二》

蛮云漏日影凄凄。夹岸萧条红树低。

好在峨眉半轮月，伴人今夜宿清溪。

——《清溪》

上法前二句直赋眼前景，第三句以"好是""分明""好到"等词着以作者的评论。

法七：

翠羽明珰尚俨然。湖云祠树碧于烟。

行人系缆月初堕，门外野风开白莲。

——《再过露筋祠》

吴头楚尾路如何。烟雨秋深暗白波。

晚趁寒潮渡江去，满林黄叶雁声多。

——《江上二首之二》

玉窗清晓拂多罗。处处凭栏更踏歌。

尽日凝妆明镜里，水晶帘影映横波。

              ——《秦淮杂诗十四首之十二》

东风作意吹杨柳，绿到芜城第几桥。

欲折一枝寄相忆，隔江残笛雨潇潇。

                ——《寄陈伯玑金陵》

乍疏乍密秧针雨，时去时来舶趠风。

五月行人秣陵去，一江风雨昼蒙蒙。

                    ——《金陵道上》

江上渝歌几处闻。孤舟日暮雨纷纷。

歌声渐过乌奴去，九十九峰多白云。

                ——《广元舟中闻棹歌》

巴歌渝唱总纷纷。长庆新诗久不闻。

欲访东坡但搔首，浪花高卷入蛮云。

东坡东涧绿成阴。刺史当年惠爱深。

想见竹枝歌舞处，木莲花映水林檎。

                ——《询白公东坡不得二首》

潇潇寒雨渡清流。苦竹云阴特地愁。

回首南唐风景尽，青山无数绕滁州。

——《题清流关》

西连丰沛走中原。风色萧萧野渡昏。

一望孤城天接水，乱山合沓是彭门。

——《荆山口待渡》

上法为渔洋匠心所在，一、二句就题直起，亦直赋眼前景、心中情，第三句以叙写人事转接，而结句则必由实返虚，所谓不着一字尽得风流，读渔洋最须注意此等处，以其有神韵也。

下面再来看以第四句为主者。

法八：

三月秦淮新涨迟。千株杨柳尽垂丝。

可怜一样西川种，不似灵和殿里时。

——《秦淮杂诗十四首之四》

潮落秦淮春复秋。莫愁好作石城游。

年来愁与春潮满，不信湖名尚莫愁。

——《秦淮杂诗十四首之五》

新歌细字写冰纨。小部君王带笑看。

千载秦淮呜咽水，不应仍恨孔都官。

——《秦淮杂诗十四首之八》

传寿清歌沙嫩箫。红牙紫玉夜相邀。

而今明月空如水，不见青溪长板桥。

——《秦淮杂诗十四首之十》

十里清淮水蔚蓝。板桥斜日柳毵毵。

栖鸦流水空萧瑟，不见题诗纪阿男。

——《秦淮杂诗十四首之十四》

万山堆里看云松。曲崦幽溪复几重。

为爱泉声过林去，不知烟寺远闻钟。

——《华山道中即事》

十二年前乍到时。板桥一曲柳千丝。

而今满目金城感，不见柔条踠地垂。

——《赵北口见秋柳感成二首之一》

涛声东走海陵仓。蛾子纷纷割据场。

三百年来陵谷变，居人犹是说张王。

——《秦邮杂诗八首之四》

上法以第四句为主，用否定词作结，然第三句亦不可轻忽，多用时间状语或转折连词、因果连词与之有一呼应。

法九：

桃叶桃根最有情。琅玡风调旧知名。
即看渡口花空发，更有何人打桨迎。

——《秦淮杂诗十四首之三》

芦荻无花秋水长。澹云微雨似潇湘。
雁声摇落孤舟远，何处青山是岳阳。

——《樊圻画》

今年孟冬河水干。万夫畚锸聚河干。
行河使者黄符下，敢道无衣风雪寒。

——《秦邮曲二首之二》

江乡春事最堪怜。寒食清明欲禁烟。
残月晓风仙掌路，何人为吊柳屯田。

——《真州绝句五首之五》

小桃初红柳垂阴。蠶社湖中花水深。

鸦头十五竹枝曲，不听歌声何处寻。

——《秦邮杂诗六首之六》

嘉陵江上泊舟时。戍鼓初停月上迟。

已听寒潮不成寐，谁家横笛怨龟兹。

——《夜泊双漾子闻笛》

殿脚三千事已非。隋堤风物尚依稀。

玉蛾金茧飘零尽，谁见杨花日暮飞。

——《宿州东门道曰汴堤古隋堤也作隋堤曲》

大槐阪上逐车尘。争效先生折角巾。

至竟清流解亡国，望门投止是何人。

——《郭有道墓》

此法第四句作诘问，第三句或呼应，或不呼应。

法十：

日暮东塘正落潮。孤篷泊处雨潇潇。

疏钟夜火寒山寺，记过吴枫第几桥。

——《夜雨题寒山寺寄西樵礼吉二首之一》

新月高高夜漏分。枣花帘子水沉薰。

石桥巷口诸年少，解唱当年白练裙。

——《秦淮杂诗十四首之十一》

新钓槎头缩项鳊。楚姬玉手鲙红鲜。

万山潭水清如昨，只忆襄阳孟浩然。

——《万山》

此法前三句皆写今事，而第四句则归结到诗人身上，追忆往昔，但不具体说出，自有无限风流蕴藉。这与法五第三句点明今事，固不相同。

法十一：

长江如练布帆轻。千里山连建业城。

草长莺啼花满树，江村风物过清明。

——《江上望青山忆旧二首之二》

凿翠流丹杳霭间。银涛雪浪急潺湲。

布帆十尺如飞鸟，卧看金陵两岸山。

——《大风渡江三首之一》

三月嬉春射雉城。钵池新水縠纹生。

紫云低唱灵雏拍，爱忍春寒坐到明。

——《花朝道中有感寄陈其年三首之二》

风俗淮南古禁烟。红桥解禊雨晴天。

酒徒散尽杨枝别，说着花朝一惘然。

——《花朝道中有感寄陈其年三首之三》

沉黎东上古犍为。红树苍藤竹亚枝。

骑马青衣江畔路，一天风雨望峨眉。

——《夹江道中二首之一》

上法前三句皆是烘托，结句归结自身，笔力沉雄清健。

法十二：

昨上京江北固楼。微茫风日见瓜洲。

层层远树浮青荠，叶叶轻帆起白鸥。

——《瓜洲渡江二首之一》

翠华寂寂罢宸游。苑树声凄碧水流。

一片败荷千点叶，灵波官外不胜秋。

——《叶欣离官秋晓》

家住茱萸湾复湾。年年三月上茅山。

白沙江边吹笛去，赤山湖上赛神还。

——《茅山进香曲四首之一》

宿鸟惊寒解报更。夜闻林雨达天明。

迢迢绝涧千重瀑，寂寂中峰一磬声。

——《德云庵晓起》

长乐坡前雨似尘。少陵原上泪沾巾。

灞桥两岸千条柳，送尽东西渡水人。

——《灞桥寄内二首之一》

红叶碛边红叶飞。黄鱼沱上黄鱼肥。

百丈牵江怯西上，三巴迎客好东归。

——《棹歌》

上滩嘈嘈如震霆。下滩东来如建瓴。

瞥过前山才一瞬，鹧鸪啼处到空舲。

兵书峡口石横流。怒敌江心万斛舟。

蜀舸吴船齐着力，西陵前去赛黄牛。

——《新滩二首》

岂有酖人羊叔子，更无悔过窦连波。

残碑堕泪回文锦，一种销沉可奈何。

——《襄阳口号》

持节西穷万里源。至今黄鹄怨乌孙。

空闻宝马归天厩，不见征人入玉门。

——《博望城》

此法于诗中必要有对偶（但不一定对仗），**或一、二句对，或三、四句对，或在句中对。**如第二首"一片败荷千点叶"、第五首"灞桥两岸千条柳"、第八首"蜀舸吴船齐着力"、第九首"残碑堕泪回文锦"**皆是句中对。既用对偶，复有领起或总结，诗中胎息则一气奔腾直下矣。**

渔洋诗法，自然不止于此，但初学者如能领会上举诸作的关窍所在，下笔自然有法度。当然，真正的好诗，是要以胸襟、识力、学问为基础的。我本人即在学诗八年后，始能写出较令自己满意的七绝之作。渔洋七绝，譬如童蒙描红的字帖，可以从彼习得间架结构，却不能学成真正的书家。他的诗作佳处固以神韵见长，但以缺乏思想与真情，多读几首，便觉千篇一律。唐人七绝已把单纯审美一路写尽，后世学者，若想自成面目，必须于"深美闳约"四字求之。只有有思想、有历史感的诗人，作品意境方能深美闳约。试举龚自珍《己亥杂诗》数首，便知有历史感的诗是何等面目，也就知道今人作七绝所应到的方向：

罡风力大簸春魂。虎豹沉沉卧九阍。
终是落花心绪好，平生默感玉皇恩。

此去东山又北山。镜中强半尚红颜。
白云出处从无例，独往人间竟独还。

太行一脉走蜿蜒。莽莽畿西虎气蹲。
送我摇鞭竟东去，此山不语看中原。

颓波难挽挽颓心。壮岁曾为九牧箴。
钟虡苍凉行色晚，狂言重起廿年喑。

少慕颜曾管乐非。胸中海岳梦中飞。
近来不信长安隘，城曲深藏此布衣。

霜毫掷罢倚天寒。任作淋漓淡墨看。
何敢自矜医国手，药方只贩古时丹。

华年心力九分殚。泪渍蟫鱼死不干。

此事千秋无我席，毅然一炬为归安。

古人制字鬼夜泣。后人识字百忧集。
我不畏鬼复不忧，灵文夜补秋灯碧。

第十章　五言古诗的作法

　　"古体诗"是对"近体诗"产生以前的一切诗体的统称，古体诗依其源流及与音乐的关系，又可分为"谣谚体""诗经体""骚体"（或称"楚辞体"）、"古风"（或称"古诗"）、"乐府"等。自字数而论，又可分三言、四言、五言、六言、七言及杂言等。自风格内容论，又可分为诗、引、行、歌、歌行、吟、谣、曲等[①]。本章为初学者计，只能讲五七言古诗的作法。

　　有一种说法，认为古体诗就是古代的自由诗，没有任何格律可言。这种说法，我认为是不够严谨的。《文心雕龙·声律第三十三》云："夫音律所始，本于人声者也。声含宫商，肇自血气，先王因之，以制乐歌。故知器写人声，声非学器者也。故

---

　　①姜夔《白石道人诗说》云："守法度曰诗，载始末曰引，体如行书曰行，放情曰歌，兼之曰歌行。悲如蛩螀曰吟，通乎俚俗曰谣，委曲尽情曰曲。"

言语者，文章关键，神明枢机，吐纳律吕，唇吻而已。古之教歌，先揆以法。使疾呼中宫，徐呼中徵。夫徵羽响高，宫商声下，抗喉矫舌之差，攒唇激齿之异，廉肉相准，皎然可分。"可知即使在近体诗产生之前，古人对于声律就极为重视。唯古体诗的声律不如近体诗之有明显的轨辙可寻耳。由"夫徵羽响高，宫商声下，抗喉矫舌之差，攒唇激齿之异，廉肉相准，皎然可分"一段论述，可知古人作诗，尽管还没有摸索出平仄的格律规则，但已经不仅注意声调的相配，也注意到唇舌鼻齿喉五个发声部位的协调。根据李珍华、傅璇琮二位先生在《〈河岳英灵集〉音律说探索》[1]中的研究，古体诗的格律是以"拈二"为原则的。所谓"拈二"，是指每句的第二字要尽量依照粘对规则。但其粘对，不仅包括平仄，也包括声音的轻重清浊，而声音的轻重清浊，主要是与声母相关。唯自近体平仄律确立以后，五音之说，渐坠微茫，后世作者即故意用不入律的句子或失粘对等方式来营织古体诗，已非古体诗本来面目了。一般说来，自近体诗的形式确立以后，古体诗就通过以下三种方式来与近体诗相区别：（一）每句的后三字，即俗称三字脚者，故意与近体诗的三字脚不同，其主要有平平平、平仄平、仄仄仄、仄平仄四种格式；（二）故意在该粘的地方不粘，该对的地方不对；（三）可以用仄声韵，也可以转韵。

---

[1] 傅璇琮、李珍华撰：《河岳英灵集研究》，中华书局，1992年。

可以押仄声韵和转韵，是古体诗的一大特色。近体诗只能押平声韵而且必须一韵到底，古体诗就不需要这样的讲究。但古体诗也不能允许平声字与仄声字通押，又转韵也非全然自由，与诗的章法有密切关系。一般是在一层新的意思开始时转韵。一层意思里如有小的层次，也可以转韵。一个韵可以用于几个小的层次，有时也可跨越一个大的层次。常见转韵古体诗，在承、转、结时换韵。又一般五言古体不换韵，而七言大多换韵。

五言古风，一般篇幅较短者直赋其情，或比兴寄托，较长者则多叙事，叙事中穿插议论、抒情。但不论是短制还是长篇，均以高古雄浑为正格，要有间气、有风骨。词句不妨质朴，亦不妨以文为诗，多加议论。至于气体幽灵，以风流蕴藉、托辞温厚见胜者，乃是五古变格。兹举二首如下：

仙谷遇毛女意知是秦时宫人

常建

溪口水石浅，泠泠明药丛。
入溪双峰峻，松栝疏幽风。
垂岭枝袅袅，翳泉花濛濛。
夤缘霁人目，路尽心弥通。
盘石横阳崖，前流殊未穷。
回潭清云影，弥漫长天空。
水边一神女，千岁为玉童。

羽毛经汉代，珠翠逃秦宫。

目觌神已寓，鹤飞言未终。

祈君青云秘，愿谒黄仙翁。

尝以耕玉田，龙鸣西顶中。

金梯与天接，几日来相逢。

佳　人

杜甫

绝代有佳人，幽居在空谷。

自云良家子，零落依草木。

关中昔丧乱，兄弟遭杀戮。

官高何足论，不得收骨肉。

世情恶衰歇，万事随转烛。

夫婿轻薄儿，新人美如玉。

合昏尚知时，鸳鸯不独宿。

但见新人笑，那闻旧人哭。

在山泉水清，出山泉水浊。

侍婢卖珠回，牵萝补茅屋。

摘花不插发，采柏动盈掬。

天寒翠袖薄，日暮倚修竹。

至于王维的《送綦毋潜落第还乡》：

圣代无隐者，英灵尽来归。

遂令东山客，不得顾采薇。

既至君门远，孰云吾道非。

江淮度寒食，京洛缝春衣。

置酒临长道，同心与我违。

行当浮桂棹，未几拂荆扉。

远树带行客，孤村当落晖。

吾谋适不用，勿谓知音稀。

则是以律诗的笔法入古体，多律句、对仗，便觉气息卑弱。

下面以阮籍、左思、李白、杜甫的作品为例，谈一谈古风短制的作法。

法一：

咏　怀

阮籍

二妃游江滨，逍遥顺风翔。

交甫怀环佩，婉娈有芬芳。　一结。咏事。

猗靡情欢爱，千载不相忘。

倾城迷下蔡，容好结中肠。　二结。即事议论。

感激生忧思，萱草树兰房。

膏沐为谁施，其雨怨朝阳。　三结。转接。

如何金石交，一旦更离伤。议论点题。

古　风

李白

秦王扫六合，虎视何雄哉。二句总起。势如万仞之山。

挥剑决浮云，诸侯尽西来。

明断自天启，大略驾群才。

收兵铸金人，函谷正东开。

铭功会稽岭，骋望琅邪台。一结。以上皆以褒扬为主。

刑徒七十万，起土骊山隈。

尚采不死药，茫然使心哀。二结。此处诗意转折暗含谴责。

连弩射海鱼，长鲸正崔嵬。

额鼻象五岳，扬波喷云雷。

鬐鬣蔽青天，何由睹蓬莱。

徐市载秦女，楼船几时回。三结。纯是讽刺。

但见三泉下，金棺葬寒灰。议论点题。

此二首皆咏古事起，于咏事中穿插诗人的情感、议论，诗中赋陈，亦苍古矫健，结句著以十字点题，如曲终划拨，戛然而止。

法二：

咏　怀

阮籍

嘉树下成蹊，东园桃与李。

秋风吹飞藿，零落从此始。一结。咏物起兴，零落二字是一篇之本。

繁华有憔悴，堂上生荆杞。

驱马舍之去，去上西山趾。二结。照应一结，因桃李之零落，联想到尘世荣华之易凋。

一身不自保，何况恋妻子。

凝霜被野草，岁暮亦云已。三结。议论点题。

咏　史

左思

郁郁涧底松，离离山上苗。

以彼径寸茎，荫此百尺条。一结。咏物起兴，寸茎、百尺是一篇之本。

世胄蹑高位，英俊沉下僚。

地势使之然，由来非一朝。二结。议论点题。

金张藉旧业，七叶珥汉貂。

冯公岂不伟，白首不见招。三结。引事照应起兴之物。

此二首皆咏物起兴，而以下必引事与起兴之物相照应，亦

必有诗人议论。

　　法三：

咏　史

　　　　左思

　　弱冠弄柔翰，卓荦观群书。

　　著论准过秦，作赋拟子虚。一结。

　　边城苦鸣镝，羽檄飞京都。

　　虽非甲胄士，畴昔览穰苴。二结。

　　长啸激清风，志若无东吴。

　　铅刀贵一割，梦想骋良图。三结。

　　左眄澄江湘，右盼定羌胡。

　　功成不受爵，长揖归田庐。点题。

古　风

　　　　李白

　　凤飞九千仞，五章备彩珍。兴起。

　　衔书且虚归，空入周与秦。

　　横绝历四海，所居未得邻。一结。

　　吾营紫河车，千载落风尘。

　　药物秘海岳，采铅青溪滨。二结。

　　时登大楼山，举首望仙真。

羽驾灭去影，飙车绝回轮。三结。

尚恐丹液迟，志愿不及申。

徒霜镜中发，羞彼鹤上人。四结。

桃李何处开，此花非我春。

惟应清都境，长与韩众亲。点题。

奉赠韦左丞丈二十二韵

杜甫

纨绔不饿死，儒冠多误身。

丈人试静听，贱子请具陈。领起。

甫昔少年日，早充观国宾。

读书破万卷，下笔如有神。

赋料扬雄敌，诗看子建亲。

李邕求识面，王翰愿卜邻。

自谓颇挺出，立登要路津。

致君尧舜上，再使风俗淳。一结。

此意竟萧条，行歌非隐沦。

骑驴三十载，旅食京华春。

朝扣富儿门，暮随肥马尘。

残杯与冷炙，到处潜悲辛。二结。

主上顷见征，欻然欲求伸。

青冥却垂翅，蹭蹬无纵鳞。三结。

甚愧丈人厚，甚知丈人真。

每于百僚上，猥诵佳句新。

窃效贡公喜，难甘原宪贫。

焉能心怏怏，只是走踆踆。四结。

今欲东入海，即将西去秦。

尚怜终南山，回首清渭滨。

常拟报一饭，况怀辞大臣。点题。

白鸥没浩荡，万里谁能驯。宕开一笔作结。

　　此三首，皆自述心情，而诗意层层转折，层层递进。李白一首，尤见章法。

　　通过以上分析，我们还可以发现，五古短制与近体诗相比，除了声律运用精粗显别，在章法结构上也迥然有华朴之分。近体诗起承转合，走的是个圆环轨迹，古诗却是一个意思一转，走的是折线。

　　至于五古长篇，则以老杜《北征》《自京至奉先县咏怀五百字》为正宗。钟惺云："当于潦倒淋漓、忽正忽反、若整若乱、时断时顾处得其篇法之妙。"兹举杜甫《北征》及李商隐《行次西郊作一百韵》为例，以见五言长篇法度。

北 征

杜甫

皇帝二载秋，闰八月初吉。

杜子将北征，苍茫问家室。赋起。

维时遭艰虞，朝野少暇日。

顾惭恩私被，诏许归蓬荜。

拜辞诣阙下，怵惕久未出。

虽乏谏诤姿，恐君有遗失。

君诚中兴主，经纬固密勿。

东胡反未已，臣甫愤所切。一结。先说时事，接下来才入
征途。

挥涕恋行在，道途犹恍惚。

乾坤含疮痍，忧虞何时毕。

靡靡逾阡陌，人烟眇萧瑟。

所遇多被伤，呻吟更流血。二结。总写，所谓提领之法。

回首凤翔县，旌旗晚明灭。

前登寒山重，屡得饮马窟。

邠郊入地底，泾水中荡潏。

猛虎立我前，苍崖吼时裂。三结。倒叙也。

菊垂今秋花，石戴古车辙。

青云动高兴，幽事亦可悦。

山果多琐细，罗生杂橡栗。

或红如丹砂，或黑如点漆。

雨露之所濡，甘苦齐结实。

缅思桃源内，益叹身世拙。四结。穿插一段平怡之景，看似闲笔，实为逗出"缅思"二句，乃反衬之法。

坡陀望鄜畤，岩谷互出没。

我行已水滨，我仆犹木末。

鸱鸟鸣黄桑，野鼠拱乱穴。五结。此段为过渡，承上启下。

夜深经战场，寒月照白骨。

潼关百万师，往者散何卒。

遂令半秦民，残害为异物。六结。直叙。

况我堕胡尘，及归尽华发。以提顿转接，总起以下三结。

经年至茅屋，妻子衣百结。

恸哭松声回，悲泉共幽咽。七结。叙妻。

平生所娇儿，颜色白胜雪。

见耶背面啼，垢腻脚不袜。

床前两小女，补绽才过膝。

海图坼波涛，旧绣移曲折。

天吴及紫凤，颠倒在裋褐。八结。叙儿女。

老夫情怀恶，呕泄卧数日。

那无囊中帛，救汝寒凛慄。九结。叙自身。

粉黛亦解苞，衾裯稍罗列。二句为过渡，再转。

瘦妻面复光，痴女头自栉。

学母无不为，晓妆随手抹。

移时施朱铅，狼藉画眉阔。

生还对童稚，似欲忘饥渴。

问事竞挽须，谁能即嗔喝。十结。

翻思在贼愁，甘受杂乱聒。

新归且慰意，生理焉得说。十一结。"翻思"二字插叙。

至尊尚蒙尘，几日休练卒。

仰观天色改，坐觉妖氛豁。十二结。皆写儿女语态，自"至尊尚蒙尘"一句，转得极有力。

阴风西北来，惨澹随回纥。

其王愿助顺，其俗善驰突。

送兵五千人，驱马一万匹。

此辈少为贵，四方服勇决。

所用皆鹰腾，破敌过箭疾。十三结。

圣心颇虚伫，时议气欲夺。

伊洛指掌收，西京不足拔。十四结。

官军请深入，蓄锐伺俱发。

此举开青徐，旋瞻略恒碣。十五结。

昊天积霜露，正气有肃杀。兴中有比，以为转接。前皆用赋笔，过于质实，至此遂以比兴之虚笔调和一下。诗家秘钥，正在此等处。

祸转亡胡岁，势成擒胡月。

胡命其能久，皇纲未宜绝。十六结。自"阴风西北来"至此，皆是补叙。

> 忆昨狼狈初，事与古先别。

> 奸臣竟菹醢，同恶随荡析。

> 不闻夏殷衰，中自诛褒妲。

> 周汉获再兴，宣光果明哲。

> 桓桓陈将军，仗钺奋忠烈。

> 微尔人尽非，于今国犹活。十七结。"忆昨"二字，直领到此
处，乃插叙之法。"不闻夏殷衰，中自诛褒妲"二句互文见义，上句"夏
殷"之外兼含周代，下句"褒妲"又兼含夏桀的宠妃妹喜。

> 凄凉大同殿，寂寞白兽闼。

> 都人望翠华，佳气向金阙。

> 园陵固有神，扫洒数不缺。

> 煌煌太宗业，树立甚宏达。十八结。总合全篇，以"煌煌太
宗业"与以上十七结相对照，意谓今上不仁，遂令庶民残害，真太宗皇
帝不肖子孙也。无限悲愤之情，而不明白说出，更见沉郁。

行次西郊作一百韵

李商隐

> 蛇年建丑月，我自梁还秦。

> 南下大散关，北济渭之滨。赋起。

> 草木半舒坼，不类冰雪晨。

> 又若夏苦热，燋卷无芳津。

高田长樆枥，下田长荆榛。

农具弃道旁，饥牛死空墩。一结。直接承上总写，为下篇叙述张本，亦是赋法。

依依过村落，十室无一存。

存者皆面啼，无衣可迎宾。

始若畏人问，及门还具陈。二结。领起以下"具陈"之事。

右辅田畴薄，斯民常苦贫。

伊昔称乐土，所赖牧伯仁。

官清若冰玉，吏善如六亲。

生儿不远征，生女事四邻。

浊酒盈瓦缶，烂谷堆荆囷。

健儿庇旁妇，衰翁舐童孙。三结。皆自"伊昔"二字领起，乃铺叙之法。右辅为凤翔府，其地田畴本薄，其民常苦贫，而所以称乐土者，所赖吏治之佳美。

况自贞观后，命官多儒臣。

例以贤牧伯，征人司陶钧。四结。"况自"二字，照应、深化前文。四句写贞观之治，下笔如此简练。盖前文已写尽盛世气象，此处只需作一照应，如再铺叙，即沦为俗手矣。

降及开元中，奸邪挠经纶。

晋公忌此事，多录边将勋。

因令猛毅辈，杂牧升平民。

中原遂多故，除授非至尊。

或出幸臣辈，或由帝戚恩。

中原困屠解，奴隶厌肥豚。

皇子弃不乳，椒房抱羌浑。五结。"降及"以下，字字沉痛，铺叙中杂以议论。晋公即李林甫。此结写安史之乱，肇由林甫。皇子弃不乳，指林甫谗杀太子瑛、鄂王瑶、光王琚。椒房抱羌浑，用安禄山事迹。禄山生日后三日，玄宗召禄山入内，贵妃以锦绣绷缚禄山，令内人以彩舆舁之，玄宗就观，大悦，因赐贵妃三日洗儿金银钱。自是宫中皆呼禄山为禄儿，不禁出入。

重赐竭中国，强兵临北边。

控弦二十万，长臂皆如猿。

皇都三千里，来往同雕鸢。

五里一换马，十里一开筵。

指顾动白日，暖热回苍旻。

公卿辱嘲叱，唾弃如粪丸。

大朝会万方，天子正临轩。

彩旗转初旭，玉座当祥烟。

金障既特设，珠帘亦高褰。

捋须褰不顾，坐在御榻前。

忤者死艰屦，附之升顶颠。六结。写禄山专受玄宗之宠，极见气焰之嚣张。赋中有比，遂不枯槁。

华侈矜递炫，豪俊相并吞。

因失生惠养，渐见征求频。

奚寇西北来，挥霍如天翻。

是时正忘战，重兵多在边。

列城绕长河，平明插旗幡。

但闻虏骑入，不见汉兵屯。七结。写禄山之反，而唐军未有
防备。

大妇抱儿哭，小妇攀车辐。

生小太平年，不识夜闭门。

少壮尽点行，疲老守空村。

生分作死誓，挥泪连秋云。八结。写生民之苦难。

廷臣例獐怯，诸将如赢奔。

为贼扫上阳，捉人送潼关。

玉辇望南斗，未知何日旋。九结。写君臣仓皇逃窜，"廷臣例
獐怯，诸将如赢奔"二句互文，是明刺，一个"例"字入木三分；"玉辇
望南斗，未知何日旋"则是暗讽皇帝。

诚知开辟久，遘此云雷屯。

逆者问鼎大，存者要高官。

抢攘互间谍，孰辨枭与鸾。

千马无返辔，万车无还辕。

城空雀鼠死，人去豺狼喧。

南资竭吴越，西费失河源。

因令左藏库，摧毁惟空垣。十结。接上勾勒，"诚知开辟久，
遘此云雷屯"用反语。

如人当一身，有左无右边。

筋体半痿痹，肘腋生臊膻。

列圣蒙此耻，含怀不能宣。

谋臣拱手立，相戒无敢先。

万国困杼轴，内库无金钱。

健儿立霜雪，腹歉衣裳单。

馈饷多过时，高估铜与铅。

山东望河北，爨烟犹相联。

朝廷不暇给，辛苦无半年。

行人榷行资，居者税屋椽。

中间遂作梗，狼籍用戈鋋。

临门送节制，以锡通天班。

破者以族灭，存者尚迁延。

礼数异君父，羁縻如羌零。

直求输赤诚，所望大体全。十一结。写德宗朝大唐国力的进
一步溃败，赋税日繁，民众苦难愈深。

巍巍政事堂，宰相厌八珍。

敢问下执事，今谁掌其权。

疮疽几十载，不敢扶其根。

国蹙赋更重，人稀役弥繁。

近年牛医儿，城社更扳援。

盲目把大旆，处此京西藩。

乐祸忘怨敌，树党多狂狷。

生为人所惮，死非人所怜。

快刀断其头，列若猪牛悬。十二结。写文宗朝郑注乱政。

凤翔三百里，兵马如黄巾。

夜半军牒来，屯兵万五千。

乡里骇供亿，老少相扳牵。

儿孙生未孩，弃之无惨颜。

不复议所适，但欲死山间。十三结。

尔来又三岁，甘泽不及春。

盗贼亭午起，问谁多穷民。

节使杀亭吏，捕之恐无因。

咫尺不相见，旱久多黄尘。

官健腰佩弓，自言为官巡。

常恐值荒迥，此辈还射人。十四结。此二结写官匪之乱。"尔
来"一句，略见层次。

愧客问本末，愿客无因循。

郿坞抵陈仓，此地忌黄昏。十五结。照应前文"始若畏人问，
及门还具陈。"

我听此言罢，冤愤如相焚。

昔闻举一会，群盗为之奔。

又闻理与乱，系人不系天。

我愿为此事，君前剖心肝。

叩头出鲜血，滂沱污紫宸。

九重黯已隔，涕泗空沾唇。

使典作尚书，厮养为将军。

慎勿道此言，此言未忍闻。十六结。纯是议论点题。

此首借凤翔村人的话，就有唐一代史实逐步写来，一笔不乱，堪称唐代由盛而衰的一部诗史。

以上所讲，仅就五古自身的体性而言，学者似亦不必太过牵合，总之依照自己的性情、爱好去写诗。到不了五古正格的风骨遒劲，那就学常建、王维等人的清空宛窈。因为风骨、气象这些东西，靠的是胸襟、识力，必须要作者具有深厚的历史感才能写得出来。

第十一章　七言古诗的作法

　　本章所讲的七言古诗，是对七古和歌行的统称。古人所谓七言，并不是说全诗每一句都是七个字，而是只要诗中多数的句子是七言就可以了。如李白《蜀道难》既有"噫吁戏"三言，复有"危乎高哉"四言，"蚕丛及鱼凫，开国何茫然"五言，"上有六龙回日之高标，下有冲波逆折之回川"九言，但仍认为是七言歌行，而不认为是杂言诗。

　　明清以来的诗论家，对于七言古诗的划分有两种意见，一种是认为七古、七言歌行二者同体，可以互相替代，如胡应麟《诗薮》云："七言古诗，概曰歌行。"王士禛《古诗选》就径直分五言诗与七言诗歌行钞两部分。明清诗话评论中，将七古与七言歌行相互代称，其例更是不胜枚举。而另一种意见则认为，七古与歌行在体性上存在分别，而且这种分别甚大。李中华、李会二位先生曾著文从源头、体式、风格诸方面论述过这个问题，略曰：

> 首先，七言歌行出自古乐府，而七古则是七律产生之
> 后别立的诗体，二者渊源不同。
> 其次，就体式的主要特征而言，七古要求与七言律诗
> （包括七言排律）划清界限。至于七言歌行，虽然初期部分
> 作品在体式格调上颇与七古相似，然而在其演化过程中"律
> 化"的现象却愈来愈严重。
> 其三，从文学风貌论，七古的典型风格是端正浑厚、
> 庄重典雅，歌行的典型风格则是宛转流动、纵横多姿。

他们举例说："杜甫《寄韩谏议注》、卢仝《月蚀诗》、韩愈
《谒衡岳庙遂宿岳寺题门楼》、李商隐《韩碑》等，只能是七言
古诗；而王维《桃源行》、李白《梦游天姥吟留别》、白居易《长
恨歌》、韦庄《秦妇吟》只能是七言歌行。二者之间的区别是明
晰的。"①

下面分别举数例，说明歌行与七古的作法。

---

① 李中华、李会：《唐代七古、七言歌行辨体》，《光明日报·文化周刊》2003 年
11 月 12 日。

一、歌行的作法

姜夔说:"放情曰歌,体如行书曰行,兼之曰歌行。"据此,歌行的体性应当是一气盘旋直下,流转奔逸。歌行短制,往往与近体诗在体性上相近。如王勃《滕王阁诗》:

滕王高阁临江渚。佩玉鸣鸾罢歌舞。
画栋朝飞南浦云,珠帘暮卷西山雨。
闲云潭影日悠悠。物换星移几度秋。
阁中帝子今何在,槛外长江空自流。

如果不考虑平仄,简直就是两首近体绝句连在一起。又如杜甫《夜闻觱篥》:

夜闻觱篥沧江上。衰年侧耳情所向。
邻舟一听多感伤,塞曲三更欻悲壮。
积雪飞霜此夜寒。孤灯急管复风湍。
君知天地干戈满,不见江湖行路难。

同样,高适的《燕歌行》亦如此:

燕歌行

　　开元二十六年，客有从元戎出塞而还者，作燕歌行以示适，感征戍之事，因而和焉。

汉家烟尘在东北。汉将辞家破残贼。

男儿本自重横行，天子非常赐颜色。一结。

摐金伐鼓下榆关。旌旗逶迤碣石间。

校尉羽书飞瀚海，单于猎火照狼山。二结。

山川萧条极边土。胡骑凭陵杂风雨。

战士军前半死生，美人帐下犹歌舞。三结。

大漠穷秋塞草衰。孤城落日斗兵稀。

身当恩遇常轻敌，力尽关山未解围。四结。

铁衣远戍辛勤久。玉箸应啼别离后。

少妇城南欲断肠，征人蓟北空回首。五结。

边风飘飘那可度，绝域苍茫更何有。

杀气三时作阵云，寒声一夜传刁斗。六结。

相看白刃血纷纷。死节从来岂顾勋。

君不见沙场征战苦，至今犹忆李将军。七结。

　　全诗就像是七首绝句串在一起。

　　事实上，歌行体的基本章法，就是仄韵和平韵交替，四句一换韵。（当然也有两句、六句等偶数句一换韵的。）换韵主要是依照意思的转折，如上举《燕歌行》，一结写主将奉命出征，是诗的起，用**职韵**。二结四句，写出征途中的声势和敌方进犯的态势，是诗的承，**换删韵**。第三结开始着笔勾勒，极尽描摹刻画之能事，所以又换**虞韵**了。描摹刻画，又可分四个小的层次：三结四句，写战斗惨烈而主将荒淫，用**虞韵**；四结四句，写战争失利，未能解围，用**微韵**；五结，写征夫思妇久别远离之苦，用**宥韵**；六结，写边地征戍的艰苦，仍用**宥韵**。至第七结前两句，是诗的转，后两句，则是诗的合。四句换用**文韵**作结。在转韵时，一般一二句都要用韵，即首句要入韵。我们看上举三首，每四句换韵时，首句总是入韵的。而一首诗多次转韵，常是平仄韵交替使用。这和律句平仄字相间的意义相同，为的是使声调富于变化而又齐整和谐。

如果我们把一个个的四句比作一粒粒的珍珠，那么长篇歌行就是用一根丝线——诗的主题思想，把这一粒粒的珍珠串成一条美丽的项链。这种章法，始于"初唐四杰"，被白居易、元稹等人发扬光大，称为"长庆体"，始仅求清丽明畅，其少隶事，到了清代吴伟业那儿总其大成，更多用典、对仗，是名"梅村体"。如卢照邻的《长安古意》、白居易的《长恨歌》《琵琶行》、元稹的《连昌宫词》、吴伟业的《圆圆曲》等，在章法上，都是一脉相承的。这类诗，在其本质上是戏剧，而非诗歌。近代以降，梅村体很受诗家青睐，很多诗家借此体裁写重大时事，亦取其近于戏剧，便于叙事，而韵律动听，辞采动目，感均顽艳。如王闿运《圆明园词》、金兆蕃《宫井篇》、樊增祥《彩云曲》《后彩云曲》、杨圻《檀青引》《天山曲》等皆是。至于王国维的《颐和园词》、陈寅恪的《王观堂先生挽词》，则上溯至元稹《连昌宫词》，气格更加遒劲。

唐代长篇歌行，最可注意者为韦庄的《秦妇吟》。此诗"为长庆体，叙述黄巢焚掠，借陷贼妇人口中述之。语极沉痛详尽，其词复明浅易解"①。写出黄巢造反给人民带来的不幸，堪称有唐一代史诗冠冕。按孙光宪《北梦琐言》云："蜀相韦庄应举时，遇黄寇犯阙，著《秦妇吟》一篇，内一联云'内库烧为锦绣灰，天街踏尽公卿骨'。尔后公卿亦多垂讶，庄乃讳之；时人号'《秦妇吟》秀才'。他日撰《家戒》，内不许垂《秦妇吟》障子，以此止谤，亦无及也。"此诗以是之故，韦庄本集不载，至埋没千载，直至二十世纪初，才在敦煌重新发现。然而在唐末，却是极为流行的作品无疑。其诗章法多参以戏剧的手法，诗云：

中和癸卯春三月。洛阳城外花如雪。东西南北路人绝。绿杨悄悄香尘灭。路旁忽见如花人，独向绿杨阴下歇。凤侧鸾欹鬓脚斜，红攒黛敛眉心折。借问女郎何处来，含颦欲语声先咽。回头敛袂谢行人，丧乱漂沦何堪说。三年陷贼留秦地。依稀记得秦中事。君能为妾解金鞍，妾亦与君停玉趾。楔子，交待作诗缘起。

---

① 王国维：《敦煌发见唐朝之通俗诗及通俗小说》，《东方杂志》17卷8号。

前年庚子腊月五。正闭金笼教鹦鹉。斜开鸾镜懒梳头，闲凭雕栏慵不语。忽看门外起红尘，已见街中擂金鼓。居人走出半仓皇，朝士归来尚疑误。是时西面官军入。拟向潼关为警急。皆言博野自相持，尽道贼军来未及。须臾主父乘奔至。下马入门痴似醉。适逢紫盖去蒙尘，已见白旗来匝地。扶羸携幼竞相呼，上屋缘墙不知次。南邻走入北邻藏，东邻走向西邻避。北邻诸妇咸相凑。户外崩腾如走兽。轰轰昆昆乾坤动。万马雷声从地涌。火迸金星上九天，十二官街烟烘炯。日轮西下寒光白。上帝无言空脉脉。阴云晕气若重围，宦者流星如血色。紫气潜随帝座移，妖光暗射台星坼。家家流血如泉沸。处处冤声声动地。舞伎歌姬尽暗损，婴儿稚女皆生弃。第一折，写黄巢军陡然而至，乱起烧杀抢掠，无所不为。

东邻有女眉新画。倾国倾城不知价。长戈拥得上戎车，回首香闺泪盈把。旋抽金线学缝旗，才上雕鞍教走马。有时马上见良人，不敢回眸空泪下。西邻有女真仙子。一寸横波翦秋水。妆成只对镜中春，年幼不知门外事。一夫跳跃上金阶，斜袒半肩欲相耻。牵衣不肯出朱门，红粉香脂刀下死。南邻有女不记姓。昨日良媒新纳聘。琉璃阶上不闻行，翡翠帘间空见影。忽看庭际刀刃鸣，身首支离在俄顷。仰天掩面哭一声，女弟女兄同入井。北邻少妇行相促。旋解云鬟拭眉绿。已闻击托坏高门，不觉攀缘上重屋。须臾四面火光来。欲下回梯梯又摧。烟中大叫犹求救，梁上悬尸已作灰。第二折，就邻女遭劫进行细节描写，此为逗出下结"妾身幸得全刀锯"。

妾身幸得全刀锯。不敢踟蹰久回顾。旋梳蝉鬓逐军行，强展蛾眉出门去。万里从兹不得归，六亲自此无寻处。一从陷贼经三载，终日惊忧心胆碎。夜卧千重剑戟围，朝餐一味人肝脍。鸳帏纵入岂成欢，宝货虽多非所爱。第三折，写主人公陷身贼军。

蓬头垢面狂眉赤。几转横波看不得。衣裳颠倒言语异。面上夸功雕作字。柏台多士尽狐精，兰省诸郎皆鼠魅。还将短发戴华簪，不脱朝衣缠绣被。翻持象笏作三公，倒佩金鱼为两史。朝闻奏对入朝堂，暮见喧呼来酒市。第四折，此结虽述秦妇口中之言，实为作者谴责之辞，以抨击黄巢贼军骄横粗鄙。

一朝五鼓人惊起。呼啸喧争如窃语。夜来探马入皇城，昨日官军收赤水。赤水去城一百里。朝若来兮暮应至。凶徒马上暗吞声，女伴闺中潜生喜。皆言冤愤此时销，必谓妖徒今日死。逡巡走马传声急。又道官军全阵入。大彭小彭相顾忧，二郎四郎抱鞍泣。沉沉数日无消息。必谓军前已衔璧。簸旗掉剑却来归，又道官军悉败绩。第五折，按中和元年夏四月，官军攻入长安，黄巢出走，程宗楚、唐弘夫先入，人民欢呼，争以瓦砾击贼，军士释兵入第舍，掠金帛妾妓。贼知官军不整，还袭之。宗楚、弘夫皆死，军士重负不能走，死者什八九。巢复入长安，纵兵屠杀，流血成川，谓之洗城。此结写贼兵败而复胜，如戏剧家营造悬念。

四面从兹多厄束。一斗黄金一升粟。尚让厨中食木皮，黄巢机上刲人肉。东南断绝无粮道。沟壑渐平人渐少。六军门外倚僵尸，七萃营中填饿莩。第六折，此段写黄巢困守长安城，惟食木皮人肉，城中人肉不足食，就向围城的官兵买，官兵从山中抓平民，卖给黄巢的军队吃。尚让是黄巢的左右手，"尚让厨中食木皮，黄巢机上刲人肉"是互文。

长安寂寂今何有。废市荒街麦苗秀。采樵斫尽杏园花，修寨诛残御沟柳。华轩绣毂皆销散。甲第朱门无一半。含元殿上狐兔行，花萼楼前荆棘满。昔时繁盛皆埋没。举目凄凉无故物。内库烧为锦绣灰，天街踏尽公卿骨。第七折，由惨酷转入凄清，写长安乱后状况。

来时晓出城东陌。城外风烟如塞色。路旁时见游奕军，坡下寂无迎送客。霸陵东望人烟绝。树锁骊山金翠灭。大道俱成棘子林，行人夜宿墙匡月。明朝晓至三峰路。百万人家无一户。破落田园但有蒿，摧残竹树皆无主。第八折，写女主人公出城，经长安四郊所见。

路旁试问金天神。金天无语愁于人。庙前古柏有残蘖，殿上金炉生暗尘。一从狂寇陷中国。天地晦冥风雨黑。案前神水咒不成，壁上阴兵驱不得。闲日徒歆奠飨恩，危时不助神通力。我今愧恧拙为神，且向山中深避匿。裹中萧管不曾闻，筵上牺牲无处觅。旋教魇鬼傍乡村，诛剥生灵过朝夕。妾闻此语愁更愁。天遣时灾非自由。神在山中犹避难，何须责望东诸侯。第九折，插入一笔，叙写金天神，是为旁衬之法。是时淮南节度使高骈畏怯不敢出兵，且上表告急，人情大骇。贼即乘无备而渡河。

前年又出杨震关。举头云际见荆山。如从地府到人间。顿觉时清天地闲。陕州主帅忠且贞。不动干戈惟守城。蒲津主帅能戢兵。千里晏然无戈声。朝携宝货无人问，夜插金钗惟独行。第十折，写潼关、陕州、蒲州的状况，与上文对照。

明朝又过新安东。路上乞浆逢一翁。苍苍面带苔藓色，隐隐身藏蓬荻中。问翁本是何乡曲。底是寒天霜露宿。老翁暂起欲陈辞，却坐支颐仰天哭。乡园本贯东畿县。岁岁耕桑临近甸。岁种良田二百廛，年输户税三千万。小姑惯织褐紬袍，中妇能炊红黍饭。千间仓兮万丝箱，黄巢过后犹残半。自从洛下屯师旅。日夜巡兵入村坞。匣中秋水拔青蛇，旗上高风吹白虎。入门下马若旋风，罄室倾囊如卷土。家财既尽骨肉离，今日垂年一身苦。一身苦兮何足嗟。山中更有千万家。朝饥山上寻蓬子，夜宿霜中卧荻花。妾闻此父伤心语。竟日阑干泪如雨。出门惟见乱枭鸣，更欲东奔何处所。仍闻汴路舟车绝。又道彭门自相杀。野色徒销战士魂，河津半是冤人血。第十一折，借新安老翁之口，写新安、洛阳、汴梁、彭门等地，先后遭黄巢贼军与官军的劫掠，指出官军之祸，有甚于贼。

适闻有客金陵至。见说江南风景异。自从大寇犯中原，戎马不曾生四鄙。诛锄窃盗若神功，惠爱生灵如赤子。城壕固护教金汤，赋税如云送军垒。奈何四海尽滔滔，湛然一镜平如砥。避难徒为阙下人，怀安却羡江南鬼。愿君举棹东复东。咏此长歌献相公。尾声，照应开头，绾合全篇。①

七言歌行章法与古诗不同，而更近于近体诗，在结构上是起承转合的环形，而非一意一转的折线形。同时须注意，七言歌行下字要求雅驯，要善用比兴，尤其要注意多用典、用指代。用典、用指代，都是为着让诗更典雅精工，这是由七言歌行流丽温雅的体性所决定的。如果遣词选字一味通俗，又不知用典、用指代，结果写出来就像莲花落，那就不是歌行了。前人诗话记龚定庵在扬州与盐商共席，行联句令，盐商云："恰是桃红柳绿天。"定庵续曰："太夫人移步出堂前。"人怪其多一字，定庵道："我初以为盲词也。"可知典雅之于文学殊为重要。

二、七古的作法

七古的章法亦为折线结构，可参照上章五古正格的章法。

---

① 《秦妇吟》诗采用陈寅恪先生《韦庄秦妇吟诗校笺》订文，见《寒柳堂集》，生活·读书·新知三联书店，2001年，第122页。

所可注意者，乃在其句法的散文化。七古句法须求健举，故多以文为诗，亦甚少转韵。杜甫集中七言古诗，不乏"将军魏武之子孙，于今为庶为清门"（《丹青引赠曹将军霸》）、"今我不乐思岳阳，身欲奋飞病在床"（《寄韩谏议注》）这样的散文气十足的句子，但当时风气所尚，仍以歌行为主。而完全摆脱了乐府风格的影响，真正与歌行区别开来的大诗人应是韩愈。故学作七古当多讽颂韩文公之作，方能有成。

山　石

　　山石荦确行径微。黄昏到寺蝙蝠飞。升堂坐阶新雨足，芭蕉叶大栀子肥。一结，到寺。

　　僧言古壁佛画好，以火来照所见稀。铺床拂席置羹饭，疏粝亦足饱我饥。夜深静卧百虫绝，清月出岭光入扉。二结，写夜宿山寺。

　　天明独去无道路，出入高下穷烟霏。山红涧碧纷烂漫，时见松枥皆十围。当流赤足踏涧石，水声激激风吹衣。三结，离寺。

　　人生如此自可乐，岂必局束为人鞿。嗟哉吾党二三子，安得至老不更归。四结。抒发感叹。

此诗是韩愈集中的名作，只就山寺见闻一笔写来，最后抒写感叹，极质朴而极真淳。诗中甚少采用诗里常用的语序错综、成分省略的句式，反而多用散文的笔法，如"僧言古壁佛画好，以火来照所见稀""人生如此自可乐，岂必局束为人鞿。嗟哉吾党二三子，安得至老不更归"，这就使得诗意富于顿挫，遂使全诗有一种苍古矫健之气。

又如他的《鸣雁》：

嗷嗷鸣雁鸣且飞。穷秋南去春北归。去寒就暖识所依。天长地阔栖息稀。风霜酸苦稻粱微。毛羽摧落身不肥。裴回反顾群侣违。哀鸣欲下洲渚非。江南水阔朝云多。草长沙软无网罗。闲飞静集鸣相和。违忧怀惠性匪他。凌风一举君谓何。

句句用韵，音节繁密，堪称重拙之笔。多诵此等作品，于七古的句法体性，自然有悟。李商隐的《韩碑》，也是以文为诗的典型：

元和天子神武姿。彼何人哉轩与羲。誓将上雪列圣耻，坐法宫中朝四夷。淮西有贼五十载，封狼生貙貙生罴。不据山河据平地，长戈利矛日可麾。帝得圣相相曰度，贼斫不死神扶持。腰悬相印作都统，阴风惨澹天王旗。愬武古通作牙爪，仪曹外郎载笔随。行军司马智且勇，十四万众犹虎貔。入蔡缚贼献太庙，功无与让恩不訾。帝曰汝度功第一，汝从事愈宜为辞。愈拜稽首蹈且舞，金石刻画臣能为。古者世称大手笔，此事不系于职司。当仁自古有不让，言讫屡颔天子颐。公退斋戒坐小阁，濡染大笔何淋漓。点窜尧典舜典字，涂改清庙生民诗。文成破体书在纸，清晨再拜铺丹墀。表曰臣愈昧死上，咏神圣功书之碑。碑高三丈字如斗，负以灵鳌蟠以螭。句奇语重喻者少，谗之天子言其私。长绳百尺拽碑倒，粗砂大石相磨治。公之斯文若元气，先时已入人肝脾。汤盘孔鼎有述作，今无其器存其辞。鸣呼圣皇及圣相，相与烜赫流淳熙。公之斯文不示后，曷与三五相攀追。愿书万本诵万过，口角流沫右手胝。传之七十有二代，以为封禅玉检明堂基。

好的七古，都要如上举韩、李之诗，是一篇有韵之文。七古实为国诗中最难者，盖七古譬如古文，从古至今，都是善为诗者众，善为文者稀，善为诗，只要有性情、有天分，善为文，则非要有思想、有学养不可。

第三编　词说

第十二章　填词概说

今天我们所说的"诗词"之"词"，和它最早的含义已甚有不同。隋唐之时，由于西域音乐的传入，形成了一种新的音乐品种，是施用在宴会之上的，叫做宴乐，亦称燕乐。与宴乐的曲子相配合而写成的曲词，隋唐人叫作曲子词，或直接叫作曲子。到了宋代的时候，才名之曰词，亦有乐府、琴趣、渔笛谱诸般名目。严格来说，唐代并无"词"这一名号，只有曲子、曲子词的说法。

以上名称，皆就文辞与音乐之关系着眼。宋代亦有称词为长短句者，则是强调了这一新兴文体的句法特征。今天我们常说的**词牌**，本来的意思是指词的乐曲部分，最早的**词牌**同时就是词的题目，如《浣溪沙》咏西施，《江神子》咏江神。后来词的内容可以与词牌名没有太大关系，于是很多人作词，又会加上题目。懂音乐的文人，按照乐曲的旋律，填进字句，给歌女演唱，便叫作**填词**，或者叫**倚声**。不过，后世大多数文人的音乐素养不够，只能归纳出前人填词时每一个字的平仄，再照着平仄谱来填进字词，这也叫作**填词**，但与倚声填词的原始意义已完全不同。与音乐脱离后的词，变成一种"调有定字，字有定声"，句法参差的新诗体，其格律之谨严，远过于唐代所形成的今体诗。今日学者习词，并不是要学作为音乐之附丽的曲词，而是要学"调有定字，字有定声"的一种格律诗体。

词最早既是为了配合演唱，便于流行，其描写的情感，一般就是抒写众人之情，如北宋柳永、周邦彦，其情感往往失之于浅，正如今日的流行歌曲，尽管也有曲词驯雅、典丽精工者，然而那绝不是诗；而一旦词不再是音乐的附庸，它就有可能成为词人抒写个人情感的工具，那它就当之无愧地成为诗中的一员了。所以，词由曲子词向律词的进化，是一件很可庆幸的事。正因为此，词体才能在有宋一代大放光芒，成为与唐诗并驾齐驱的一代之文体。

词之为体，历来有婉约与豪放之说，以为婉约为正，豪放为奇，或曰婉约为尊体，豪放为破体，是以诗为词，然诸说皆未得大旨，实则词体风格多端，又岂是婉约与豪放所能穷尽，如姜夔词，以健笔写柔情，你说是婉约还是豪放？如果一定要作二元的划分，我认为不如将词划分为"写众情之词"与"写个人之词"两大类。写众情之词，是恪守词体本源的作家，其代表人物有五代的冯延巳，北宋的欧阳修、柳永、周邦彦等。

他们所抒写的，是人人心中所有之情，其写作目的，并不在表现个体的生命意志，而是为了当筵侑歌，故其词美则美矣，终觉不够真切感人。当然，这些作家，也有一些抒写个人身世的作品，但其主流之作，仍是写众情。到了后来，词人开始意识到词也应像诗一样，是为了抒写个人之情，宣泄个体的生命意志，这才使得词有可能成为具有永恒文学价值的诗。读词、学词，如能区别众情与个人之情，也就自然懂得哪些是徒有浮华，哪些才是真正的文学经典。

标出平仄谱的"词谱"其实并不是词牌的曲谱，而是词牌的格律。这一方面比较有名的著作一是清初万树所编的《词律》，二是康熙年间王奕清等所编的《钦定词谱》，三是清人舒梦兰所编的《白香词谱》，四是近人龙榆生所编的《唐宋词格律》。《词律》与《唐宋词格律》标注词律比较严格，初学者循此入门，庶几少有差讹。一般使用《唐宋词格律》也就够了。

不要以为词的格律规定比诗严格，就更难写，实际上规矩越多的文体越好写，正因为词谱规定比诗的格律更严格，对初学者而言，填词反更易敷衍成篇。读者只要试着填几首词就知道了。所以初学者不妨多填一些词，培养文言语感。

学词须先读词。如何读呢？应该去读那些没有标点过的词，自己试着给词加标点，这样才能掌握词长短参差的文体特征。朱祖谋的《彊村丛书》，现在有影印版也有标点版，一定要去读影印版，不要怕累怕麻烦，慢慢读，读多了就会越来越快，还有王鹏运的《四印斋所刻词》，也要读影印版，渐渐地你就会对词的句法、用韵比较熟悉。

词与诗不同，词往往会分段，有单片、双调、三叠、四叠之别。不分段的，叫作单片，分作二段的，叫双调，分作三段四段的，叫三叠四叠。

单片词如：

天仙子
韦庄

怅望前回梦里期看花不语苦寻思露桃宫里小腰肢眉眼细鬒雲垂惟有多情宋玉知

标点后应是：

怅望前回梦里期。看花不语苦寻思。露桃宫里小腰肢。眉眼细，鬒雲垂。惟有多情宋玉知。

忆江南
白居易

江南忆最忆是杭州山寺月中寻桂子郡亭枕上看潮头何日更重游

标点后应是：

江南忆，最忆是杭州。山寺月中寻桂子，郡亭枕上看潮头。何日更重游。

比较一下同词牌的双调词：

天仙子

张先

水调数声持酒听午醉醒来愁未醒送春春去几时回临晚镜伤流景往事后期空记省　　沙上并禽池上暝云破月来花弄影重重帘幕密遮灯风不定人初静明日落红应满径

标点后应为：

水调数声持酒听。午醉醒来愁未醒。送春春去几时回，临晚镜。伤流景。往事后期空记省。　　沙上并禽池上暝。云破月来花弄影。重重帘幕密遮灯，风不定。人初静。明日落红应满径。

双调忆江南

梁羽生

秋夜静独自对残灯啼笑非非谁识我坐行梦梦皆缘君何所慰消沉　风卷雨雨复卷侬心心似欲随风雨去茫茫大海任浮沉无爱亦无憎

标点为：

秋夜静，独自对残灯。啼笑非非谁识我，坐行梦梦皆缘君。何所慰消沉。　风卷雨，雨复卷侬心。心似欲随风雨去，茫茫大海任浮沉。无爱亦无憎。（此词押韵未依《词林正韵》）

而三叠词则如：

宝鼎现

刘辰翁

红妆春骑踏月影竿旗穿市望不尽楼台歌舞习习香尘莲步底箫声断约彩鸾归去未怕金吾呵醉甚辇路喧阗且止听得念奴歌起　父老犹记宣和事抱铜仙清泪如水还转盼沙河多丽涴漾明光连邸第帘影动散红光成绮月浸葡萄十里看往来神仙才子肯把菱花扑碎　肠断竹马儿童空见说三千乐

指等多时春不归来到春时欲睡又说向灯前拥髻暗滴鲛珠坠便当日亲见霓裳天上人间梦里

应标点为：

红妆春骑，踏月影、竿旗穿市。望不尽、楼台歌舞，习习香尘莲步底。箫声断、约彩鸾归去，未怕金吾呵醉。甚辇路、喧阗且止。听得念奴歌起。　父老犹记宣和事。抱铜仙、清泪如水。还转盼、沙河多丽。溟漾明光连邸第。帘影动、散红光成绮。月浸葡萄十里。看往来、神仙才子。肯把菱花扑碎。　肠断竹马儿童，空见说、三千乐指。等多时、春不归来，到春时欲睡。又说向、灯前拥髻。暗滴鲛珠坠。便当日、亲见霓裳，天上人间梦里。

词的标点只应该有三种符号：有韵的句子用句号，无韵的句子用逗号，还有一种比较特殊，是词的特殊句法，它不是一个完整的句子，但意思上又有停顿，古称为"豆"，用顿号。上面这首词中，"踏月影、竿旗穿市""望不尽、楼台歌舞""箫声断、约彩鸾归去""甚辇路、喧阗且止""抱铜仙、清泪如水""还转盼、沙河多丽""帘影动、散红光成绮""看往来、神仙才子""空见说、三千乐指""等多时、春不归来""又说向、灯前拥髻""便当日、亲见霓裳"都是这个情况。以上除了"箫声断、约彩鸾归去"是八言的句子以外，都是七言的句子，但它们和七言诗的句子平平／仄仄／平平／仄、仄仄／平平／仄仄／平，平平／仄仄／仄／平平、仄仄／平平／平／仄仄的节奏不同，是上三下四的节奏，这是词特有的句法，叫作**尖头句**。第一段"约彩鸾归去"，第二段"散红光成绮"，第三段"到春时欲睡"，上一下四，也是尖头句。

三叠词还有如下的特殊情况：

瑞龙吟

周邦彦

章台路还见褪粉梅梢试华桃树愔愔坊陌人家定巢燕子归来旧处　黯凝伫因记个人痴小乍窥门户侵晨浅约宫黄障风映袖盈盈笑语　前度刘郎重到访邻寻里同时歌舞惟有旧家秋娘声价如故吟笺赋笔犹记燕台句知谁伴名园露饮东城闲步事与孤鸿去探春尽是伤离意绪官柳低金缕归骑晚纤纤池塘飞雨断肠院落一帘风絮

应标点为：

　　章台路。还见褪粉梅梢，试华桃树。愔愔坊陌人家，定巢燕子，归来旧处。　　黯凝伫。因记个人痴小，乍窥门户。侵晨浅约宫黄，障风映袖，盈盈笑语。　　前度刘郎重到，访邻寻里，同时歌舞。惟有旧家秋娘，声价如故。吟笺赋笔，犹记燕台句。知谁伴、名园露饮，东城闲步。事与孤鸿去。探春尽是，伤离意绪。官柳低金缕。归骑晚、纤纤池塘飞雨。断肠院落，一帘风絮。

曲玉管

柳永

陇首云飞江边日晚烟波满目凭阑久立望关河萧索千里清秋忍凝眸　杳杳神京盈盈仙子别来锦字终难偶断雁无凭冉冉飞下汀洲思悠悠　暗想当初有多少幽欢佳会岂知聚散难期翻成雨恨云愁阻追游每登山临水惹起平生心事一场消黯永日无言却下层楼

应标点为：

陇首云飞，江边日晚，烟波满目凭阑久。立望关河，萧索千里清秋。忍凝眸。　　杳杳神京，盈盈仙子，别来锦字终难偶。断雁无凭，冉冉飞下汀洲。思悠悠。　　暗想当初，有多少、幽欢佳会，岂知聚散难期，翻成雨恨云愁。阻追游。每登山临水，惹起平生心事，一场消黯，永日无言，却下层楼。

秋宵吟

姜夔

古帘空坠月皎坐久西窗人悄蛩吟苦渐漏水丁丁箭壶催晓　　引凉飔动翠葆露脚斜飞云表因嗟念似去国情怀暮帆烟草　　带眼销磨为近日愁多顿老卫娘何在宋玉归来两地暗萦绕摇落江枫早嫩约无凭幽梦又杳但盈盈泪洒单衣今夕何夕恨未了

应标点为：

　　古帘空，坠月皎。坐久西窗人悄。蛩吟苦、渐漏水丁丁，箭壶催晓。　　引凉飔，动翠葆。露脚斜飞云表。因嗟念、似去国情怀，暮帆烟草。　　带眼销磨，为近日、愁多顿老。卫娘何在，宋玉归来，两地暗萦绕。摇落江枫早。嫩约无凭，幽梦又杳。但盈盈、泪洒单衣，今夕何夕恨未了。

以上三首三叠词，有一个共同特点，就是它的第一叠和第二叠在结构上格律上是完全一样的，这样的词我们称之为双拽头。就好像是拉马车一样，两匹马在前面拽着，这两匹马势均力敌，所以叫做双拽头。

另外，某些词牌还有叠字、倒韵等特殊要求。这就需要在填词时认真研读古人的范作，以求神气悉合。

如陆游《钗头凤》：

　　　　红酥手。黄縢酒。满城春色宫墙柳。东风恶。欢情薄。一怀愁绪，几年离索。错。错。错。　　春如旧。人空瘦。泪痕红浥鲛绡透。桃花落。闲池阁。山盟虽在，锦书难托。莫。莫。莫。

又如韦应物《调笑令》：

　　　　胡马。胡马。远放燕支山下。跑沙跑雪独嘶。东望西望路迷。迷路。迷路。边草无穷日暮。

《钦定词谱》收录了八百多个词牌，很多词牌又有不同的"体"，所以共有两千多个"体"。词牌中最短的是《竹枝》，仅十四字，最长的是《莺啼序》，二百四十字。《莺啼序》共分四段，即四叠词。如南宋词人吴文英的《莺啼序》：

　　　　残寒正欺病酒掩沉香绣户燕来晚飞入西城似说春事迟暮画船载清明过却晴烟冉冉吴宫树念羁情游荡随风化为轻絮　　十载西湖傍柳系马趁娇尘软雾溯红渐招入仙溪锦儿偷寄幽素倚银屏春宽梦窄断红湿歌纨金缕暝堤空轻把斜阳

总还鸥鹭　　幽兰旋老杜若还生水乡尚寄旅别后访六桥无信事往花委瘗玉埋香几番风雨长波妒盼遥山羞黛渔灯分影春江宿记当时短楫桃根渡青楼仿佛临分败壁题诗泪墨惨澹尘土　　危亭望极草色天涯叹鬓侵半苎暗点检离痕欢唾尚染鲛绡亸凤迷归破鸾慵舞殷勤待写书中长恨蓝霞辽海沉过雁漫相思弹入哀筝柱伤心千里江南怨曲重招断魂在否

应标点为：

　　残寒正欺病酒，掩沉香绣户。燕来晚、飞入西城，似说春事迟暮。画船载、清明过却，晴烟冉冉吴宫树。念羁情，游荡随风，化为轻絮。　　十载西湖，傍柳系马，趁娇尘软雾。溯红渐、招入仙溪，锦儿偷寄幽素。倚银屏、春宽梦窄，断红湿、歌纨金缕。暝堤空，轻把斜阳，总还鸥鹭。　　幽兰旋老，杜若还生，水乡尚寄旅。别后访、六桥无信，事往花委，瘗玉埋香，几番风雨。长波妒盼，遥山羞黛，渔灯分影春江宿。记当时、短楫桃根渡。青楼仿佛，临分败壁题诗，泪墨惨澹尘土。　　危亭望极，草色天涯，叹鬓侵半苎。暗点检、离痕欢唾，尚染鲛绡，亸凤迷归，破鸾慵舞。殷勤待写，书中长恨，蓝霞辽海沉过雁，漫相思、弹入哀筝柱。伤心千里江南，怨曲重招，断魂在否。

而宋末词人、名乐师汪元量的《莺啼序·重过金陵》则是该词牌的变体，共二百三十六字，为：

　　金陵故都最好有朱楼迢递嗟倦客又此凭高槛外已少佳致更落尽梨花飞尽杨花春也成憔悴问青山三国英雄六朝奇伟　　麦甸葵丘荒台败垒鹿豕衔枯荠正潮打孤城寂寞斜阳影里听楼头哀笳怨角未把酒愁心先醉渐夜深月满秦淮烟笼寒水　　凄凄惨惨冷冷清清灯火渡头市慨商女不知兴废隔江犹唱庭花馀音亹亹伤心千古泪痕如洗乌衣巷口青芜路认依稀王谢旧邻里临春结绮可怜红粉成灰萧索白杨风起　　因思畴昔铁索千寻谩沈江底挥羽扇障西尘便好角巾私第清谈到底成何事回首新亭风景今如此楚囚对泣何时已叹人间今古真儿戏东风岁岁还来吹入锺山几重苍翠

应标点作：

　　金陵故都最好，有朱楼迢递。嗟倦客、又此凭高，槛外已少佳致。更落尽梨花，飞尽杨花，春也成憔悴。问青山，三国英雄，六朝奇伟。　　麦甸葵丘，荒台败垒，鹿豕衔枯荠。正潮打、孤城寂寞，斜阳影里。听楼头、哀笳怨角，未把酒、愁心先醉。渐夜深，月满秦淮，烟笼寒水。　　凄凄惨惨，冷冷清清，灯火渡头市。慨商女、不知兴废，隔江犹唱庭花，馀音亹亹。伤心千古，泪痕如洗。乌衣巷口青芜路，认依稀、王谢旧邻里。临春结绮。可怜红粉成灰，萧索白杨风起。　　因思畴昔，铁索千寻，漫沉江底。挥羽扇，障西尘，便好角巾私第。清谈到底成何事。回首新亭，风景今如此。楚囚对泣何时已。叹人间、今古真儿戏。东风岁岁还来，吹入锺山，几重苍翠。

两词合观，其句法、用韵都有不同，同一词牌的不同体，往往如此。

古时词家，自己的作品辑集，都要填上一两首《莺啼序》，以显示自己才力之大。其实，《莺啼序》这个牌子在体性上近于古代的一种特殊文体——"赋"，以穷尽物色、铺陈摛辞为高，并不难写。真正难写的，其实是小令，要用精短的篇幅表示深挚的情感，这才更考验词人的才力。

词的句法与诗有显著的区别，词的用韵也与诗显有不同。有一韵到底的，如：

浣溪沙

薛昭蕴

倾国倾城恨有余。几多红泪泣姑苏。倚风凝睇雪肌肤。
吴主山河空落日，越王宫殿半平芜。藕花菱蔓满重湖。

谒金门

韦庄

春雨足。染就一溪新绿。柳外飞来双羽玉。弄晴相对
浴。　　楼外翠帘高轴。倚遍阑干几曲。云淡水平烟树簇。
寸心千里目。

也有上下片各用一韵的，如：

清平乐·独宿博山王氏庵

辛弃疾

绕床饥鼠。蝙蝠翻灯舞。屋上松风吹急雨。破纸窗间
自语。　　平生塞北江南。归来华发苍颜。布被秋宵梦觉，
眼前万里江山。

还有每两句一换韵的：

减字木兰花

秦观

天涯旧恨。独自凄凉人不问。欲见回肠。断尽金炉小
篆香。　　黛蛾长敛。任是春风吹不展。困倚危楼。过尽
飞鸿字字愁。

诗里的押韵，平声只能和平声押，入声只能和入声押，惟有上声、去声可通押；词中还有一类，是平声和仄声可以通押的，这叫作通叶（xié）：

西江月

辛弃疾

醉里且贪欢笑，要愁那得工夫。近来始觉古人书。信著全无是处。　　昨夜松边醉倒，问松我醉何如。只疑松动要来扶。以手推松曰去。

渡江云

蒋春霖

燕泥衔杏雨，炉薰隐篆，朱户昼愔愔。半窗松影碎，小语分茶，日暖唤青禽。那不见、招手楼阴。空自踏、落花归去，消歇酒杯心。　　沈吟。红墙几尺，远过蓬山，更难通鱼锦。换尽了、陌头柳色，愁满罗襟。梦中常订重逢约，甚隔帘、翻怕相寻。门又掩，碧桃一树春深。

甚至还有交错用韵的：

诉衷情

韦庄

碧沼红芳烟雨静，倚兰桡。垂玉佩。交带。袅纤腰△。

鸳梦隔星桥。迢迢。越罗香暗消。坠花翘。

相见欢

薛昭蕴

罗襦绣袂香红。画堂中。细草平沙蕃马小屏风。

卷罗幕。凭妆阁。思无穷。暮雨轻烟魂断隔帘栊。

以上这些，在读词、填词时都是需要注意的。

词为中国古代最优美之文体，其不能尽言诗之所言，然又能言诗之所不能言。词的句式参差，不同于诗，词的体性也与诗有甚大分别。王蛰堪先生说："诗若苍颜老者，孤灯独坐，虽葛巾布服，眉宇间使人想见沧桑，谈吐挥洒，不矜自重，不怒自威。词犹美艳少妇，微步花间，风姿绰约，虽钗钿绮服，使人想见玉骨冰肌，顾盼间隐然怨诉，徒有怜惜，可远慕而不可近接焉。"[1]词不但与诗有分界，与同为音乐文体的曲又自不同，宛敏灏先生说："诗贵温雅，故多用朴素的文言。曲尚尖新，故

---

[1] 王蛰堪：《半梦庐词话》，见刘梦芙编校《当代诗词丛话》，黄山书社，2009年，第213页。

时采聪俊的口语。其上不似诗、下不类曲的清辞丽句，则是词中常见的语言。"①缪钺先生归纳了词不同于诗的四个特征，曰其文小、其质轻、其径狭、其境隐②。刘体仁曰："'夜阑更秉烛，相对如梦寐。'叔原则云：'今宵剩把银釭照，犹恐相逢是梦中。'此诗与词之分疆也。"（《七颂堂词绎》）王士禛云："或问诗词、词曲分界。予曰：'无可奈何花落去，似曾相识燕归来'，定非香奁诗。'良辰美景奈何天，赏心乐事谁家院'，定非草堂词也。"（《花草蒙拾》）多诵历代的名篇佳制，沉潜涵泳，自然能对词的体性有更深一层的感悟。

　　而从修辞的角度来说，词之不同于诗的地方，还在于其所择语词。因此，词家需要炼字炼句，就是要把质实、宏大的语词换成秾丽、纤微的语词，以符合词的体性。沈义父《乐府指迷》云：

　　　　炼句下语，最是紧要，如说桃，不可直说破桃，须用"红雨""刘郎"等字。如咏柳，不可直说破柳，须用"章台""灞岸"等字。又咏书，如曰"银钩空满"，便是书字了，不必更说书字。"玉箸双垂"，便是泪了，不必更说泪。如"绿云缭绕"，隐然鬟发，"困便湘竹"，分明是簟。正不

---

① 宛敏灏：《词学概论》，第10页。
② 缪钺：《诗词散论》，上海古籍出版社，1982年，第56页。

必分晓，如教初学小儿，说破这是甚物事，方见妙处。往往浅学俗流，多不晓此妙用，指为不分晓，乃欲直捷说破，却是赚人与耍曲矣。如说情，不可太露。

关于词用代字的问题，王国维有不同看法，见《人间词话》。但千年来词家莫不如此习用。平心而论，词要追求清辞丽句，便不能不用代字。刘永济先生说：

> 词家婉约一派最讲修辞，他们对于表达情思的字句，所费的工夫必然很大，自不待言。除此之外，他们为了增加语词的色泽，还运用两种方法：即换字法与代字法。
>
> 换字法本骈文家常用，主要是避免重复或因声律有碍，不得不换用同义异音的字。惟词家更有增加色泽的意思。因此之故，换字是以新鲜之字换去陈旧的字，以美丽之字换去平常的字。
>
> 代字亦词家习用法，其与换字不同者，代字不但将本色字加以修饰，而且将加工设色的字代替本色字用，或是形容本色字，或是取其标帜作代。标帜是取某物整体中最突出的部分代整体。旧注家遇此等字，则曰此指某某。

刘永济先生举例说，换字法如：

以霜丝换白发　以秋镜换秋水　以商素换秋天　以金缕换柳丝　以银浦换天河……

代字法又分若干类别：

以形容词代名词用。如以檀栾代修竹，以金碧代楼台，以婀娜代柳，以绵蛮代莺声，以暗碧代密叶；

以美丽名词代普通名词。如以珠斗代北斗，以翠幄代密叶，以翠葆代新竹，绣幄代繁盛花树，双鸳代绣鞋，玉龙代笛；

以名词代形容词。如以鞠尘代新柳色或春水色，以葡萄代春水，以桂华代月色；

以整体中突出部分代整体。如以金钗、红裙代美人，小蟾代新月，素蟾代白月；

以古代今。如以白居易的侍妾小蛮、樊素并称为蛮素，代指侍妾，以李德裕姬人谢娘、杜牧所咏之杜秋娘代姬妾或妓女。又如以檀奴（潘岳小字）代美男子，以庾郎、兰成（均指北周庾信）代羁旅之士，以杜郎（杜牧）代风流才人，以西陵、章台代游冶之地，以桃溪代旧欢之所，以

西州、西城代尊长死去的伤心之地……①

词中用代字，一般都是比较浅显的，因为词人也得考虑使人不难理解，否则就会比较晦涩，反而妨碍了词意的表达，如吴梦窗《声声慢》词中的句子"檀栾金碧，婀娜蓬莱"，就隔得太远，让人觉得很呆板。这其中有一个度需要把握好。但是，学者切不可以"看不懂"为由，对词中用典、指代横加指责。

---

① 刘永济：《微睇室说词》小引，上海古籍出版社，1987年，第12页。

第十三章　摹拟名作，达成变化

李筱竹先生论学词，以为应主"摹拟名作，达成变化"，业师陈沚斋回忆说，朱庸斋先生教群弟子学诗，也是让他们由摹拟入手。故初学者宜如童子习书描红，用古之名家韵，摹拟其结构、章法、文辞，渐渐手熟，便易得词家三昧。

如柳永的《雪梅香》原词：

> 景萧索，危楼独立面晴空。动悲秋情绪，当时宋玉应同。渔市孤烟袅寒碧，水村残叶舞愁红。楚天阔，浪浸斜阳，千里溶溶。　　临风。想佳丽，别后愁颜，镇敛眉峰。可惜当年，顿乖雨迹云踪。雅态妍姿正欢洽，落花流水忽西东。无憀恨，相思意，尽分付征鸿。

何凤琴女史拟作如下：

锁香雨，胭脂吐尽总成空。恨轻寒春晚，芳心抱怨应同。绕岸垂杨惹烟絮，隔帘疏影落斜红。泮塘夜，失月楼台，灯影溶溶。　　临风。叹欢洽，事去情留，写入眉峰。重幕生尘，碧云掩断前踪。更漏催声渐迢递，远山无语各西东。柔肠结，云低沍，尽点点苍鸿。

　　柳永原作是悲秋的主题，何女史词则为伤春，故柳词写秋景"渔市孤烟袅寒碧，水村残叶舞愁红"，凄厉萧瑟；拟作则为晚春景致"绕岸垂杨惹烟絮，隔帘疏影落斜红"。柳词自男性视角入手，故以宋玉自况，状物写景，境界空阔，"楚天阔，浪浸斜阳，千里溶溶"三句，一派苍茫，不减盛唐高致；何女史以性别关系，心思细腻，故状物言情，不捐纤微，"泮塘夜，失月楼台，灯影溶溶"，是一种静谧怅婉之美。

　　过片短韵何女史直接袭用柳词，接下来柳词是"想佳丽，别后愁颜，镇敛眉峰"，谓悬想伊人自与我别后，当思我情殷，愁眉双锁，暗指己身亦在思念中，是反衬的笔法；女史则曰"叹欢洽，事去情留，写入眉峰"，写自身对往事的追念，"写入"二字，颇见生新。柳词"可惜当年，顿乖雨迹云踪"，直露感喟；拟作"重幕生尘，碧云掩断前踪"，则含蓄不尽。柳词"雅态妍姿正欢洽，落花流水忽西东"，对照深刻，写出欢情易散，人生多变的痛苦；拟作"更漏催声渐迢递，远山无语各西东"微嫌空泛。后结柳词作"无俗恨，相思意，尽分付征鸿"，是拙质之美，拟作"柔肠结，云低洢，尽点点苍鸿"则经过了一番雕饰。

《雪梅香》词中"动悲秋情绪""尽分付征鸿"皆是尖头句，上片"渔市孤烟袅寒碧，水村残叶舞愁红"、下片"雅态妍姿正欢洽，落花流水忽西东"皆须对仗，拟作一一遵之，初学者摹拟前人，于此等处最不可轻忽。

业师陈沚斋先生的《沚斋词》收有部分少作，其中就有摹拟名作而自抒块垒的作品。如：

寿楼春落花和梅溪为同学江思齐之妹赋

摧瑶台娇芳。剩丹青素影，犹印寒窗。忍对鸳波金井，断抛春阳。怜倦客，空回肠。怨雨风、年时猖狂。黯月底归环，楼边碎梦，依约泪馀妆。　　幽华歇，情思长。料钗横角枕，弦咽商腔。我自工愁无那，等闲神伤。终古意，仙鸾乡。便赋怀、消沉江郎。奈春草年年，依稀尚留罗袜香。

实拟自南宋词人史达祖（号梅溪）的自度曲：

寿楼春·寻春服感念

裁春衫寻芳。记金刀素手，同在晴窗。几度因风残絮，照花斜阳。谁念我，今无裳。自少年、消磨疏狂。但听雨挑灯，敧床病酒，多梦睡时妆。　　飞花去，良宵长。有丝阑旧曲，金谱新腔。最恨湘云人散，楚兰魂伤。身是客，愁为乡。算玉箫、犹逢韦郎。近寒食人家，相思未忘蘋藻香。

《寿楼春》是史达祖悼亡[1]之作，多用三平声、四平声相连的拗句，音调低沉重浊，首句"裁春衫寻芳"竟至连用五平声，声情尤其抑郁。拟作除"怜倦客，空回肠"一句未用原韵字（"肠"与"裳"音同字不同，仍可算作是依原韵），馀皆对原词亦步亦趋。原词拗句"裁春衫寻芳""照花斜阳""消磨疏狂""良宵长""楚兰魂伤""愁为乡""犹逢韦郎""相思未忘藻香"，皆一一依其平仄，不敢稍作宽假。这样学来就对词中精妙难言之处更多体悟，不至于填出词来像是"着腔子好诗"。陈沚斋先生说，朱庸斋先生授词，一开始就让群弟子拟作拗句多的涩词，他记得习填的第一首词是《三姝媚》。

另一首《御街行·壬寅送春和樵风先生》：

西园渐觉稀花树。空费铃幡护。落红那肯便饶人，故近画楼深处。清明过了，两三残蕊，犹伴游蜂住。　　奈何不化香泥去。更逐天涯絮。怜伊且为醉今回，一任明朝

---

①古时夫妻有一方过世，另一方则称作"未亡人"，怀念对方，则曰"悼亡"，悼亡一词，只能用作夫妻之间。

飘舞。黄昏三月，帘帏静掩，时入孤山雨。

仿自近代词人郑文焯的同调词《送春》：

> 谁家故苑东风树。楼阁花深护。惯将芳恨语流莺，不惜花枝高处。那堪一夜，人间春梦，百啭留难住。　　夕阳流水漂香去。残泪纷如絮。画阑十二可怜春，无奈借人歌舞。黄昏易散，沉沉帘影，一片西山雨。

郑氏原作，似有寄托，以春去喻清室逊位，暗含兴亡之悲；业师陈汜斋的拟作则另辟蹊径，以哲理性的深思见长。如"落红那肯便饶人，故近画楼深处""奈何不化香泥去。更逐天涯絮"，皆是饶于哲思的妙想深致的句子，面目便自清新，是谓学而善变。原词首二句作"谁家故苑东风树。楼阁花深护"，是直承的笔法，拟作"西园渐觉稀花树。空费铃幡护"则是转折之笔。一结原作为"黄昏易散，沉沉帘影，一片西山雨"，拟作的"黄昏三月，帘帏静掩，时入孤山雨"，意象全袭原作，但"时入孤山雨"句，"入"字经过精心烹炼，便能脱出藩篱，自成高格。诗中江西诗派有"夺胎换骨""点铁成金"之法，即在不改动诗意的前提下，变平淡的、顺溜的句子为奇崛的、横逆的句子，上引拟作，之所以能步武前贤而不为所囿，消息正在于此。

现代著名女词人沈祖棻，初从汪东学词，也是自摹拟前贤入手。她在摹习了柳永、贺铸、秦观、周邦彦、姜夔、张炎、王沂孙、史达祖、吴文英诸家之后，最终确定精研晏几道（字叔原）的风格，并说自己情愿给晏叔原做小丫头，景行之思，可见一斑。她的《涉江词》里有这一首：

水调歌头·雨夜集秦淮酒肆用东山体

瑶席烛初炮，水阁绣帘斜。笙舟灯榭，座中犹说旧繁华。芳酒频污鸾帕，冷雨纷敲鸳瓦，沉醉未回车。回首河桥下，弦管是谁家。　　感兴亡，伤代谢，客愁赊。房尘胡马，霜风关塞动悲笳。亭馆旧时无价，城阙当年残霸，烟水笼寒沙。和梦听歌夜，忍问后庭花。

显为初学临摹之作。主题体性格调，浑学贺铸的《台城游》：

南国本潇洒，六代浸豪奢。台城游冶，襞笺能赋属宫娃。云观登临清夏，璧月留连长夜，吟醉送年华。回首飞鸳瓦，却羡井中蛙。　　访乌衣，成白社，不容车。旧时王谢，堂前双燕过谁家。楼外河横斗挂，淮上潮平霜下，墙影落寒沙。商女篷窗镩，犹唱后庭花。

贺词有一绝明显的特点，就是整首词平仄通叶，当其本不该押韵的句末处，亦用与韵字同部的仄声字。沈祖棻所谓的"东山体"，即指此而言。沈词对贺词不仅摹拟用韵形式，更摹拟其结构情致。须知初学者当先求酷肖神似，如此基础方扎实，慎勿以"创新"为借口，放纵恣肆。当然，如确系天生的词人，落笔便如有夙慧者，可不在其列。

摹拟前人，虽古之大家亦不免。苏学士《念奴娇·赤壁怀古》是千秋名篇，后世和者如云。兹举张炎、蔡松年二首：

> 苔根抱古，透阳春、挺挺林间英物。隔水笛声那得到，斜日空明绝壁。半树篱边，一枝竹外，冷艳凌苍雪。淡然相对，万花无此清杰。　　还念庾岭幽情，江南聊折，赠行人应发。寂寂西窗闲弄影，深夜寒灯明灭。且浸芳壶，休簪短帽，照见萧萧发。几时归去，朗吟湖上香月。_{张炎}

> 倦游老眼，负梅花、京洛三年春物。明秀高峰人去后，冷落清辉绝壁。花底年光，山前爽气，别语挥冰雪。摩挲庭桧，耐寒好在霜杰。　　人世长短亭中，此身流转，几花残花发。只有平生生处乐，一念犹难磨灭。放眼南枝，忘怀樽酒，及此青青发。从今归梦，暗香千里横月。_{蔡松年}

张炎词咏梅花，用苏词韵而完全脱出窠臼，意境清空幽夐，与苏词豪宕中见悲凉的词风完全不类；蔡词自述行迹，不但在叙写结构上学苏词，即使是艺术风格，也有意地向原作靠拢。

词学造诣之高下，于斯可辨。

初学词者，如能在细读体悟历代名作时，更注意涵泳于前人的评点，则必能百尺竿头，更进一步。

评点之习，明清为盛。《草堂诗馀》一书，明代有李攀龙、杨慎、唐顺之、董其昌等多位名家评点，尤以明末沈际飞之评最为切要。清代陈廷焯选评《云韶集》、周济选谭献评《词辨》，都是非常经典的著作，值得学词者仔细玩味。古人另有于佳句隽语旁加圈点的习惯，一般较好的句子加点，特别好的句子加圈，成语"可圈可点"，即谓文章名句隽语，纷披迭出。龙榆生先生所编《唐宋名家词选》（1934年开明书店初版）对词中佳句于句旁加圈，以示涂轨，可后来的新出版本，不但删去全部的圈点，而选目也有非常大的变化，识者憾之。同样的情况则有上海古籍出版社印行的高步瀛先生《唐宋诗举要》。编者以为原作者的圈点是无用之学，竟全予删除，不知圈点之学，有俾初学其功殊大，幸有中国书店《全本唐宋诗举要》，恢复了斯著本来面目，初学者循此学诗，日就月将，必有所得。

朱庸斋先生当年设帐于分春馆，授生徒词学，除要求学生摹拟历代名家尤其是近代词家的作品，对学生的作品更经常下以精当切要的评改。此节最要紧，堪称是度人的金针。2016年春，新星出版社出版了由我编定的《分春馆词话 分春馆词》，即自朱先生手迹及学生笔记中辑出不少朱先生对学生作品的评改，作为词话的补编。如吕无斋《点绛唇·雾》：

> 平楚弥弥，锦江难渡侵晨旅。乍迷霜树。人起参差语。
> 未必情心，长向溟蒙付。空凝顾。氤氲狂舞。遮断春
> 来路。

朱先生评曰："小令重笔，惟此调独有，清真、白石莫不如此。梦窗虽句腻情婉，仍不作轻巧语。兹作意境，顾未臻沉郁之致，然尚无率语。'春来'二字倒置，寄意顿深。希细参之。"先生改"情心"为"羁情"、"氤氲狂舞"为"野云低迥"、"春来"为"来春"。数字之易，笔力便更沉雄。

复如业师沚斋先生《庆春宫·陪朱师游城南水云寺遗址寺毁于日寇兵火》：

> 寒碧环林，荒烟涵野，旧山聊复低徊。败壁蜗沿，古苔碑蚀，水云都幻沉哀。大千岑寂，问香火、何来劫灰。登临无地，遥目苍茫，鸦舞蒿莱。　　沧桑片霎惊回。书剑轻辜，销尽清才。月底芳樽，花间吟袖，可怜都付尘埃。素云千树，怪词客、伤心尚来。剪波轻棹，风雨蛮江，难浣愁怀。

朱先生改"败壁"为"篆壁"，改"古苔"为"封苔"，改"何

来劫灰"为"何缘劫灰","鸦舞蒿莱"为"鸦阵蒿莱","伤心尚来"为"伤心向来","难浣愁怀"为"难浣愁杯"。原作一经朱先生评改，便不止有沉郁之境，更见清空之致。朱先生又谓"书剑"以下两韵皆为无根之语，应全改。作者后来改为"铁马金戈，暗渡珠厓。无言俯仰，十年心事，那堪又见花开"，以与标题呼应。

复如冯显勤《甘州》：

> 问东风、底事送杨花，含愁上羁程。叹一春枉度，长安好梦，换得飘零。未肯无言委地，欲语泪纵横。风雨归期阻，更听秋声。　　不惯黄芦千顷，有谁人见惜，解当花名。算年华误了，回首梦魂惊。且休怨、水边篱角，趁江潮、或许到蓬瀛。狂飙起，望天涯路，万里沉冥。

上片，朱先生改"含愁上羁程"为"离愁殢归程"，"一春"为"三春"，"长安好梦，换得飘零"为"京华好梦，几换飘零"，"泪纵横"为"泪还倾"，"风雨归期阻，更听秋声"为"一雨芳期阻，更待秋声"。下片，"不惯黄芦千顷"改为"漫托芦波千顷"，"解当"改"许作"，"篱角"改"陌上"，"或许"改"倘得"，"起"改"远"。于"更听秋声"、"有谁人见惜，解当花名"、"或许到蓬瀛"三句加密圈。并总评曰："此题中心以杨花为主，所用词汇均宜不离主题。通篇流畅，动荡有致，而写来却能尽曲折回旋之能事。此类风格，当在乾嘉仿南宋之间。差喜用笔虽不甚重，而寓感却甚大，寄兴亦深。歇拍二句，名、瀛两韵，为全篇最警策处。如与周济《渡江云》一章参看，体会更深。"

按周济《渡江云·杨花》：

春风真解事，等闲吹遍，无数短长亭。一星星是恨，直送春归，替了落花声。凭栏极目，荡春波、万种春情。应笑人、春粮几许，便要数征程。　　冥冥。车轮落日，散绮馀霞，渐都迷幻景。问收向、红窗画箧，可算飘零。相逢只有浮云好，奈蓬莱东指，弱水盈盈。休更惜，秋风吹老莼羹。

朱庸斋先生欣赏冯作"风雨归期阻，更听秋声。""有谁人见惜，解当花名。""且休怨、水边篱角，趁江潮、或许到蓬瀛"数句，认为意思十分警策，并建议与周济的这首咏物名作相参看，会有更深体会。之所以然者，乃因周词咏物而句句有"我"在，冯作中的数句，亦复如是。

至如未依原韵，而拟前人之作气韵、格调的，则是摹拟的高级阶段，可统之曰"变翻"。如清代词人蒋春霖的《甘州·甲寅元日赵敬甫见过》：

又东风唤醒一分春，吹愁上眉山。趁晴梢剩雪，斜阳小立，人影珊珊。避地依然沧海，险梦逐潮还。一样貂裘冷，不似长安。　　多少悲笳声里，认匆匆过客，草草辛盘。引吴钩不语，酒罢玉犀寒。总休问、杜鹃桥上，有梅花、且向醉中看。南云暗，任征鸿去，莫倚栏干。

显然脱胎自南宋张炎的这首有名的《八声甘州》：

记玉关踏雪事清游，寒气脆貂裘。傍枯林古道，长河饮马，此意悠悠。短梦依然江表，老泪洒西州。一字无题处，落叶都愁。　　载取白云归去，问谁留楚佩，弄影中洲。折芦花赠远，零落一身秋。向寻常、野桥流水，待招来、不是旧沙鸥。空怀感，有斜阳处，却怕登楼。

拙作《减字木兰花》：

百年心事。谁会凭栏歌啸意。四海斜阳。袖手何人立大荒。　　浩旻无语。惟得片云相尔汝。万里秋山。终遣宾鸿度上关。

意境笔法，则自王国维同调词学来：

乱山四倚。人马崎岖行井底。路逐峰旋。斜日杏花明一山。　　销沉就里。终古兴亡离别意。依旧年年，迤逦骡纲度上关。

惟王词立足旁观，是哲学家式的冷静观照，拙作则从自身着笔耳。

初学者摹拟，贵在寻绎出原作之章法、句法及炼字精微之处，要旨在能"入"，高阶作手的变翻，贵在能翻空出奇，要旨在能"出"。词人间逞才斗思的唱和，也属于变翻之例。如游媚香楼同题之作：

高阳台·石坝街访媚香楼

吴梅

乱石荒街，寒流古渡，美人庭院寻常。灯火笙箫，都归雪苑文章。丛兰画壁知难问，问莺花、可识兴亡。镇无言、武定桥边，立尽斜阳。　　南朝气节东京并，但当年厨顾，未遇红妆。桃叶离歌，琵琶肯恕中郎。王侯第宅皆荆棘，甚青楼、寸土犹香。费沉吟、纨扇新词，点缀欢场。

高阳台·访媚香楼遗址

唐圭璋

晓梦迷莺，暖香簇锦，秦淮曾照惊鸿。花里调筝，垂杨十里东风。南都盒子争罗帕，算儿家、第一玲珑。想柔情、描黛双修，灯影纱红。　尘飞沧海江山换，念天涯客子，一例飘蓬。薄命春丝，谁知重访芳丛。冰绡洒血贞心在，也应羞、中闱元戎。吊兴亡、斜径苔深，何处遗踪。

高阳台·访媚香楼遗址

吴百匋

明月悬珰，娇云绾髻，翠涟曾瞰妆成。袖里藏香，画梁燕恋身轻。珠帘一夜胡尘满，渐鹦哥、愁说坊名。换而今、颓柳敧门，败叶寒厅。　支筇来问当时事，只残灯影水，冉冉空青。狼藉闻根，长桥飞过雷。庭花落尽桃花冷，好楼台、又沸新声。叹寻常、淡粉轻烟，梦也无凭。

高阳台·访媚香楼遗址

沈祖棻

古柳迷烟，荒苔掩石，徘徊重认红桥。锦壁珠帘，空怜野草萧萧。萤飞鬼唱黄昏后，想当时、灯火笙箫。剩年年、细雨香泥，燕子寻巢。　青山几点胭脂血，做千秋凄怨，一曲娇娆。家国飘零，泪痕都化寒潮。美人纨扇归何处，任桃花、开遍江皋。更伤心、朔雪胡尘，尚话前朝。

四人中吴梅是老师，其馀三人是弟子行。然吴梅本以曲学名家，即其词作，亦未脱传奇"副末开场"气息，于词体要眇宜修之致，终嫌未达；唐词上片尚佳，下片意境陡转，变温丽婉约为质直刚劲，通首便不浑成；沈词既浑成矣，惟句法欠锤炼，都是平顺无奇的句子；四首中最可传者是吴百匋的词作。吴词中"翠涟曾瞰妆成""珠帘一夜胡尘满，渐鹦哥、愁说坊名""只残灯影水，冉冉空青""狼藉闻根，长桥飞过雷"，皆是绘形绘色、活色生香的好句子，"好楼台、又沸新声"的"沸"字，也用得极到位。

下面二首《长相思》，第一首是我的原唱，第二首是刘斯翰先生的和作：

行销魂。止销魂。衣上何尝着片云。深南旧岁尘。
天一痕。水一痕。新月平林已二分。知君颦未颦。

风之魂。雨之魂。并作巫山一段云。翩翩自绝尘。
花一痕。月一痕。梦似来时却又分。双蛾淡欲颦。

曾经把这两首词给诗友看过，所有人都认为和作远胜原作，盖原唱质实，和作清空；原唱是初尝情味，未免浅薄，和作则意寓悼亡，情致深沉，两相映照，高下立显。

总而言之，非摹拟无以尊体明性，非变翻无以自写情怀。由变翻而更进一层，则为生新之境。

北宋苏轼词不囿于倚红偎翠的词林故习，为词体开出向上一路；南宋姜夔以健笔写柔情，于豪放、婉约二途以外，另辟蹊径，皆是生新的显例。清末文廷式《云起轩词》自序以为词境欲新，当求之于"照天腾渊之才，溯古涵今之思，磅礴八极之志，甄综百代之怀"，今观其自作《水龙吟》：

> 落花飞絮茫茫，古来多少愁人意。游丝窗隙，惊飙树底，暗移人世。一梦醒来，起看明镜，二毛生矣。有葡萄美酒，芙蓉宝剑，都未称，平生志。　　我是长安倦客，二十年、软红尘里。无言独对，青灯一点，神游天际。海水浮空，空中楼阁，万重苍翠。待骖鸾归去，层霄回首，又西风起。

其推倒万古、横扫一世的心胸可以想见。于时又有王国维引西方哲思入词，开出"形上词"一路。谭献论清词，谓有"学人之词""才人之词""词人之词"的分别，王国维的"形上词"，确实为"学人之词"辟出新径。如：

好事近

> 愁展翠罗衾，半是馀温半泪。不辨坠欢新恨，是人间滋味。　　几年相守郁金堂，草草浑闲事。独向西风林下，望红尘一骑。

鹧鸪天

列炬归来酒未醒。六街人静马蹄轻。月中薄雾蒙蒙白，桥外渔灯点点青。　　从醉里，忆平生。可怜心事太峥嵘。更堪此夜西楼梦，摘得星辰满袖行。

蝶恋花

阅尽天涯离别苦。不道归来，零落花如许。花底相看无一语。绿窗春与天俱暮。　　待把相思灯下诉。一缕新欢，旧恨千千缕。最是人间留不住。朱颜辞镜花辞树。

玉楼春

今年花事垂垂过。明岁花开应更好。看花终古少年多，只恐少年非属我。　　劝君莫厌金罍大。醉倒且拼花底卧。君看今日树头花，不是去年枝上朵。

浣溪沙

天末同云黯四垂。失行孤雁逆风飞。江湖寥落尔安归。陌上挟丸公子笑，座中调醯丽人嬉。今宵欢宴胜平时。

鹊桥仙

沉沉戍鼓，萧萧厩马，起视霜华满地。猛然记得别伊时，正今夕、邮亭天气。　　北征车辙，南征归梦，知是调停无计。人间事事不堪凭，但除却、无凭两字。

诸词皆蕴哲理，重思辨，以视古之词家缘情之作，的确有一新耳目之功。惟王国维词终不免"理多情少"，后来走他这个路子的当代学人饶宗颐的词同有此病。盖文学终须以情感为本体，"有病呻吟"，始能成为文学经典，王国维、饶宗颐词虽新而不动人，即在"乏情"二字。

当代词人李子以思辨精神入诸词，亦能自成一格。如下面这首，实是一则诗体寓言：

临江仙·某只小动物

奔尽山崖终绝地，周遭人迹侵寻。指天条子怵森森。夺吾皮与骨，饰汝帽和襟。　痛彻今生为弱种，血干不绝呻吟。不甘不解泪吞心。缘何天下土，无处不刀砧。

当世词人中，能在生新与缘情之间处于中道的，首推军持的《雪泥词》。兹举二首：

三　台

正西风遥起木末，海潮怒涛纷溅。跨海来、曳月几长鲸，为谁化、蓬莱空幻。迷蒙处，杳杳渔歌散。白鸟下、青蘋江岸。梦游罢，门掩黄昏，列炬火、一城光炫。

更茫茫、暮霭目断。冉冉斜阳心倦。笑腐鼠滋味竟何如，却道是、鹓鶵都羡。行囊识、燕子旧云眷。记骕骦、飞霜腾电。万马驻、黑海东头，大秦隔浪高千巘。　　看狮身人面俱坏，伏羲女娲皆远。想握蛇逐日走平沙，去程被、层林苔藓。焚香听、满窗秋雨咽，百尺楼、人在天半。俯城郭、心事苍凉，后庭花、夜深弦管。

临江仙·丙戌中秋上海新天地作

落日陡垂如坠鸟，重城历历溶金。澄空铸夜一何深。鲸鲵嘘薄月，獬豸隐长林。　　步蹈长街终古色，霓虹烁烁相侵。一尊浊酒近天心。危楼灯海上，下瞰湿千寻。

二词皆寓形上之思，唯仍主之以情，故词作有深情，富哲思，饶风骨。王鹏运说词，本主"重、大、拙"三字诀，叶恭绰、朱庸斋先生又为加一"深"字，若《雪泥词》，可谓"重、大、拙、深"四者兼具矣。

第十四章　常见词调作法举隅

　　明代以后的一些填词家，把词分为小令、中调、长调三种体制。清代毛先舒说："五十八字以内为小令；五十九字至九十字为中调；九十一字以外为长调，此古人定例。"实际上，古人并没有这样的定例，宋人编词集，只是把长一些的叫慢词，短一些的叫令词，并没有中调、长调这些名目。而令词、慢词，也都是由音乐的节拍而非由字数作为其划分的根本依据。一般来说，慢词宜舒徐婉转，如娇女扶春，一步一态，而令词则宜高下闪赚，如公孙大娘舞剑器，须生动流美，方称合作。初学者应先求文从字顺，通体浑成，这一过程约需一至二年，此后再求意境深婉。从择调方面说，有一些词牌初学者不宜尝试。如《西江月》易入浮滑，《沁园春》易入叫啸，《定风波》《渔家傲》易为俚俗滑稽，《千秋岁》《祝英台近》等调句式长短参差，如无极强烈之情感，必流于破碎也。择调的原则，首先应求声情与曲调的谐配，比如《六州歌头》本为鼓吹曲，繁音促节，只适宜抒写苍凉激越的豪迈情感，而南宋韩元吉却用来填了一首表现柔情的词，那就是不懂声情与调性的关系。又如《寿楼春》音节抑郁悲凉，本为史达祖悼亡之作，但有人却用来填词为人祝寿，这是极其荒唐的。由于今天词乐大多不传，对于某种词牌究竟适宜何种曲情，要通过以下三点来判断：

一、从词调的产生渊源进行判断

一般而言，从词调的来源就可以大致推断出它适宜何种声情。如《破阵子》本为军乐，自然就适合抒发激昂雄壮的情绪，而《江神子》原为祀神之乐，自然就宜于庄严内敛之感情。

二、就倚声家的词情加以揣摩

倚声家如柳永、周邦彦、贺铸、姜夔等都是深明音乐之人，一些属于他们首创的词牌，我们可以通过其词的情感来推断词调的情感。

三、就词的句度长短、韵位安排、所用韵部、上下句平仄配合等方面来判断

一般说来，以近体五七言为主的词牌，适于舒徐雍容的情感，如《浣溪沙》《采桑子》《蝶恋花》，而那些句法长短参差的词牌，便宜于拗怒悲咽的情感，如《兰陵王》《六丑》《浪淘沙慢》

等。韵位安排上，如果用韵比较密集，那么情感就适宜抑郁拗怒，如果用韵比较疏朗，情感自然从容和婉。试以《清平乐》为例，上片句句叶韵，故情感较宜拗怒，而下片则如近体诗一样用韵，情感立即转为和婉。凡多转韵之调，如《减字木兰花》《虞美人》，皆寓一种拗怒之致也。又如平声韵较和婉低沉，入声韵多悲壮激烈，去声韵多凄苦，上声韵多悲咽。上下句平仄相对，如"夜月一帘幽梦，春风十里柔情"（秦观《八六子》），则较和婉；而上下句平仄凌犯，如"三十功名尘与土，八千里路云和月"（岳飞《满江红》），则显见拗怒。以上所论仅就大略言之，学者苟欲得其大旨，可以参读龙榆生先生《词学十讲》[①]第三、四、五讲的内容。但更主要的，还是要多诵前人的名作，用心揣摩，形成感觉，如是则无往而不利。

以下举一些较宜于初学者的典型词牌，略析其作法。

《八声甘州》是一首适宜抒写精壮质朴之情的词，最便初学。该调本名《甘州》，因该词共八韵，上下片各四韵，故称"八声"。这里，我们举吴文英和苏轼词各一首为例。

渺空烟四远，是何年、青天坠长星。幻苍崖云树，名娃金屋，残霸宫城。箭径酸风射眼，腻水染花腥。时靸双鸳响，廊叶秋声。　　官里吴王沉醉，倩五湖倦客，独钓

---

① 龙榆生：《词学十讲》，北京出版社，2005年。

醒醒。问苍天无语，华发奈山青。水涵空、阑干高处，送乱鸦、斜日落渔汀。连呼酒，上琴台去，秋与云平。吴文英《八声甘州·灵岩陪庾幕诸公游》

有情风万里卷潮来，无情送潮归。问钱塘江上，西兴浦口，几度斜晖。不用思量今古，俯仰昔人非。谁似东坡老，白首忘机。　记取西湖西畔，正春山好处，空翠烟霏。算诗人相得，如我与君稀。约他年、东还海道，愿谢公、雅志莫相违。西州路，不应回首，为我沾衣。苏轼《八声甘州·寄参寥子》

该词起笔，吴文英作"渺空烟四远，是何年、青天坠长星"，苏词则作"有情风万里卷潮来，无情送潮归"，吴词的起法是如书法中用笔，先提后顿，而苏词则是一气贯注直下，这两种笔法互有优长，如用苏词的笔法，则较宜于悲慨，而用吴词的笔法，则较宜于沉郁。第二韵，是一字领三个四字句，一般是上偶下单的句式。在意脉上，皆是直承起笔。苏词以写江潮起，故接以"问钱塘江上，西兴浦口，几度斜晖"，吴词起笔点明吊古，则接以"幻苍崖云树，名娃金屋，残霸宫城"。第三韵吴词作"箭径酸风射眼，腻水染花腥"，苏词作"不用思量今古，俯仰昔人非"，共同之处皆在于是由外物转到自身，第四韵对第三韵加以点染勾勒，为下片抒情伏笔。

过片三句，吴、苏二家皆是追溯往事，但苏词用"记取"一词直接点明，吴词则潜气内转，泯灭痕迹。需要注意的是，吴词"独钓醒醒"的"醒醒"，是叠字的连绵字，念"腥腥"。其第二句必作上一下四句法。下片第二韵，上句吴词作"问苍天无语"，苏词作"算诗人相得"，都必须用上一下四的句法。下片第三韵，是一个七字句和一个八字句，七字句必作上三下四，八字句必作上三下五，此处音节最为拗怒，全首精神，皆赖此点睛之笔。结拍看似平淡，但不可松懈，必须要能绾合全篇。吴词作"连呼酒，上琴台去，秋与云平"，这是含蓄的结法，而苏词则作"西州路，不应回首，为我沾衣"，这是直露的表达。选择含蓄还是直露，与词人的性情有关，也要看通首整个的基调而定。吴词步步缩，步步留，通篇是以深婉沉郁为主，故宜于含蓄的结尾，而苏词则全首悲慨苍凉，激情澎湃，故而宜于直露的表达。但对比而言，吴词更加有一唱三叹之致，更加切合词的本来的体性。

　　《满庭芳》从容和婉，最宜表现柔情。

　　　　山抹微云，天粘衰草，画角声断谯门。暂停征棹，聊共引离樽。多少蓬莱旧事，空回首、烟霭纷纷。斜阳外，寒鸦万点，流水绕孤村。　　销魂。当此际，香囊暗解，罗带轻分。谩赢得青楼，薄幸名存。此去何时见也，襟袖上、空惹啼痕。伤情处，高城望断，灯火已黄昏。秦观风老莺雏，雨肥梅子，午阴嘉树清圆。地卑山近，衣润费炉烟。人静乌鸢自乐，小桥外、新绿溅溅。凭栏久，黄芦苦竹，拟泛九江船。　　年年。如社燕，漂流瀚海，来寄修椽。且莫思身外，长近樽前。憔悴江南倦客，不堪听、急管繁弦。歌筵畔，先安簟枕，容我醉时眠。周邦彦

不算过片的短韵，上下各四韵。起笔三句，前二句是两个四字句，一般都用对仗，苏轼词作"三十三年，今谁存者，算只君与长江"，显得太过拗怒，只可作为变格，不宜仿效。秦、周二家皆以写景起，第二韵是对起笔的承接，宜用透过之笔，既要承接起笔三句，又在意境上加深为佳。第三韵二句，下句必用上三下四句法，以形成一种跌宕之美。第四韵是前结，宜用淡笔写浓情，借景达情为妙。秦词作"斜阳外，寒鸦数点，流水绕孤村"，古人说虽不识字人亦知是天生好言语，显较周词"凭栏久，黄芦苦竹，拟泛九江船"来得佳妙。

过片需注意有一短韵，秦词作"销魂。当此际"，周词作"年年。如社燕"，此处用短韵，音节就显得繁密，情感也就更加低抑。也有的词作此处不用短韵，如秦观的另一首作"时时横短笛，清风皓月，相与忘形"、张炎词作"阳和能几许，寻芳探粉，也惩忺人"，情感皆不如用短韵来得低回婉转，感人至深。

第二韵（不算短韵，下同）分两句，上句是上一下四句法，

秦词作"谩赢得青楼，薄幸名存"，周词作"且莫思身外，长近樽前"，领字宜用去声，周氏虽是知音，此处也偶然失察，当依秦词为准。又此领字不是领四字，而是领八字，领字后面的八个字，虽然分属两句，但宜当作一句来填。第三韵要注意下句为上三下四的句法。此处宜写出跌宕变化，秦词自设问答："此去何时见也，襟袖上、空惹啼痕"；周词用笔更深说一层："憔悴江南倦客，不堪听、急管繁弦"，皆可为法。结拍皆以直接抒情为好。

能得以上二阕神理，则其他平声长调如《高阳台》《汉宫春》《扬州慢》等皆可挥洒自如。

《蓦山溪》此调起笔连用二韵，音节紧促，以下则转为和婉。故起笔最忌异峰突起，以免与下文不相谐配。

　　　　湖平春水。菱荇萦船尾。空翠入衣襟，拂轻楫、游鱼惊避。晚来潮上，迤逦没沙痕，山四倚。云渐起。鸟渡屏风里。　　周郎逸兴，黄帽侵云水。落日媚沧洲，泛一棹、夷犹未已。玉箫金管，不共美人游，因个甚，烟雾底。独爱莼羹美。周邦彦

　　　　与鸥为客。绿野留吟屐。两行柳垂阴，是当日、仙翁手植。一亭寂寞，烟外带愁横，荷冉冉，展凉云，横卧虹千尺。　　才因老尽，秀句君休觅。万绿正迷人，更愁入、

山阳夜笛。百年心事，惟有玉阑知，吟未了，放船回，月下空相忆。姜夔

周词作"湖平春水，菱荇萦船尾"，姜词作"与鸥为客，绿野留吟屐"，皆出以和雅冲淡之笔，可以为法。第二韵周、姜皆作提顿之笔。前结数句，姜词作"一亭寂寞，烟外带愁横，荷冉冉，展凉云，横卧虹千尺"，似是正格，而周词作"晚来潮上，迤逦没沙痕，山四倚。云渐起。鸟渡屏风里"，"山四倚。云渐起"叶韵，则似为周氏一时兴到所增，乃为变格。然不论是正格还是变格，皆宜一气贯注直下，五句说一意。

过片周、姜二家皆是自叙，下片第二韵，周词作"落日媚沧洲，泛一棹、夷犹未已"，是深说一层的透过之笔，姜词作"万绿正迷人，更愁入、山阳夜笛"，则为愈转愈深的折进之笔。结拍宜在一气贯注中见出转折，以与前结相区别。周词云"不共美人游"，姜词云"惟有玉阑知"，皆是折进之笔。

《浣溪沙》的正格是上下片各三句，上片三韵，下片二韵。上片意较浓密，下片则宜疏朗空灵。

夜夜相思更漏残。伤心明月凭栏干。想君思我锦衾寒。
咫尺画堂深似海，忆来惟把旧书看。几时携手入长安。

韦庄

倾国倾城恨有馀。几多红泪泣姑苏。倚风凝睇雪肌肤。

吴主山河空落日，越王宫殿半平芜。藕花菱蔓满重湖。

薛昭蕴

　　上下片前二句皆宜一起写，第三句相对独立。如韦庄词，上片前二句皆写自己夜夜相思，在明月下伤心独倚，而第三句则思及所眷之人，料想她也如我怜惜她一般怜惜着我。下片前二句复写别后相思之苦，结句以问句作结，虚想重见之日。过片二句，大多对仗，往往有人是先有此联，然后扩充成一首词。但此词最要紧之处，不在过片二句，而在结句，结句要以至情动人，亦有用兴象作结者，但皆以沉挚重大为工。如薛昭蕴词用"藕花菱蔓满重湖"作结，见出兴亡之慨，不啻铁笔勾勒。相反，晏殊词"一曲新词酒一杯。去年天气旧亭台。夕阳西下几时回。　　无可奈何花落去，似曾相识燕归来。小园香径独徘徊"。过片虽有好联，结拍无力，就不如韦庄、薛昭蕴词那样真切动人。

　　又有将上下片最后一句改为两句，上句七字，下句三字者，叫做《摊破浣溪沙》，又称《南唐浣溪沙》，或名《山花子》。此调写法，与《浣溪沙》大体相同，唯前后结三字句最是要紧，愈重大，愈拙质，愈见工妙。

　　菡萏香销翠叶残。西风愁起碧波间。还与韶光共憔悴，

不堪看。　　细雨梦回鸡塞远，小楼吹彻玉笙寒。多少泪珠何限恨，倚栏干。李璟

《临江仙》兹举四首为例：

金锁重门荒苑静，绮窗愁对秋空。翠华一去寂无踪。玉楼歌吹，声断已随风。　　烟月不知人事改，夜阑还照深宫。藕花相向野塘中。暗伤亡国，清露泣香红。鹿虔扆

樱桃落尽春归去，蝶翻轻粉双飞。子规啼月小楼西。玉钩罗幕，惆怅暮烟垂。　　别巷寂寥人散后，望残烟草低迷。炉香闲袅凤凰猊。空持罗带，回首恨依依。李煜

梦后楼台高锁，酒醒帘幕低垂。去年春恨却来时。落花人独立，微雨燕双飞。　　记得小蘋初见，两重心字罗衣。琵琶弦上说相思。当时明月在，曾照彩云归。晏几道

夜饮东坡醒复醉，归来仿佛三更。家童鼻息已雷鸣。敲门都不应，倚杖听江声。　　长恨此身非我有，何时忘却营营。夜阑风静縠纹平。小舟从此逝，江海寄馀生。苏轼

以上所举四首《临江仙》，分属三体。鹿词、李词前后起二

句为七字六字句，前后结二句为四字五字句，句法参差，故易写得沉郁顿挫，如鹿词感慨亡国，李煜抒写别情，均见沉艳之姿。初学者宜宗此格，庶几可免滑易。

小晏词前后起二句均为六字句，前后结二句均为五字句，过于整齐，初学者效之，必流于滑易，难见丰致。如定要如此填，当知上片起二句宜对仗，使之能领起全篇，下片起二句宜不对仗，使之能发起别意；上片结二句宜对仗，使之能作一段之停蓄，下片结二句宜不对仗，不对仗则收得起或能别起一境。

至于东坡词，前后起二句作七字六字句，但前后结二句均作五字句，东坡的做法是前后两结皆不对仗，这样就显得词意跌宕起伏，相对于小晏的流美，别有一种苍凉之气。然而也正可以看出，苏轼所写，是"着腔子的好诗"，却不是词体的本来面目了。吾辈学词，既为传承文化，自仍当以尊体为尚。

《蝶恋花》又名《鹊踏枝》，在仄韵令词中，此调最是易学难工。易学，是指它的句法并不像某些词调，多有不符合近体诗句法的拗句；难工，则是指它的句式较为齐整，又皆为和婉之律句，率意为之，必致平板无生气。这就需要在章法上做到层层折进，愈转愈深。

萧索清秋珠泪坠。枕簟微凉，展转浑无寐。残酒欲醒中夜起。月明如练天如水。　　阶下寒声啼络纬。庭树金风，悄悄重门闭。可惜旧欢携手地。思量一夕成憔悴。冯延巳月皎惊乌栖不定。更漏将阑，辘牵金井。唤起两眸清炯炯。泪花落枕红绵冷。　　执手霜风吹鬓影。去意徘徊，别语愁难听。楼上栏干横斗柄。露寒人远鸡相应。周邦彦

欲减罗衣寒未去。不卷朱帘，人在深深处。红杏枝头花几许。啼痕只恨清明雨。　　尽日沉烟香一缕。宿久醒迟，恼破春情绪。飞燕又将春信误。小屏风上西江路。晏几道

我们来看冯延巳的这一首，起笔"萧索清秋珠泪坠"，点明时令、人物，"枕簟微凉，展转浑无寐"，是透过之笔，承上意而深说一层。"残酒欲醒中夜起。月明如练天如水"，则是由实返虚的笔法，用"月明如练天如水"这样一个空灵虚致的意象，与前面直截了当的人物刻画形成对照。过片"阶下寒声啼络纬"又是写景，"庭树金风，悄悄重门闭"承上句写景，但景中已经有了人，人与景打成了一片。此三句皆如书法中提笔，是含蓄隐微之美，结二句"可惜旧欢携手地。思量一夕成憔悴"则如写毛笔字时重重一顿，是直露秀出之美。从叙写顺序上而言，这首词是直线发展的，但词人能够通过虚与实、情和景、隐与秀的交相运用，营造一个令人沉浸其中的艺术境界，这就是他的高明之处。

周词全似冯词笔法。通首词由夜将尽、人欲起写起，直写到分别时执手难去，终于分离，唯有鸡声相应。在叙写顺序上，

也只是直线发展。但由于词人善于运用多种笔法，这就造成作品在平直中多见转折，和婉中见出拗怒。"月皎惊乌栖不定"，起笔即点染环境，"更漏将阑，辘牵金井"，承上而来，并深说一层。以上三句，还都是写景，是虚笔，而到了"唤起两眸清炯炯。泪花落枕红绵冷"，就是写人物了。过片转向对分别时的细节的勾勒，"去意徘徊，别语愁难听"，又是深说一层的透过之笔。"楼上栏干横斗柄。露寒人远鸡相应"则不加任何转折词，只通过画面的剪辑，就转写出别后的孤寂，这是空际转身的笔法，在美成长调中也是十分常见的。

至于小晏的词，又是另一种笔法。词的上片，叙写初春的怅惘难言的情怀，乃是泛写，下片专力刻画主人公的闺怨，抓住了典型的环境——"尽日沉烟香一缕"、典型的人物——"宿久醒迟，恼破春情绪"，最重要的，是典型的细节——"飞燕又将春信误，小屏风上西江路"，真切地表达了作者所要表达的东西。

《菩萨蛮》历来名作最多，但这里只选温、韦词各一首，以见其作法。

　　　　水精帘里颇黎枕。暖香惹梦鸳鸯锦。江上柳如烟。雁飞残月天。　　藕丝秋色浅。人胜参差剪。双鬓隔香红。玉钗头上风。温庭筠

人人尽说江南好。游人只合江南老。春水碧于天。画船听雨眠。　　垆边人似月。皓腕凝双雪。未老莫还乡。还乡须断肠。韦庄

　　温词全用比兴，纯由画面切换组织成篇。上片展示了两个画面，第一个画面，是一位贵妇人，她躺在华美的居室中，然而内心孤独，只能做梦。第二个画面，或指她的梦中情味，或指她所思念的人，正在江上流连未归。从意象上说，"水精帘里颇黎枕。暖香惹梦鸳鸯锦"二句是秾丽的，而"江上柳如烟。雁飞残月天"二句则是清丽的，秾丽与清丽相间，两相生发，更增其美。"藕丝秋色浅。人胜参差剪"二句，是另一个画面，这个画面描绘了美人妆成的情景。而最后，词人给美人的头饰以一个特写镜头，以严妆女子玉钗因风而动，暗示她的心弦正被什么东西拨动。温词的这一表现手法，后来在周邦彦、吴文英的长调中得到很好的运用。

　　韦庄词则不然。起笔二句直接抒发感喟，"游人只合江南老"是对"人人尽说江南好"的翻转，"春水碧于天。画船听雨眠"，是对第一层意思的解释，因为起笔是抒情的实笔，这里就要用渲染景致的虚笔。过片转入写人，写出江南女人之美，由景致入人事，这是很自然的一种转接方式。结二句"未老莫还乡。还乡须断肠"呼应"游人只合江南老"，仍是感喟，也就是说又由虚笔转入了实笔。全首词就是在实—虚—虚—实的转折之中，

完成了情感的螺旋形流动。

《减字木兰花》与《菩萨蛮》皆四转韵，但《菩萨蛮》七言、五言迭相递用，句度参差，故较易写得流转跌宕，《减字木兰花》则每韵句度相同，要能写得一气流转，不显散破，实较《菩萨蛮》为难。一般而言，《减字木兰花》宜通首写一意，用笔应似断仍续，用意则似分仍合。

天涯旧恨。独自凄凉人不问。欲见回肠。断尽金炉小篆香。　　黛蛾长敛。任是春风吹不展。困倚危楼。过尽飞鸿字字愁。秦观

曾教风月。催促花边烟棹发。不管花开。月白风清始肯来。　　既来且住。风月闲寻秋好处。收取凄清。暖日栏干助梦吟。毛滂

秦观一首写闺怨，四个韵的转折仅体现在，第一韵是泛写，第二韵转为细节描写，第三韵换角度，第四韵即外物以烘托内心而已。毛滂一首，是写赠他的朋友贾耘老的，通首也只是写耘老一人，韵的转折，只是处身角度的不同，并不曾转到别的意思去。

掌握了《菩萨蛮》和《减字木兰花》的作法，像《清平乐》《虞美人》这些调的作法，也就很容易了。

第十五章　词的修辞与作风

词的修辞与作风密不可分。詹安泰先生说：

作风不同，修辞斯异，盖作风就整体言，修辞就个体言；作风就已成之形式言，修辞就运用之技巧言，二者固有密切之关系也。作风变，其修辞技巧之运用必随之而变；作风不变，则虽其词之内容屡变，其修辞技巧之运用自若也。例如李煜之词，自其内容观之，盖经三变矣：始而愉快，继而忧郁，终乃悲苦，一随其身世之环境为转移。然其有感即发，遇事直书，"乱头粗服"之作风——即其修辞技巧之运用，则未始或异。故修辞与作风，犹影之随形，响之应声，何种作风，则用何种之辞、字，殆必趋于一律。[①]

---

①詹安泰：《詹安泰词学论集》，汕头大学出版社，1997年，第237页。

清周济《宋四家词选》是为学词者指示门径而著，将宋词分为四派，分别以周邦彦、辛弃疾、吴文英、王沂孙为代表作者，并提出"问途碧山，历梦窗、稼轩以还清真之浑化"的主张。詹安泰先生亦将词的修辞分作四派，曰拙质，曰雅丽，曰疏快，曰险涩[①]。

我以为词中至高明的是"花间词"的沉艳，后世或得其沉郁，或得其秾艳。但沉艳、沉郁关乎性情阅历，纯由生命自然生发，不容假借；苏轼等人之高旷清雄，也须胸襟识力为基，修辞技巧上却并无特殊之处。清代词学蕃盛，学词宗玉田者为浙西，宗碧山者为常州，其馀如阳羡词派宗稼轩，彊村词派宗梦窗，各竞一时之妍。我于诸派等无偏颇，但为初学者计，举柳永、张炎、吴文英、晏几道四家，略示作词门径。

一、柳永

柳永的词，有着多样性的艺术风格。他既有"渐霜风凄紧，关河冷落，残照当楼"这样"不减唐人语"的意境高浑深远的作品，也有一些词语尘下、格调庸俗的作品。柳词最大的特点是善于铺叙，语尚拙质，故而颇便于初学。

---

① 詹安泰：《詹安泰词学论集》，第237–238页。

玉蝴蝶

望处雨收云断，凭栏悄悄，目送秋光。晚景萧疏，堪动宋玉悲凉。水风轻、花渐老，月露冷、梧叶飘黄。遣情伤。故人何在，烟水茫茫。　　难忘。文期酒会，几孤风月，屡变星霜。海阔山遥，未知何处是潇湘。念双燕、难凭远信，指暮天、空识归航。黯相望。断鸿声里，立尽斜阳。

柳永生活的年代，正是北宋长调兴起的时期。他的长调，带有初创者质朴劲健的作风，而这种作风的形成，又与他善用一气贯注的直笔、劲笔有关。这首词"望处"二字，一直贯注到结尾的"斜阳"，整首词都是词人在登高临远时的所见、所感。前人所谓"一气贯注，盘旋而下"，即指此而言。

词的上片，主要是写所见，而下片，则主要是所感。但不论是所见还是所感，都善于用情景交融的笔法。"望处雨收云断，凭栏悄悄，目送秋光。"点明了时、地、人。"晚景萧疏，堪动宋玉悲凉。"词人目见晚景之萧疏，心中蓦然起了悲凉之感，因宋玉《九辩》一开口就说"悲哉秋之为气也"，后世就把宋玉和悲秋联系在一起，所以说是"堪动宋玉悲凉"。接下来用一个尖头对"水风轻、花渐老，月露冷、梧叶飘黄"铺叙晚秋的景色，也是"堪动宋玉悲凉"的一个注脚。"遣情伤。故人何在，烟水茫茫"顺理成章地点明他怀念故人的题旨。因为这是词的前结，所以就收得比较蕴藉空灵。

　　过片"难忘"二字也用直笔，一直领到"屡变星霜"。由于上片的秋光萧疏，勾引起词人的悲秋意绪，并因为目下的孤独，而记起当日的"文期酒会"。"几孤风月，屡变星霜"二句，是对这几年行迹的一次总结。"海阔山遥，未知何处是潇湘"，则又因忆往昔而想到，故人如今都在哪里呢？"念双燕、难凭远信，指暮天、空识归航"是补充上一句说，意谓我想给故人寄信，却不知道寄往哪里，只能在黄昏的天边细数归舟，盼望其中一艘上正坐着我的友人。不说"鱼书欲缄何由达"，而说"念双燕、难凭远信"，这就是善用兴象，是词人的语言。"黯相望，断鸿声里，立尽斜阳"是一篇的总结，相对于前结的蕴藉空灵，后结就显得力透纸背，沉雄厚重。

夜半乐

　　冻云黯淡天气，扁舟一叶，乘兴离江渚。渡万壑千岩，越溪深处。怒涛渐息，樵风乍起，更闻商旅相呼，片帆高举。泛画鹢、翩翩过南浦。　　望中酒旆闪闪，一簇烟村，数行霜树。残日下、渔人鸣榔归去。败荷零落，衰杨掩映，岸边两两三三、浣纱游女。避行客、含羞笑相语。　　到此因念，绣阁轻抛，浪萍难驻。叹后约、丁宁竟何据。惨离怀、空恨岁晚归期阻。凝泪眼、杳杳神京路。断鸿声远长天暮。

这是一首三叠词。开头三句，是一篇的由头。词人在一个冻云黯淡的天气里，乘坐一叶扁舟，泛于江上。前二段，都是词人在舟中所见之景。第三段，则就第一二段所写之景，抒发词人的羁旅之悲。

　　词的首段，写词人泛舟江上所见。"渡万壑千岩，越溪深处"是对"冻云黯淡天气，扁舟一叶，乘兴离江渚"的补充。"怒涛渐息，樵风乍起，更闻商旅相呼，片帆高举"则是对细节的勾勒，写出江面的景色。"泛画鹢、翩翩过南浦"，南浦是南岸的渡口，在古代，水路交通极为重要，故渡口处通常都有村落。由这一句，就引出下段对岸边村落的描写。以上均是就词人的行程写来，可以说是平铺直叙。但词人在平叙中善于勾勒，这就使读者读来不觉得平直死板。

　　第二段写岸边村落的景致。"酒旆""烟村""霜树""残日""鸣榔""败荷""衰杨"，设声设色，皆是一片萧飒。这几句仍是总叙，而"岸边两两三三、浣纱游女。避行客、含羞笑相语"又是勾勒。

　　正因为词人见到岸边的浣纱游女，于是很自然地想起自己在京城的情人。这时候词人的心情是复杂的，"绣阁轻抛，浪萍难驻"是追念当初，这是第一层意思；"叹后约、丁宁竟何据。惨离怀、空恨岁晚归期阻"是感慨欲见无凭，是第二层意思；"凝泪眼、杳杳神京路"写刻下的感受，是第三层意思。最后用兴象感发作结，这是因为第三段前面数句均是实写，抒情太密，就要用兴象疏之，正如写景、写兴象太多，就会显得太空疏，就须用直抒胸臆的笔法来密之一样。

倾　杯

> 鹜落霜州，雁横烟渚，分明画出秋色。暮雨乍歇，小楫夜泊，宿苇村山驿。何人月下临风处，起一声羌笛。离愁万绪，闻岸草、切切蛩吟如织。　　为忆芳容别后，水遥山远，何计凭鳞翼。想绣阁深沉，争知憔悴损，天涯行客。楚峡云归，高阳人散，寂寞狂踪迹。望京国，空目断、远峰凝碧。

这首词与柳永一贯的风格不同，如果说他的很多作品都以拙质见长，而这一首，其多个意象之间的连接就有着很复杂的变化。词的开篇，没有采用他常用的铺叙手段，而是就眼前最鲜明的景色加以渲染。"鹜落霜州，雁横烟渚，分明画出秋色"是先分后阖的笔法。至"暮雨乍歇，小楫夜泊，宿苇村山驿"，始点明时、地、人，干什么。"何人月下临风处，起一声羌笛"宕开一笔写，以引出下文，"离愁万绪，闻岸草、切切蛩吟如织"则用重笔落墨绾结前篇。

"为忆芳容别后"是承"离愁万绪"而来，这里用的是逆写。因为依照意脉的正常顺序，应为："为忆芳容别后，水遥山远，何计凭鳞翼。离愁万绪，闻岸草、切切蛩吟如织。"然后才到"想绣阁深沉，争知憔悴损，天涯行客"三句，不直接说自己行役天涯，风霜憔悴，而说你在深沉的绣阁之内，又哪里知道我的状况呢？意思就翻转了一层。下面再运开阖之笔，"楚峡云归"用"楚襄王云雨巫山"之典，意为伊人已远，"高阳人散"则用郦食其"高阳酒徒"之典，说友人也已云散，接着总合一笔，说自己如今是空有疏狂，行踪寂寞而已。"望京国"三句，二句分说完，以景结情，不胜言外之旨。

二、张炎

张炎论词，力主清空，他在《词源》卷下说：

> 词要清空，不要质实。清空则古雅峭拔，质实则凝涩晦昧。白石词如野云孤飞，去留无迹。梦窗词如七宝楼台，炫人眼目，碎折下来，不成片段。此清空质实之说也。梦窗《声声慢》云："檀栾金碧，婀娜蓬莱，游云不蘸芳洲。"前八字恐亦太涩。如《唐多令》云："何处合成愁。离人心上秋。纵芭蕉不雨也飕飕。都道晚凉天气好，有明月、怕登楼。　前事梦中休。花空烟水流。燕辞归、客尚淹留。垂柳不萦裙带住，漫长是、系行舟。"此词疏快，却不质实。如是者集中尚有，惜不多耳。白石如《疏影》《暗香》《扬州慢》《一萼红》《琵琶仙》《探春》《八归》《淡黄柳》等曲，不惟清空，且又骚雅，读之使人神观飞越。

"清空"二字，是张炎词法的核心，刘永济先生解释说：

> 又按，清空云者，词意浑脱超妙，看似平淡，而义蕴无尽，不可指实。其源盖出于楚人之骚，其法盖由于诗人之兴，作者以善觉、善感之才，遇可感、可觉之境，于是触物类情而发于不自觉者也。惟其如此，故往往因小可以见大，即近可以明远。其超妙、其浑脱，皆未易以知识得，尤未易以言语道，是在性灵之领会而已。严沧浪所谓"水中之月，镜中之象"是也。[①]

以上论清空，意即填词要像严羽的"沧浪诗法"一样，追求意境的高远冲淡，含蓄隽永。词中情感的抒发，本来大抵有三种途径，一种是李煜那样的不事假借，直抒胸臆；第二种是韦庄那样用赋的笔法去叙事，在叙事中表达情感；第三种，则是像温庭筠那样，用比兴的手法，含蓄地表达情感。而清空之法，与前三者又均不同。现实的遭遇，经过词人内心的蕴酿，成了一种情感，而这种情感又投射到可感、可觉之境中，成了一种意象化的情感，这是清空词近于温词的地方。但温词设色秾丽，意象繁密，为张炎所不取。他强调的是意象的疏朗，而更重白描。

---

① 刘永济：《词论》，上海古籍出版社，1981年，第66页。

清空是与质实相对的。吴文英词质实在何处呢？不在于吴词字面秾丽，所谓"七宝楼台，炫人眼目"，而在于吴词叙写太多，很多句子，你明白了他用典的含义，也就知道了他的本事，这是质实的真正含义。张炎词却甚少叙事，而是通过人情化了的景物意象，曲折地传达感情。

八声甘州

辛卯岁，沈秋江同余北归，秋江处杭，余处越。越岁，秋江来访寂寞，晤语数日，又复别去。赋此饯行，并寄曾心传。[①]

记玉关踏雪事清游，寒气脆貂裘。傍枯林古道，长河饮马，此意悠悠。短梦依然江表，老泪洒西州。一字无题处，落叶都愁。　载取白云归去，问谁留楚佩，弄影中州。折芦花赠远，零落一身秋。向寻常、野桥流水，待招来、不是旧沙鸥。空怀感，有斜阳处，却怕登楼。

宋亡以后，蒙古统治者曾召前朝的文人赴大都写金经，张炎、沈钦（字尧道，号秋江）、曾遇（心传）都在敕召之列。公元1291年辛卯之岁，张、沈二人从大都回到了故乡，曾心传却留在大都接受了元人官职。这首词即追忆北游而作。

开头五句，笼罩了全篇大意，"记"字一直领到"此意悠

---

①此用明水竹居钞本，据吴则虞先生考证，这一版本可能才是张炎原稿的面目。

悠"。这里对北游之行作了一番白描，"踏雪""寒气""枯林""古道""长河"，一片萧瑟肃杀，词人的心境也当是十分沉郁，然而在词中并不明白说出，只是通过对行程景色的白描，让读者产生一种联想。这就是清空的手段了。

"短梦依然江表，老泪洒西州"，意思是说，我入京非为求异族之伪职，实有不得已之衷情，我的心依然常常想念江南故国，念及死去的亲长，不由得老泪纵横。"老泪洒西州"句，用羊昙在其舅氏谢安死后，不忍过西州城门，一日大醉过此，一恸而去的典故。词的妙法，就在于前面写了一段清空的以后，这里要略写一点质实的情感，以加映衬，否则，就不是清空，而是空疏了。"一字无题处，落叶都愁"，化用唐宫女题诗红叶上，流于御沟的典故，是对典故的活用，意谓我心中有无限的悲凉，却不能一为倾吐，因为连片片飞坠的落叶，也都一样愁苦。

"载取白云归去，问谁留楚佩，弄影中州。折芦花赠远，零落一身秋。"又是一气贯注。"楚佩"，用郑交甫游汉皋，遇二游女赠以玉佩，行出十馀步，回首忽不见二女，视怀中佩亦失之典故。这几句意谓我与沈秋江皆鄙弃新朝富贵如浮云，却有人眷眷于怀中楚佩，不忍撒手，在元人统治中心的中州之地，恋栈不去。唯有折芦赠远，盼望曾心传早早归来。"向寻常、野桥流水，待招来、不是旧沙鸥"，则因沈钦之别，联想到旧日的友人，泰半离散。"旧沙鸥"，用鸥盟之典，喻指友人。以上皆是直笔一路写来，但"折芦花赠远，零落一身秋"十字，陡起波澜。这是写直笔赋情而能不觉呆板的无上法门。"空怀感，有斜阳处，却怕登楼"，从辛弃疾"斜阳正在，烟柳断肠处"化出，而用上王粲登楼之典，深见眷怀故国之思。

渡江云山阴久客，一再逢春，回忆西杭，渺然愁思。

山空天入海，倚楼望极，风急暮潮初。一帘鸠外雨，几处闲田，隔水动春锄。新烟禁柳，想如今、绿到西湖。犹记得、当年深隐，门掩两三株。　　愁余。荒洲古溆，断梗疏萍，更漂流何处。空自觉、围羞带减，影怯灯孤。长疑即见桃花面，甚近来、翻笑无书。书纵远，如何梦也都无。

相对上首的一气盘旋直下，这首词显得十分跌宕多姿。但其气骨，仍是清空。"山空天入海，倚楼望极，风急暮潮初"正常的意象顺序是"倚楼望极，山空天入海，风急暮潮初"，这样写是逆笔，句法便显矫健。三句点明了人、时、地。"风急暮潮初"一句是全篇主旨。其实不是风急暮潮初起，而是词人心情如这猎猎晚风，滔滔海潮。"一帘鸠外雨，几处闲田，隔水动春锄"三句接着写眼前景，"鸠外雨"，是说在斑鸠声中不停下着的雨。起笔境界阔大健拔，此处即用和婉之境衬托。而这里铺叙春景，实为逗出下文"新烟禁柳，想如今、绿到西湖"。眷怀故国之情，却写得如此地含蓄有致。"犹记得、当年深隐，门掩两三株"接上二句，由总写而只及一点，如摄影中之聚焦法。

过片转入自叙。"荒洲古溆，断梗疏萍，更漂流何处"，在修辞上既是拟物，又是拈连。全篇本皆是白描，而"空自觉、围羞带减，影怯灯孤"，忽作烹炼，便觉奇警。这两句是对"漂流何处"的补充说明。"长疑即见桃花面，甚近来、翻笑无书"，意思顿然翻转，进一步刻画生活状况的孤寂。"桃花面"用人面桃花之典，喻指所眷的女子。"书纵远，如何梦也都无"，意境层层转深，而意脉却戛然而止。我们试比较他的《高阳台·西湖春感》"东风且伴蔷薇住，到蔷薇、春已堪怜"，可知这种层层折进的笔法，他是很喜欢运用的。

三、吴文英

词中有梦窗，正如诗中有李商隐，二者都是字面秾丽、意象绵密，工于写情。在词学史上，一向"周、吴"并称，则是因为吴文英的长调，在作法上很受周邦彦的影响。尹焕说："求词于吾宋，前有清真，后有梦窗。此非焕之言，天下之公言也。"周济则指出："梦窗立意高，取径远，非馀子所及。每于空际转身，非具大神力不能。"学吴文英的词，一是要学他字面的烹炼，一是要学他的"空际转身"的章法。

那么，什么是空际转身呢？我们先看周邦彦的一首《过秦楼》：

水浴清蟾，叶喧凉吹，巷陌马声初断。闲依露井，笑扑流萤，惹破画罗轻扇。人静夜久凭栏，愁不归眠，立残更箭。叹年华一瞬，人今千里，梦沉书远。　　空见说、鬓怯琼梳，容销金镜，渐懒趁时匀染。梅风地溽，虹雨苔滋，一架舞红都变。谁信无聊为伊，才减江淹，情伤荀倩。但明河影下，还看稀星数点。

词是追忆已经离去的一个恋人，但写得腾挪转折，极尽变化之能事。该词运用略似现代电影中蒙太奇的手法，只是通过画面的变化，就明晰地叙述出一段情事。全词可分四个画面，每个画面又都有镜头的转换。

"水浴清蟾，叶喧凉吹，巷陌马声初断"是一个广角镜头，为全词设定了一个清幽寂静的氛围。接下来镜头缓缓近移，"闲依露井，笑扑流萤，惹破画罗轻扇"，画面的中心人物出现了。是一位男子闲倚在井栏边，而一位美丽的女郎则正拿着轻罗小扇，去扑那飞舞的萤火虫。"惹破"，或指扇子被花枝划破。

"人静夜久凭栏，愁不归眠，立残更箭"则转到第二个画面，此时则已时空腾挪，只剩男主人公一人，在凭栏不寐。"叹年华一瞬，人今千里，梦沉书远"，镜头推向男子脸部表情做一特写，年华一瞬，别离久也，人今千里，相隔远也。

"空见说、鬓怯琼梳，容销金镜，渐懒趁时匀染"，是男主人公想象中的情景，这个画面，就是女郎在深闺中思念男子的情形。以下镜头又转向窗外，"梅风地溽，虹雨苔滋，一架舞红都变"，借花木的凋零，加倍映衬出女郎的愁思。这两个镜头，都是写幻境。从笔法上来说，其实也是借女郎的愁思，来写男主人公的愁思，是虚笔。

"谁信无聊为伊，才减江淹，情伤荀倩"，画面又拉回到男主人公的身上。这三句，可以看作是电影中主人公的独白。"才减江淹"用江郎才尽之典，"荀倩"是荀奉倩的省称，他本名荀粲，妻亡后伤心过度，不久亦亡。二句引事，极写内心之烦乱伤情。"但明河影下，还看稀星数点"，镜头又是一转，指向了辽远的银河，稀疏的星辰[1]。

周邦彦的这种手法，只通过画面变换，许多可有可无的话就都省略掉了，开创了以后写长调的一个绝妙法门。吴文英的词，也正是用这样的手段。

瑞鹤仙

晴丝牵绪乱。对沧江斜日，花飞人远。垂杨暗吴苑。正旗亭烟冷，河桥风暖。兰情蕙盼。惹相思、春根酒畔。又争知、吟骨萦消，渐把旧衫重剪。　　凄断。流红千浪，缺月孤楼，总难留燕。歌尘凝扇。待凭信，拌分钿。试挑

---

[1] 此处引述刘逸生《宋词小札》对这首词的分析。见刘逸生著《宋词小札》，广东人民出版社，1981年，第195–198页。

灯欲写，还依不忍，笺幅偷和泪卷。寄残云、剩雨蓬莱，
也应梦见。

吴文英三十多岁时曾在苏州仓曹幕供职，其时于苏州纳有
一妾，后二人因故分手，梦窗词中多有怀念她的作品。这首词
即是怀念去妾所作。此词字面设色秾艳，如"晴丝""沧江""斜
日""兰情""蕙盼""春根""吟骨""流红""缺月""歌尘"，皆见
作者炼字之深刻细密。自章法而言，也是用蒙太奇手法，"空际
转身"。

"晴丝牵绪乱。对沧江斜日，花飞人远"，这是第一个镜头，
但用逆笔写来，把"晴丝牵绪乱"置于最前，便显顿挫之致。
词人对着沧江斜日，花飞人远，因晴丝而牵动离愁别绪。"晴丝"
是柳丝，也就是《牡丹亭》"袅晴丝吹来闲庭院"的晴丝。接着，
"垂杨暗吴苑。正旗亭烟冷，河桥风暖。兰情蕙盼。惹相思、春
根酒畔。"陡转入第二个画面。写出与女主人公初见时的情形。
"吴苑"，是与之初见之地。"旗亭烟冷"，是说刚与朋友聚会完。
"河桥风暖"，则是与友人分手之地。"兰情蕙盼"，是说女主人
公有兰蕙一样的心性、气质。词人对之一见钟情，故曰"惹相
思"也。"又争知、吟骨萦消，渐把旧衫重剪"则是另一段回忆
画面，自与她别后，我渐渐消瘦，当年的衣服已不称身，需要
重新剪裁。

过片仅用"凄断"二字，笔力千钧，仿佛电影中的画外音。

"流红千浪，缺月孤楼，总难留燕"，镜头又拉到辽远的江河流经的大地、缺月装点的天空，以及天畔的孤楼。"流红"照应上片的"花飞"，"总难留燕"照应上片的"人远"。

"歌尘凝扇"四字是一个特写镜头，点明人去后无聊疏懒的状况，歌扇上早已凝满灰尘，主人再也无心去听歌作乐了。"待凭信，拌分钿。试挑灯欲写，还依不忍，笺幅偷和泪卷"，是接着"歌尘凝扇"的同一画面中的另一镜头，"分钿"暗用白居易《长恨歌》"钗擘黄金合分钿"之典，词人想给她写封信倾诉相思之苦，然而终究伤心已极，不忍再写，只有流着眼泪悄悄地把信笺卷起。"寄残云、剩雨蓬莱，也应梦见"是一篇的完结，呼应了开头的"对沧江斜日，花飞人远"，镜头也拉回到眺远怀人的画面上来。从这首词的抒情方式来看，和张炎不明白叙写情感，而是通过外物感兴、生发读者联想的手段完全不一样，相对张的清空，吴词的确是质实的。

三姝媚·过都城旧居有感

湖山经醉惯。渍春衫、啼痕酒痕无限。又客长安，叹断襟零袂，涴尘谁浣。紫曲门荒，沿败井、风摇青蔓。对语东邻，犹是曾巢，谢堂双燕。　　春梦人间须断。但怪得当年，梦缘能短。绣屋秦筝，傍海棠偏爱，夜深开宴。舞歇歌沉，花未灭、红颜先变。伫久河桥欲去，斜阳泪满。

这是一首感慨兴亡的词。词的章法，就比言情幽折之作要来得质朴。词由自叙起，"湖山经醉惯。渍春衫、啼痕酒痕无限"写旧游踪迹，二句中隐含着无限的悲欢离合。"又客长安，叹断襟零袂，涴尘谁浣"与上二句为对照，此三句又与下面几句成先阖后开之势。"紫曲门荒，沿败井、风摇青蔓"，写旧日所居之倡家已经荒凉。"对语东邻，犹是曾巢，谢堂双燕"，则写邻里王谢之甲第，即今已非前世。"曲"是坊曲，也就是古代的红灯区。

过片"春梦人间须断"，是发起别意，而深说一层，与柳永"多情自古伤离别"、王沂孙"千古盈虚休问"是同样手法。下面追忆往昔，"绣屋秦筝，傍海棠偏爱，夜深开宴"三句是接着"但怪得当年，梦缘能短"写，乃为补叙。"舞歇歌沉，花未灭、红颜先变"，意思又一转，以上皆是平平道来，到这里用一翻转之笔，顿觉奇峰突起，可谓"濡染大笔何淋漓"也。红颜竟比花的寿命还要短，则其悲怀何可及耶？"伫久河桥欲去，斜阳泪满"绾合全篇，既是总阖，又是颠倒时序的逆笔，故尤显生峭。

这首词尽管没有采用周、吴所常用的那种手法，但依然可以看得出那种"无垂不缩，无往不复"的感觉。

四、晏几道

黄庭坚说叔原乐府"寓以诗人之句法，清壮顿挫，能动摇人心"。晏几道所长在小令，他特别擅长在词的篇章里，加上一二句诗的句子。我们知道，诗的语言尚雅健，而词的语言则尚温婉。小山在通首温婉的词篇内，往往作一二句清壮顿挫的雅健之语，于是通首就显得俊逸。最有名的就是他那首《临江仙》："梦后楼台高锁，酒醒帘幕低垂。去年春恨却来时。落花人独立，微雨燕双飞。 记得小蘋初见，两重心字罗衣。琵琶弦上说相思。当时明月在，曾照彩云归。"词中"落花人独立，微雨燕双飞"两句，直接用五代翁宏《春残》诗的句子，原诗为："又是春残也，如何出翠帏。落花人独立，微雨燕双飞。寓目魂将断，经年梦亦非。那堪向愁夕，萧飒暮蝉辉。"翁宏的原句，本来没有人关注，但一经小晏点化，便成为千古名句。这是因为这两句放在温丽婉约的词篇里，显得特别的清雅精壮，而放在诗里，就没有这样的效果。

蝶恋花

庭院碧苔红叶遍。金菊开时，已近登高宴。日日露荷凋绿扇。粉塘烟水澄如练。 试倚凉风醒酒面。雁字来时，恰向层楼见。几点护霜云影转。谁家芦管吹秋怨。

这是一首秋日怀人的小词。起笔写一派狼藉之景，"金菊开时，已近登高宴"点明节候。长调里对于景物不妨铺叙，但小令中只以"日日露荷凋绿扇。粉塘烟水澄如练"二句稍作点染即可。"烟水澄如练"，化自谢朓的诗句"澄江静如练"，这就是用诗的笔法，在上片陡起一峰峦。过片转向自叙，"雁字来时"，隐喻词人在盼着那人的归信。"几点护霜云影转。谁家芦管吹秋怨"，又用诗的笔法，"谁家芦管吹秋怨"化自唐人李益《夜上受降城闻笛》诗："回乐峰前沙似雪，受降城外月如霜。不知何处吹芦管，一夜征人尽望乡。"这两句，单拿出来，都是七绝中的好句，用在词里，相对前结的峰峦，就显得尤其的异峰突起。

鹧鸪天

小令尊前见玉箫。银灯一曲太妖娆。歌中醉倒谁能恨，唱罢归来酒未消。　　春悄悄，夜迢迢。碧云天共楚宫腰。梦魂惯得无拘检，又踏杨花过谢桥。

词人在一次酒宴上听了一个歌女唱小令，引逗起心中的波澜，词即咏此。《鹧鸪天》体例最近七律，但如果径直用七律的起承转合去写，那就不是词了。我们说律诗的章法一般是第一句起，第二句承，第七句转，第八句合，而中间两联则是用议论、勾勒来衬贴。但《鹧鸪天》词上下片之间有一停顿，显然就不能这样写。从小晏这首词来看，他的处理方法是把这首词当作两首七绝来写，过片"春悄悄，夜迢迢"紧扣上片的"归来"，于是上下片之间便不粘不脱。词的上片是赋笔，下片是对上片意境的深化。"碧云天共楚宫腰"，点化杜牧诗的"楚腰纤细掌中轻"，暗指词人在青楼伎馆的落拓生涯。"梦魂惯得无拘检，又踏杨花过谢桥"二句，是千古名句，充分显示了词人追求自由的高尚心性。《古今词话》载程叔微之言曰："伊川闻人诵叔原词：梦魂惯得无拘检，又踏杨花过谢桥。曰：鬼语也。"这两句，是典型的七绝句法。读到这里，你也就明白什么是清壮了。试将这首词的下片改作一首七绝，即为："夜路迢迢春悄悄，碧云天共楚宫腰。梦魂惯得无拘检，又踏杨花过谢桥。"——像不像杜牧的作品？

阮郎归

天边金掌露成霜。云随雁字长。绿杯红袖趁重阳。人情似故乡。　　兰佩紫，菊簪黄。殷勤理旧狂。欲将沉醉换悲凉。清歌莫断肠。

这是《小山词》中最为沉郁之作，大概是他晚年的作品。小山出身贵介，父死后家道中落，但品性高傲，绝不肯随人俯仰。黄庭坚《小山词序》说小山有"四痴"："仕宦偃蹇，而不能一傍贵人之门，是一痴也；论文自有体，不肯作新进士语，此又一痴也；费资千百万，家人寒饥而有孺子之色，此又一痴也；人百负之而不恨，己信人而终不疑其欺己，此又一痴也。"这样的人，在任何社会，都不会成为一个"成功人士"，而只能做一个"畸人"。此词纯由生命感发，从气骨上，是没有办法学的。但是单就语言而论，还是能够开示后人以诗为词的方便法门。

首句"天边金掌露成霜"，直似老杜七律的笔法，起笔便是壁立千仞，以下用"云随雁字长"，一个纤美的比喻，就像一条纡缓的斜坡，让这座高山与平地连接在一处。"绿杯红袖趁重阳。人情似故乡"，是透过一层说，但在笔法上，仍是舒徐平缓的。过片"兰佩紫，菊簪黄"二句，是"兰宜佩紫，菊应簪黄"的省略，这是典型的诗的炼句法。"殷勤理旧狂"，从意脉上来说是在"兰佩紫，菊簪黄"之前，这是用逆笔来写。这样，词的情感又一次异峰突起。"欲将沉醉换悲凉。清歌莫断肠"二句，情感转向深沉内敛。整首词就是在一起一平，又起又平的曲线中完成了抒情的任务，黄庭坚说他"清壮顿挫"，此首可为极则。

一般而言，小令因篇幅较短，相对长调，更强调结尾要语尽意不尽，但这首词的结尾却因为情深之至，故不妨说尽，说得愈尽、愈斩钉截铁，也就愈情味无穷。

第十六章　檃栝与寄托

檃栝是矫正曲木的工具，引申指把前人的成句、整篇作品加工炮制，使成为词。狭义的檃栝，是把一篇文、一首诗檃栝成词。如苏轼的《哨遍》，纯由陶渊明的《归去来辞》檃栝而成，而他的《水调歌头》：

> 昵昵儿女语，灯火夜微明。恩怨尔汝来去，弹指泪如声。忽变轩昂勇士，一鼓填然作气，千里不留行。回首暮云远，飞絮搅青冥。　众禽里，真彩凤，独不鸣。跻攀寸步千险，一落百寻轻。烦子指间风雨，置我肠中冰炭，起坐不能平。推手从归去，无泪与君倾。

则全檃栝韩愈《听颖师弹琴》诗：

昵昵儿女语。恩怨相尔汝。

划然变轩昂。勇士赴敌场。

浮云柳絮无根蒂，天地阔远随飞扬。

喧啾百鸟群，忽见孤凤凰。

跻攀分寸不可上，失势一落千丈强。

嗟余有两耳，未省听丝篁。

自闻颖师弹，起坐在一旁。

推手遽止之，湿衣泪滂滂。

颖乎尔诚能，无以冰炭置我肠。

南宋大儒朱熹的《水调歌头·隐栝杜牧之齐山诗》：

江水浸云影，鸿雁欲南飞。携壶结客，何处空翠渺烟霏。尘世难逢一笑，况有紫萸黄菊，堪插满头归。风景今朝是，身世昔人非。　　酬佳节，需酩酊，莫相违。人生如寄，何事辛苦怨斜晖。无尽今来古往，多少春花秋月，那更有危机。与问牛山客，何必独沾衣。

词题已明确，是隐栝唐代诗人杜牧的名作《九日齐山登高》：

江涵秋影雁初飞。与客携壶上翠微。

尘世难逢开口笑，菊花须插满头归。

但将酩酊酬佳节，不作登临恨落晖。

古往今来只如此，牛山何必独沾衣。

　　广义的檃栝，则指化用诗语入词。陈振孙《直斋书录解题》说："美成词多用唐人诗语，檃栝入律，浑然天成。"张炎《词源》说："美成词只当看浑成处，于软媚中有气魄，采唐诗融化如自己出。"贺裳《皱水轩词筌》说："词家多翻诗意入词，虽名流不免。"王士禛《花草蒙拾》更明确指出："词中佳语，多从诗出。如顾太尉'蝉吟人静，斜日傍、小窗明'，毛司徒'夕阳低映小窗明'，皆本黄奴'夕阳如有意，偏傍小窗明'。若苏东坡之'与客携壶上翠微'，贺东山之'秋尽江南草未凋'，皆文人偶然游戏，非向《樊川集》中作贼。"

　　全引前人诗语入词，不能叫作檃栝。檃栝是要将前人诗句加以裁剪，或增字、或减字、或改字。如周邦彦《瑞龙吟》"事与孤鸿去"，取杜牧诗"事逐孤鸿去"易一字；《少年游》"春色在桃枝"，取林逋诗"春色在桃蹊"易一字；《渔家傲》之"黄鹂久住如相识"，取戎昱诗"黄莺久住如相识"易一字。又如姜夔《淡黄柳》之"怕梨花落尽成秋色"，取李贺诗"梨花落尽成秋苑"易一字[1]。

　　檃栝尤以能产生新的意境为佳。秦观《满庭芳》"斜阳外，

----

① 见詹安泰：《詹安泰词学论集》。

寒鸦数点，流水绕孤村"，是从隋炀帝《野望》诗融化而出——
"寒鸦飞数点，流水绕孤村。斜阳欲落处，一望黯销魂。"但杨
广的诗不仅把"寒鸦""流水"以五言化为两景，而且"斜阳欲
落处"与前两景又不能形成浑然一片的境界，结句"一望黯销
魂"下语浅直；不如少游词，用长短句错落，三景合为一景，
且含蓄蕴藉，更耐寻绎。

骦栝诗语入词，最佳者莫如周美成《西河·金陵怀古》：

> 佳丽地。南朝盛事谁记。山围故国绕清江，髻鬟对起。
> 怒涛寂寞打孤城，风樯遥渡天际。　　断崖树，犹倒倚，
> 莫愁艇子曾系。空馀旧迹郁苍苍，雾沉半垒。夜深月过女
> 墙来，伤心东望淮水。　　酒旗戏鼓甚处市。想依稀、王
> 谢邻里。燕子不知何世。向寻常、巷陌人家相对。如说兴
> 亡斜阳里。

此词骦栝刘禹锡《金陵五题》之《石头城》："山围故国周
遭在，潮打空城寂寞回。淮水东边旧时月，夜深还过女墙来。"
及《乌衣巷》："朱雀桥边野草花。乌衣巷口夕阳斜。旧时王谢
堂前燕，飞入寻常百姓家。"同诗的意象的空灵隽永相比，词的
意象要细腻繁复了许多。对比刘诗与周词，对词之不同于诗的
体性，当更有体悟。在古人的文学观念中，骦栝诗语入词，是一
种很高明的写作手法，不过，更高明的词体写作手法却是寄托。

张惠言《词选·序》云：

> 词者，盖出于唐之诗人。采乐府之音以制新律，因系其词，故曰词。《传》曰："意内而言外谓之词。"其缘情造端，兴于微言，以相感动，极命风谣里巷，男女哀乐，以道贤人君子、幽约怨悱不能自言之情，低徊要眇，以喻其致，盖诗之比兴，变风之义，骚人之歌，则近之矣。

词的寄托，便如诗的比兴，就是要有"言在此而意在彼"的内蕴，表面上看是写风谣里巷男女哀乐，实际上喻指贤人君子幽约怨悱不能自言之情。历代大词人，正是借伤春怨别的外壳，以表现他们的幽约怨悱不便直言的政治情感。于是词境一转为深，更富深美闳约之旨，以醇厚沉着为其底色，也就更耐人咀嚼。这就是前人所谓的"寄托"。

水调歌头丙辰中秋，欢饮达旦，大醉，作此篇，兼怀子由。

明月几时有，把酒问青天。不知天上宫阙，今夕是何年。我欲乘风归去，又恐琼楼玉宇，高处不胜寒。起舞弄清影，何似在人间。　　转朱阁，低绮户，照无眠。不应有恨，何事长向别时圆。人有悲欢离合，月有阴晴圆缺，此事古难全。但愿人长久，千里共婵娟。

这是一首千古名作。表面上看，这首词是写中秋饮宴，怀念弟弟苏子由，实际上，这首词的主旨是在上片，下片只是"兼怀子由"，是作者偶然兴到之笔。据杨湜《古今词话》记载："神宗读'琼楼玉宇，高处不胜寒'，乃叹曰：'苏轼终是爱君。'乃命量移汝州。"今人受王国维、胡适辈影响，对寄托说第一是怀疑，第二是不信，还提出理由说，苏轼移汝州在谪黄州之后，而此词作于谪黄州之前几年，因此这个记载不可信。但杨湜的记载并没有说苏词一出，神宗就已读到，何以就不可能是在苏轼谪黄州后，神宗才读到这首词呢？

那么这首词究竟有什么深意，宋神宗读后会认为苏轼"终是爱君"呢？这得从词的小序说起。丙辰是熙宁九年，苏轼于熙宁七年五月受令移密州，到丙辰的次年，也就是丁巳年四月，他就三年任满该回朝候铨了。而子由于丙辰年十月即在齐州任满将回京候铨。所以，他在这个和同僚欢饮于超然台的中秋之夜，想到他们兄弟俩明年的出处。就在这个夜晚，他还写了《和鲁人孔周翰题诗二首》，其二云："更邀明月说明年。记取孤吟孟浩然。此去宦游如传舍，拣枝惊鹊几时眠。"足以证明他当时望月兴慨的是"明年""宦游"的出处。"不知天上宫阙，今夕是何年"，意谓不知现在朝廷的政治情况如何了，"我欲乘风归去，又恐琼楼玉宇，高处不胜寒"，意谓"我虽然想回朝廷去，参加政治活动，但恐怕朝廷中空气还很寒冷，不是我所能容身的"。"何似在人间"，即何如在人间，意谓我还不如以在野之身，饮酒玩月。词曰"乘风归去"，此风，不是自然界的风，而是一股政治暖流。当时的神宗开始怀疑新法，厌弃新党，思恋旧臣，苏轼已经感觉到这一点，所以才会有这样的绝妙的比兴手段。神宗读此词后，认为苏轼贬黜在外五六年而无怨恨，仍思返朝辅弼，故许以"终是爱君"①。

词用寄托，是为了在表现更深广的情感的同时，尽量不损害词体本来的美感。刘熙载《词概》云：

> 词以不犯本位为高。东坡《满庭芳》"老去君恩未报，空回首、弹铗悲歌"，语诚慷慨，然不若《水调歌头》"我欲乘风归去，又恐琼楼玉宇，高处不胜寒"，尤觉空灵蕴藉。

这里说的"不犯本位"，就是张惠言说的"低徊要眇以喻其致"。苏轼的《念奴娇·赤壁怀古》就犯了本位，终不如这首中秋词《水调歌头》含蓄婉约，令人寻绎无穷。

他的另一首《蝶恋花》词，也是有寄托的作品：

> 花褪残红青杏小。燕子飞时，绿水人家绕。枝上柳绵吹又少。天涯何处无芳草。　　墙里秋千墙外道。墙外行

---

① 此用施蛰存、金国永先生的评述。见傅庚生、傅光编：《百家唐宋词新话》，四川文艺出版社，1989年，第168—169页。

人，墙里佳人笑。笑渐不闻声渐悄。多情却被无情恼。

《冷斋夜话》载："东坡渡海，惟朝云王氏随行，日诵'枝上柳绵'二句，病极，犹不释口，东坡作《西江月》悼之。"《林下词谈》亦曰："子瞻在惠州，与朝云闲坐，时青女初至，落木萧萧，凄然有悲秋之意。命朝云把大白，唱'花褪残红'。朝云歌喉将啭，泪落衣襟。子瞻诘其故，答曰：'吾所不能歌，是枝上柳绵吹又少。天涯何处无芳草也。'子瞻翻然大笑曰：'是吾正悲秋，而汝又伤春矣。'遂罢。朝云不久抱疾而亡，子瞻终身不复歌此词。"根据以上二则故事，可见"枝上柳绵"是此词关键。"天涯何处无芳草"，出自《离骚》："勉远逝而无狐疑兮，孰求美而释汝。何所独无芳草兮，尔何怀乎故宇。""天涯何处无芳草"，意即指词人不能忘怀故宇。"墙内佳人"，指最高统治者。"墙外行人"，即指词人自己。自幼奋厉有天下志的苏轼，对墙内的佳人一往情深，忠贞不二，而最终却被冷落在一堵高墙之外，四顾茫然，无所归宿，连一线渺茫的希望也没有了。这就是使得朝云悲从中来，泣不成声的原因所在[1]。

历来"苏、辛"并称，我们读辛词的大多数名作，并不感到其"豪放"，却总能感到沉郁悲凉，有一唱三叹之意，就是因为稼轩是善用寄托的高手。下面我们就看看他的两首作品。

---

[1] 此用庆振轩先生的评述。见傅庚生、傅光编：《百家唐宋词新话》，第191页。

摸鱼儿淳熙己亥，自湖北漕移湖南，同官王正之置酒小山亭，为赋。

更能消、几番风雨。匆匆春又归去。惜春长恨花开早，何况落红无数。春且住。见说道、天涯芳草迷归路。怨春不语。算只有殷勤，画檐蛛网，尽日惹飞絮。　　长门事，准拟佳期又误。蛾眉曾有人妒。千金纵买相如赋。脉脉此情谁诉。君莫舞。君不见、玉环飞燕皆尘土。闲愁最苦。休去倚危楼，斜阳正在，烟柳断肠处。

据罗大经《鹤林玉露》卷一：

　　辛幼安晚春词"更能消几番风雨"云云，词意殊怨。"斜阳烟柳"之句，其与"未须愁日暮，天际乍轻阴"者异矣。使在汉唐时，宁不贾种豆种桃之祸哉？愚闻寿皇见此词，颇不悦，然终不加罪，可谓至德也已。

"寿皇"是宋孝宗，何以他在读了辛弃疾的这首词后会感到不悦？即因宋孝宗看懂了辛词的寄托。

词的上阕，层层转折，层层深入。春光是短暂的，谁想留住春光，也都是不现实的。然而，他所感慨的并不是自然的春天，而是南宋朝廷仅有的一点励精图治的气象也一去无踪了。

词的下片用的典故，正和屈原用"香草""美人"指代君子，用"萧艾""恶草"指代小人一样。汉武帝皇后陈阿娇因失宠居在长门宫，于是用黄金百斤请司马相如作赋，以挽回汉武帝的心意。所谓"长门事，准拟佳期又误。蛾眉曾有人妒。千金纵买相如赋，脉脉此情谁诉"，意即皇帝本来对主战派有些意思，但因为主和的小人进谗，还是不能实现其抱负。词人又劈空一笔，对筵前的歌伎说道："你别再跳舞了！你没看见吗？即使是杨玉环、赵飞燕这样的绝代佳人，最终也只落得凄惨的下场，到今天都化为了尘土。"此处用"玉环飞燕"，既是感慨筵前歌伎青春易逝，美丽不常，亦深有自伤之意。

结句是让宋孝宗看了最不高兴的地方。"斜阳"，指的正是皇帝。此句意为：不要去倚在那高楼的栏干上，因为一倚栏就会看到，斜阳正在烟柳断肠的地方宴安享乐呢！"断肠"，在这里并不是伤心的意思，而是指令人销魂荡魄①。

一个看似伤春的主题，却承载了那么深邃的意旨。词有寄托，的确是高妙无比的境界，这远不是王国维标举的"自然之境"所能企及的。

汉宫春·立春日

春已归来，看美人头上，袅袅春幡。无端风雨，未肯收尽馀寒。年时燕子，料今宵、梦到西园。浑未办、黄柑荐酒，更传青韭堆盘。　　却笑东风从此，便熏梅染柳，

---

① 此用刘逸生先生说。见刘逸生：《宋词小札》，广东人民出版社，1981年。

更没些闲。闲时又来镜里，转变朱颜。清愁不断，问何人、会解连环。生怕见、花开花落，朝来塞雁先还。

这是辛弃疾词中最怨怒的一首。周济在《宋四家词选》里这样评述：

"春幡"九字，情景已极不堪。燕子犹记年时好梦，"黄柑""青韭"，极写燕安鸩毒。换头又提到党祸；结用"雁"与"燕"激射，却捎带五国城旧恨。辛词之怨，未有甚于此者。

龙榆生先生解释说：

把周济的话说得更明白些，一开首就是指斥那批奸佞之徒，听到和议告成，就个个自鸣得意，打扮得妖妖俏俏的，一味迷惑观听，可惜的是，敌人是贪得无厌的，得寸进尺，还会使你不能安枕。"年时燕子"二句，包括徽、钦二帝和一切沦陷区的老百姓在内，也是陆游诗所谓"遗民泪尽胡尘里，南望王师又一年"的意思。"黄柑"二句借用民间立春的事，暗指南渡君臣荒于酒食，不肯想到"馀寒"的可怕。过片"却笑东风从此"三句，极写那批小人怎样忙着粉饰太平，荧惑上听。"闲时"以下十字，写他们没得正经事可干时，又只用尽心机来陷害忠良，催逼得仁人志士们"白发横生，惟忧用老"。"清愁"二句，可和《祝英台近》的"是他春带愁来，春归何处，却不解带将愁去"参互体察。结笔"塞雁先还"，正和开端"袅袅春幡"遥相激射。丧心病狂之辈，对敌国外患熟视无睹，彼且为之奈何哉！①

词到南宋，寄托词就多了起来，其中成就最高的，则是宋末的王沂孙。他的《齐天乐·咏蝉》云：

> 一襟馀恨宫魂断，年年翠阴庭树。乍咽凉柯，还移暗叶，重把离愁深诉。西窗过雨。怪瑶佩流空，玉筝调柱。镜里妆残，为谁娇鬓尚如许。　铜仙铅泪似洗，叹移盘去远，难贮零露。病翼惊秋，枯形阅世，消得斜阳几度。馀音更苦。甚独抱清高，顿成凄楚。谩想薰风，柳丝千万缕。

这是一首著名的寄托亡国之惨的词。据说齐国有一个宫女，因为受到冤屈，非常愤恨，自杀后化为蝉，抱树而鸣，故蝉又名齐女。此词第一句，即用其典。"乍咽凉柯，还移暗叶"，是暗喻战乱中人民播迁之苦。"西窗过雨。怪瑶佩流空，玉筝调

---

①龙榆生：《词学十讲》，第172页。

柱"三句，是说敌骑暂退，令人惊诧的是这些君臣竟能醉生梦死，燕安如故。"镜里妆残，为谁娇鬟尚如许"是从蝉的形状着笔。据崔豹《古今注》，魏文帝宫人莫琼枝"制蝉鬓，缥缈如蝉翼"。这几句意思是，如今已是残破满眼的时候了，你怎么还能梳着这么好看的鬓发呢？这里指的是一帮君臣全无心肝。

过片三句，谓魏明帝迁铜人、承露盘等汉时旧物，移至洛阳，铜人潸然泪下之事。李贺诗《金铜仙人辞汉歌》云："空将汉月出宫门，忆君清泪如铅水。""铜仙铅泪似洗"，就是从李贺的诗化出。这三句，是指宋室沦亡，宗器重宝均被迁夺。"病翼惊秋，枯形阅世，消得斜阳几度"这三句转到自己身上，说我终年多病，身形枯槁，还有多少日子可活呢？表面上是写蝉，实际上借蝉写自己，写得真有无限的凄怆。"馀音更苦"以下，也都是作者苦难心灵的写照，蝉的活动时间主要是夏天，到了秋天，它的生命也就不长久了，故曰馀音。"独抱清高"，是指有几个人像我一样哀叹亡国呢？"谩想薰风，柳丝千万缕"，到了这个时候，蝉儿徒然追忆从前夏日的风吹拂千万缕的柳丝，那种太平盛世，是一去不回了。从"病翼惊秋"以下，词人与所咏蝉儿物我同一，极尽沉郁之致。

王沂孙是清代常州词派所宗奉的对象，常州词派是重寄托的。清代浙西词派主清空，推崇姜白石、张玉田。但实际上，张炎也是寄托的高手。他的理论著作《词源》只标举清空，而不说寄托，可能是因为身处异族统治之下，为免贾祸，故不得不有所隐晦。其《高阳台·西湖春感》就是一首有寄托的名作：

高阳台·西湖春感

接叶巢莺，平波卷絮，断桥斜日归船。能几番游，看花又是明年。东风且伴蔷薇住，到蔷薇、春已堪怜。更凄然，万绿西泠，一抹荒烟。　　当年燕子知何处，但苔深韦曲，草暗斜川。见说新愁，如今也到鸥边。无心再续笙歌梦，掩重门、浅醉闲眠。莫开帘，怕见飞花，怕听啼鹃。

此词乍看过去，只是寻常伤春之感，但词人在过片处着一句"当年燕子知何处"，暗用刘禹锡《乌衣巷》"旧时王谢堂前燕，飞入寻常百姓家"之意，便知词人实有沧桑易代之际的身世之感、家国之痛。"韦曲"是唐代长安的名胜之地，"斜川"是陶潜为斜川之会，以示不忘东晋的地方，二地皆有缅怀故国之意。如果没有这三句，词的通篇也只是伤春之意，有了这三句，那些伤春的句子，也就更加沉哀动人。

再如下面这首词：

解连环·孤雁

楚江空晚。恨离群万里，恍然惊散。自顾影、欲下寒塘，正沙净草枯，水平天远。写不成书，只寄得、相思一点。料因循误了，残毡拥雪，故人心眼。　　谁怜旅愁荏茑。谩长门夜悄，锦筝弹怨。想伴侣、犹宿芦花，也曾念春前，去程应转。暮雨相呼，怕蓦地、玉关重见。未羞他、双燕归来，画帘半卷。

这是一首咏物词，张炎曾因其中"写不成书，只寄得、相思一点"这个新警的借喻，而博得"张孤雁"的美称。学者如只学此种，极易落入纤巧，这首词需要学习它工于寄托的地方。从表面上看，这首词只是用了很多与雁、孤雁相关的典故，实际上，"料因循误了，残毡拥雪，故人心眼"三句已点明，词人是在表达对残毡拥雪的羁留北地的"故人"的怀念。《汉书·苏武传》里说，苏武出使匈奴，因不肯降，被幽困在大窖里，不给饮食。正逢下大雪，苏武就着雪与毡毛一并吞咽，数日不死。汉昭帝即位数年后，匈奴与汉和亲。汉的使者要求放还苏武等人，匈奴诡言苏武已死。后来汉使又一次到匈奴，有一个叫常惠的人教使者对单于说，汉昭帝在上林苑射猎，得雁，足系帛书，言武等在某泽中。使者如其言，苏武这才得以放还。张炎特意选择这样一个有特定意旨的与雁有关的典故，是有其深意的。原来，当时元朝的丞相伯颜把宋恭帝和他的生身母亲全太后以及宫里面的乐师、太监、妃子，全部掳掠北上到大都，而谢太后因为得病，暂时留在了临安，后来也被迫去了大都。这首词是用孤雁比喻谢太后，所以里面说"怕蓦地、玉关重见"。她很担心与全太后等人一样，到了北边就成了奴隶。因为是代谢太后立言，故而过片正用"长门夜悄"予以烘托。

最后，我们来看看清代大词人蒋鹿潭的一首词：

踏莎行·癸丑三月赋

叠砌苔深，遮窗松密。无人小院纤尘隔。斜阳双燕欲归来，卷帘错放杨花入。　　蝶怨香迟，莺嫌语涩。老红吹尽春无力。东风一夜转平芜，可怜愁满江南北。

这首词，平平读来，似乎是寻常哀时伤春之作。但实际上，这首词却是写的癸丑三月南京陷于太平军这一重大历史事件。词中没有任何"战马""角声""丽谯"这类的字眼，但通过题序，我们却可以恍然知道，原来这是一首艺术水平极为高明的寄托之作。"斜阳""老红"，都是感慨清王朝已经日薄西山，"斜阳双燕欲归来，卷帘错放杨花入"，本来盼着双燕归来，结果颠狂的杨花来了，喻指太平军攻下了南京。这样的手法，远比直接叙写来得深婉多致。我的老师、著名新诗评论家蓝棣之先生说过："诗人的天分百分之九十在比喻。"对于词人来说，善用寄托，就是他最主要的天分。

第四编　结语

第十七章　诗词的当代命运

　　近代中国经"秦汉以来未有"之大变局，纲纪废弛，礼乐云亡。西风东渐，与中国固有之文明相磨荡，一时竺旧之士，斥西学为异端；趋新之徒，攻儒孔若仇雠。中行之人，冀为综融中西，富民强国之努力；偏执之辈，则自暴自弃，以为中国无一事如人，若要中国富强，非将吾国一切历史文化芟夷干净，不能有真正进步。新文化运动倡导白话，尊美国诗人惠特曼自由体诗歌为鼻祖，以"新"自居，称诗词为"旧体"，称诗人词人为"骸骨迷恋"，即是此种心理之反映。实则彼辈所谓"新诗"，不过是一种从西方来的移植文体，而被称为"旧体诗词"的诗和词，才是真正具有民族气概，能反映民族品格的诗体。有人说"旧体诗词"不宜在青年中提倡，因为它"既束缚思想，又不易学"，其深层来源，正是新文化运动。

　　中国古代，从未发生过一种文体产生，就要全面否定、彻底打倒从前文体的状况。今体诗产生，人们把从前的诸种诗体统称作"古体诗"，词之初兴，是名"诗馀"，曲之滥觞，乃曰"词馀"，父传子递，血脉相连。古人深深知道：没有"古"，便没有"今"，"古"中蕴"今"，"今"中存"古"，"古"与"今"是不可割裂的一个完整的传统。以"新"自命，把历史传承的诗体称作"旧体"，必然会导致中国文脉的断裂。

因此，诗词不该再被冠以"旧体"这样一个贬义的名称，它的最恰当的名字应该是"国诗"①。所谓国诗，就是以**文言词汇为基本词汇，以平水韵声韵体系为其基础语音，以表现高贵的人文精神与高雅的审美情趣为旨归的具有严格而稳定的韵律的文体。**

国诗以文言词汇为基本词汇。孔子说，言之无文，行而不远。日常口语总是在时时变化的，但文言文却是相对稳定的。今天我们读先秦的文言文，都不会在理解上有很大的问题，但是读后世一些用白话记载的书籍，反而要艰深得多。说的话和写的文章采用不一样的语言，这是中国文化的一大特色，也是中国文化能够传承至今，一直不曾中断的重要原因之一。用通篇白话写诗，自古以来就无成功者。胡适的《尝试集》中，有不少是用旧体诗的形式，但采用白话词汇的作品，那些诗作未

---

① 说详徐晋如：《国诗刍议》，《缀石轩论诗杂著》，海南出版社，2011年，第93–119页。

尝不小有诗味，但终病于浅薄伦俗，就是因为国诗那精练的句式，只适于精练的文言。唐代的杜甫是一位很有革新精神的诗人，他的诗中用了不少当时的俗语，但他用俗语，只是在某些地方稍加点缀，绝不会妨碍到整首诗高古雄浑的气质。即使是一百年前"诗界革命"的主将黄遵宪，其诗中用了一些新名词、写了些新事物，也还是点缀，全首诗仍都是文言。不像今人，写国诗通篇用白话，那样写出来的绝不是国诗，而是莲花落。比如下面这两首：

　　　　我举头张望，窗前结着冰。夜幽深恍惚，远近点宫灯。

　　　　这时谁想到，鸟贴着星空。四处蓝光溅，天沉醉酒中。

　　从平仄上讲，这两首作品完全符合五言近体绝句的要求，然而，这种用白话文写成的文体，除了给人以怪诞之感，不能有别的价值。再来看下面这首：

　　　　有块石头潮湿了，滋生某种霉斑。火炉烧烤水循环。死灰沉淀处，分裂那张船。　　光影参差流幻影，一双彩蝶翩翩。鲜花烂漫是春天。偶然来个我，弥散在炊烟。

　　作者标明是一首词，词牌名是临江仙。的确，从平仄押韵来说，完全符合临江仙的词律，但是，其中的语汇、情感都不是属于国诗的，它是徒有词之名，却没有词之实的一种文体。学者作诗填词时，万不可堕入此种情形，一旦走上这条路，一辈子也不可能写出好诗词。

国诗又须以平水韵声韵体系为其基础语音。 反对平水韵的论者认为，今天的语音与唐代产生了巨大的变化，因此，平水韵已经不适应今天的语音，所以必须打倒。这是对音韵学一无所知的人才会犯的常识性的错误。平水韵自隋代《切韵》发展而来，《切韵》从来就不是任何一种现实语音体系的模拟，而是根据"古今方国"之音——比隋代更古的时代的读音和隋代当时各地的方音，参酌异同，折衷于一的虚拟语音体系。在中国历史上，从来没有哪一个朝代、哪一个地区的现实语音与《切韵》音系完全一致。中国人作诗，不但言文分离，在语音上也是分离的。这就好像京剧所用的韵白，它不是任何一个地方的方言，但它是一切京剧演员在念白中所遵循的典范。一千多年来，国诗都是以平水韵声韵系统作为基础语音，今日作诗不依平水韵，填词不依《词林正韵》，就不能上接这一光辉灿烂的文化传统。京剧演员，为了能够演出京剧，要通过反覆的训练，去掌握韵白的声韵系统。学习国诗者，为什么就不能通过反覆的训练，去掌握平水韵呢？不肯去掌握平水韵，反而要打倒平水韵，其实是在潜意识里对学习、对知识存在着排斥情绪，是一种懒汉加无赖的思想。

从 20 世纪初梁启超提出"诗界革命"的概念，一百多年来，对国诗持"改革""发展"态度的人士逐渐把持了舆论，而对国诗持维护、存粹态度的人却被斥为"保守""落后"。但是，保守并不就是落后，激进也并不等于代表正确的方向，任何时候，彻底否定传统的变革都不可能取得成功，这是被中外历史所反覆证明了的真理。

改革派的第一个主张是国诗必须反映当代生活，要有"时代气息"。这种论调的提出者，不但不懂国诗，也不懂中国文学。从孔子倡导"为己之学"以来，中国文学的主流就是"为己"的，只有表现心灵的著作，才是"为己之学"。即使文学中大量地描写了社会生活，也还是为表现心灵服务。"时代气息"，体现在人的内心，而不是体现在社会生活的变动。古人歌颂殉节的烈女，今人则对她们寄以人本主义的同情，古人鼓吹忠君，今人则强调独立自由，这就是"时代气息"。

改革派的第二个主张就是国诗必须要放宽用韵，尤其要取消入声字。汉语中平上去入四声，平、上、去是调值，是声音的高下，而入声则是调长，是声音的长短。高下相形、长短相间，构成了汉语独特的音韵之美。今普通话没有入声，使得汉语仅有声音的高下而没有声音的长短，发音单调。不仅如此，古人押入声韵的古体诗和词，本来音节短促，用以诵读极有韵味，而今天用普通话来念，就会韵味全无。大体说来，南方的浙、闽、粤（包括客家话）全境，江苏大部及湘、鄂、川部分地区，都还保留有入声，即使是北方话中，以山西为中心，包括陕西、甘肃、河南、内蒙古的部分地区，入声也未消失。更何况，海外华人诗家，其祖籍大多在华东、华南，作诗无不用入声，保存入声，也有文化认同的因素。因此，今日诗界的当务之急，不是取消入声，而是要尽快创制出一套专供吟诵采用的语音体系，对平水韵的韵字进行拟音，保留全部入声，就像京剧韵白那样，成为国诗写作者必须掌握和信守的标准。

改革派的第三个主张是反对用典。其实，无论是在中国还是在西方，用典都是一种很重要的修辞手段。西方大诗人但丁、弥尔顿的作品典实满纸，马克思、恩格斯的文章中，也经常用古希腊神话、《圣经》、莎士比亚戏剧里面的典故。要在国诗那么精短的篇幅内，表达尽量多的意蕴，用典必不可少。用典和白描，是文学创作的两种不同的方法，本无所谓优劣之分，但今人却恨不能一个典故不用，只要大白话。这无非是懒得读书，不愿去掌握博大精深的中华文化罢了。

国诗，不仅是中华民族所特有的诗歌文体，也是最可宝贵的非物质文化遗产。对于它的形式，要像保护古琴、保护昆曲一样，绝不能胡乱变动。当然，国诗毕竟是为着吟咏情性，因此，它就必须要反映出诗人不同于古人的人文精神。只有这样，国诗才能有持久的生命力，否则就只能是古人的附庸。

在国诗中反映出今人的人文精神，这一观念最早是由梁启超提出来的。他在举了黄遵宪、蒋智由、夏曾佑等人采用新事物、新语句入诗的尝试之后，指出：

> 然以上所举诸家，皆片鳞只甲，未能确然成一家言。
> 且其所谓欧洲意境、语句，多物质上琐碎粗疏者，于精神
> 思想上未有之也。虽然，即以学界论之，欧洲之真精神、
> 真思想，尚且未输入中国，况于诗界乎？此固不足怪也。
> 吾虽不能诗，惟将竭力输入欧洲之精神思想，以供来者之
> 诗料可乎？

梁启超毕竟是梁启超，他的确具有一般诗论家所不具备的
卓越的眼光和哲理的高度。他指明，国诗要发展，光是用新事
物、新语句入诗是没有用的。真正需要变革的并不是国诗，而
是诗人本身。只有诗人的人格进步了，国诗才能获得真正的革
命。也就是说，要想写好国诗，就得在人格上演进成现代知识
分子。

那么，什么是现代知识分子的人格？梁启超认为，当于欧
洲之真精神、真思想中求之[1]。近世以来，关于中西文化异同分
别的论述汗牛充栋，无数仁人志士，更是舍身取义，以血殉道，
然而文化偏至，社会主流接受的是西方文艺复兴以后培根的唯
物质论和卢梭的情感放纵论，以物质的极大丰富为人生幸福之

---

[1] 梁启超：《新大陆游记节录》，中华书局，2015年，第190页。

根源，把情感放纵当作实现快乐的途径，崇尚竞争，鄙弃道德，"泼洗澡水连澡盆里的孩子一起倒掉"，举凡中国一切伦理道德、风俗文化，皆在扫除之列。率兽食人，莫此为甚。不知欧洲之真精神、真思想植根古希腊传统，承接基督教文明，以精神世界的超拔向上为人生终极境界，以节制的道德为幸福根源。欧洲之真精神、真思想，是崇尚自由，主张个人权利的人本主义情怀，同时也是崇尚自律、追求适度的人文主义精神。人本主义者认为，社会的进步最终体现为每一个个人的自由与幸福的实现，每一个个人在社会中各有其位、各有其权也各守其分。在人本主义者看来，自由是一切价值当中最有价值的价值，而人文主义则强调自由有其边界，宜在群己的分际中寻得中道，更应重视传统，崇尚贵族精神，"阐旧邦以新命"，在继承传统的基础上求得新变。当然，现代知识分子的涵义所涉及的面是相当广泛的，这就需要诗人站在巨人的肩膀上，汲取前人优秀的思想精髓，形成自己独立思考的能力。

梁启超的论说以学习西方为学术旨归。但实际上，中国文化并非孤立于世界文明的三家村，中国文化里本就闪烁着普世价值的光辉。孔子所说的"从心所欲不逾矩"本就是自由的最好定义；一部《中庸》，更是对自由最详备、最明切的界说。只是，经历代统治者的残酷打压与蓄意改造，也加上后世俗儒的曲意逢迎，提倡帝王与士大夫共治天下的真儒迭遭迫害，人心日增桎梏，这才需要在外来文明的对撞中观其会通，重新发现中国的自由传统。

因此，西学东渐对中国既是挑战更是机遇。从清末开始，在较长的历史时期内，中国人在学习西方的道路上吃尽苦头，历尽坎坷，然而亡羊补牢，犹为未晚。只要重新认识中国文化传统尤其是儒学的真价值，取之与西方现代文明相参证、相发明，我们仍将会为世界文明作出伟大的贡献。贞下起元，否极泰来，或即其时也。

百年来，国诗的创作正是走的存古而通新的道路。按照其诗与西学或曰新学的关系而言，可分四途：

一、表现中国固有之精神思想者
二、中体西用，阐旧邦以新命者
三、信膺卢梭，持民粹思想者
四、表现纯粹西方之精神思想者

其表现中国固有之精神思想者，因应时代风云，而自以其诗纪其心灵。情感、思想皆是传统的，然而其所处之世，已与古时大不相同，故亦成为新时代之诗。兹派如近世"同光体"诗人，学汉魏六朝、学中晚唐的诗人，因国家之不幸，而成沉郁之诗文，可不具论。

其信膺卢梭，持民粹思想者，则皆有乌托邦之理想，所得者非欧洲之真思想、真精神可明。兹派滥觞者是"诗界革命三杰"之一的蒋智由，他晚年深悔少作，甚至尽焚其稿。南社的高旭、柳亚子、马君武、苏曼殊，新文化健将陈独秀、鲁迅、胡适，这些人的诗都属于此类。"文化大革命"结束后，有九位老诗家合刊其集曰《倾盖集》，他们的诗正是这一派的流波馀绪，而聂绀弩之影响尤巨。但这派诗人，其思想既以崇尚民粹、反对传统为底色，其诗则终非正道。其中天才荦确如陈独秀者，把悲剧情怀、英雄主义精神驱驰笔下，如《夜雨狂歌答沈二》：

> 黑云压地地裂口。飞龙倒海势蚴蟉。
> 喝日退避雷师吼。两脚踏破九州九。
> 九州嚚隘聚群丑。灵琐高扃立玉狗。
> 烛龙老死夜深黝。伯强拍手满地走。
> 竹斑未泯帝骨朽。来此浮山去已久。
> 雪峰东奔朝岣嵝。江上狂夫碎白首。
> 笔底寒潮撼星斗。感君意气进君酒。
> 滴血写诗报良友。天雨金粟泣鬼母。
> 黑风吹海绝地纽。羿与康回笑握手。

诗歌激荡着摧枯拉朽般的伟力。

中体西用、阐旧邦以新命的诗人，都是宗奉儒家而又颇具西学根砥的学人。这一派诗人的作品洋溢着现代启蒙精神、自由民主意识，但他们的精神质地，却依然是士夫弘毅担道之心、儒生治国平天下之志。如诗界革命魁杰黄遵宪的《病中纪梦述寄梁任父》：

> 人言廿世纪。无复容帝制。
> 举世趋大同，度势有必至。
> 怀刺久磨灭，惜哉我老矣。
> 日去不可追，河清究难俟。
> 倘见德化成，愿缓须臾死。

再如陈寅恪先生始终保持着知识分子独立的人格与对历史的深刻洞察：

> 歌舞从来庆太平。而今战鼓尚争鸣。
> 审音知政关兴废，此是师涓枕上声。《歌舞》

> 虚经腐史意何如。溪刻阴森惨不舒。
> 竞作鲁论开卷语，说瓜千古笑秦儒。《经史》

> 厌读前人旧史编。岛夷索虏总纷然。
> 魏收沈约休相诮，同是生民在倒悬。《旧史》

他以文士的高标独立与史学家的深沉犀利，写出真正具有时代气息的诗，代表国诗发展正确方向的诗。

当代著名女词人丁宁，她的七阕《玉楼春》作于1957年：

冰霜销尽萍光转。绮陌清歌归缓缓。江南草长燕初飞，漠北沙寒春尚浅。　　柳枝袅娜同心绾。枝上流莺千百啭。齐将好语祝东风，地老天荒恩不断。

小桃未放春先勒。几日轻阴寒恻恻。梦中惜别泪犹温，醉里看花朱乱碧。　　鸣鸠檐外声偏急。云意沉沉天欲黑。呼晴唤雨两无成，却笑痴禽空着力。

石尤风紧腥波恶。鳞翼迢迢谁可托。任他贝锦自成章，岂忍隋珠轻弹雀。　　连朝急雨繁英落。过尽飞鸿春寂寞。休言花市在西邻，回首蓬山天一角。

当时常恐春光老。今日春来偏觉早。杜鹃啼罢鹧鸪啼，参透灵犀成一笑。　　怜他惠舌如簧巧。诉尽春愁愁未了。绿阴冉冉遍天涯，明岁花开春更好。

行人不畏征途苦。倾盖何劳相尔汝。幽情才谱惜分飞，密意先传胡旋舞。　　凄凉最是旗亭路。长记年时携手处。欢筵弹指即离筵，一曲骊歌谁是主。

雨云翻覆桃呼李。暮四朝三惟自熹。欣看红粟趁潮来，愁见雁行随地起。　　离群独往由今始。带砺河山从此已。几回含笑向秋风，心事悠悠东逝水。

伯劳飞燕东西别。落日河梁风猎猎。纵教旧约变新仇，谁见新枝生旧叶。　　衷怀一似天边月。阅遍沧桑圆又缺。浮云枉自做阴晴，皎皎清辉常不灭。

词人用寄托的手法，表达了她对现实的深刻体认和对历史的深沉感喟，词语、手法都是那样的传统，而其思想境界却是那样的新。

由此可见，真正的时代气息只能来自诗人全新的人格，而全新的人格，正须诗人会通中西、综融百代，积学覃思，方能致之。

百年国诗，若单论革新之力，应首推21世纪初盛行于中文网络的"实验体"。唯兹派重思辨而轻缘情，诗中表现的是新诗中常见的对于存在、彼岸、荒谬性等问题的思考，转失国诗吟咏情性之旨。诗如《且兮》：

布幔寥落兮开一隙。吾与夜兮相溺。雨倏来而倏止，予荒芜以浅饰。时有美兮在室。相裸而视兮光仄仄。汝语吾，何寂寂。吾答，未汝识。汝之乳兮如蜜。汝之面容莫逆。吾莫与汝识。如春冬之对译。乃接枕而默默。犹希腊与哥特。布幔寥落兮开一隙。旦兮，在即。夜如败革。

词如《丙戌行香子》：

你是何人。我是何人。于初冬、立尽黄昏。苍城陌路，冷眼霜痕。共夜沉冥、影沉郁、梦沉沦。　欢者何因。悲者何因。枯风间、寂寂精魂。寒之甚矣，痛极如焚。乃果非真，情非爱，我非君。

虽用文言语汇，押平水韵，终非古人之诗。
业师陈汕斋先生指出：

新诗，生命在于"新"，绝对的新。形式、内容、意境都应该是全新的。那些所谓"向民歌学习""吸取旧诗精华"的赝品，在渊渟岳峙般传统诗歌面前，显得是何等卑微可笑。新诗应努力探索，走出一条独特的发展之道，它是属于青年的，属于未来的。旧诗，如同古琴、京剧那样，是一种传统，一种遗产，只能原封不动地保持下来。一些形式上的"改革"都只会损害它。"诗界革命"的失败，就是一个明证。诗魂，必须系于国魂。没有独立人格，没有忧患意识，没有自由思想，旧诗也就不可能葆有生命力。新

体，更须奇创；旧体，回归古雅。新诗与旧诗应分道扬镳而不是合流共济。《水云轩集序》

这是值得所有诗歌创作者认真思考的问题，不论你是作诗填词还是写新诗。

附录一　近体诗十六式

　　本书第五章总结的近体诗格律的规则是最便于掌握的。但为便于读者对照学习，这里还是附上传统的近体诗格律的十六种格式。不过，孤平、拗救等细微之处，还需要对照本书第五章的讲解。

　　诗谱中的符号意义为：○平、●仄、◎宜平可仄、◉宜仄可平、△平韵。

一　五绝（平起平收，首句押韵）

北风吹白云。万里渡河汾。心绪逢摇落，秋声不可闻。
◎○○●△　◉●●○△　◉●●○○　○○●●△

——苏颋《汾上惊秋》

二　五绝（仄起平收，首句押韵）

林暗草惊风。将军夜引弓。平明寻白羽，没在石棱中。

——卢纶《塞下曲》

三　五绝（仄起仄收，首句不押韵）

江碧鸟逾白，山青花欲燃。今春看又过，何日是归年。

——杜甫《绝句》

四　五绝（平起仄收，首句不押韵）

沅湘流不尽，屈子怨何深。日暮秋风起，萧萧枫树林。

——戴叔伦《题三闾大夫庙》

五　五律（平起平收，首句押韵）（此格唐人少见）

高楼月似霜。秋夜郁金堂。对坐弹卢女，同看舞凤凰。
少儿多送酒，小玉更焚香。结束平阳骑，明朝入建章。

——王维《奉和杨驸马六郎秋夜即事》

六　五律（仄起平收，首句押韵）

胡马大宛名。锋棱瘦骨成。竹批双耳峻，风入四蹄轻。
所向无空阔，真堪托死生。骁腾有如此，万里可横行。

——杜甫《房兵曹胡马》

七　五律（仄起仄收，首句不押韵）

毛女峰当户，日高头未梳。地侵山影扫，叶带露痕书。
松径僧寻药，沙泉鹤见鱼。一川风景好，恨不有吾庐。

——贾岛《送唐环归敷水庄》

八　五律（平起仄收，首句不押韵）

春风取花去，酬我以清阴。翳翳陂路静，交交园屋深。
床敷每小息，杖屦亦幽寻。惟有北山鸟，经过遗好音。

——王安石《牛山春晚即事》

九　七绝（平起平收，首句押韵）

朝辞白帝彩云间。千里江陵一日还。
两岸猿声啼不住，轻舟已过万重山。

——李白《早发白帝城》

十　七绝（仄起平收，首句押韵）

奉帚平明金殿开。且将团扇共徘徊。
玉颜不及寒鸦色，犹带昭阳日影来。

——王昌龄《长信秋词》

十一　七绝（仄起仄收，首句不押韵）

回乐峰前沙似雪，受降城外月如霜。

不知何处吹芦管，一夜征人尽望乡。

——李益《夜上受降城闻笛》

十二　七绝（平起仄收，首句不押韵）

雨中禁火空斋冷，江上流莺独坐听。
把酒看花想诸弟，杜陵寒食草青青。

——韦应物《寒食寄京师诸弟》

十三　七律（平起平收，首句押韵）

七千里外二毛人。十八滩头一叶身。
山忆喜欢劳远梦，地名惶恐泣孤臣。
长风吹客添帆腹，积雨浮舟减石鳞。
便合与官充水手，此生何止略知津。

——苏轼《八月七日初入赣过惶恐滩》

十四　七律（仄起平收，首句押韵）

清洛思君昼夜流。北归何日片帆收。
未生白发犹堪酒，垂上青云却佐州。
飞雪堆盘脍鱼腹，明珠论斗煮鸡头。
平生行乐自不恶，岂有竹西歌吹愁。

——黄庭坚《次韵王定国扬州见寄》

十五　七律（仄起仄收，首句不押韵）（此格唐人极少见）

岁暮阴阳催短景，天涯霜雪霁寒宵。
五更鼓角声悲壮，三峡星河影动摇。
野哭千家闻战伐，夷歌几处起渔樵。
卧龙跃马终黄土，人事音书漫寂寥。

——杜甫《阁夜》

十六　七律（平起仄收，首句不押韵）

痴儿了却公家事，快阁东西倚晚晴。
落木千山天远大，澄江一道月分明。
朱弦已为佳人绝，青眼聊因美酒横。
万里归船弄长笛，此心吾与白鸥盟。

——黄庭坚《登快阁》

附录二 词范

凡例

（一）本编以列举名作、指示学词途径为主，非专门词谱之作，故每调只收最通行之体，不收变格、涩体。

（二）本编收录作品以清词为主，间及明末及今世名家之作。盖以清词中兴，无论艺术成就还是思想内容，窃以为均过于宋词，复因时代相近，初学者易有所得。

（三）本编依作品字数多寡排列先后，字数少者见前，多者置后。

（四）本编以〇代表平声，●代表仄声，◎代表可平可仄。△代表平声韵，▲代表仄声韵，其有叠韵、夹韵、转韵处，用小字注明。

（五）本编于领字后以"／"标示。

（六）词的格律之形成，多参近体诗的平仄，凡合于近体诗平仄规律者即为律句，不合者则为拗句。凡律句，其可平可仄处略依近体诗的格律要求，而拗句则不可更移。

一　《忆江南》单调二十七字，五句三平韵

悲落叶，叶落落当春。岁岁叶飞还有叶，年年人去更无人。红带泪痕新。

——屈大均

二　《如梦令》单调三十三字，七句五仄韵、一叠韵

紫点红愁无绪。日暮春归甚处。春更不回头，撇下一天浓絮。春住。春住。叠韵颭了人家庭宇。

——龚自珍

三　《长相思》双调三十六字，前后段各四句三平韵、一叠韵

风之魂。雨之魂。并作巫山一段云。翩翩自绝尘。　　花一痕。月一痕。梦似来时却又分。双蛾淡欲颦。

——刘斯翰

四　《相见欢》双调三十六字，前段三句三平韵，后段四句两仄韵、两平韵

年年负却花期。过春时。只合安排愁绪送春归。　　梅花

雪。梨花月。_{夹仄韵}总相思。自是春来不觉去偏知。
　▲　　　○○▲　　　●○△　　　●○○●●○△

——张惠言

　五　《醉太平》双调三十八字，前后段各四句，四平韵

　无情有情。亲卿怨卿。楼头对数飘零。有／箫声笛声。
　○○●○　○○●○　○○●●○△　　　●○○●△

　灯青鬓青。愁醒梦醒。深宵醉倚云屏。听／长更短更。
　○○●○　○○●○　○○●●○△　　　●○○●△

——黄侃

　六　《生查子》双调四十字，前后段各四句，两仄韵

　薄醉不成乡，转觉春寒重。怨枕有谁同，夜夜和愁共。
　●●●○○　●●○○▲　●●●○○　●●○○▲

　梦好却如真，事往翻如梦。起立悄无言，残月生西弄。
　○●●○○　●●○○▲　●●●○○　○●○○▲

——彭孙遹

　七　《点绛唇》双调四十一字，前段四句三仄韵，后段五句四仄韵

　满眼韶华，东风惯是吹红去。几番烟雾。只有花难护。
　●●○○　○○●●○○▲　●○○▲　●●○○▲

　梦里相思，故国王孙路。春无主。杜鹃啼处。泪染胭脂雨。
　●●○○　●●○○▲　○○▲　●○○▲　●●○○▲

——陈子龙

　八　《浣溪沙》双调四十二字，前段三句三平韵，后段三句两平韵

　谁念西风独自凉。萧萧黄叶闭疏窗。沉思往事立残阳。
　○●○○●●△　○○○●●○△　○○●●●○△

　被酒莫惊春睡重，赌书消得泼茶香。当时只道是寻常。
　●●●○○●●　●○○●●○△　○○●●●○△

——纳兰性德

九　《菩萨蛮》双调四十四字，前后段各四句，两仄韵、两平韵

倚栏斜日楼头客。清江木落茫茫白。仄韵偃蹇去天涯。百年
何处家。平韵　　梦醒身尚在。忍问烟花改。换仄韵元是布衣身。
中原无故人。换平韵

——陈永正

十　《采桑子》双调四十四字，前后段各四句，三平韵

一程芳草清明近，吩咐莺鹂。休凭悲啼。留得春魂稳处栖。
绮罗未必真成障，诗到无题。人到无依。故国东来雁北飞。

——吴则虞

十一　《卜算子》双调四十四字，前后段各四句，两仄韵

东风入西湖，湖上花争发。一夜偷闲渡江来，千里平芜碧。
柳眼已青青，蕊绽花须出。转绿回黄一霎时，孰谓娇无力。

——梁启勋

十二　《诉衷情》双调四十四字，前段四句三平韵，后段六句三平韵

水云如梦阻盟鸥。烟草乱汀洲。寂寥幽意谁会，愁入曲江
秋。　　空揽镜，漫登楼。暗吴钩。青山隐几，乌角寻邻，臣
甫低头。

——王鹏运

十三　《减字木兰花》双调四十四字，前后段各四句，两仄韵、两平韵

丰碑去国。今日休悲陵变谷。仄韵　二十年前。曾见雄师凯乐旋。平韵　　翻歌成哭。梦断钧天何日续。换仄韵　宫月荒寒。可有金仙带泪看。换平韵

——刘永济

十四　《谒金门》双调四十五字，前后段各四句，四仄韵

香篝灭。睡起一天秋月。荷气暗飘清梦彻。隔江人怨别。独望长河愁绝。玉露金风吹骨。欲采芙蓉烟水阔。相思相见说。

——杨圻

十五　《好事近》双调四十五字，前后段各四句，两仄韵

瘦马犯兵尘，太华峰前行客。二十二年梦影，有／鞭头岳色。　　枕边星斗任纵横，不妨归梦直。谁挽大河东下，看／禹王臂力。

——夏承焘

十六　《清平乐》双调四十六字，前段四句四仄韵，后段四句三平韵

繁枝低亚。重见青藤画。多少离怀持泪写。梦绕平山堂下。仄韵　遥怜此日花残。无人古殿松关。一样江南江北，东风夜

夜春寒。平韵

——吴白匋

十七 《更漏子》双调四十六字，前段六句两仄韵、两平韵，后段六句三仄韵、两平韵

斜月横，疏星炯。不道秋宵真永。仄韵 声缓缓，滴泠泠。双眸未易扃。平韵 霜叶坠。幽虫絮。薄酒何曾得醉。换仄韵 天下事，少年心。分明点点深。换平韵

——王夫之

十八 《忆秦娥》双调四十六字，前后段各五句，三仄韵、一叠韵

西风咽。梦魂长绕栖霞月。栖霞月。万人如海，一人愁绝。关山直北劳吟睫。眼前红叶心头血。心头血。悲歌慷慨，唾壶敲缺。

——唐圭璋

十九 《画堂春》双调四十七字，前段四句四平韵，后段四句三平韵

一生一代一双人。争教两处销魂。相思相望不相亲。天为谁春。 浆向蓝桥易乞，药成碧海难奔。若容相访饮牛津。相对忘贫。

——纳兰性德

二十 《山花子》双调四十八字，前段四句三平韵，后段四句两平韵

肠断东风万柳堤。十分春过石桥西。斜月冥蒙天水白，梦凄迷。　　归去也知琼宇近，起来还见玉绳低。长向断无人处听，子规啼。

——沈曾植

二十一 《南歌子》双调五十二字，前后段各四句，三平韵

柳黛销还展，荷衣浣更香。兰舟先趁木樨黄。不信玉人迟暮、转清狂。　　歌透罗云软，情随带水长。黄昏凉意唤飞觞。亲点九华灯火、补残阳。

——黄人

二十二 《青门引》双调五十二字，前段五句三仄韵，后段四句三仄韵

人去阑干静。杨柳晚风初定。芳春此后莫重来，一分春少，减却一分病。　　离亭薄酒终须醒。落日罗衣冷。绕楼几曲流水，不曾留得桃花影。

——谭献

二十三 《醉花阴》双调五十二字，前后段各五句，三仄韵

粉堞连山山不断。万绿阴阴见。霞影入重栏，画角凄迷，吹得夕阳淡。　　黄昏啼鸟情何限。暗促明灯换。楼外晚风多，

翠袖凉时，刚下珠帘半。

——陈恒安

二十四　《浪淘沙》双调五十四字，前后段各五句，四平韵

百二莽秦关。丽堞回旋。夕阳红处尽堪怜。素手先鞭何处着，如此山川。　　花月自娟娟。帘底灯边。春痕如梦梦如烟。往返人天何所在，如此华年。

——吕碧城

二十五　《鹧鸪天》双调五十五字，前段四句三平韵，后段五句三平韵

野店孤村愁夜阑。断魂长是绕关山。鹧鸪啼后风兼雨，始信人间行路难。　　沧海换，马蹄闲。笙歌锋镝一般看。清商又警劳人梦，画角城头吹晓寒。

——刘景堂

二十六　《南乡子》双调五十六字，前后段各五句，四平韵

风雨浩无端。百变沧洲引梦还。几度丹黄秋后叶，摧残。倚着斜阳仔细看。　　又感晓衣单。薄薄严霜入画栏。凄绝征鸿无去处，关山。越向南飞越自寒。

——黎国廉

二十七　《玉楼春》双调五十六字，前后段各四句，三仄韵

好山不入时人眼。每向人家稀处见。浓青一桁拨云来，沉恨万端如雾散。　山灵休笑缘终浅。作计避人今未晚。十年缁尽素衣尘，雪鬓霜髯尘不染。

——王鹏运

二十八　《临江仙》双调五十八字，前后段各五句，三平韵

皓月光同水泄，银河澹与天长。眼前非复旧林塘。千陂荷叶落，四野藕花香。　恍惚春宵幻梦，依稀翠羽明珰。见骑青鸟上穹苍。长眉山样碧，跣足白于霜。

——顾随

二十九　《小重山》双调五十八字，前后段各六句，四平韵

翠湿篁阴小阁寒。酒消浑不耐，越罗单。水蘋风起烛枝残。惊禽去，捎响碧琅玕。　投老卧云关。眼中尘事满，素心难。天涯作计理孤欢。无情月，三度病中看。

——朱孝臧

三十　《踏莎行》双调五十八字，前后段各五句，三仄韵

画角传商，残灯坠地。荒鸡相应漫漫夜。当年揽辔事澄清，如今拥褐成衰谢。　落月千山，惊飙四野。余心不绝从君写。

忽然呜咽变轩昂，头颅有价谁能借。
○　○　○　●　●　○　○　　○　○　○　●　○　○　▲

——刘景堂

三十一　《蝶恋花》双调六十字，前后段各五句，四仄韵

连岭去天知几尺。岭上秦关，关上元时阙。谁信京华尘里
○　○　●　○　○　●　●　　○　●　○　○　　○　●　○　○　●　　○　●　○　○　○　○
客。独来绝塞看明月。　　如此高寒真欲绝。眼底千山，一半
▲　○　○　●　●　○　○　●　　○　●　○　○　○　●　●　　●　●　○　○　　○　●
溶溶白。小立西风吹素帻。人间几度生华发。
○　○　▲　●　●　○　○　○　●　▲　○　○　●　●　○　○　●

——王国维

三十二　《唐多令》双调六十字，前后段各六句，四平韵

水榭枕官河。朱栏倚粉娥。记早春、栏畔曾过。关着绿纱
●　●　●　○　○　　○　○　●　●　○　　●　●　○　○　○　○　○　　○　●　●　○
窗一扇，吹钿笛，是伊么。　　无语注横波。裙花信手搓。怅
○　●　●　　○　○　●　　●　○　△　　○　●　●　○　○　　○　○　●　●　○　　●
年光、一往蹉跎。卖了杏花挑了菜，春纵好，已无多。
○　○　　●　●　○　○　●　●　●　○　○　●　●　　○　●　●　　●　○　△

——陈其年

三十三　《破阵子》双调六十二字，前后段各五句，三平韵

投地千盘深黑，插天一线青冥。行旅远从鱼贯入，樵牧深
○　●　○　○　○　●　　●　○　●　●　○　○　○　●　●　○　○　●　●　　○　●　○
穿虎穴行。高高秋月明。　　半紫半红山树，如歌如哭泉声。六
○　●　●　○　○　○　○　●　○　　●　●　●　○　○　●　　○　○　○　●　○　○　●
月阴崖残雪在，千骑宵征画角清。丹青似李成。
●　○　○　○　●　●　　○　●　○　○　●　●　○　○　○　○　●　●　△

——宋琬

三十四　《苏幕遮》双调六十二字，前后段各七句，四仄韵

楚天高，襄路迥。水碧沙明，万点寒鸦浸。西北川原烟树
暝。放下珠帘，莫使魂销尽。　　买村醪，还独饮。莫问英雄，
且向渔樵问。一阵西风吹酒醒。牛背江山，无限斜阳冷。

——杨圻

三十五　《江城子》双调七十字，前后段各七句，五平韵

寒风相送出层城。晓霜凝。画轮轻。墙内乌啼，墙外少人
行。折尽垂杨千万缕，留不住、此时情。　　红桥独上数春星。
月华生。水天平。镜里夫容，应向脸边明。金雁一双飞过也，
空目断、远山青。

——董士锡

三十六　《风入松》双调七十六字，前后段各六句，四平韵

病中无客款秋香。花冷古重阳。十年此日桑干路，纳松风、
石景僧庄。小市橐铃声里，一鞭驴背山光。　　西风如梦海生
桑。明月照流黄。白头江令今应健，奈归人、卧老清漳。枕上
孤鸿落叶，天边绿树红墙。

——赵熙

三十七　《洞仙歌》双调八十三字，前段七句三仄韵，后段九句三仄韵

杨枝弄碧，系／天涯心眼。几日凉风便零乱。画桥边，一

片流水无声，人独立，暮角将愁吹断。　　春城烟雨里，如梦帘栊，曾拂檐花笑相见。我已厌闻歌，玉笛苍凉，又吹起、十年清怨。问／采采芙蓉隔西洲，却／树下门前，为谁留恋。

——谭献

三十八　《满江红》双调九十三字，前段八句四仄韵，后段十句五仄韵

激浪轮风，偏绝分、乘风破浪。滩声战、冰霜竞冷，雷霆失壮。鹿角狼头休地险，龙蟠虎踞无天相。问何人、唤汝作黄巢，真还谤。　　雨欲退，云不放。海欲进，江不让。早堆块一笑，万机俱丧。老去已忘行止计，病来莫算安危账。是铁衣、着尽着僧衣，堪相傍。

——今释澹归

三十九　《水调歌头》双调九十五字，前段九句四平韵，后段十句四平韵

拍碎双玉斗，慷慨一何多。满腔都是血泪，无处着悲歌。三百年来王气，满目山河依旧，人事竟如何。百户尚牛酒，四塞已干戈。　　千金剑，万言策，两蹉跎。醉中呵壁自语，醒后一滂沱。不恨年华去也，只恐少年心事，强半为销磨。愿替众生病，稽首礼维摩。

——梁启超

四十　《满庭芳》双调九十五字，前后段各十句，四平韵

照野江烽，连天海气，物华卷地休休。残阳一霎，怎不为
人留。几点昏鸦噪晚，荒村外、鬼火星稠。伤高眼，还同王粲，
多难强登楼。　　惊弓如塞雁，林间失侣，落影沙洲。便／青
山纵好，何处吾丘。夜夜还乡梦里，分飞阻、重到无由。空城
上，戍旗红闪，白日淡幽州。

——张尔田

四十一　《八声甘州》双调九十七字，前段九句，后段十句，四平韵

正／群峰过雨耸遥青，明霞照江天。看／兴亡千古，乾坤
百战，如此山川。怪石临江无地，滚滚雪涛翻。多少南朝梦，
一例成烟。　　犹有危楼堪倚，望／骑鲸去处，凭吊诗仙。渐／
斜阳无语，红到水西边。问谁能、金樽同载，趁晚潮、还放月
明船。吹横竹，到中流去，唤起龙眠。

——萧公权

四十二　《双双燕》双调九十八字，前段九句五仄韵，后段十句七
仄韵

罗浮睡了，试／召鹤呼龙，凭谁唤醒。尘封丹灶，剩有星
残月冷。欲问移家仙井。何处觅、风鬟雾鬓。只应独立苍茫，
高唱万峰峰顶。　　荒径。蓬蒿半隐。幸／空谷无人，栖身应
稳。危楼倚遍，看到云昏花暝。回首海波如镜。忽露出、飞来

附录二　词范　345

旧影。又愁风雨合离，化作他人仙境。

——黄遵宪

四十三　《三姝媚》双调九十九字，前段十一句五仄韵，后段十句五仄韵

西堂残烛灺。荡／帘波沉沉，镜天无罅。细浪芳樽，绕／桂丛犹记，赏秋阑夜。露脚飞迟，双鬓妥、花飘凉麝。望里琼空，依约年时，半灯蜃话。　　春老兰情衰谢。叹／旧箧题香，怨红销帕。扇底圆姿，问／故山眉意，澹蛾谁画。倦眼霄程，还自觑、仙軿来下。那更苍龙侵晓，瑶台梦惹。

——张尔田

四十四　《念奴娇》双调一百字，前后段各十句，四仄韵

登临纵目，对／川原绣错，如接襟袖。指点十三陵树影，天寿低迷如阜。一霎沧桑，四山风雨，王气销沉久。涛生金粟，老松疑作龙吼。　　惟有沙草微茫，白狼终古，滚滚边墙走。野老也知人世换，尚说山灵呵守。平楚苍凉，乱云合沓，欲酹无多酒。出山回望，夕阳犹恋高岫。

——王鹏运

四十五 **《渡江云》**双调一百字，前段十句四平韵，后段十句一叶韵
四平韵

香台传绮字，断云雁北，片艳长离忧。渐看春事短，次第
风花，旅宿燕知愁。登临故国，怕冷落、梨苑成秋。惊梦回、
绿荫如劝，乱絮点维舟。　　淹留。沧洲残画，海市新绡，想
佳人难偶。仄韵 浑未觉、伤春含泪，对素怜幽。杯前爱听闲消
息，正采兰、芳渚夷犹。盟鹭在，年年拼忆清游。

——陈洵

四十六 **《高阳台》**双调一百字，前段九句，后段十句，四平韵

宝殿灯昏，琼楼月冷，几番玉树歌残。无限愁思，夜阑又
到吟边。而今只有秦淮碧，叹回波、不驻流年。更何堪、征马
长嘶，战鼓频传。　　江南已是伤心地，况／萧条岁暮，雪压
长干。雁落鱼沉，依然烽火连天。五陵佳气应犹在，甚凭高、
不见中原。怎消寒，莫问归期，且近尊前。

——霍松林

四十七 **《木兰花慢》**双调一百一字，前段十句五平韵，后段九句七
平韵

泊／秦淮雨霁，又灯火，送归船。正／树拥云昏，星垂野
阔，暝色浮天。芦边／夜潮骤起，晕波心、月影荡江圆。梦醒
谁歌楚些，泠泠霜激哀弦。　　婵娟／不语对愁眠。往事恨难

捐。看／莽莽南徐，苍苍北固，如此山川。钩连／更无铁锁，任排空、樯橹自回旋。寂寞鱼龙睡稳，伤心付与秋烟。

——蒋春霖

四十八 《水龙吟》双调一百二字，前段十二句四仄韵，后段十一句四仄韵

落花飞絮茫茫，古来多少愁人意。游丝窗隙，惊飙树底，暗移人世。一梦西来，起看明镜，二毛生矣。有／葡萄美酒，芙蓉宝剑，都未称，平生志。　　我是长安倦客，二十年、软红尘里。无言独对，青灯一点，神游天际。海水浮空，空中楼阁，万重苍翠。待／骖鸾归去，层霄回首，又／西风／起。

——文廷式

四十九 《一萼红》双调一百八字，前段十一句五平韵，后段十句四平韵

黯愁烟。看／青青一片，犹认旧眉山。花发楼头，絮飞陌上，春色还似当年。翠苔畔、曾容醉卧，听语笑、风动画秋千。一曲琴丝，十三筝柱，原是人间。　　细数总成残梦，叹／都迷踪迹，只有留连。劫换红羊，巢空紫燕，重来步步回旋。尽消受、云飞雨散，化胡蝶、犹绕旧栏干。不分中年到时，直恁荒寒。

——谭献

五十　《贺新郎》双调一百十六字，前后段各十句，六仄韵

值得黄金范。指沧溟、神光离合，大千瞻恋。一簇华灯高攀处，十岳九渊同灿。是我佛、慈航舣岸。鸑凤羁龙缘何事，任天空、海阔随舒卷。苍霭渺，碧波远。　　衔砂精卫空存愿。叹人间、绿愁红悴，东风难管。筚路艰辛须求己，莫待五丁挥断。浑未许、春光偷赚。花满西洲开天府，是当年、种播佳苗遍。翻史册，此殷鉴。

——吕碧城

附录三　诗词今古异音字举隅

诗词中有一些常用字，其中古音和今音颇有差异。这些字如果不加注意，很容易在写作时弄错平仄。下面列举出一些，供学者参考。难免挂一漏万。总之要多诵前人作品，多翻韵书，庶免不知音之讥。

阿

表示名词字头，音"屋"，念入声。如唐李商隐《茂陵》："玉桃偷得怜方朔，金屋修成贮阿娇。"

令

表示"使令"之义，念平声，见下平声八庚韵。如李商隐《筹笔驿》："徒令上将挥神笔，终见降王走传车。"

并

并为地名，"并州""并刀"（并州所产的刀），念平声，如唐刘皂（一说贾岛作）《旅次朔方》："客舍并州已十霜。归心日夜忆咸阳。"并表示"交并"之义，念平声。如陈寅恪："元夕闻歌百感并。凄清不似旧时声。"

跳

中古音念平声，入下平声四萧韵。如唐杜牧《寄浙东韩八评事》："一笑五云溪上舟。跳丸日月十经秋。"宋苏轼《六月二十七日望湖楼醉书》："黑云翻墨未遮山。白雨跳珠乱入船。"

醒

表示"醒了酒""清醒"的意思，念平声。如屈原的"众人皆醉我独醒。举世俱浊我独清"，"醒""清"同为平声，故可叶韵。张羽诗"晓风残月酒醒迟"，这个地方的"醒"字只能念平声，否则就出律了。

播

播念去声，而不像今天念平声。如陈政诗"清风久播驰"，"播"字位是仄声才合律。

数

表示动词的数，音"署"，上声，如清方坦庵《思归》："老妻书至劝归家。为数乡园乐事赊。"表示"屡次"之意，音硕，入声。如《唐书·韩愈传》："既高才数黜，官又下迁，乃作《进学解》以自喻。"

那

一音挪，阳平声，如"刹那"。梅兰芳《霸王别姬》唱词："自古常言不欺我。成败兴亡一刹那。""那"音"挪"，故与"我"

字同辙，古人均念刹捔，因是梵语音译，今天注音chà nà，是错误的。又如"那堪"：柳永"更那堪、冷落清秋节"。一音"耐"，通奈，如纳兰词"无那尘缘容易绝"。一音"诺"，形容少女的情态，谓之"娇无那"。

治

动词，作平声，音"持"，如"治国平天下"。又如李商隐《韩碑》："长绳百尺拽碑倒，粗砂大石相磨治。"

浪

连绵叠字"浪浪"，读阳平声。如苏轼《咏史诗》："独掩陈编吊兴废，窗前山雨夜浪浪。"又在"淋浪"一词中也读阳平。"沧浪"亦读平声。故《沧浪诗话》不能读成沧浪（làng）诗话。

漫

连绵叠字"漫漫"，读阳平声。如"故园东望路漫漫"。

吹

名词，作去声。如"玉吹""凉吹""歌吹"，如"歌吹。是扬州"，如念平声，便不合律。

当

"当作、只当"之义，读去声。如萧公权先生咏杨花词："人间不当花看。"

看

一般读作平声。如："今夜鄜州月，闺中只独看。""看"音"刊"，如果是去声，就不押韵了。

它

音"拖"。第三人称代词。如王国维诗："高岸为谷谷为阿。将由人事匪有它。""阿"音"窝"，是"山阿"之意，与"它"叶韵。

教

表示"使令"时，只读平声。王龙标七绝："不教胡马度阴山。"表示"教学、教化"之义时，是仄声，如杜牧诗："玉人何处教吹箫。"

反

"平反"，读平声，指"翻案纠正"。如陆游《书戒》诗："有过尚当贳，况可使烦冤。出仕推此心，所乐在平反。""冤""反"同是平声，故可叶韵。

迟

"等待"之意，去声。如严维《九日登高》诗："迟客高斋瞰浙江。"

烧

名词，读去声，如"野烧""春烧""烧痕"。严维《荆溪馆》诗："野烧明山郭，寒更出县楼。""烧"字位只能是仄声才合律。

尚

尚书之"尚"，阳平声，音"裳"。如龚自珍诗："终胜秋磷亡姓氏，沙涡门外五尚书。"

疏

名词，指"奏疏"，读去声。如老杜："匡衡抗疏功名薄。"

拼

动词，"舍弃"，音"潘"。如花间词："愿作一生拼。尽君今日欢。"如按今音，就不押韵了。

准

名词，鼻准，音"拙"，入声。如老杜诗："高帝子孙尽隆准。"

使

名词，"使者""奉使"，念去声。如王维诗："闻道皇华使，方随皂盖臣。"

比

"皋比"之"比"，应读平声。岑安卿诗："晓日皋比暖，薰风绛帐凉。""比"字位只能是平声。

谜

谜，诗中念去声。张籍诗："古镜铭文浅，神方谜语多。"黄滔诗："古器岩耕得，神方客谜留。"这两联诗中，"谜"字位按格律都得是仄声。

思

表示"思念、思考、思虑"等义，念平声。用作名词念去声，如"情思""意思""秋思""愁思""乡思""归思"。作状词，意为"悲"，念去声，如《诗经·小雅·雨无正》之"鼠思泣血"、

《诗大序》之"亡国之音哀以思"、白居易诗"弦弦掩抑声声思"、李商隐诗"一弦一柱思华年"、"离情终日思风波"、春女思、静夜思等，都是表示"悲"义而念去声。梁简文帝《寒润》诗："绿叶朝朝黄，红颜日日异。譬喻持相比，那堪不愁思。""思"与"异"押韵，"愁思"即"愁悲"。思作为状词还有一个义项，只在谥法中采用，"道德纯备"或"谋虑不愆"，并得谥为"思"，这时候是念平声。如杜甫"羽翼怀商老，文思忆帝尧"，即用《谥法》"经天纬地谓之文，道德纯备谓之思"。

唯

今人"惟一"与"唯一"不分，而"唯"有"应诺"之意，"惟"字则无。表示应诺之唯，如唯唯诺诺，念上声。

观

表示名词，念去声，如"寺观""大观""伟观""巨观"，王国维诗："千秋壮观君知否，黑海西头望大秦。"

论

表示动词的"论"，一律读平声。如"千秋功罪谁与论""分明怨恨曲中论"。

胜

一般认为，"胜"字两读，表示"胜任""禁得住"之意，念平声，如"不胜清怨却飞来"；而表示"胜过""超卓"及妇女头饰等意，则念去声，如"从来湖上胜人间""山中胜景常留客""人胜参差剪"。但这一见解有误。韩愈诗"绝胜烟柳满皇都",元稹诗"花当西施面,泉胜卫玠清",唐无名氏《洛下女郎歌》"皎洁玉颜胜白雪",唐无名氏《醉公子》"醉则从他醉,还胜独睡时",唐栖白《八月十五夜玩月》"及至中秋满,还胜别夜圆",胜为"胜过""超卓"之意,而皆平声。白居易《秦中吟·不致仕》"金章腰不胜,伛偻入君门",僧齐己《与杨秀才话别》"因思学文赋,不胜弄干戈",表示"胜任""禁得住"之意,而皆去声。段玉裁《说文解字注》曰:"凡能举之能克之皆曰胜。本无二义二音,而俗强分平去。"故凡表示"胜过""超卓""胜任""禁得住"之胜,亦如看、望、忘、叹、听等字,可平可仄,其义无别。唯唐诗中未见表示妇女头饰的"胜"字念平声,因此在"人胜、戴胜、彩胜"等词中,仍应念去声。

附录四　诗词写作工具书提要

初学诗词者往往视格律为畏途，其实不是格律束缚人，而是因为初学者词汇量不足，想要表达某种感情时只能想到有限的词汇，于是出现辞俭于情的状况。今人之幼学功底远不如古人，要在短期内提升词汇量，就必须借助一些工具书。另外，填词须按谱，词谱类工具书也是很重要的。兹列诗词写作的常用工具书如下。

一　《佩文韵府》

《佩文韵府》是清代官修大型词藻典故辞典之一，是专供文人作诗时选取词藻、寻找典故，以便押韵对句之用的工具书。张玉书、陈廷敬、李光地等七十六人奉敕编撰。正集四百四十四卷，单字约一万个，引录诗文词藻典故约一百四十万条。

《佩文韵府》所收之词，都下引古书用例，所引书上自先秦典籍，下至明代文人著作，至今仍然是人们查阅古代词语、成语和典故出处的极为重要的工具书。此书现在通行的是上海书店1984年影印本。

二　《渊鉴类函》

《渊鉴类函》是清代张英、王士禛、王惔等编的一部大型类书。全书分为：天部、岁时部、地部、帝王部、后妃部、储宫部、帝戚部、设官部、封爵部、政术部、礼仪部、乐部、文学部、武功部、边塞部、人部、释教部、道部、灵异部、方术部、巧艺部、京邑部、州郡部、居处部、产业部、火部、珍宝部、布帛部、仪饰部、服饰部、器物部、舟部、食物部、五谷部、药部、菜蔬部、果部、花部、草部、木部、鸟部、兽部、鳞介部、虫部。每部之下分类计二千五百馀类，每类以释名、总论、沿革、缘起居首，典故、对偶、摘句、诗文居后。以时代先后为次。所有典故、对偶、摘句等，以明嘉靖年间为下限，引文均标明出处，诗文部分大多标篇名。

此书对于读者增进词汇量，了解古诗文常用典故极有用处。现有中国书店影印本。

三　《词律》

《词律》二十卷，是清初词学家万树所编的一部讲词的格律的书。初刊于康熙二十六年，计六百六十调一千一百八十体，调之排列以字少者居前，同调中各体亦以字数多寡为序，书"又一体"。同调异名者，列异名于正名之下。每调每体注明字数、韵脚和句读，《词律》没有每个字平仄的图谱，只是在一些可平可仄的字旁用小字注明"可平"或"可仄"。这种做法，对按照该书填词的人就有一个基本要求，即其人必须对每一个字的平仄声都能准确地把握，从这一点上说，《词律》不如后来的《钦定词谱》方便，但是，由于使用《词律》必须阅读原词，初学填词者使用该书，自然而然就阅读了很多的名作，故而该书对填词水平的提高帮助很大。清咸丰中，杜文澜作有《词律校勘记》二册，订正了原书的不少错误，同治中，又有徐本立者，撰《词律拾遗》八卷，前六卷补万氏原书未收之一百六十五调四百九十五体，后二卷则订正原书为补注。光绪二年，以上三书得一起印行，又续得五十馀阕，为《补遗》一卷，成为《词律》的最完备的本子。今天通行的是上海古籍出版社的影印本。需要说明的是，该书1984年初版没有索引，1988年第二次印刷加上了索引，更方便填词者使用。

四 《钦定词谱》

《钦定词谱》，清康熙时陈廷敬、王奕清等奉敕编写，以万树《词律》为基础，纠正错漏，并予以增订，得八百二十六调，二千三百零六体。此书今有中国书店影印本。中国书店影印本有两种，一为1979年版，分八册，因为没有带页码的目录，故不便翻检；一为1983年版，分四册，书前加了带页码的目录，就很方便使用了。《钦定词谱》较《词律》后出，但字的平仄规定较《词律》为宽，每首词旁以阳圈代平，阴圈代仄，半阴半阳代可平可仄，详尽到每一个字，这都是很便于初学的。晚清以来，填词家有一种尊律的倾向，这些尊律的填词家，对《钦定词谱》是不大尊敬的，认为这书中平仄谱例太宽了。如果有志于在填词一道精益求精，那么《钦定词谱》一书的作用就有限了。

五 《唐宋词格律》

这是龙榆生先生所著的一本专门讲唐宋词格律的书。作者很强调词的内容和声情的配合，故而论词的声律每有独到的会心；而且该书篇幅不大，很便于携带，收罗了几乎全部的常用词调，故自1978年出版以来一直流行。该书所选的词，也都是唐宋词的名作，因此该书也可以作词的选本来读。书后附有张珍怀女士所辑的《词韵简编》，是把清代戈载的《词林正韵》删去僻字，又将原书《集韵》标目改成《诗韵》标目而成。该书是填词最方便的一种词谱，乃必备之工具书。

六 《诗韵合璧》

《诗韵合璧》是清代汤文璐编的一部兼有韵书和类书性质的小型工具书。《佩文韵府》一书卷帙浩繁，不便携带，而《诗韵合璧》则方便了许多。此书也是作诗词必备工具书，有上海书店的影印本。

附录五　诗词写作入门宜读书目提要

　　诗词写作譬如书法，要想登堂入室，免不了一个临帖的过程。初学者往往遇到两种方向的难题，一种是心有所感，但下笔词句便似向古人集中作贼，另一种是心有所感，却不知如何准确地表达。第一种，是读的诗不少，但自己练笔少，不懂得脱胎换骨，使如己出的道理，不自觉用上了前人的句子、词汇；第二种，显因读书太少，积淀不厚，如又不肯读书，那是无可救药。第一种人，多读些前人开示门径的诗论，自然有得，第二种人，则宜选择善佳之诗词选本，认真诵读，以期小成。现在，我选择一些有裨于初学者入门的诗论和重要的诗词选本，简略做一点介绍。

一　诗论之部

《沧浪诗话》

《沧浪诗话》，南宋严羽著，这是中国文学批评史上一部特别著名的著作，之所以著名，是因为作者在宋代江西诗派风格的笼罩下，独标唐音，强调向后看，又以禅理说诗，讲诗法一章，对后人启发不小。这部书开头即说，学诗的工夫"先须熟读《楚辞》，朝夕讽咏以为之本；及读《古诗十九首》，乐府四篇，李陵苏武汉魏五言皆须熟读，即以'李杜'二集枕藉观之，如今人之治经，然后博取盛唐名家，酝酿胸中，久之自然悟入"。这是学诗的正法眼藏。该书《诗辨》《诗法》二章最宜熟读。

推荐版本：《沧浪诗话校释》，郭绍虞校释。人民文学出版社，1961年第1版。

《分春馆词话　分春馆词》

《分春馆词话　分春馆词》，朱庸斋著。线装一函四册。词话是朱庸斋先生为其门人授词的讲义，开填词无数方便法门。从很基础的句法、用韵、四声，到奥衍的风格养成，朱先生都有极精当的论述，其论词，除服膺清末王鹏运提出的"重、大、拙"三字诀，更与另一位岭南词人叶恭绰一起，宣导一个"深"字，这样，就把词的婉约变成了深婉，也就更耐咀嚼。作者教人填词，以学清代及晚近词为主，因为时代相近，一学就会有自家面目。词话共五卷，另补遗三卷。补遗卷一为诸家诗词评改，最见其功力与卓识。更有作者的词集附后，供学者涵咏体味。

推荐版本：新星出版社，2016年第1版。

《唐诗百话》

《唐诗百话》，施蛰存著。施先生以一种近乎于作品串讲的方法，对唐代诗歌作了一个总体的勾勒。在串讲的过程中，也涉及到了不少创作技巧的问题。这是一部远胜于一般所谓鉴赏辞典的学术普及性读物，无论对于增强欣赏能力，还是增进创作水准，都是很有益处的一部书。书后还专写了《唐人诗论鸟瞰》《唐诗绝句杂说》《历代唐诗选本叙录》等数篇文章，读者按图索骥，必有所得。

推荐版本：上海古籍出版社，1987年第1版。

《词学十讲》

《词学十讲》，龙榆生著。此书是龙榆生先生在上海戏剧学院戏曲创作研究班授课时的教材。龙先生曾在《词学季刊》发表过文章，谈词学与学词的分别，这部《词学十讲》，更确切的名字应为《学词十讲》，因为它并非是讲词体研究的专门学问，主旨还是讲的学填词应当注意的问题。书中《选调和选韵》《论句度长短与表情关系》《论韵位安排与表情关系》等几章，皆发人之未发。习词者读此书，庶免率尔操觚之失。

推荐版本：北京出版社，2005年第1版。

二 选本之部

《唐诗三百首详析》

《唐诗三百首详析》，喻守真著。本书侧重作意作法，在每类作品前，都举一首典型作品讲它的声调格律。最大的好处则是在诗的每个字旁都标明其平仄，对初学者掌握诗的韵律，有极好的辅助之功。

推荐版本：中华书局，1957年第2版。

《古诗今选》

《古诗今选》，程千帆、沈祖棻选注。这是一个主要选古体诗的通俗选本，分为八代诗、唐诗上、唐诗下、宋诗四个部分，基本囊括了历代古体诗的名作，注解、赏析也每能启发后学。但是，选注者是把汉代以来的五七言诗都算作古诗，并非传统所讲的古诗，因此，在唐宋之部，也选了一些律绝，从体例上说，是很不恰当的。该书的前言也打着太深的时代烙印，读此书，注意不可受了前言的影响。

推荐版本：上海古籍出版社，1983年第1版。

《唐宋诗举要》

《唐宋诗举要》，高步瀛选注。高氏为桐城派后劲，选诗堪称眼光独具，迄今选唐宋诗，我以为精审无有过于此书者。此书首列五言古诗、七言古诗，继之以五言律诗、七言律诗，最后则为五言长律、绝句，入选者皆是唐宋名公，作品均足为后学矜式。作者于佳句隽语，均旁加圈点，便利初学，其功匪浅。作品之下，系有名家评语，每能抉发心志，具见章法。

推荐版本：中国书店，2011年第1版。

《唐五代两宋词选释》

《唐五代两宋词选释》，清俞陛云选。作者的令郎俞平伯名气更大，也选释过唐宋词，但无论眼光、功力，均远不及。此书共收词人一百二十家，词九百零九首，释词直抉词心，乃就第一义谛下工夫，可谓深得词中三昧者。

推荐版本：上海古籍出版社，1985年第1版。

《清词菁华》

《清词菁华》，沈轶刘、富寿荪选编。该选于每位作者的作品下面，各系以精短之评语，虽片语只字，启人至深。龙榆生《近三百年名家词选》，名气极大，而质量实不及该选。读清词，当首推此选。

推荐版本：安徽文艺出版社，1986年第1版。

附录六　佩文诗韵辑要

（据清周兆基《佩文诗韵释要》删去生僻字，感谢师妹李瑜录入。）

上平声

【一东】

东同铜桐筒童僮（僮仆）瞳筒（律筒）中（送韵异）衷（方寸所蕴也，送韵异。惟折衷之衷平仄通用）忠蟲（作虫非，虫音虺）冲终戎崇嵩（中岳，通崧）菘（菜名）弓躬宫融雄熊穹穷冯（姓也。蒸韵异）风（虚用，去声，与送韵讽字同）枫丰充隆空（虚也。董、送韵异）公功工攻蒙濛（微雨）笼（包举也。董韵异）聋栊（帘栊）珑（玲珑）洪红鸿虹（绛韵同）丛翁葱（菜名，又青色）骢（马青白色）鬃通蓬（蒿也）篷（编竹覆舟车者）烘潼（水名）朦（瞢朦）胧（朦胧，月初出）芎（芎䓖，药名）匆䓫（磨䓫，一作奢。送韵同）峒（崆峒，山名）罦（鸟网）螽（虫多子者）狨（猛也，又兽名）沨（水名）癃（疲癃）蒙（帡蒙。董韵异）梦（不明也。送韵异）潈（水会也）讧（溃也）涷（暴雨。送韵同）曈（曈昽，日出貌）

翀（上飞也，通冲）忡（忧也）崧（山大而高）肜（商祭名）芃（草盛貌）鄷（邑名）釭（车毂中铁。江韵异，惟金釭壁带之义可通用）瞢（目不明。蒸、送韵同）瑽（石似玉）恫（痛也，一作痌。送韵异）总（缝也。董韵异）逢（蒲红切，鼓声。冬韵异。）蛛（蝃蛛）侗（无知也。董韵异）艟（艨艟，战船。绛韵异）氃（氃氋，散毛貌）沨（沨沨，水貌）窿（穹窿，天高貌）悾（诚悫貌。江韵同）曚（曚曚，日未明，董韵同）朦（朦胧，月将入）懵（心乱貌。董韵同）哢（喉也）眬（瞳眬）庞（充实貌。江韵异）蕻（水草，一作荭）瞳（瞳胧）同（通衕）种（稚也，又姓）盅（器虚也，通冲）漴（水声，绛韵同）莪（莪蒿）芎（芎䓖）渢（风水声）薲（菜名）泛（浮也。陷韵同）倥（倥侗，无知貌）艨（艨艟）泽（水不遵道也，通洪。江、绛韵同）绒（练，熟丝）洚（溃洚，水沸涌也）

【二冬】

冬农宗锺（酒器，又量名）钟（乐器）龙舂松衝容蓉庸封胸雍（和也，又姓。宋韵异）浓重（复也，肿、宋韵异。惟重见之类训再者，平去通用）从（相听许也。宋韵异）逢（值也。东韵异）缝（宋韵异）踪茸（草生貌。肿韵异）峰蜂锋烽（烽燧）蛩（蛩蛩，兽名，又虫名）筇（竹可为杖）慵（懒也）恭供（设也，虚用。宋韵异）琼（黄琼，玒琼）淙（水声。江韵同，绛韵异）侬（吴人自称）松（发乱貌）茏（葱茏）凶墉（垣墉）镛（大钟）佣（雇作也）溶（水貌。肿韵同）镕（熔铸）醲（厚酒）秾（华多貌）蛬（蟋蟀，通蛩。肿韵同）邛（劳也，病也，又地名）共（与恭、供通。宋韵异）憧（意不定也。绛韵异）䢵（国名）喁（鱼口上貌，虞韵异。又唱，喁声相和也。虞韵同）邕（和也，又州名）壅（塞也。肿、宋韵同）痈（痈疽）

饔（饔飧）纵（纵横。宋韵异）龚（给也，又姓）枞（木名，又崇牙之状）賨（南蛮赋也）脓（肿血也）淞（水名）凇（冻凇冰也。送韵同）忪（心动貌）瑽（玱瑽，珮声）葑（菜名。宋韵异）匈（喧扰也）汹洶（洶涌水势。肿韵同）讻（讼也）禺（越地名。虞韵同）邕（和也）噰（鸟声）丰（丰茸，美好貌）鈒（矛也。江韵同）銎（斤斧受柄处）憽（谋也，虑也）蚣（蜈蚣）摏（撞也，本作舂）踪（蹋也）榕（木名）犎（野牛）蹱（足音。江韵同）恫（恐也。肿韵同）灉（水名）襛（衣厚貌）蝩（晚生蚕）桻（木末）鏧（鼓音）彤（髤彤，丹饰也）瞣（视也）橦（木名，花可为布。江韵异）

【三江】

江杠（旗竿，又床前横木，又星名）矼（聚石为步以渡，通杠）釭（灯也。东韵异）扛（对举也）厖（犬也）駹（马白面）窗扰（撞也）鈒（冬韵同）邦缸降（下也，伏也。绛韵异）泷（奔湍也）双艭（艂艭，船名）庞（高屋，又姓。东韵异）逄（塞也，又姓）腔（骨体曰腔，又曲调名）撞（击也。绛韵同）幢（旌旗之属。绛韵异）淙（冬韵同，绛韵异）浲（东、绛韵同）樁（修樁，帐竿也。冬韵异）茳（香草）娥（神女名）戅（愚也。冬、宋、绛韵同）谾（空谷貌）玒（佩玉声）汯（水声）豇（豆名）堸（益寿，堸土精也）梆（击梆）蹱（冬韵同）悾（东韵同）椌（柷椌。乐也）玒（玉名。东韵同）

【四支】

支（度也，持也，分也，庶也）枝移为（作为。置韵异）垂吹（吹嘘。置韵异）陂（泽障曰陂。置韵异）碑奇宜仪皮儿（孩子也。齐韵异）离（别离。霁韵异）施（设也，用也，加也。两见置韵并异。惟施与之施，平仄通用）知驰池规危夷（平易也）师姿迟（久也，缓也。置韵异）龟（介虫之长。尤韵异）眉悲之芝时诗棋旗辞词期祠基疑姬丝司（官司。置韵同。又州名，又姓，独用）葵医帷思（念也，又语词。置韵异）滋持随痴维厄麋螭（若龙无角）麾（旗属）墀弥（满也，久也）慈遗（亡也，馀也。置韵异）肌脂（胭脂）雌披嬉尸狸炊湄篱兹差（参差。佳、麻韵异）疲茨卑亏葳（草木华垂貌）陲（边陲）骑（骑马也。置韵异）曦歧（二涂曰歧）岐（山名）谁斯私窥熙欺疵赀（财也。通资）笞（杖笞）羁（马络头）彝（彝器。又常也）髭（口上须也）颐资糜（粥也）饥（饥饿，饥渴。与微韵之饑，义异）衰（微也）锥（锐器）姨（母之姊妹）楣（户楣）夔（夔龙，又一足兽）祇（地祇）涯（水际。佳、麻韵同）伊蓍（灵草）追（随也，逐也）缁（黑色）箕（星名，又簸扬器）椎（击也）罴（熊罴）罳（罘罳）篱（埤篱）釐（理也，福也，本作禧）萎（凋也。置韵同）匙澌（冰解也。与澌异）脾（土脏）坻（小渚也。纸、荠韵异）嶷（九嶷，山名。职韵异）治（理也。置韵异。治之之治，平声；已治之治，去声）骊（黑马。齐韵同）妳（妳汭，水名）飔（凉风）尸綦（帛苍艾色，又履饰）怡（和也）尼（僧尼，又山名。质韵异）漪（涟漪）累（贯也，缠缀也。置韵异）匜（槃匜。纸韵同）牺饴（饧也）而（颊毛，又语助，又汝也）鸱（恶鸟）推（顺迁也，穷诘也。灰韵异）縻（系也）璃（琉璃，玻璃）祁（盛也，徐也）绥（安也，又执辔之总）逵（九达道）咿（喔咿，强笑貌）巇（山危险也）醨（米酒。纸韵同）缔（细葛）羲（羲和，轩羲）羸（瘦也）肢骐訾（毁也。纸韵同。又诋訾独用）狮奇嗤（姗笑也）毗（辅也，厚也）咨（咨谋）堕（坏也。哿韵异）萁（豆萁）其（指物之辞。置韵异）其（音姬，语辞。置韵异）

醨（薄酒）粢（粢盛）湔（同濉，水名。置韵异）瞒（音隳，恣瞒，仰目也。
置韵同）漓（淋漓，浇漓）蠡（瓠勺。齐韵同，荠韵异）噫（恨声。卦韵异）
骓（马苍白色）馗（同逵。尤韵异）菑（一岁田）辎（载衣物车）邳（地
名）锜（缺锜，凿属。纸韵异）胝（足胝）緌（冠缨）鳍枅（斗拱，又木
耳）迤（逶迤。纸韵异）蛇（委蛇。麻韵异）陴（女墙）淇（水名）蜊（蛤
蜊。无仄音）嫠（龙嫠）媸（丑也）淄（临淄，淄渑）丽（鱼丽，高丽。
霁韵异）犛（牛尾。豪韵异）弥（水貌。纸、荠韵同）箷（竹器）缅（绥
也。纸韵异）期斯（役也）氏（月氏，国名。纸韵异）痍（疮痍）榱（屋椽）
娭（妇人贱称）蓠（香草）輗（车衡）胾（尸骨）蕲（草名，又求也。文
韵异）嫠（寡妇）貔比（皋比。纸、置韵异。比邻，平仄通用）桵（木似
棘。齐韵异）僖（乐也，又谥法）贻（贶也，亦通置韵之诒）祺箷（卷箷）
嬉（嬉嬉）鹂（黄鹂。齐韵同）瓷鶅（鸼鶅）铍（剑也）琦（瑰琦）骴（残
骨。置韵同）澌（流涕貌）疷（病也）洟（鼻液）骙（骙骙，马行威仪也）
呢（嚅呢，强笑貌）嵋（峨嵋，山名）怩（忸怩，惭也）（马黄白色）熙（炽
也）孜（孜孜，勤貌）台（与之切，我也。灰韵异）虺（敦厚貌）罹（忧也，
遭也）裨（补益也）裨（辅也，偏裨）虒（似虎，有角）魾荿（园荿，香荿，
姜属）纰（冠缘也）椸（榻前几）倕（工倕，巧匠）丕琪（美玉）傂（傂傂，
醉舞貌）耆（六十曰耆）衰（楚危切，等杀也）惟猗（猗猗，美盛貌）剂
（霁韵异）絘（缯，似布）羁（旅寓也，与羁异）伾（伾伾，有力也）茬（趋
以采茬。荠韵异）骊（黑色，通黎。齐韵同）偲（偲偲，详勉也）滩（水名）
提醨（酴醨，酒名）坿（鸡栖）魾鲕（鱼子）蓷（倍蓷，又草名。纸韵同）
衹（敬也）魾（文魾，鱼名）禧峗（同危。三峗，山名）庳（下也。纸韵同、

置韵异）居（语助。鱼韵异）糍柜（木名）澌（水索也，尽也。齐、置韵异）踦（足蹇也。纸韵异）蠵（灵蠵，大龟也。齐韵同）戏（於戏，叹词。置韵同）锤畸（残田，又零也）雎（祝鸠）劖（削也，分也。歌韵同）椅（木名）胹（煮也）楮（柱也，又楮梧）埤（增也）跜（夔跜，虬龙动貌）鉦（戈也）磁（磁石，磁州）腄（瘢也。置韵异）栘（夫栘，棠棣也）岯（山足）錍（斧属。齐韵同）崺（山高貌）郫（地名）晪（晪晪，日行貌）痿醨（醨酒。纸韵同）桋（木名）离（猛兽）椑（土器）謻（门堂台榭别出曰謻）歋（移也。置韵异）簃（阁边小屋）锱（六铢曰锱）陑（地名）虽蚑（蚑蚑，虫行貌。置韵同）郳（地名）秜（耘秜。纸韵同）仔（任也。纸韵异）寅（敬也，又辰名。真韵同）鄙（邑名）鲥麒芪（凫茈，草实）委鸸（鹪鸸，燕也）蘼（茶蘼，花名。蔷蘼，草名）梾（杞梾，赤楝也。齐韵异）箷（箷箷，竹名。纸韵异）崎（崎岖）嵫（崦嵫）胔（腐肉）隋箪（取鱼器）黐（黏也）邳（国名）吪（口不言正）娸（娀娸，丑也。通諆）觶（酒器，置韵同）樆（山梨）姼（姑姼，轻薄貌。姼姼，美好貌。又楚人称母也。纸韵同）柅（木名）榯（树木立也）鬴（小鼎）翍（张羽貌）禗（三月服）厜（山颠）赼（久也）鸤（鸤鸠，今布谷）犪（夔牛）萑（草多貌。寒韵异）狉（草木实，狉狉也）耔（耘耔，除草）忯（恐也，慢也）沶（水名）濆（水名）愭（恭也，畏也）黟（黑水也，又县名）瓻（酒器）愭（悦也）郪（地名）迻（迻迤）鲏（耕也）骊（马浅黑色。微韵同，馀异）簞（盛土笼）跠跠（驯迹也）諆（欺也）圮（桥也）洍（洍洛）倭（顺貌，歌韵异）鑄（鼎也，独用，又大钟。齐韵同）忯（忯忯，忧也）嵯（山不齐。歌韵异）祎（美也）诐（险诐，置韵同）玭（瑕玭，玉病。纸韵异）桤（木名）觭（角不

齐）徛（举足以渡）兹（音慈，龟兹，西域国名）提觵黎犁漓（水名，湘漓）蓁（草名）

【五微】

微薇晖（日光）徽挥翚（飞貌，又雉也）韦（韦编，韦弦）围帏闱（宫中门）违霏菲（芳菲。尾韵异）妃（骖马）绯（绛色）飞非扉肥腓（胫腨）威祈旗畿机几（几微，庶几。尾、置韵异）讥矶靰（马络头）玑饥（饥馑，与支韵之饥义异）稀希（少也，望也）晞（露干也）衣（衣裳。未韵异）依沂（水名）巍（崔巍）归诽（谤也。尾、未韵同）沏（水名）痱（风病。未韵异）欷（欷歔。未韵同）豨（豕也。尾韵同）溦（小雨，溟溦）駴（六駴骏马）葳（葳蕤，盛貌）穖（耕也）叽（少食也）鶀（雉，北方曰鶀）噫（痛声）澄（霜雪貌）馡（香气，通菲）斐（斐斐，往来貌）颀（长貌）埼（曲岸，又石杠）圻（京圻）祁（祥祁，又崇也。未韵同）睎（望也）

【六鱼】

鱼渔初书舒居（居处，支韵异）裾车（舟车，麻韵同）渠蕖（芙蕖）余予（同余。语韵异）誉（称誉。御韵同）舆馀胥狙（猿属。御韵同）锄疏（御韵异）蔬梳虚嘘（吹嘘。御韵同）徐猪闾（里闾）庐驴诸除（庭除，扫除。御韵异）储如（往也，似也。御韵同）墟琚（佩玉）玙（玉名）与畬（田三岁曰畬。麻韵异）疽（痈疽）樗（不材木）於（语词，又居也。虞韵异）茹（茅茹，吐茹。语、御韵同）蛆且沮（水名。语、御韵异）袪（衣袂）祛（禳却也）蜍（蟾蜍）挐（牵也，烦也）淤（泥淀滓也。御韵同）潴（水所停也）姝（婕妤，女官）雎（雎鸠，从且。支韵从目）谞（有才智也。语韵同）虇（麦也，又虇虇，自得貌）椐（灵寿木。御韵同）纾（缓

也，解也。语韵同）袽（敝衣）踱（踷踱。药韵异）趄（趑趄）璩（环属）
滁（水名）屠（匈奴休屠王。虞韵异）蒢（茹蒢，茜也）绤（绤葛）歔（歔
歔）锄据（拮据）璩（美玉）龃（龃龉。虞、语韵同）唺（笑也）雓（鸡子）
楮（木名）呿（卧息也。御韵同）疋（音疏，足也）咀（犹嘘也。语韵异）
蒢（草可染）湑（露貌。语韵同）衢（行貌。语韵同，麻韵异）涂徐（犰狳）
泇（水名。御韵异）蔗（甘蔗）虑（地名，木名。御韵异）

【七虞】

虞愚娱隅乌无芜巫于盂膢衢儒濡襦须株诛蛛殊铢（十黍为絫，十絫为
铢）瑜榆谀愉腴区（藏物处。尤韵异）驱（逐遣也。遇韵同）躯朱珠趋扶
（扶持，又州名、泽名。本韵异）符凫雏敷夫（男子通称）肤纡输（负也，
纳财也。遇韵异）枢厨俱驹模谟蒲胡湖瑚乎壶狐弧孤辜（罪也）姑觚（方
也，简也，又爵名）菰徒途涂（泥也。麻韵异）荼（苦菜）图屠（屠杀，
浮屠。鱼韵异）奴呼（唤也，又呼吸）吾（自称。麻韵异）梧吴租卢（饭器，
又黑色）鲈炉芦苏酥乌污（水浊不流。麻、遇韵异）枯粗都铺（陈也。遇
韵异）禺（冬韵同）嵎诬竽雩（祈雨祭）吁盱（张目也）瞿（鹰隼视，又
瞿塘峡，又姓。遇韵异）朐胊（脯伸曰脡，屈曰朐）絇（履头饰）轫（车轫。
尤韵同，馀异）繻（缯采）需貙（兽似狸）殳（兵器）俞（然也）逾窬（门
边小洞）觎（觊觎，欲得也）揄（揄扬）萸（茱萸）臾（须臾）歈（巴歈
吴歌）渝（变也）岖（崎岖）蒌（蒿也。尤韵同，麌韵异）镂（属镂，剑名。
宥韵异）娄（曳娄，邾娄。尤韵异）夫（语助）符荂（葭中白皮）孚（信
也）桴（编竹木代舟。尤韵异）俘柎（花萼也）跗（跗趺）迂姝躕（踟躕）
拘挐（仿挐）酺（大酺。遇韵同）醐（醍醐）糊鹕（鹈鹕，水鸟）酤（一

宿酒。麌韵同，遇韵异）鸪（鹧鸪）沽（买也，又水名）呱（儿啼）蛄（蟪蛄）菟（於菟，虎也。遇韵异）駼（良马）膴（无骨腊。麌韵异）幠（大也，覆也）鼯（鼬鼯）驽（无仄音）逋垆（黑刚土也，又酒垆）徂孥（妻孥）泸（水名）栌（欂栌，柱也）铺（以食食之也。遇韵异）晡（日申时也）玗（珣玗，玉名）嚅（嗫嚅）蚨（青蚨）诹（咨事也。尤韵同）娵（娵觜，星名）扶裯（禅衣。豪、尤韵异）跔（手足寒也，又踺跔，跳跃也）母猪（病也）鄌（邑名）玈（黑弓）痡（病也）毋（止之也）杅（浴器）邘（国名）訏（大也）芙（芙蓉）幮（帐也）喁（声相和也。冬韵同，馀异）齵（齿重生）颅（头颅）轳（辘轳）矑（瞳子）釪（錞釪，乐器）盱（日始出）句醹（厚酒。麌韵同）郛洙羭（牡羊）偻（悦也，独用。又恭敬貌。与尤韵同）麸（麦皮）隃（越也）膜（南膜胡人。拜、药韵异）嫫（嫫母）瓠（瓜类，器名。与遇韵同，馀异）箛（竹名）樗（山榆）呼恶（语词。遇、药韵异）刳（判也）髃（骨名）溇（溇溇，雨貌。有韵异）躍（行貌）愉（冢，秦晋谓愉）荂（草木华，独用。又草荣貌。与麻韵同）瓐（碧瓐，玉名）芋（大也，草盛貌。遇韵异）姁（姁媮，美貌。遇韵异）呕（悦言也。尤韵异）驺（车马驰也。尤韵异）嬃（楚谓姊曰嬃）咮（鸟口。宥韵同，遇韵异）趆（人名）喻（呕喻，和悦貌）睮（媚也）纑（布缕）鰅（鱼名）枸（立木也。麌、有韵异）鸬（鸬鹚）鋙（锯也）獳（朱獳，兽名）跦（鸟行貌）蒱（葍蒱，花貌）侏鼯（鱼、语韵同）葫（葫瓜）怃（大也，傲也。麌韵异）鴮（鸟名，似鸱）裯（为牲祭也）瓿嫮（嫠妇）湗（旋流）盓（盓山，国名）籚（竹名）痀（痀偻）稣（更生曰稣）於（叹词。鱼韵异）誧（谏也，犬也）鲆（小鱼）恷（思也，悦也）鸜（鸜鹆，同鸲）懦帑（子也，鸟尾也。

养韵异）楧（木名。麌韵同）稴（稻也。麌韵同）柎

【八齐】

齐（等也，整也。霁韵异）蛴（蝤蛴）脐黎（黎民。支韵同）犁藜梨蠡（支韵同，荠韵异）鼙（支韵同）妻（夫妻。霁韵异）萋凄悽堤羝（牡羊）鞮（革履也）低氐（氐羌）诋碄（黑石，又人名）秪（杨之秀也）题（额也，品也。霁韵异）提（提携。支韵异）蝭蹄啼缔（结也。霁韵同）绨绨（厚缯）騠（駃騠，良马）瑅（玉名）禔（福也。支韵同）鹈媞（媞媞，美好貌，诗作提。荠韵异）鷈（山鸡）缇（赤帛。荠韵同）折（折折，安舒貌，又两入屑韵，义并异）箟鸡稽（稽考，稽留）笄枅（柱上横木。先韵同）兮奚嵇（山名，又姓）蹊（蹊径）傒（待也。荠韵同）鼷（鼷鼠）黳（黑也）倪（幼弱，又姓）齯（齿落更生）霓（虹霓。锡韵同）猊（狻猊）鲵（刺鱼，雄曰鲸，雌曰鲵）輗（辕端木）醯（酢味）西栖犀（犀牛）嘶（散声。支置韵异）嘶（马鸣）撕（提撕）梯（木阶）鼙（骑鼓）膍（牛百叶也）批（反手击也。屑韵同。又批示之也，又削也，俱独用）脐薺（姜蒜为之）赍（支韵同）挤（排挤。霁韵同）懠（疑也。霁韵异）迷麑（鹿子）泥（水淘土也。霁韵异）醢（杂骨酱）谿（亦作溪）圭闺袿（妇人上服）邽（县名）睽（目不相视也，又卦名，孤也）奎刲（割也）携畦觿（佩觿。支韵同）蠵（支韵同）藜（蒺藜，药名）骊（支韵同）鹂（支韵同）缕（缕斐，诗作萋）凄（寒风，诗作凄）桋（女桑。支韵异）睨（远视也）褆（衣服好貌。纸韵同）卟（问卜也）緊（赤黑缯，又语词）兒（姓也，通作倪。支韵异）蜺（寒蝉，又虹也，通霓。屑韵同）睽（睽违）聉（耳不相听）鬲镼（大钟也。支韵同，徐异）郳（地名）霎（霁也）粞（碎米）

【九佳】

佳街鞋牌柴（薪属。置韵异）钗差（使也。支、麻韵异）崖涯（支、麻韵同）阶偕谐骸排乖怀淮豺俳埋霾（风扬尘）斋娲（女娲。麻韵同）蜗（蜗牛。麻韵同）娃（美女。麻韵同）哇（吐也，又淫声。麻韵同）皆荄（草根。灰韵同）喈（喈喈，鸟鸣）揩（拭也）蛙（麻韵同）湝（水流貌）楷（孔林木。蟹韵异）槐（灰韵同）鲑（鱼名）簰（大桴）廌（蚌长狭者）綯（绶紫青色。歌、麻韵同）駬（黄马黑喙。麻韵同）喔（犬斗）挨俳（俳优）

【十灰】

灰恢（大也）魁（斗魁）隈（水曲）回（转也，邪也）徊（徘徊）槐（佳韵同）枚（条枚）梅媒煤（烟墨，又石灰也）瑰雷罍（酒尊）隤（下坠也）催（迫也）摧（折也）堆陪杯醅（酒未漉也）嵬（崔嵬。贿韵同）推（排也，进也。支韵异）开哀埃台苔该才材财裁（裁度，裁缝。队韵异）来莱栽（种也。队韵异）哉灾猜胎台（三台。支韵异）腮孩虺（喧声）痌（痌，病也。尾韵异）恢（孔恢、李恢独用，又忧也。纸韵同）洄（逆流）莓（苔也）禖（求子祭）缞崔裴（衣长貌，又姓）培（益也，养也。有韵异）坯（未烧瓦）骀（驽骀，台骀。贿韵异）垓（九垓）陔（阶也）騋（马高七尺）徕（招徕，又徂徕，山名。队韵异）皑（霜雪白貌，无厌音）傀（倭傀貌，美也。纸韵异）焞（盛貌。元韵异）薙（支韵同）欸（南楚凡言然者，曰欸。又叹声。贿韵同，徐异）絯（束也，挂也）峡（邛峡，山名）郲（地名）诙（诙谐）煨（火馀）脢（背肉。队韵同）锤（治玉也，虚用。支韵异）胚（一月孕）桅（樯也）唉（叹也）鲐（海鱼名）炱（煤也）荄（佳韵同）才郜（国名）颏（额也。贿韵同）能根（户枢）茴（茴香，草名）醅（酒本曰醢）薹（芸薹，菜名。又莎草，可为笠。通台）晐（备也，兼也）侅（奇侅，非常）峐（山无草木）偎（爱也）漼（霜雪积聚貌。贿韵异）隗（郭隗，独用。又高也，与贿韵同）挼（手摩物也。歌韵同）咍（笑也）擡（俗作抬，非抬击也）磓（聚石也）鮠（鱼名，俗作鮰）咳

【十一真】

真因茵辛新薪晨辰臣人仁神亲（爱也，近也。震韵异）申伸（屈伸）绅（大带）身宾滨邻鳞麟珍瞋（怒也）尘陈（震韵阵亦作陈，义异）春津秦频（频频，数也）蘋（大萍）颦（眉蹙）嚬（笑嚬）银垠（地垠。文韵同，元韵异）筠（竹青皮）巾囷（圆廪，又轮囷。轸韵同）民珉（石似玉）缗（钱贯，又钓纶）贫淳醇莼纯（纯粹也。元、先、轸韵异）唇伦（彝伦）纶（丝纶。删韵异）轮沦匀旬巡（通循）驯（顺也）钧（三十斤也，又秉钧，诗作均）均（均平）臻（至也）榛（小栗）姻（婚姻）闉（城上重门）宸（帝居也）寅（辰名，又敬也。支韵同）嫔（九嫔，妇官）龂（辨争貌）旻彬鹑（鹌鹑）皴（皮细起）遵循振（厚也，振振。震韵异）甄（陶也。先韵同，馀异）禋（精意以享为禋）岷（山名）谆（诚恳貌。震韵同）椿（大椿）询（咨也。无仄音）恂（信也）峋（嶙峋）漘（水际）莘堙（塞也）屯（难也，又卦名。元韵异）骃呻（吟也）粼（水生崖石间）磷（砰磷，峻貌。震韵异）辚（车声）璘濒（水涯）嚚（愚也）筼（竹肤）闽（闽越）豳逡（行不进也）踆（退也）畇（垦辟也）侁（行貌）敶（九方敶，人名。先韵同）填（久也。先、震、霰韵异）狺（犬声。文韵同）泯（尽也，又水貌。轸韵同）旼（和也）忞（强勉也）洵（水名，又信也）溱（水名）诜（众言也）駪（马多）桭（两楹间）湮（沉也）傧（敬也。震韵异）驎（黑脊马。震韵同）燐（鬼

火）黈（黈缘）苟郇（地名）錞（金錞，乐器。贿韵异）竣（毕也。先韵同，无仄音）紃（条紃）蓁（盛貌）侲（童子也。震韵同）帪（马兜囊）讀（敬也）娠（孕也。震韵同）柛（木自毙）珉（美石，次玉。震韵同）螓（似蝉而小）𡩋鄞（县名。文韵同）緡（绳纽。文韵同）滰（水深广也）麇箖（竹可为矢。轸韵同）珣（美玉）抡（择也。元韵同）蜦（神蛇）櫄（木名）鷐（雉也。元韵同）甡（众多貌）墐（涂也，墐户。震韵同）畛（田陌。轸韵同）潾（水清貌）嶙（嶙峋，峻貌。轸韵同）瞵（视貌。震韵同）眴（目动。霰韵同）斌（同彬）侁（进也）氤（氤氲）

【十二文】

文闻（耳知声也。问韵异）纹蚊雲氛分（别也。问韵异）纷芬焚坟（坟墓。吻韵异）群裙君军勤斤筋勋薰（香草）曛（日入）熏（火气，通薰）醺（醉也）纁（浅绛）荤（臭菜）耘云芸（香草）棼（复屋栋，又乱也）汾（水名）濆（水崖）枌（白榆）雰（雾气）氲（氤氲）员（益也，幅员。先、问韵异）欣芹殷（删、吻韵异）沄（水转流也。元韵同）昕（日出）缊（缊缊，纷缊。元、问韵异）煴（郁烟）帉（马衔外铁）蒉（草木多实）贲（大也。元、置韵异。又三足龟，元韵同）焄（香臭）炘（热貌）纭（纷纭）郧（国名）緍（真韵同）豶（豕也）妘（女字）羵（羵羊）朌（大首貌，《诗》作颁）宭（群居也）麔（真韵同）骳（足坏也）帉（大巾）蕡（菜名）慇（慇勤）懃（同勤）懂（忧哀）瘒（病也）堇（黏土）垠（地垠。真韵同，元韵异）龈（齿根肉）狺（真韵同）鄞（真韵同）闉（真韵同）雯（云文）菶（菶菶，盛貌）枌（长衣貌）蝹（龙貌。皓韵异）鶤（鸟名，青鸡）溳（水名）笰（筕笰）澐（大波）櫄（木名）魵（鱼名）羒（牡羊）盼（田

鼠）蕲（草也。支韵异）

【十三元】

元原源鼋园猿辕垣烦繁（多也。寒韵异）蕃（蕃息）樊（樊笼）翻幡暄萱喧冤言轩藩魂浑温孙门尊罇（酒器，一作樽）存蹲（踞也）敦（敦厚。寒、队、愿韵异）墩（土堆）暾（日出）屯（聚也。真韵异）豚村盆奔论（评论。愿韵小异。按：虚用读平声）坤昏婚阍（门隶）痕根恩吞沅（水名）嫄（姜嫄）湲（潺湲，水流貌。删、先韵同）媛（婵媛，牵引貌。霰韵异）援（引也。霰韵异）膰（祭馀熟肉，通燔）蹯（兽足）燔（炙也）薆蘋（似莎而大）蘩蘩（蘋蘩）祥（绤绹）矾（矾石）幡（拭觚布，又幡幡，同翻）墦（冢也）繙（缤繙，风吹旗貌）番（更番也。歌韵异）璠（璠玙）反谖（诈谖，又忘也）狟（貉类。寒韵同）啍（口气）埙鶱（凤鶱，飞貌，与骞别）鸳宛（大宛，国名。阮韵异）掀（举也）鞬（盛弓矢器。铣韵同）昆琨（瑶琨）鲲（北溟鱼，又鱼子）缊（绯也，赤黄间色。文、问韵异）扪荪（兰荪）飧（夕食曰飧）惇（厚也）芚（菜似苋）贲（虎贲，通奔。文、置韵异）仑（昆仑）髡（去发）惽（不明）䴢（温䴢，香也）跟（足后踵）垠蒮（鸟蒮，草名）鹓（真韵同）敶（去畜势也）抡（真韵同）轋（兵车）榅蕰（蕰藻同，蕰、吻、问韵异）繂（十羽为繂）瓢（无底甀）楗杬（绵杬，木名）羱（野羊角大。寒韵同）芫（毒鱼草）蚖（蝾蚖）榌（石榌，木名）邧（晋邑名）阮（五阮，郡名。阮韵异）袁洹（水名。寒韵异）笑（竹器，盛枣脩者）昍（日气，同暄）晅（纡缓也，又宽绰貌。阮韵异）智（瞀目，又废井。寒韵同）鹓（凤属）怨蜿（蜿蜿，龙升貌）楠（松心木，又脂出也。寒韵同）鼲（鼲鼠，见人拱立）沄（文韵同）涽（郁热貌。愿韵异）昆瑶

（人名，北史冠军翟瑥）辒（车名，闭为辒，启为輬）璊（赪也。《诗》“毳衣如”）亹（水流峡中，两岸若门也。尾韵异）嶟（山貌）繜（衣也）燉（火炽，又燉煌，郡名）饨（馄饨）臀（髀也）溢（江名）楯（合楯木，一作合欢）喷（吐气也。愿韵同）捃（急引也，又批捃，排去之也）纯（束也，《诗》“白茅纯束”。真、先、轸韵异）

【十四寒】

寒韩翰（羽翰。翰韵异）丹殚（尽也）单（复之对也。先、铣韵异）安鞍难（不易之谓难，又木难，珠名。翰韵异）餐滩（水濑。翰韵异）坛檀弹（射也，又劾也。翰韵异）残干（犯也，通奸，又阑干，俗作杆）肝竿干（燥也，又桑干，地名。先韵异）阑栏澜（波澜。翰韵同，馀异）兰看（视也，翰韵同）刊（削也。作刋非，刋音茜）丸桓纨（纨素）端湍（急濑）酸团抟攒（聚也）官观（视也。翰韵异）冠（弁冕总名。翰韵异）鸾銮栾（木似栏，又檀栾）峦欢宽盘蟠漫（大水貌，漫漫。翰韵异）榦（井榦，井垣也。翰韵异）汗（可汗，酋长也。翰韵异）郸（邯郸）叹（太息。翰韵同）摊（手布使开也。翰韵异）姗（讪姗）珊（珊瑚）玕（琅玕）奸（犯乱也）貆（元韵同）刓（刻刓）剜（削也）漙（漙漙，露多貌）慱（忧也）棺驩（马名，又同欢）欢（哗也）钻（刺也，虚用。翰韵异）磐（大石）鞶（鞶带）瘢鬝（长发）谩（诳语。翰、谏韵同）瞒（目不明）潘啴（喘息）蹒（蹒跚）獂（元韵同）剬（齐也）胖（大也，体胖。翰韵异）弁（乐也，同般。又《小弁》，《诗》篇名。霰韵异）箪（圆筐）拦完瓛（同桓公所执圭）莞（草可为席。潸韵异）獾（牡狼）髖（两股间）般磻（磻溪）拌（捐弃也）撣（触也）驔（白马黑脊。先韵同，馀异）汍（汍澜，泣貌）芄（芄兰）

綂（候风羽）巑（山锐）欑（木丛）穳（刈禾积也）敦（音团，聚貌。《诗》"敦彼行苇"。元、队、愿韵异）倌（驾车官）繁（薄官切，繁缨，《礼》作樊。元韵异）曼（路远，又匈奴头曼单于。愿韵异）馒鳗疼（力极也）禅（汗襦）忓（扰也）蕑（盛弩矢）谰（诋谰，诬言也。翰韵同）貒（似豕而肥）岨（小山岨，大山岨）洹（洹洹，流也。元韵异）狻（狻猊）智（元韵同）浘（滃浘，水名）滦（水名）欂（元韵同）

【十五删】

删潸（涕出貌。潸韵同）关弯湾阛（阛阓，市门）还（先韵异）环镮（金镮，刀镮）鬟锾（六两曰锾）寰（畿内县）圜（团也，又破觚为圆，与先韵圆字同义，与此别）班（分也，布也）斑（驳文）颁（颁白，颁赐，通班）般（还师也，同班。寒韵异）蛮颜奸菅（茅属，菅刪）攀顽犴（寒韵同，翰韵异）山鳏（无妻）间（中间。谏韵异，又见本韵）艰闲（防也，习也）闲（闲暇）娴（闲雅）鹇（白鹇）悭（吝也）孱（懦弱。先韵同）潺（流水貌。先韵同）殷（赤黑色文。吻韵异）斑（斓斑）斓湲（元、先韵同）纶（草名，色青赤文，纶巾。置韵异）眅（目多白。潸韵同）僩（心静也。潸韵异）摱（摱甲。谏韵同）鹯（比翼鸟）跧（跧伏，又蹴也。先韵同）扳（同攀）矊（目多白）鬘（缨络也）狦（健犬）黫（黑也）讪（谤讪也。谏韵同）潓（漩潓，水貌）患（忧患也。谏韵同）豤（五闲切，虎怒也）

下平声

【一先】

先（霰韵异。在前为先，平声；在后而先之，去声）前千阡（南北曰陌，东西曰阡）笺（诗注，又表也，一作牋）鞯（鞍鞯）天坚肩贤弦（弓弦）絃（管絃）烟燕（国名。霰韵异）莲怜田填（塞也，又鼓声。真、震、霰韵异）钿（金华饰。霰韵同）年颠巅牵（引也，又饮牵。霰韵异）妍研（穷究也，独用。又磨也，与霰韵同）眠渊涓（细流）边笾（竹豆）编玄县泉迁仙鲜（洁也；又鲜食；又朝鲜，国名。铣韵异）钱（泉货也，本作泉。铣韵异）煎（熬也，霰韵异）然（语词，又烧也）延筵毡旃（曲柄旗，又语词）膻（羊臭）禅（静也，释氏谛。霰韵异）蝉缠（绕也，虚用。霰韵异）连联涟篇偏便（安也，习也，便便，辩也，又腹便便，肥满貌。霰韵异）绵全宣镌（镂刻也）穿（通也。霰韵异）川缘（因也，循也。霰韵异）鸢铅（青金）捐旋娟船涎鞭铨（铨衡）筌（取鱼器）专砖圆员（官数也。文、问韵异）乾（天也，卦名。寒韵异）虔（虎行貌，又敬也）愆（愆尤）骞（马腹絷也，又亏也）权拳椽（屋桷）传（授也，续也，布也。霰韵两见义俱异）焉跹（蹁跹）芊（芊芊，草盛貌）溅（水疾流貌。霰韵异）舷（船边）咽（咽喉。屑韵异）零（先零，西羌名。青韵异）阗（盛也，又于阗，国名）骈（驾二马）辁（车重曰辎，轻曰辁，又妇人车。青韵同）鹃（杜鹃）綖（冠上覆）馔（糜也）甄（姓也，独用。馀与真韵同）邅（迍邅，行不进）挻（引也）梴（木长貌）鋋（小矛）嗎（笑貌）瀍（水名）翩扁（小舟。铣韵异）平（平平，辨治也。庚韵异）儇（慧利也，又轻儇）翾（小飞也）嬛（便嬛，轻丽貌。庚韵异）沿（从流下）还（同旋。删韵异）悁（忿悁，忿也。悁悁，忧也）鳊（鲋鳊）诠（解也）痊佺（尧时仙人，名偓佺）悛（改也，无仄音）荃筌（折竹卜也）邅（速也）卷（曲也，又好貌。《诗》"硕大且卷"，又大卷，黄帝乐名。铣韵异）颧（辅骨，通权）鬈（发好）挛（拘挛）煊（火炎貌。铣韵异）戋（浅小意，《易》"束帛戋戋"）开（平也，又罕开，羌别种）千（秋千，绳戏也）纯袄（胡神）蜎（《诗》"蜎蜎者"。蠋、铣韵同）嬽（女嬽，星名）仟（千人长）畋（猎也）佃（治田，又同畋。霰韵同，馀异）蹎（蹎仆）滇（滇池，地名）胼（皮成茧）鼜（鼓声，通咽、渊）諓（諓諓，善言也，又巧谗貌。铣、霰韵同）澶（删韵同）孱（删韵同）婵（婵娟，媚态）瑄（六寸璧）悁（急也）颛（颛颛，谨貌。又颛顼，星名）跧（删韵同）湲（元、删韵同）犍（元韵同）褰（裤也，又搴也）搴（取也，铣韵同）鲜（物不鲜）嫣（巧笑，又蝉嫣，连也）襢（襢裼，衣貌）歅（真韵同）瘨（病也，一作癫）缏（缝也）骣（乘马，骣如独用，馀与寒韵同）澶（澶渊，水名）单（单于。寒、铣韵异）伣（轻举貌，鸟伣鱼跃）譞（智也，多言也）駩（白马黑唇）絟（细布）竣（真韵同）骟（骣骟）鄢（地名，阮韵同）籛（彭祖姓）沺（沺沺，水大貌）焆（明也）鱻（鲜鱼，同鲜）籼（籼稻）鬜（女鬈垂貌。铣、霰韵同）鹯（晨风鸟）扇（扇凉，与煽同。霰韵异）揎（手发袖也）璇键蹮（蹁蹮，不伸）蜷（虫行）棉（木棉）鲢（鱼名）橼（香橼）

【二萧】

萧箫挑（取也，荷也。豪、筱韵异）貂刁（刁斗，又姓）凋雕（刻也）雕迢条髫（垂髫）跳（跃也）蜩（蝉也）苕（鼠尾草）调（和也。尤、啸韵异）枭（不孝鸟）浇（沃也，薄也）聊（且也，赖也。聊聊，耳鸣）辽（远也）寥（寂也）撩（理也，取物也）僚（官僚，筱韵异）寮（绮寮，窗也）尧峣（岩峣，高貌）幺（幺么，小也）宵消霄绡销超朝（朝夕）朝（朝廷）潮嚣（喧嚣，又隗嚣。豪韵异）樵（采樵）谯（国名，又城上高楼）骄娇（女态。筱韵异）焦蕉椒燋（持火使燃，药韵异）饶桡（楫也。效韵异）荛（刍尧）烧（热也。啸韵异）遥徭（徭役）姚（美好貌，又姓）摇（动也。招摇，星名。扶摇，暴风。步摇，首饰。啸韵同动义）谣（徒歌曰谣）轺（使车）瑶韶（舜乐）昭（明也。筱韵异）招飙（暴风）标（标举，独用。木末，与筱韵同）杓（斗柄。药韵异）镳（马衔外铁）瓢苗描猫要（约也，劫也。啸韵异）腰邀枭（同枭）乔（木上竦）桥侨（寄也）妖夭（少好貌。筱、晧韵异）漂（浮也，又浏漂，清凉貌，见马融《长笛赋》。啸韵异）飘翘（举也）翛（翛翛，飞羽声）祧（远祖庙）佻（佻巧，又佻达。《诗》作挑。筱韵同）徼（徼倖，又求也。啸韵异）鹪（鹪鹩。啸韵异）潦（水清）侥（僬侥，短人）哓（哓哓，惧声。又多言貌）哨（口不正。啸韵异）蓠（白芷）枵（虚也）熇（炎气屋。沃、药韵同）膲（《脉诀》有三膲）噍（声急也。《乐记》"其声噍以杀"。尤、啸韵异）娆（娇娆。啸、筱韵异）飖（飘飖）鳐（文鳐）愮（愮愮，忧无告也）陶（皋陶。豪韵异）幖（头上帜也）熛（火飞）麃（麃麃，武貌。肴、筱韵异）僄（行貌）瀌（瀌瀌，雨雪貌。尤韵同）嘹（虫声）趫（善走）橇（禹泥行所乘。屑韵同）劭（美也，自强也。啸韵同）潇鲦（鱼名）骁（勇捷）飚（飚，风声。尤、宥韵同，馀异）憀（无憀，赖也，通聊）料（料理，又小斝。啸韵异）髎（盖骨，亦橑也。晧韵同）痟（渴病）硝（硇硝）蛸（螵蛸。肴韵异）魈（山魈）鐎（刁斗）鹬（长尾雉）鹩（桃虫，鹪鹩）䔥摽（麾也。筱、啸韵异）窑（瓦窑）鸹（雉名。啸韵异）襷（后衣。虞韵同，馀异）钊膘（脂膘，肥貌）藻（浮藻，萍也）蛲（腹中虫。蛲蛕）峤（山锐而高。啸韵同）轿苕荞（荞麦）镳谬（空谷）嘹（嘹亮。啸韵异）垚（土高貌）悇（忧也。尤韵同）逍（逍遥）怊（怅恨）燎（庭燎。啸韵同，筱韵异）磬（大磬）憔（憔悴）谣（乐也）翲（高飞）

【三肴】

肴巢交郊茅嘲钞包胶爻苞梢蛟庖匏坳敲（击也。效韵同）胞抛（从九不从九）鲛崤铙（铙吹）炮筲（斗筲，竹器）哮（咆哮，熊、虎声）呶（喧呶）捎（掠也。蒲捎，良马）譊（恚呼也）茭（刍茭）淆（混淆）泡（浮沤）媌（美好貌。巧韵同）恔（惽恔）跑筊（竹索，又箫名。巧韵同）咬（咬咬，鸟声）嘲（嘲嘐。尤韵异）教（悔教，肯教，尽教，苦教之类。效韵异）咆（咆哮）犦（支韵同）鞘（鞭鞘）漅（漅湖，通巢）詨（夸语）轈（兵车，通巢）鉋（鉋刷）佼（行也。巧韵异）抓姣嘐（嘐嘐，志大言大也）㧌（手引取也。有韵异）鄛（乡名）脬（膀胱）颮（风声。觉韵异）洨（水名）菬（恶草）芁（秦芁，药名）俏（痛声）摎（束也，绕也。尤韵异）勹（包也，象曲身貌）捊（引取也）嶕（山耸貌）鞄（革工）淠（水名）娟（小娟，偷也）哰（语多貌）

【四豪】

豪毫操（持也。号韵异）绦（编丝绳）刀萄（葡萄）猱（猴也）褒（扬美也）桃糟（酒滓，俗作醩）漕（卫邑。号韵异）旄（旌旄。号韵异）袍挠（搅也，屈也。巧韵同）蒿涛皋号（呼也。号韵异）陶（甄陶，又姓。萧韵异）螯（蟹螯）翱鳌敖（游也，或作遨）曹遭糕篙羔（羊子）高嘈（喧嘈）搔（爬搔）毛艘（船总名，无仄音）慆骚（扰也，忧也）韬（藏也，又韬略，通弢）缫（绎茧出丝，晧韵异）膏（肥也。号韵异。凡脂膏之膏，平声；用以润物曰膏，去声）牢醪（醇醪）逃槽濠（城濠）绹（绞索）劳（勤劳。号韵异）艚（船艚）鮡（蔵鮡，紫鱼）洮（临洮，水名）叨绸（韬也，《尔雅》"素锦绸"。杠、尤韵异）慆（悦也）醄（酕醄，醉貌）牦（牛

尾。支韵同，馀异）茞（水草。号韵异）舠（小船，通刀）螬（蛴螬）襦（汗
襦。虞、尤韵异）忉（忧也）饕（贪财曰饕，贪食曰餮）骜（骏马。号韵异）
獒（犬四尺）熬（煎也）臊（腥臊）槄（山楸）梼（梼杌）涛（飞涛，大波。
晧韵同，号韵异）弢（弓衣）蟭（蛁蟭，小蝉）淘（澄汰也）謷（不省语
也，又笑不止。看韵异）啁挑（挑达。萧、筱韵异）嚣（选徒嚣嚣，又仲
丁迁于嚣。萧韵异）捞（取也）嘷（虎豹声）嗷（众怨声）蜩（蝮蜩，蝗子）
薅（除田）皋（古皋字。有韵异）辒（公车，通旐）謟（音叨，疑也）駣（駣
騱，良马）潘蚔（蚌属）

【五歌】

歌多罗河戈阿（曲也）和（谐和。个韵异）波科柯陀（陂陀）娥蛾鹅
萝荷（芙蕖。哿韵异）何过（经过也。个韵异）磨（以石治玉。个韵异）
螺禾窠（穴中曰窠，又巢也）哥娑（婆娑，舞貌。哿韵异）驼（橐驼）佗
（委佗，美貌，又见后）沱（滂沱，江沱。哿韵异）鼍（似鱼有足，皮可
冒鼓）峨（嵯峨。哿韵同）他（彼也）那（何也，多也，安也。哿韵亦训
何又，个韵异）苛（烦苛）诃（责也）珂（佩玉）轲痾（病也）莎蓑梭（织具）
婆摩魔讹（谬也）坡颇（不平也。哿韵异）瑳（玉色鲜白。哿韵同）挲（摩
挲）紽（丝数）酡（酒容）鮀（鱼名，又人名）迤（逶迤，行貌）莪（蒿属）
俄（俄顷，速也。无仄音）哦（吟哦）傩（逐疫也。哿韵异）呵（气出也，
亦作诃）皤（发白也，通番）么（幺么，细小也。哿韵同）涡（水回也）
窝（穴居）茄迦（释迦，瞿昙。号、麻韵异）伽（僧伽，释氏称）磋（切磋，
治骨角。个韵同）傞（傞傞，醉舞）跎（蹉跎）詑（欺也）番（番番，勇也。
元韵异）菏（泽名，通荷）蹉（蹉跌）搓（手搓）驮（骑也，负也，虚用。

个韵异）驿（《尔雅》"青骊驎駽"）醑（白酒）斝（音婆，酒尊名。愿韵异）蝌（蝌蚪）睋（视也）筼（筛筼）鍋（温器）倭（海中国名。支韵异）啰（和啰，声迭荡也）坬（甘坬，炼金银器）嵯（嵯峨。支韵异）柂矬（短也。《北史》"形貌矬陋"）锣（鸣锣，乐器）堶（抛堶，寒食飞砖戏）

【六麻】

麻花（本作华）霞家茶华（荣也）沙车（鱼韵同）牙蛇（龙蛇。支韵异）瓜斜邪（心不正，又同耶）芽（萌芽）嘉瑕（玉小赤也）纱鸦遮（要也，蔽也）叉（交手也）葩（花也）奢（侈也）楂琶（琵琶）衙（官舍也。鱼、语韵异）赊（贳买也，又远也）涯（支、佳韵同）夸巴（巴蜀）加耶（疑词）嗟遐（远也）筚（乐器）差（不相值也。支、佳韵异）蟆（虾蟆）蛙（佳韵同）哗（喧哗）虾（鱼虾）豭（牡豕）葭（苇未秀者）茄（五茄，药名。茄子，蔬名。又荷茎也。歌韵异）挝（击也）呀（张口貌）罝（兔网）枷哑（哑呕貌，学语咿哑。船声。马、陌韵异）娲（佳韵同）爬（搔爬）杷（枇杷，果也。又收麦器）蜗（佳韵同）爷（俗呼父）芭（芭蕉，又桐芭，通葩）鲨窊（下也）豝（牝豕）緺（佳、歌韵同）珈（妇人首饰）騢（马赫白色）枒（权枒）铘（镆铘，神剑）騧（骅骝）赮（赤色，通霞）娃（佳韵同）哇（佳韵同）洼丫苴（水中浮草。鱼、语韵异）艖（小舟）污（礼污尊抔饮。虞、遇韵异）鴽（野鹅）蕸（荷叶）铊（短矛）舥（浮梁）夸袈（袈裟）些（少也，个韵异）跏（跏趺，僧坐）涂（音荼，沮洳也，又饰也。虞韵异）椏（树歧，通枒）杈（权杈）痂姱（奢也，好也）砑溠（水在义阳）苲（荣也，华也。虞韵同，馀异）哆爹（羌人呼父。哿韵同）枒（木名）咤（达利咤。祃韵异）煆（火气）笆（竹篱）桦（木皮可为烛。祃韵同）玡（琅玡，郡名）

颹（吐气，又风貌）划（拨进船也）㹬（牛有力也）挪（挪揄，举手相弄）吾（允吾，县名。虞韵异）鋘（钱异名）摩（牛重千斤）鶐（鸟似雉）砗（砗磲）佘（姓也）桬（桬棠）

【七阳】

阳杨扬香乡光昌堂章张（开也，施也。漾韵异）王（君也。漾韵异）房芳长（短长，又善也，远也。养、漾韵异）塘妆常凉霜藏（匿也，蓄也。漾韵异）场（筑土曰坛，除地曰场）央泱（泱泱，水流貌。养韵异）鸯秧嫱（嫔嫱，妇官）狼床方浆觞梁娘庄黄仓（仓庚）皇装（束也）肪（脂也）殇（夭丧）襄（赞襄）相（共也，又质也。《诗》"金玉其相"。漾韵异）湘（水名）缃（缥缃，帛浅黄色）箱厢（东西室）创（伤也。《汉·曹参传》"被七十创"。漾韵异）忘（遗也，忽也。漾韵同）芒（草端，又光芒）望（瞻望，令望。漾韵同）尝（试也，又祭名，忝尝）偿（还所值也。漾韵同）樯（帆柱）枪（稍也，距也，又天枪，星名。庚韵异）坊（邑里名）囊（有底曰囊）郎（官名，又男子称）唐（国名，又庙中路）狂强肠康岗苍（深青色。养韵小异）匡荒遑（暇也）行（二十五人为行，又中行，复姓。太行，山名。庚、漾、敬韵异）妨（害也，碍也。漾韵同）棠（甘棠，海棠）翔良航（舟航，通杭）飏（拜飏，簸飏，通扬。漾韵同簸义）倡（倡优，俗作娼）伥（伥伥，不知所如）羌庆姜（姓也）僵（仆也）韁缰（马继）疆（封疆）粮（谷食）穰（禾食丰也，又凡物丰盛曰穰。养韵同丰义）将（音浆。发始辞，又送也。干将，剑名，又见后。漾韵异）墙桑刚祥详洋（水盛也）旸（日出也）徉（徜徉）伴（诈也）梁量（称量，商量。漾韵异）羊伤汤（热水也，又殷汤，又见后。漾韵异）魴（赤尾鱼）樟（豫章，木名，通章）彰漳（水名）璋（半圭）猖（披猖）铓（锋铓）商（商量，殷商）防（堤也，备也，又清防，屏风也。漾韵同堤、备义）筐（竹器）煌（光明也）篁隍（城隍）凰徨（彷徨）蝗惶（恐惶）璜（半璧）榔（槟榔，鸣榔。养韵同）廊浪（沧浪，水名。聊浪，放荡貌。博浪、乐浪、庄浪，地名。漾韵异）筜（箷筜）裆沧纲亢（人颈也。《史记》"搤其亢"。又督亢，地名；陈亢，人名。漾韵异）吭（鸟喉。养、漾韵同）钢（炼铁）丧（持服曰丧。漾韵异）糠（谷皮）肓（心上鬲下）潢（天潢，银潢。漾韵异）簧（笙舌）忙茫傍（侧也。漾韵异）汪（池也，又水深广也）臧（善也，又臧获）琅（琳琅）螂（螳螂）当（任也，遇也，敌也。又马当、武当，山名。漾韵异）珰（耳珠）庠（养老曰庠）裳昂（低昂）鹢（鹢鹢，神鸟）郒（邑名，亦同障）障糖疡（头疮，《诗》作痒）锵（玉声）汤（音商，水流貌）镗（鼓声）硠（石声）杭（州名）颃（鸟下飞。漾韵异）邙（北邙，洛阳冢墓所在）赃（纳贿也）湟（水名）滂（滂沱，大雨）溏（池也）砀（芒砀，山名。沆砀，白气。漾韵同）将（音锵，声也。《诗》"佩玉将将"。又愿辞也，将伯助予。又严正貌，应门将将。漾韵异）骦（骕骦，良马）筤（《易》"震为苍筤竹"）禳（除殃祭。无仄音）攘（窃也。《书》"夺攘矫虔"。又除也，《诗》"攘之剔之"。养韵异）跄（趋跄）鸧（鸳鸧，鸟名。鸧鸧，和声）螀（寒螀）瀼（瀼瀼，露浓也）瓤（瓜实）枋（木可为车）抢（拒也，突也，飞掠也。养韵异）戕（杀也）螳（螳螂）踉（跳踉）眮（目眮）炀（烁金也。漾韵异）稂（草名，似莠）菖（菖蒲）锴（锒锴）洸（水涌也）阊（阊阖，天门）蚢（《尔雅》"蛒蚢"，蚢螂）玱（玉声）蹡（《广雅》"俇俇蹡蹡"）纕（马腹带，又佩带）彭蒋斨（斧斨）亡殃嫜（姑嫜，舅姑也）鲳（鲳鯸，鱼名）礓（奇礓，石名）

瓅（马带饰）蔷（蔷薇）喤（喤喤，声和也。庚异同）玚（玉名）镶汸（并船也，通方。又汸汸，河海下流貌）郱（什邡，县名）钫（镀属）嫭嵘（山高貌）湦（水出桂阳）搪（搪揆，亦作唐突）茛（草名）碏（岸石）趪（趪趪，武貌，又张设貌）汯（谷名，在京兆）沧（寒貌）彷（彷徨）劻（劻勷）眮（美目）綡（冠缨）恇（怯也）鉠（铃声）榶（榶棣，《尔雅》作唐）僮（僮突，通唐）璲（玉名）锒（锒铛，锁也，又钟声）胱（膀胱，水腑）霶（霶霈）雱（雨雪盛）磅（砰磅，石声）膀（见胱注）螃（螃蟹）

【八庚】

庚更羹坑盲横（东西曰纵，南北曰横。敬韵异）觥（觊樽）彭（鼓声，又姓。阳韵异）棚亨枪（鼎枪）英瑛（玉光）烹（烹饪）平（平正也。先韵异）评（品论也。敬韵同）枰（博局）京惊荆（荆楚）明盟（告其事于神也，小事曰诅，大事曰盟。敬韵异）鸣荣莹（玉色。径韵小异）兵兄卿生甥笙牲（牺牲）檠（所以正弓。独用，灯檠。敬韵同，梗韵作橄亦同）擎鲸黥（墨黥，面刑）迎（逢也，敬韵异。凡物来而接之，平声；未来而迓之，去声）行（行步。阳、漾、敬韵异）衡（平也）耕萌氓宏（大也，通闳）闳（巷门）茎莺樱（含桃）泓（水深）橙（橘属。径韵异）争筝（秦声，蒙恬所造）清情晴精睛（目珠，梗韵异）菁（韭华，又菁菁，美盛貌）晶（水晶）旌（旍首也，又旌别）盈（盈缩，通嬴）楹（柱也）瀛（海也）嬴（秦姓）赢（馀也）营婴（婴儿）缨（冠系）贞成盛（黍稷在器也。敬韵异）城诚呈程（式也，章程，又程途）酲（酒病）声征正（岁之首月，又射侯。敬韵异。三正、正朔，平去通用）钲（铙类）轻（重之对。敬韵异）名令（使令也。脊令，鸟名；丁令，地名。敬韵异）并（合也，二难并。又州名，幽并。敬韵异）倾（敧也）萦（绕也）饧（饴和徽也）琼（赤玉）赓虻（蚊虻）黉（学宫）锽（钟鼓声，通喤）喤（阳韵同）祊（庙门祭）輣（兵车）撑（撑拄）瞠（直视）枪（欃枪，彗星。阳韵异）䫑（五䫑，同英，帝喾乐）霙（雪花）伧（吴人谓中州人为伧）峥（峥嵘，山高峻）枰根（门两旁木）猩勍（强力。无庚音）珩（佩玉，上珩下璜）蘅（杜蘅）桁（屋上横木。阳、漾韵异）铿（金声）硁（小石之坚确者）䯒（牛膝骨）翃（虫飞）嵘（见峥注）丁（丁丁，伐木声。青韵异）嘤（嘤嘤，鸟声）鸎僜（弱也）铮（金声）琤（玉声）砰（砰磕，如雷之声）怦（怦怦，心动）绷（裹儿衣）伻（使也）弸（弓强貌）轰（群车声）甸瞪（直视）蜻（蝉有文者）籯（筥也，《汉书》"黄金满籯"）茔（墓域）璎（璎珞）桢（桢干，题曰桢，横曰干）撄（触也，通婴）祯（祥也）赪（赤色）柽（河柳）蛏（蚌属）侦（候也，探视也。敬韵同）珵（美玉）裎（裸裎，露体也。梗韵异）鲭（煮鱼煎食曰鲭）顷（头不正。又西顷，山名，《禹贡》作倾。梗韵异）嫈（独也，《诗》"嫈嫈在疚"。先韵异）骍（马赤色）榜（所以辅弓弩者。养、敬韵异）泾（水名，又州名）觪（角弓）狞（狰狞，恶貌）抨（弹也）絣（绵也，又振绳墨也）趟振（振触）锽（钟声）蝾螈（蝾螈，蜥蜴别名）酲（湛酒，又淫酲。敬韵同）瀯（瀯瀯，水回旋貌）嵤（山深也）坪（地平也）泙（水名，又谷也）泓（水波）婷（女身长好貌。青韵异）请（《史记》《礼记》"请文俱尽"，又受言也。梗、敬韵异）

【九青】

青经（经籍，独用。又经纬，雉经。与径韵同）泾（泾渭）形刑邢（国名）硎（砥石）型（金曰范，土曰型）陉（山绝坎）娙（女官名。庚韵异）

亭庭（阶庭，洞庭。径韵异）廷（朝廷。径韵同）霆（雷霆）莛（草茎。《东方朔传》"以莛撞钟"。迥韵同）蜓（蜻蜓，虫名。铣韵异）渟（水止）桯（山梨）停丁（辰名，又姓，又鱼枕谓丁。庚韵异）宁钉（炼金为鉼。又铃钉，矛名。径韵异）玎（玉声，通丁）仃（伶仃，独也）馨星腥（生肉）鰹（鱼鰹）醒（醉解也。梦觉也。迥、径韵同）惺（惺惺，了慧也）俜（伶俜）娉（娉婷，美貌。敬韵异）灵棂（窗棂）蛉（螟蛉，桑虫）酃（渌酒）龄（年也）铃（似钟而小）苓（茯苓）伶（乐人）泠（清泠）零（馀雨，又奇零。先韵异）玲（珑玲）舲（舟上有窗）翎（鸟羽）鸰（鹡鸰，亦作脊令）囹（囹圄）聆（听也。无仄音）听（聆也。径韵同）厅（治官处事曰厅。本作听）汀（水际平沙）冥（幽冥）溟（海也，小雨也。迥韵异）蓂（蓂荚，瑞草）螟（食苗虫）铭（名其功也）瓶屏（今屏风也。梗韵异）萍荧（光也）荥（小水）扃（外闭之关也）垌（林外曰垌）駉（骏马）町（畦町。迥韵同，馀异）軨（车阑）鄠（池名，在湘东）聹（耵聹，耳垢）瞑（合目也。霰韵异）暝（晦暝，径韵同）娙（好貌。庚、迥韵异）緈（急引也，衣锦尚緈，通作褧，在迥韵义别）婷（婷婷，容也，同婷。迥韵同）

【十蒸】

蒸（众也，又细曰薪，粗曰蒸，又气蒸，亦作烝）烝（火气上行，又祭名。径韵小异）承（奉承）丞（副贰）惩（劝惩，无仄音）澄（清也）陵（大阜，又侵陵也）凌（冰凌）绫菱（芰也）冰膺（胸也）鹰应（料度之词。径韵异）膺（答言也）蝇绳渑（淄渑，二水名）乘（驾也，因也。径韵异）塍（稻田畦）昇（日上也）升胜（胜任也。径韵异）兴（卧起，又盛也。径韵异）缯（帛也）凭仍（因也，无仄音）兢（戒也）矜（怜也，又矜夸）征（召也，三征；证也，庶征；敛也，催征。纸韵异）凝（冰坚也。径韵小异）称（权轻重也，又称扬、称谓。径韵异）偁（宣扬美事，通称）登灯（本作镫）僧崩（山坏）增曾（曾经也，又见后）憎（憎恶，无仄音）罾（鱼罾）层曾（孙曾，又姓）能（贤能。灰韵异）棱（柧棱，威棱，模棱）朋鹏弘肱（臂也）薨（飞貌，又众声，《诗》"度之薨薨"）腾滕（国名）藤（藤萝）縢（行縢，金縢）恒𢗉（心平也）鲮（石鲮，穿山甲也）崚嶒（车声）凭（依几也。径韵同）冯（马行疾，又《易》《诗》"冯河陵也"，《诗》"冯冯"，墙坚声。东韵异）絙（戒也，通绳）陾（筑墙声，《诗》"捄之陾陾"）症（腹病）郱（姒姓国）駍（马四骏白）僜（倰僜，病行貌，又醉行）噌（泓噌，空器貌）硘（破硘）曾（东、送韵同）蕒（蕒蕒，在也）螣（螣蛇。职韵异）疼鼟（鼟鼟，鼓声）籐（竹也）凌（轹也，《海赋》"泛海凌山"）殑（欲死状）夌（越也）偁（称举）礽（福也）扔（引也）嶒（高貌）庱（亭名，在丹阳。迥韵同）砯（水击山岩声）誊（传钞）瀓（瀓渤，水击声）

【十一尤】

尤（甚也，过也，怨也）邮（马传曰置，步传曰邮）优忧流旒（旗旒，冕旒）留（止也，迟也。宥韵异）榴骝刘（克也，杀也，又姓）由油（膏也，又水名。宥韵异）游猷（谋猷）悠攸牛修（修治）脩（脯也，通修）羞（膳羞，一作馐）秋楸周州洲（洲渚）舟酬（献酬）仇（仇雠，校雠）柔俦（俦侣）畴（田一井为畴）筹（壶矢，又算也）稠（稠密）邱抽（引也）瘳（病愈）湫（北人呼水池为湫，又悬瀑曰龙湫。筱韵异）遒（尽也，健也）收（捕也，取也。宥韵小异）鸠（鸟名，又聚也）不搜（搜索）驺（驺御，驺虞。虞韵异）愁休囚求裘毬（鞠丸）仇（匹也，又同雠）浮谋牟（牛鸣，又取也）眸（目瞳子）侔（等也）矛（酋矛，钩兵）侯猴喉讴沤（浮沤。宥韵异）鸥（水鸟）瓯（瓦盆）楼娄（奎娄，星名；离娄，人名。虞韵异）陬（阪隅，又正月曰陬）偷头投钩沟鞲（射决，又臂衣）幽虬（龙无角）彪（虎纹，又小虎也）疣（赘疣）訧（罪也，《诗》"俾无訧矣"）耰（锄耰）麀（牝鹿）绸（绸缪，绸直。豪韵异）镠（紫磨金）遛（逗遛）飗（风高也。萧、宥韵同，馀异）浏（水清，又风疾。有韵同）鹠（鸺鹠，枭也）瘤（瘿瘤，通疣。宥韵同）鞦（车纼，又秋千）鹙（秃鹙，梁鹙）蝣（蜉蝣）楢（积也，《诗》"薪之楢之"。有、宥韵同）犹（犹豫，兽善疑。又似也，尚也；又同猷。宥韵同犹豫义）莸（臭草）輶（輶轩，又轻也。宥韵同）啾（喞啾）揪（束也，通愁）酋（长也）赒（给也，通周）售（卖也。宥韵同）浟（水流貌）蹂（润也，《诗》"或簸或蹂"，以水润使湿也。有、宥韵异）揉（以手挺也）捄（长貌，《诗》"有捄棘匕"。虞韵异）搜（猎也，春搜）飕（风貌）叟廋（匿也，人焉廋）溲（溺也，牛溲。有韵异）邹（国名）搊（手弹曰搊）犰（貙犰）髤（髤漆）庥（庇也）咻（口病声也，又欢也。虞韵异）泅（浮行水上）裯（被也，《诗》"抱衾与裯"。虞、豪韵异）帱（帐也）鲦（游鲦）喌（喌嚯，鸟声。看韵异）球（玉磬）述（匹也）絿（急也，《诗》"不竞不絿"）俅（《尔雅》"俅俅"，服也）蜉（蚍蜉）罜（兔罜）篍（箜篍）鍪（箭鍪。宥韵同）欧（欧欧，鸡鸣声。又姓。有韵异）腰（虞韵同）偻（恭敬貌。虞韵同，馀异）搂（曳也，无厶音）抠（抠衣）裒（聚也）阄（送阄，藏阄）髅（髑髅）蝼（蝼蛄）兜句（曲也。句芒，春神；句龙，社神；句绎，邾地。虞、遇、宥韵异）妯（心动也，《诗》"忧心且妯"）惆（惆怅）璆（田火种者）篝（薰笼）抔（掬取也）呦（《诗》"呦呦鹿鸣"）呕（呕呕，小儿语。

虞韵异）偸（薄也）缪（绸缪。宥、屋韵异）诪（虞韵同）𦜝偻（曲背也。
《庄子》"痀偻承蜩"。麌、宥韵同）鰌（鱼名。有韵异）烰（火气，《诗》"烝
之烰烰"，作浮）篓（笼也。麌、有韵同）萎（虞韵同，麌韵异）噍（音
遒，啁噍，燕雀声。萧、啸韵异）鵖（鵖鴡，戴胜也）绸（鲜洁貌）鸼（鸼
鵃）摎（绞搏也。肴韵异）馗（中馗，菌也。支韵异）蚰（蜒蚰）卣（中
尊。有韵同）调（《诗》"怒如调饥"，毛《传》："调，朝也。"萧、啸韵异）
訄（訄謏，阴私小言）鍮（石似金）愀（萧韵同）龟（龟兹，国名。支韵
异）滺（萧韵同）瞀（目不明。宥、觉韵同）区（音鸥，左豆区釜钟，量名。
虞韵异）緅（青赤色）骰（掷采骰）戮（并力也。屋韵同）芜（地名，《诗》
"至于芜野"）芣（芣苢，车前）

【十二侵】

侵寻浔（水崖）林霖（雨三日以往曰霖）临（卦名，又视也，以尊适
卑曰临。沁韵异）针箴（箴规）斟（斟酌）沉（没也，实沉星次，又物色
深者曰绿沉。寝、沁韵异）砧（捣衣石）深（浅之对。沁韵异）淫心琴禽
擒钦（敬也）衾（被也，与衿别）吟（咏也，叹也。沁韵同）今襟（衣衽
也，与衿同）金音阴岑（山小而高）簪（首笄也）骎（马行疾）琳（球琳）
琛（宝也）椹（斫木櫍，又桑葚之葚亦作椹。入寝韵义异）谌（信也）忱
（诚也）壬（辰名，大也，又佞也）任（堪也，《左》"众怒难任"；又负荷也，
《诗》"我任我辇"。沁韵异）纴霪（久雨曰霪）愔（愔愔，安和貌）黔（黑
色。盐韵同）歆（神食气）禁（力所胜也，杜诗"冷蕊疏枝半不禁"。沁
韵异）喑（儿啼无声。沁韵异）喑（喑哑）森（长木貌）参（参商，又不
齐也，《韩诗》"应对多差参"。覃、勘韵异）涔（水名）芩（草生泽中）煔

（炮煿）淋（水沃也）郴（州名）䲰（戴䲰，即戴胜鸟也。沁韵同）妊（妇孕。沁韵同）檎（林檎，亦作来禽）紟（衣系也。沁韵异）黔（云覆日）祲（日旁气。又祲祥，地名。沁韵异）湛（《论衡》"久雨为湛，久阳为旱"。覃、瑑韵异）

【十三覃】

覃（恩覃，及也；精覃，殚也）潭谭（国名，通谈）昙（云布也，又瞿昙）参（《易》"参伍以变"，又参谋。侵、勘韵异）骖（驾三马曰骖）南楠男谙（练历也）庵含涵函（容也，铠也。咸韵异）岚（山气）蚕探（取也，索也）贪眈（眈眈，视近而忘远也，从目不从耳。感韵同）耽（耳大垂也，又乐也）湛（乐也，《诗》"子孙其湛"。侵、瑑韵异）龛（塔下室）堪戡（胜也）弇（盖覆也）谈惔（忧也）甘三（数名。勘韵异）酣（饮洽也）篮柑惭聃（耳无轮。又老聃，人名）坩（坩甒）蓝（染青草）担（担荷。勘韵异）唅（唅呀）郯（国名）泔（米汁）邯（地名）馣（馣馣，香也）儋（同担，《汉书》"家无儋石"）盦（覆盖也）憨（痴也。勘韵异）淦（上淦，地名，独用。又水入船也。又水名，出新淦县。勘韵同）痰（肺病）婪（贪也）蕈（水衣）鹌（鹌鹑）渰（汩也，通作淹。俭韵异）䦴（治丧。庐、感韵异）䫲（面黄。感韵同，馀异）㜺（好貌）喃（语声。咸韵作喃同）酖（嗜酒）襤（襤褛，敝衣）倓（恬也）澹（澹台，复姓。感、勘韵异）苷（草名）噡（噡嘿，不言）榃（木名，灰可染）

【十四盐】

盐（煮海所成。艳韵异）檐廉帘嫌严（教命急也。咸韵同）占（视兆以问。艳韵异）髯谦奁（镜奁也）纤签（验也，标识也）瞻蟾（蟾蜍）炎添兼（并也。艳韵同）缣（并丝缯也）沾（濡也）尖潜（藏也，又水名。艳韵同。又姓也，独用）阎（里中门）镰（刀镰）幨（帷也。艳韵异）黏（胶黏，俗作粘）淹（渍也，留久也。又人名，江淹。陷韵小异）钳（锁头）甜（甘也）恬（安静）拈（指取物）砭（以石刺病。艳韵同）暹（日光升）詹（至也，又小言，詹詹）襜（衣蔽前）渐（被也，浃也，《汉书》"渐民以仁"。俭韵异）歼（殄歼）黔（侵韵同）钤（兵钤，又钩钤，星名）恹（安也，厌厌夜饮，同恹）蒹（蒹葭）鹣（鹣鹣，比翼鸟）觇（窥视）帘（酒望也）沾（沾沾，自整顿也，独用。又濡也，又水名。艳韵同）佥（皆也）憸（险憸）噡（多言）苫（草覆屋，又丧用苫席。艳韵同）拈（取也，摘也）占（占短，轻薄也）蠊（飞蠊，虫名）崦（崦嵫山，日所入）阉（阉竖）腌（菹也，渍鱼也）熸（火灭）灊（泉初出）鲽（比目鱼）唵（喁唵，鱼口动。艳韵同）

【十五咸】

咸（皆也）咸（不淡也）函（椷也，瑶函，书函，崤函。覃韵同）缄（封识也，又书缄）岩（山岩）谗（譖也。陷韵同）衔（马勒，又口衔，又头衔）帆（船上受风幔。陷韵异）衫杉（松杉）监（察也，《诗》"既立之监"，摄也。《左》"守曰监国"。陷韵异）凡巉（高岩。赚韵同）芟（刈草，《诗》"载芟载柞"）喃（呢喃，燕语，独用。徐与覃韵諵字通）嵌（嵌岩，又崭嵌。感韵同）掺（手貌，《诗》"掺掺女手"。赚韵异）碱（石次玉）碞（暂碞，民碞）諴（和也，《书》"至諴感神"）攙（天攙，攙枪，祅星）毚（狡兔）骉（马疾步）詀（詀諵，语声。盐韵异）黬（釜底黑也。梅黬，釜黬）严（盐韵同）

上声

【一董】

董动孔总（合也，皆也。东韵异）笼（竹器。东韵异）汞（水银滓也）桶蠓（蠛蠓）空（东、送韵异）滃（云气，又大水貌）偬（倥偬。送韵同）懵（东韵同）蓊（蓊郁，草木盛也）拢（持也，掠也）洞（澒洞，又洞洞，敬也。送韵异）挏（推引也，《汉书》"挏马酒"）曚（东韵同）幪（幪幪，茂盛貌。东韵异）玤（石次玉者。讲韵同，徐异）憁（倥憁，不得志也）峰（东韵同）菶（菶菶，枝叶盛也）懂（懵懂）塕（塕埲，尘起貌）埲（见塕字注）侗（儱侗，直长貌。东韵异）嗊（啰嗊，曲名）翪（鸟飞竦翅也）

【二肿】

肿种（种类。宋韵异）踵宠陇垄（邱垄，亩垄）拥壅（冬、宋韵同）冗（散也，浮冗，闲冗）茸（闒茸。冬韵异）重（轻重。冬、宋韵异。凡物不轻为重，上声；因其重而重之，去声）冢奉捧勇涌（腾涌）踊（踊跃）甬（甬道，又斗甬）俑（木偶）悤（愡悤）蛹（蚕化为蛹）恐（惧也。宋韵异）拱珙（璧也）栱（柱头，枓栱也）蛩（冬韵同）巩（以皮束物，又固也）竦（敬也）悚（怖也）耸（高也）汹（冬韵同）讻（众言也）湩（浊多也。送韵异）溶（冬韵同）惷（冬韵同）

【三讲】

讲港棒（杖也，同棓）蚌（蛤也）项玤（地名，独用。徐与董韵同）耩（楼耩，耕也）

【四纸】

纸只咫（八寸曰咫）諟（谛也，审也）是轵（毂头也，又县名）枳（木名，似橘）砥（砺石，又平也）扺（侧击也，从氏，与抵别）氏（氏族。支韵异）靡（绮靡，披靡，本字无平音，惟通縻、麾、麋字者读平音）彼毁燬（火盛）委（弃也，属也。支韵异）诡傀（怪异也。灰韵异）髓（骨中脂也）妓掎（角掎。置韵同）绮觭（喙也。支韵异）此泚（水清也。荠韵同）蕊豸（虫豸，又獬豸）徙（迁徙）屣（履也。置韵同）莜（支韵同）髀（《周髀算经》，独用；又股也。荠韵同，无平音）尔迩弭（角弓，又息也）弥（支、荠韵同）婢庳（支韵同，置韵异）侈弛（张弛）豕紫捶（击也）揣（揣度。哿韵异）企（举踵望也。置韵同）旨指视美（同嫂）訾（支韵同，馀异）否（泰否。有韵异，又见下）否（臧否。有韵异）兕（野牛）几秭匕（匕匙，匕首）比（校也，并也。支、置韵异）姊轨水葍（葛藟）嶰（大也）唯（诺也。支韵惟，亦作唯，义异）止市恃徵（五音之一。蒸韵异）喜己（自己也，又戊己，干名）纪跪技（一作伎）蚁（尾韵同）迤（逦迤，连接也。支韵异）酏（支韵同）俾（使也）鄙篚（簠篚）晷（日景）匦（匣也。包匦）宄（奸宄）子梓矢洧（水名）鲔雉死履垒（军垒）诔（铭诔）揆（度也，无平音）癸沝（小渚）趾芷（香草）畤（祭地）以已（止也，其也）苡（薏苡，芣苡）似耜（耒耜）汜（水名）姒巳（辰名）祀史使（令也。置韵异）驶（马行疾也）耳珥（耳饰。置韵同）里理裏（衣内也。置韵同）李俚（聊也，鄙也）鲤枲（麻也）起杞（木名，又国名）屺（山无草木）跂（跂足。置韵同）士仕柿（果名）俟（待也）涘（水涯）始（初也，如《易》"资始""大始"之类。置韵小异）峙（峻峙，屹立也）痔齿矣拟（度也）薿（黍稷薿薿，茂也）耻祉（福也）滓（尘滓）垝（毁垣也。置韵异）巂（越巂，郡名。齐韵异）锜（釜也，又兰锜，兵器架。支韵异）蔿（草也，又地名，又姓）

玭（玉鲜盛也。支韵异）玺（王者印）迆（迤迆）酾（支韵同）纙（韬发者，同縰。支韵异）敉（抚也，安也）芈（楚姓）哆（麻、哿、马、置四韵俱相通）奓（支韵同）庀（具也）跬（半步为跬）秕（糠秕）机（木名，亦通几）汜（水涯枯土，又汜泉）圮（毁也，支韵从巳，义异）痞坻（陇坂，荠韵同，支韵异）褆（齐韵同）薾（花也，荣也）旎（旖旎）址（基址）阯（交阯）悝（忧也。与灰韵同，馀异）娌（妯娌）葚（支韵同）踦（足胫，又隔门也。"相与踦闾而语"，见《公羊》。支韵异）籽（支韵同）佌（佌佌，小也）倚（因也，恃也，无平音）被（寝衣。置韵异）峛（小山丛列也。置韵异）你仔（鹪鹩名，相思子。支韵异）

【五尾】

尾鬼苇卉（草总名。未韵同）虺（虺蛇，古作虫。灰韵异）几（多少之辞。微、置韵异）亹（亹亹，勉也。元韵异）伟尾（是也）篚炜（光炜盛，赤也）豨（微韵同）顗（静也，乐也，又谨庄貌）韡（韡韡，华盛貌）斐诽（微、未韵同）菲（葍菲，又薄也。微韵异）悱（愤悱）榧（木名，子可食）岂俖（哭馀声）暐（日光盛也）匪玮（玉名，又瑰玮，奇玩也）蜚（虫名。与未韵同，馀异。微韵飞亦作蜚，义异）飁（大风貌）蜰（臭虫）唏（哀而不泣）

【六语】

语（言语。御韵异）圉（圉人，掌马者）圄（囹圄，无平音）御龉（鱼、虞韵同）吕侣旅纻（麻也）苎（草名，可为绳）抒（挹也，除也，无平音）杼（机杼）伫（久立也）与（党与，取与。鱼、御韵异，惟"容与"之"与"通"鱼"韵）予（赐予。鱼韵异）渚（洲渚）煮汝茹（鱼、御韵同）暑鼠黍杵（舂杵）处（居处，审处。御韵异）贮（积贮）褚（绵装衣也，又姓）楮（木皮，可为纸）醑（酒之清者，无平音）稰（鱼韵同）湑（鱼韵同）滑（鱼韵同）女（男女。御韵异）许拒（拒谏，通距）距（钩距）炬（火炬）钜苣（菜名，又同炬）所楚（丛木，又国名。御韵异）础阻俎沮（沮止，愧沮。鱼、御韵异）举莒（国名）筥（筐筥）叙（次也，绪也，通序）序（阶序，庠序，又轮序也）绪（端绪）湆（酾酒有湆，与御韵同；又香草，与鱼、御韵并同）屿（岛屿）墅（圃墅）籹（禁籹）衙（鱼韵同，麻韵异）祣（祭山川名，通作旅）癙（忧病也）著（门屏之间曰著，文位次也。御、药韵异）巨（通钜）岠（大山）讵（岂也。御韵同）澨（水名，济为澨）咀（含味也。鱼韵异）趄（趑趄，行不进也，同趔）苴（履苴也。麻韵异，鱼韵同，馀异）榉（木名）柜（木似柳，亦通榉）溆（水浦）纾（鱼韵同）去（除也。御韵异）偞（偞偞，心不欲为也）

【七麌】

麌（麌麌，群聚貌，独用。馀与虞韵同）雨（风雨，遇韵异）羽禹宇舞父（父母，又见后）府鼓（钟鼓，从攴）鼓（鼓舞，又击也，从攴）虎古股羖（牡羊）贾（商贾。马韵异）蛊土吐（吐之也。遇韵小异）圃（园圃。遇韵同）谱庚（仓庚，无平音）户树（种植也，立也。遇韵异）麈（麋属，其尾辟尘）煦（温煦。遇韵同）琥（瑞玉，又琥珀）怙嵝（岣嵝，山名。有韵同）蛆（果也，蛆酱。遇韵同）旴（明也）呴（噢呴。尤韵异）醹椇（虞韵同）珇（珇琮，又美玉）篓（笼也。尤、有韵同）卤（咸卤）谩（觍谩，委曲也，亦作缕）努（努力）罟（网罟）肚（腹肚）妩（媚也）沪（元沪，水名）龉（齿病）枸（枳枸。虞、有韵异）邬（郡名）鄅（国名）嘘

（嚄嚄，笑貌）矑（微视貌，又好也）辅组（组绶）乳弩（弓弩）补鲁橹（大盾）橹（所以进船者）睹竖（建竖，又竖子）腐卤（咸地）数（计也，责也。遇、觉韵异）簿（簿籍）姥（女师也，一作姆）普拊（搏拊，击拊。虞韵异）侮五虎（堂下周屋，又丰也）斧聚午伍缕（丝缕）部柱矩武脯苦（味苦也。遇韵异）取（有韵同）抚（通拊）浦主杜坞（村坞）祖堵（垣也）愈祜（福也）扈（国名，又桑扈）雇（九雇，同扈。遇韵异）虏（掠也，获也）父（男子美称，通作甫）甫黼莆（蓮莆，尧时瑞草）腑俯怃（怃然，失意貌；又眉怃，媚好也，通妩。虞韵异）簋（簠簋）膴（膴膴，腴美也。虞韵异）估（市估）诂（训诂，一作故）鹽（盐也，又不固也）牯（牡牛）醑酤（一宿酒。虞韵同，遇韵异）怒（遇韵同）俣（俣俣，容貌大也）瑀（石似玉）煦（吹煦）踽（独行貌）窭（贫窭，从穴不从宀，与尤韵窶字别）浒（水涯）诩（大言也）蓏（器恶也）炷（灯炷。遇韵同）拄（支也）剖（判也。有韵同）鹉（鹦鹉）岵（陟岵）溥咨（虞韵异）赌愈（病瘳也，独用，又病也。虞韵同）籔（十六斗曰籔。有韵异）伛（伛偻，无平音）偻（尤、宥韵同）蒌（草可烹鱼。虞、尤韵异）莽（草莽，卤莽。养韵同）滏（水名）

【八荠】

荠（甘菜。支韵异）礼体米启醴陛（天子之阶）洗（涤也。铣韵异）邸（舍也）底（下也。与纸韵底字异）诋（齐韵同）抵（当也，至也，拒也，掷也）觝（角觝）柢（根柢。霁韵同）坻（陇阪。纸韵同，支韵异）弟（兄弟。霁韵异）悌（恺悌）娣（娣姒。霁韵同）递（霁韵同）涕（霁韵同）济（水名；又济济，多威仪也。霁韵异）蠡（啮木虫也。追蠡。又彭蠡，地名。齐韵异）澧（水名，通醴）泚（纸韵同）紫（肯綮，又载衣也）

棠（兵栏）髀（股也。纸韵同，馀异）祢（父庙。又祢衡。不从衣，无平音）谿（齐韵同）瘥（病也）眯（目眯也）弥（纸、支韵同）酼（粲酼，酒色红赤）缇（齐韵同）

【九蟹】

蟹解（讲解，脱解，又见下）解（物自解，又晓也。上解，佳买切；下解，胡买切。卦韵并异）骇买洒（大瑟谓之洒，又洒水也。马韵同后义）楷（模楷。佳韵异）獬（獬廌）廌（纸韵同）澥（渤澥，海别名）奶（乳也，又把卷昼睡为黄奶）鍇（铁好也）躧（舞履也）鼘（击鼓也）摆（开也）罢（休也，已也。祃韵同）枴（杖也）矮（短貌）荬（苦荬，菜名）夥（多也，哿韵同）

【十贿】

贿悔（悔吝。队韵小异）改采（同採，又事也。队韵异）彩（光彩，通采）采（衣采，通采）海在（所也，存也，察也，虚用。队韵异）罪宰醢（肉酱）载（年也。队韵异）餧（饥餧，同馁。置韵异）铠（甲铠。队韵同）恺（同凯，乐恺，奏恺）待怠殆倍猥（鄙也，多也，积也）隗（高也。灰韵同，馀异）磈（磊磈，石也）嵬（灰韵同）蕾（蓓蕾，花绽貌）傀（傀儡，木偶戏）礧（硊礧，大石也。队韵异）樏（古木剑也）錞（镦錞，矛下端。真韵异）腜（萎腜，耎弱貌）腲葸（香草）绐（丝劳也，又欺也）诒（欺诒，通绐。真韵异）蓓（黄蓓，草名）鼐（大鼎。队韵同）颏（灰韵同）骀（哀骀，丑貌。灰韵异）欸（欸乃，棹歌声，独用。馀与灰韵同）垲（爽也）浼（河水浼浼，又洿也）皑（霜雪白貌）汇（水回旋也）瀤（深也，坏也。灰韵异）璀（璀璨，又玉名）每亥乃

【十一轸】

轸（车轸，琴轸，又轸念）敏允（信也）引（长也，导也。震韵异）尹（治也，又官名）尽忍准（平也，度也。屑韵异）隼（鸷鸟）笋盾（干盾，通楯。阮韵异）楯（陛楯，栏槛也，通盾）闵（伤也，病也）悯（忧也，同闵）泯（真韵同）菌（地蕈）箘（真韵同）蚓诊（视也，验也。震韵同）眕（目有所恨而止也）畛（真韵同）紾（单衣，通袗，又戾也）矧肾（水藏）脤（祭馀肉）膑（膝端，又刖足刑）牝（牝牡）赈（殷赈，富也。震韵异）窘（急迫也）蜃（大蛤，又蛟属，能嘘气为楼台。震韵同，无平音）陨（坠也）殒（殁也）蠢（蠢动，又灵蠢）紧狁（猃狁）缜（缜密也。通紾）袗（单衣，又画衣。震韵同）纯（衣缘，真、元、先韵异）俸（厚也）愍（悲也，通闵）吮（舐也。铣韵同）朕（《周礼》"函人视其朕"。寝韵异）稹（致也，又聚物）囷（真韵同）黾（黾勉。铣、梗韵异）嶙（真韵同）

【十二吻】

吻（口吻）粉蕴（积也，左蕴利生孽。元、问韵异）愤隐（藏也。问韵异）谨近（远近。置、问韵异）惲（谋议也，厚重也）忿（怒也，不平也。问韵同）槿（木槿，通堇）堇（苦堇，菜也，从草，与文韵堇字别）坋（尘也。问韵同）坟（土膏肥也，又土沸起也。文韵异）卺（酒器）听（听然，笑貌）龀（毁齿也，童龀。震韵同）刎抆（拭也。问韵同）蚡（田蚡，人名）殷（雷声。文、删韵异）

【十三阮】

阮（姓，又国名。元韵异）远（远远。愿韵异）本晚苑返（往返，通反）反（反覆。元韵异）阪（大阪，不平也，同坂）损饭（餐饭，食之也。

愿韵异）偃（偃仰）堰（壅水为埭。愿、霰韵同）衮（龙衮，天子服）遁（愿韵同）稳蹇（跛也，难也。铣韵同。又卦名，独用）幰（车幔）楗（关楗，同键）搂（举也，又闭也）婉（顺也）菀（紫菀，又茂木。物韵同）蜿（蜿蟺，蚯蚓也。元韵异）踠（体屈也）腕（景昳也，晼晚）宛（宛然，又委宛。元韵异）畹（田三十亩也。愿韵同）琬（圭也）阃（门限，亦通壸）梱（门橛，通阃）壸（宫中巷）鲧（大鱼，又人名）悃（诚悃）捆（捆屦）绲（绲縢，绳也，束绲带也）鳟（鱼名，鲰鳟）撙（趋也，裁抑也，无平音）很（很戾也，俗作狠）恳垦（耕也）畚（盛土器）圈（兽阑。愿韵异）盾（赵盾，人名。轸韵异）绻（缱绻。愿韵同）鄩（先韵同）混（杂流也）沌（混沌，元气，亦通浑敦）鼹（鼹鼠）螈（螈蜓，守宫也）庉（楼墙。元韵异）噂（聚语也，噂沓）婉（婉娩，媚也）烜（光明也）呾（赫呾，又人名。元韵异）焜（焜耀）棍（木名）

【十四旱】

旱暖管琯（玉琯，乐器）满短馆（馆舍。翰韵同）盥（澡手也。翰韵同）缓碗款（诚款，又款识也）懒伞卵（胎卵。哿韵同）散（闲散，药散也。翰韵异）伴诞（诞妄，诞育，又大也）罕（网也，希也；又星名，旗名；又姓。翰韵异）浣（濯也）瓒（圭也）断（绝也。翰韵一同一异）侃（侃侃。翰韵同）算（数也，无算，何足算）疃（町疃）缵（继也）暵（曝也。翰韵同）但酂（四里为酂。翰韵异）衍（衍衍，信言也。翰韵异）脘（胃脘）坦祖（袒裼）亶（信也）秆（禾茎）窾（空也，《庄子》"批却导窾"）悍（勇悍。翰韵同）滻（烦滻）纂（集也）忂（忂忂，无依也。翰韵异）趱（散走也）

【十五潸】

潸（删韵同）眼简版（判也，又同板）盏产限睅（日出貌）撰（具也，造述也，铣韵异）栈（栈道，栈车，谏韵同，铣韵异）绾（系也。谏韵同）矕（视也，被也）赧（面惭，赤也）戁（惧也）浐（灞浐，水名）醆（爵也，醴醆）刬（削也，同铲）羼（羊相厕也）僎（见也，具也）睆（有睆，实貌；睆睆，鸟音）柬（分别之也）拣（拣择。霰韵同）莞（莞尔，小笑貌。寒韵异）僴（武貌）昄（删韵同）僩（宽大貌。删韵异）

【十六铣】

铣（金之泽者，鎈铣，又钟两角谓之铣）善（善恶也。霰韵异。凡美善之善，上声；彼善而善之，去声）遣（纵也，逐也。霰韵异）浅典转（动也，旋也。霰韵异。凡物自转，上声；以力转之，去声）衍（大衍，篹衍，水名、地名、人名独用，又丰衍，游衍。霰韵同）犬选（择也。霰韵异）冕辇免展茧（蚕茧）辩（言辩，通辨）辨（别也，判也）篆勉翦（俗作剪）卷（舒卷。先韵异）显践饯（饯送。霰韵同）眄（流眄，转视貌。霰韵同）喘（喘息）藓（苔藓）软（柔也）蝝（阮韵同）蹇（姓也，独用。馀与阮韵同）謇（口吃。又謇謇，正言也）演（长流也，延也）岘（山名）栈（棚也。潸、谏韵异）舛（相背也）䑞（茗也）扁（署门户之文，又卑也，物不圆也。先韵异）脔（肉一脔也；有平音，音銮，瘠貌。寒韵不收）谳（狱成议罪也。屑韵同）阐（显也）兖（州名）变（婉变。霰韵异）跣（徒足也）腆（厚也）鲜（少也。先韵异）戬（尽也）铉（所以贯鼎而举之者）吮（轸韵同）辫（交也）件琏（瑚琏，无平音）愞（弱也。个韵同）蜎（蜎飞蠕动）撚（以指撚物）泫（露光。又泫然，泣貌）堰（坛堰）鳝（鱼名）墡（白土）

单（单父，地名，又姓。寒、先韵异）畖（田中沟）褊（衣小又狭也）惼（急也，通褊）艑（吴船）瑑（璧上文）蜓（蝘蜓，守宫也。青韵异）殄（尽也）腆（面惭也）颙（元、霰韵同）蚬（小蛤。霰韵同）俛（俯也，又同勉）缅（微丝，又缅然，引领也）沔（水名）湎（沉湎）键（先韵同）絭（挂也。霰韵絭字义同）狝（秋猎）黾（黾池，地名，俗通渑。轸、梗韵异）辗（辗转。霰韵异）搴（先韵同）蜎（先韵同）琄（佩玉貌，《诗》"琄琄佩璲"，作鞙）晛（日气。霰韵同）睍（小视也，伣伣睍睍）勔愐（思也，又腼愐，惭也）洗（姑洗，律名。荠韵异）燹（野火也，兵燹）箳（箳帘）癣（癣疥）狷（狂狷。霰韵同）煓（先韵同）郾（地名）钱（钱镈，田器。先韵异）趁（践也。震韵异）僆（婉僆，行动貌）隽（鸟肥，又隽永也）缱（缱绻。霰韵同）腆幝（幝幝，车蔽也）撰（拣撰，《礼》"栗曰撰之"。又白金曰白撰，《史记》作"白选"。又撰杖，屡撰，车徒。潸韵异）糯（元韵同）谝（佞言也）匾撰（论撰。霰韵同）宴（安也。霰韵同，铣异）姲（国名，真韵同，铣异）俴（浅也）

【十七筱】

筱（细竹）小表鸟了晓少（多少。啸韵异）扰（烦扰，又驯扰也）绕（缠绕，又姓。啸韵异）绕（围绕）娆（扰也，《汉书》"除苛解娆"。萧、啸韵异）绍（继也）杪（木末）秒（禾芒）沼（圆曰池，曲曰沼）眇（一目小也，又微末也）矫（勇也，又揉曲为矫，通挢）蓼（辛菜。屋韵异）皦（明也）皎（月白也）瞭（目睛明也）朓（晦而月见西方，又朒朓，又人名。与啸韵朓字异）窅（窈窱，深远也。啸韵同）杳（冥也）窈（深也，静也）矎（戏相扰也）嫋（长弱貌。乐韵小异）袅皛（明也）窕（善心曰窈，善容曰窕）

挑（引也，拨也，如挑战曰挑之类。萧、豪韵异）掉（摇也，振也。啸韵同）湫（湫隘。尤韵异）肇（始也）剽（悍剽，急性也。啸韵同）摽（落也。啸韵同，萧韵异）缥（帛青白色，无平音）醥（清酒）渺（水远貌）缈（微也）眇（肴韵同）藐（小也，忽也）淼（大水，通渺）佋（介佋，通绍。萧韵异）挢（举手）娇（夭娇，同矫。萧韵异）譑（多言）趫（趫趫，武貌。药韵异）潎潒（浩潒，大水貌）鷕（雌鸣）悄（忧貌）愀（色变也）缭（缠缭）嫽（好貌，亦作嫽。萧韵异）麃（鸟毛变色。萧、肴韵异）昭（《诗》"其音昭昭"，马行声也。萧韵异）夭（寿夭也。萧、晧韵异）佻（萧韵同）燎（放火。与啸韵同，馀异，萧韵异）赵兆

【十八巧】

巧饱卯昴（西方宿名）狡（狡狯）爪（手足甲）鲍挠（豪韵同）搅（乱也）绞拗（拗折，手拉也。效韵异）佼（好也，《礼》"仲夏养壮佼"。《汉书》"庸中佼佼"。肴韵异）姣（美也。肴韵异）咬炒（熬也）獠（西南夷名。晧韵同）泖（水名，三泖）媌（肴韵同）铰（钉铰也。又宝铰，刀名）

【十九晧】

皓（日出貌，从日，俗从白）宝藻早枣老好（美也。号韵同）道稻造（号韵异）脑恼（懊恼）岛（海岛）倒（仆也，倾倒。号韵异）祷（求福也。号韵同）捣（筑也）抱讨考燥埽（洒埽，又埽除，一作扫。号韵同）嫂槁（木枯也）潦（雨大貌，又道上淳水）獠（巧韵同）保葆（丛葆，草木；羽葆，盖也）堡（小城）褓（褽褓）鸨（鸟名）稿（禾秆，又文稿也）草暠（明也，亦通昊、颢）昊浩颢镐（镐京）鄗（邑名，光武改高邑。药韵同，肴韵异）懆（懆懆，愁不安也）滴（久雨。又滴滴，水光也）缲（绀色帛，

通缫）璪（冕饰）皂（皂隶，又枥也，又黑色也）袄（袍袄）缫（所以荐玉者。豪韵异）蚤（啮人跳虫，又通早）澡（洗涤也）灏（浑灏）媪（老女称。又富媪，地也）蝹（虫名。文韵异）夭（未壮也，《礼》“母杀胎夭”。萧、筱韵异）杲（日出貌）皓（白也）缟（白缯。号韵同）橑（萧韵同）夰（放也，又泰夰，通昊）恅（懆恅，心乱也）瑙（玛瑙）套媢（忌嫉也。号韵同）涝（豪韵同，号韵异）燠（甚热也。号、屋韵异）

【二十哿】

哿（可也）火笴（旱韵同）舸（大船）瑳（歌韵同）鬌（垂下貌）哆（麻、纸、马、置四韵俱通）舵拖（歌韵同）沱（淡沱。歌韵异）我娜（婀娜，美貌）傩（行有度也，《诗》“佩玉之傩”。歌韵异）荷（负荷。歌韵异）可坷（坎坷。个韵同）轲（歌、个韵同）左（左右。个韵异）果裹（包裹也）蜾（蜾蠃，虫名）朵（花朵）锁（铁锁）琐（玉声，又细也）堕（落也。支韵异）垛（射垛）惰（不敬也。个韵同）妥（安也）坐（行坐。个韵异）么（歌韵同）裸（袒裸也）蠃（见蜾字注）蓏（木实曰果，草实曰蓏）跛簸（扬簸。个韵同）颇（仅可之词。歌韵异）叵（不可也）祸夥（蟹韵同）颗砢（磊砢，石貌）瘅（劳也，《诗》“哀我瘅人”。个韵同，寒韵异）那（何也。歌韵同，个韵异）卵（旱韵同）娑（馺娑，汉殿名。歌韵异）脞（丛脞）稞埵（坚土）爹（麻韵同）倮（勇也，同果）婐（弱好貌，又女侍也）陊（落也）峨（歌韵同）揣（摇也。纸韵异）隋（落也。支韵异）

【二十一马】

马下（上之对也。祃韵异）者野雅瓦寡社写泻（倾泻。祃韵异）夏（大也，中夏也。祃韵异）冶（陶冶，又艳冶也）也鲊（酿鱼为菹）把贾（姓也。麌韵异）假（借也，不真也。祃韵异）舍（释也）赭（赤土）斝（玉爵）厦（大屋，通夏）嘏（福也）槚（山楸）惹若（般若，梵语，智慧也；兰若，浮屠所居也。药韵异）踝（足骨）姐哆（麻、纸、哿、置四韵俱通）哑（不能言也。麻、陌韵异）炧（烛烬也）且（苟且，聊且。鱼韵异）瘕（麻韵同）銙（带饰也。金銙）扯奼（少女也，娇奼。祃韵同）髁（腰骨）洒（洒水也。蟹韵异）

【二十二养】

养（养育。漾韵异）痒鞅（马颈组也）怏（怼也。漾韵同）泱（泱瀼。阳韵异）像（通象）象橡（橡实）仰（望也，慕也。漾韵异）朗奖（奖劝）桨（楫属，纵曰橹，横曰桨）敞（高也）昶（明也）氅（析鸟羽为裘）枉颡强（勉强。阳韵异）穰（阳韵同）沆（瀼沆，大水也）崵（芒崵，山名，亦作砀）荡（荡涤。漾韵异）惘（通罔）昉（明也，始也）放（效也，至也。漾韵异）仿（相似也，通放）两（再也，耦也。漾韵异）帑（金币所藏。虞韵异）谠（直言）傥（倜傥。漾韵异）曩（向也，无平音）杖响掌党想榜（标榜，题榜。庚、敬韵异）爽广（大也，又地名。漾韵异）享丈仗（凭仗。漾韵异）幌（帷幔）晃（明也）莽（麌韵异）漭（漭漭，水貌）缰（钱贯也）襁（小儿绷）纺（织纺）蒋（国名。阳韵异）攘（扰也。阳韵异）盎（盆属，又盛貌。漾韵同）魍（魍魉）块（尘块）樉（木名）滉（潢滉，水貌）脏（肮脏）苍（莽苍，寒状。阳韵异）长（长幼，消长。阳、漾韵异）上（升也，进也，自下而上也。漾韵异）网荡（荡荡，大也，又水名，又姓。漾韵异）壤赏往倣（效也，通仿、放）罔蟒（大蛇）吭（阳、漾韵同）饷（馈饷。漾韵同）魉（魍魉）抢（头抢地。阳韵异）恍（惝恍，失意貌）

慌（懭慌，不分明也）厂（露舍也）慷（慨慷）犷（犷平，县名。梗韵异）向（两阶间也，《尔雅》作乡，又劝也，又《易》"其受命也如向"，通响。《汉书》"上帝嘉向"，通享）榔（阳韵同）蒡（牛蒡，药名）奘（大也）

【二十三梗】

梗（枝梗，又梗直也）影景井岭领境警请（乞也，问也，谒也。庚、敬韵异）屏（屏去，又蔽也。青韵异）饼永骋（驰骋）逞（快也）颍（水名）颖（禾末，又锋颖，才颖）顷（庚韵异）整静省（禁署也，简也，约也，生上声，又见下）省（视也，察也，骈上声）幸眚（灾也，过也）颈郢（楚地）猛炳瘿（瘤也）杏丙邴（宋郑邑名，又和适貌。敬韵同，馀异）打（德冷切，俗读德马切）哽（语塞也）秉（禾把，又量名，又执也）鲠（刺在喉也）耿（介也，光也）璟（玉光）憬（觉悟，又远也）荇犷（犬也。养韵异）并（合也，兼也。敬韵同）皿（饮食器）冏（光也，《周书》"伯冏"，人名）靓（静也，装饰也。敬韵同）矿（金璞）蜢（蚱蜢，蝗类）怲（忧也。敬韵同）䯏（骨䯏，同鲠）冷靖睛（睁睛，目怒也。庚韵异）裎（禅衣。庚韵异）

【二十四迥】

迥（远也）炯（光也，明也）茗（茶茗）挺（拔也）梃（木片，又杖也）艇（小舟）町（钩町侯，独用，又町畦。青韵同）醒（青、径韵同）溟（溟涬，大水貌。青韵异）酩（酩酊，醉也）謦（謦欬）珽（大圭，长二尺）到并等鼎顶婞（同悻，很也）胫（脚胫。径韵同）肯泞（泥泞。径韵同）拯（救也）涬（溟涬）酊（酩酊）

【二十五有】

有酒首（元首，又始也。宥韵异）手口母（父母。虞韵异）后（迟也，嗣也。宥韵小异）柳友妇斗狗久负（负荷，胜负，又老母也）厚（宥韵同）叟（长老之称。尤韵异）走（趋也。宥韵小异）守（主守也。宥韵小异）绶（组绶。宥韵同）右（左右。宥韵异）否（不也。纸韵两见并异）丑受牖偶（通耦）耦阜九后（君也，又姓。宥韵异）咎（罪愆也。豪韵异）薮（薮泽）吼（鸣吼。宥韵同）帚垢亩舅纽（系也）藕杽臼（杵臼）肘韭剖（虞韵同）诱牡（牝牡）缶（瓦器）酉扣（击也。宥韵同）欧（欧吐，通呕。尤韵异）瓿（虞韵同）黝（黑也）蹂（践也。宥韵同，尤韵异）取（麌韵同）钮（印钮）狃（狎狃。宥韵同）掊（击也，通剖。肴韵异）莠（草似苗，稂莠）苟糗（干饭）某玖（黑色玉）拇（将指）纠纠（合也，督也，无平音）嗾（使犬声。宥韵同）卣（尤韵同）溲（尤韵异）瞍（蒙瞍，无目者）枸（枸杞。虞、麌韵异）塿（培塿，小阜）狃（习也，愧也）浏（尤韵同）郖（鲁邑）赳（武貌，无平音）蚪（蝌蚪）懰（好也，《诗》"佼人懰兮"）培（垒培，小阜也。灰韵异）擞（抖擞，举也）崄（麌韵同）釦（金饰器口）揂（持物相着。尤韵异）妞（女字）绺（十丝为绺）呦（呦呦，深远也）溇（通水沟。虞韵异）篓（尤、麌韵同）趣（趣马，官名。遇韵异）陡（峻也，通斗）羑（羑里，无平音）鲰（浅鲰，小人。尤韵异）璓（玉名。宥韵同）珣（石次玉）蟉（尤韵同）寿（寿考。宥韵同）殴（击也）

【二十六寝】

寝饮（饮食，实用。沁韵异）锦品枕（枕席，实用。沁韵异）审甚（太甚。沁韵同）廪（通禀）衽（卧席也。沁韵异）饪（熟食，烹饪）稔（年也，谷熟也）稟（古以受命为稟，今以白事为稟）葚（桑葚，亦作椹。与侵韵异）沈（国名，又姓。侵、沁韵异）凛（凄清也）懔（敬畏也，通廩）噤（口闭也。沁韵同）瀋（汁也，《檀弓》"榆瀋"作沈）谂（告也，谋也）朕（我也，天子自称。轸韵异）荏（大豆，又柔荏也）恁（念也）訦（信也，同谌）唫（口急也，噤唫）妊

【二十七感】

感览揽（持也，手揽）榄（橄榄）胆澹（恬澹，浓澹，亦作淡。覃、勘韵异）憺（安也。勘韵异）啖（噉啖）坎惨憯（痛也）敢颔（面黄也，覃韵同；又顅颔，不饱也；燕颔，腮也；颔之而已，低头也，义皆独用）暗（隐晦也。覃韵异）禫（除服，祭名，无平音）菡（菡萏，荷花未开也）撼（摇也）毯（毛席也）葵（荻初生者）统（冕前垂貌，又鼓声）槧（削板牍。艳韵异）晻（障也）萏（菡萏，草木花也）菳（花开。勘韵同）黕（滓垢也，又黑也，黯黕）喊（声喊。豏韵同）揜（通掩）黪（物将败色，黪黲也）瞰（虎视貌。覃韵同）昝（姓也）衽（被缘也）橄錾（錾凿也。勘韵同）嵌（咸韵同）欿（欲得也，不自满足也）赣

【二十八俭】

俭琰焰敛（收也，聚也，艳韵同）险检（检点）脸染掩（同揜）点簟（竹席）贬冉苒（荏苒）陕谄奄渐（渐次。盐韵异）玷（玉病）忝（辱也，艳韵同。作忝，即添字）剡（削也，又荐剡、剡溪）潋（潋滟，水溢貌。艳韵同）飐（风荡激也）芡（芡实）闪欸（不足也。丰、欸、豏韵同）慊（意不满，又足也，快也）溓（溓溓，薄冰也）广（因岩为屋）狭（犬名，又狭狁。艳韵同）黡（面有黑子也，瘢黡）魇（梦魇也。叶韵同）俨溇（雨

小盛貌。覃韵异）

【二十九豏】

豏（豆半生也）槛范减舰（御敌船）犯湛（湛湛，水深貌，露盛貌，又澄也。侵、覃韵异）斩黯范摻（揽也。咸韵异）喊（感韵同）淰（水无波。寝韵异）歚（歚歚，丰厚貌）范（凡模以土曰型，以金曰镕，以竹曰范。又竹简书也）濫（泉正出也。勘韵异）黕（青黑色）歉（俭韵同）巉（咸韵同）

去声

【一送】

送梦（梦寐。东韵异）凤洞（空洞，洞天，洞庭。董韵异）众瓮弄贡冻痛栋仲中（矢中的也。东韵异）粽（角黍也）讽（通作风，春风，风人，婉而多风，皆入此韵）衕鞚（马勒）空（缺也。东、董韵异）控（引也，告也）哢（鸟声）湩（乳汁。肿韵异）哄（斗声。绛韵同）恫（惚恫，失志也。东韵异）赣（同贡，子赣）哄（唱声）甏（东、蒸韵同。又云甏，泽名，同梦）偬（董韵同）酮（东韵同）衷（《左传》"衷戎师"，《汉书》"折衷"。东韵同，馀义异）涷（东韵同）凇（冬韵同）蕻（菜心长也，雪里蕻）

【二宋】

宋重（尊重之也。冬、肿韵异）用颂诵统纵（操纵，通从。冬韵异）讼种（耕种。肿韵异）综（综核，无平音）俸共（同也。东韵异）供（清供，实用。冬韵异）从（侍从。冬韵异）缝（衣缝。冬韵异）葑（菰根。冬韵异）壅（冬、肿韵同）雍（九州之一。冬韵异）封（封爵，《书》"往即乃封"。与冬韵通，馀异）霿（东、宥韵同）恐（疑也，亿度也。肿韵异）

【三绛】

绛降（升降。江韵异）巷撞（江韵同）虹（东韵同）泽（东、江韵同）哄（送韵同）憧（戆憧，凶顽貌。冬韵异）幢（后车幰也。江韵异）艟（短艟，小船也。东韵异）淙（水出貌。冬、江韵小异）

【四置】

置（止也，又废弃也；安置，又马递也）事地意志治（已治也。支韵小异）思（诗思、乡思之类。支韵异。凡虚用平声，实用仄声）泪吏赐字义利器位戏（谑也。支韵异）至次累（缘坐也，玷也）伪寺瑞智记异致备肆（安肆，市肆）翠骑（车骑。支韵异）使（将命者。纸韵异）试类弃饵（糇饵，钓饵）媚鼻易（简易，难易。陌韵异）辔（马辔）坠醉议翅避笥（箧笥）帜（旗也）粹侍谊（宜也）帅（将帅。质韵异）厕（间也，又溷也）寄睡忌贰（副也，又疑贰）萃（聚也）穗（禾成秀也）二帔（裙帔）臂嗣（继也，无平音）吹（鼓吹、歌吹之类。支韵异。凡虚用平声，实用仄声）遂恣（纵也）四骥季刺（击刺；讥刺；又司刺，官名；投刺，束也。陌韵异）驷泗（水名，又涕泗）识（标记也。职韵异）痣（黑子也）志（记也，通识）寐魅（魑魅）邃（深也）燧（取火器，又烽燧）隧（墓道）璲（佩玉）繸（绶也，以连佩玉）晬（目清明也，又润泽貌）悴（憔悴）谥（易名也）植（种也，树立也。职韵同。又曲植，独用）炽（盛也）织（织文锦，绮属。职韵异）饲（以食食人也，通食）食（疏食，飧食。职韵异）积（储蓄也，少曰委，多曰积，《诗》"乃积乃仓"。陌韵异）忮（害也，又懥忮，很也）被（覆被。纸韵异）芰（菱也）懿（美也）悸（心动）觊（幸也）冀（九州之一，又欲也）暨（及也，至也，与也。未韵异）懻（强力貌，矜懻）

慭（毒也，又教也）洎（及也）概（稠也，《史记》"深耕概种"）聅（至也。未韵异）愧匮（乏也）鐀（匣也，金鐀，亦作匮）馈（饷也）篑（土笼也，一篑。卦韵同）蒉（草器也。卦韵同，馀异）恚（恨也）比（党比，大比。支、纸韵异）庇（荫庇）痹（湿病，痿痹）诐（支韵同）惫（慎也）閟（闭也）泌（泉貌，又水名。质韵同）秘鸷（击也，又鸟兽猛也）贽（执贽）挚（至也）觯（支韵同）踬（跲也，颠踬）渍（浸润也）稚（幼禾，又童稚也）迟（待也。支韵异）埴（黏土，又陶埴。职韵同）祟（祸也）豉（盐豉）珥（纸韵同）咡（口吻）示伺嗜自罤苺痢莉（茉莉）致（密也）轾（轩轾）嚣彗（帚也，独用，又妖星。霁韵同）肄（习也）眙（愕眙，惊视也）惴（惧也）拟（怡拟不前。纸、队韵异）恣（怨也）缢劓（割鼻）啻（不啻，不止也，通翅）企（纸韵同）晒（曝也。卦韵同）勚（劳也）为（助也，缘也。支韵异）贲（饰也，卦名。文、元韵异）腻施（施与，支韵通用。设施之施，专属支韵，又见后）鄪（鲁邑，本作费）遗（赠遗也。支韵异）跂（纸韵同）槌（架蚕薄之木）哆（麻、纸、哿、马四韵俱通）諰（诚諰）漈（水名）诒（馈诒，一作贻。贿韵异）值（遇也，持也，又价值，一作直）柴（举柴积禽也。佳韵异）出（出之也，质韵小异）萎（支韵同）澌（澌灭。支、齐韵异）堄（堂隅也，坫也。纸韵异）硾（捣也，镇也）巇（支韵同）掎（纸韵同）譆（语諅諅也）縋（绳悬也）蚎（毛虫有毒）眦（物之次第，一重为一眦，又延也。支韵异）累（支韵异）廙（恭敬也）其（音寄，《诗》"彼其之子"。支韵两见并异）异（叹也）谇（诟谇。队韵同）屣（纸韵同）錘（权也。支韵錘字同）峛（峛崺，独貌。纸韵异）施（及也，延也，如"施于中谷""施从良人"之类。支韵异）庳（有庳，国名。支、纸韵异）

孳（乳化也，通字）眭（恣睢。支韵一同一异）愲（止也，又叨愲，忿戾也）司（主也。支韵同，馂异）诼（誻诼，以事相属也）陂（倾也。支韵异）墍（息也，取也，又仰涂也。未韵同）几（望也，左望君如望岁焉，日月以几。微、尾韵异）近（辞也，《诗》"往近王舅"。吻、问韵异）始（方始也，如水始、冰桃始华之类。纸韵小异）术（六乡之外，地通遂，礼术有序。质韵异）里（纸韵同）欬（逆气也，《礼》"国多风欬"；又謦欬，言笑也。队韵同，卦韵异））踬（警踬。质韵同）瑟（音试，乐器。质韵同）德（立容德，徐邈读置。职韵异）莳（种植也）

【五未】

未味气贵费（耗也，惠也，又姓）沸（泉涌出貌）尉（官名。物韵异）畏慰蔚（荟蔚，盛貌。物韵异）魏纬胃渭（水名）汇（类也，聚也）谓讳卉（尾韵同）毅溉（灌溉。队韵同）既（微韵同）暨（诸暨，县名。置韵异）衣（服之也。微韵异）饎（馈客刍米也）忾（太息也。队韵同，馂异）恝（痴也）欷（微韵同）墍（置韵同）摡（取也，又拭也，濯摡）靅（微、尾韵同）芾（蔽芾，小木盛貌）浿（灌浿，水貌）扉（草履）痱（热疮。微韵异）刖（刖足刑）豸（兽名，又循豸，独用；又虫名，尾韵同；又微韵飞亦作豸，义别）翡（翡翠）繢（绘也）气（云气也；又同乞，以物与人也，与求乞之乞义异）

【六御】

御（通驭）处（处所。语韵异）去（来去。语韵异）虑（思也。鱼韵异）誉（鱼韵同）署据驭曙助絮著（明也，定也。语、药韵异）豫鬻（飞举也）箸（匙箸）恕与（参与也，通预，如"吾不与祭"之类。鱼、语韵异）遽疏（奏疏。鱼韵异）庶诅（诅祝）预（先也，干也，通豫）倨（傲也）茹（鱼、语韵同）语（告语之也。语韵异）踞（蹲踞）锯（刀锯）狙（鱼韵同）沮（沮洳，湿也。鱼、语韵异）洳（沮洳，涟洳。鱼韵异）澦（滟滪堆，在瞿塘峡）饫（餍饫）淤（鱼韵同）蒣（薯蒣）胠（胁也。鱼韵同）除（除去也。鱼韵异）瘀（积血）觑（伺视也）鑢（错也，磨鑢使平也）怚（骄也）如（鱼韵同）恕（忧也）椐（鱼韵同）女（以女妻人。语韵异）讵（语韵同）欤（叹词，亦作与）楚（利也，又木名。语韵异）嘘（鱼韵同）忬（先也，安也）

【七遇】

遇路潞（水名）赂（遗人财也）璐（美玉）露鹭树（木总名。麌韵异）度（权度，风度。药韵异）渡（通度）赋布步固痼（久病，通锢）锢（禁锢）素具数（多寡之数。麌、觉韵异）怒（麌韵同）务雾鹜（凫属。屋韵同）骛（驰骛）附兔故顾雇（佣也。麌韵异）句（章句。麌、光、宥韵异）墓暮慕募（召募）注（灌注）注（笺注）澍（时雨）驻炷（麌韵同）胙（祭肉）祚（福也）阼（东阶）裕误悟瘝晤住戍（守边也）库护屦诉蠹妒惧趣（趣向，意趣。有韵异）娶铸绔胯（两股间。祃韵同）傅付谕（晓谕，风谕，比谕，亦作喻，与虞韵喻字义别）妪（老妪，煦妪）芋（食芋。虞韵异）捕哺（食在口）污（秽也，又去垢也，《诗》"薄污我私"。虞、麻韵异）忏厝（置也。药、陌韵异）措错（金涂谓之错。药韵同。又举错，独用）醋鲋（鲫也）祔（祔庙，又合葬也）仆（僵也，偃也。宥韵小异）赗（助丧也）赴酺（虞韵同）恶（憎恶。虞、药韵异）互孺（子幼弱也，又属也，有平音，义同，虞韵不收）怖煦（麌韵同）寓酤（卖也。虞、麌韵异）瓠（虞韵同，惟瓠子河、瓠巴鼓琴，专读去声）输（送也，虞韵异。凡以物送之，平声；指所送之物，去声）吐（自吐也。麌韵小异）铺（贾肆。虞韵异）呼（号呼）溯屡嗉（鸟吭）塑跗（足背）斁（败也，彝伦攸斁，陌韵厌也。按：《诗》"在此无斁"，亦叶厌意）捂（斜柱也，枝捂，抵捂）瞿（惊视也；《诗》"狂夫瞿瞿"，无守也；"良士瞿瞿"，俭也。虞韵异）驱（虞韵同）讣菟（菟丝，菟葵，虞韵异。元菟，郡名，虞韵同）姁（言语姁姁。虞韵异）婺（婺女，星名）吁（呼吁）属（音注，《周礼》"犀甲七属"。沃韵异）作（造也。个韵同，药韵异）嫭（美好也）酗（醉怒也，无平音）雨（雨自上而下。麌韵异）霎（霖霎，通澍）获（焦获，周地名。药韵异）附（益也）镀（金饰物）傃（向也，通素）圃（麌韵同）驸（左驸，副马也）足（过也，足恭。沃韵异）捬（拊持）苦（困也。麌韵异）铺（糖铺。虞韵异）姹（美女）护（布护，分解也）

【八霁】

霁制计势世丽（美丽，附丽。支韵异）岁卫济（渡也，成也。荠韵异）第艺惠慧币桂滞际厉涕（荠韵同）契（书契，神契。屑韵异）弊（仆也，又流弊也）毙帝蔽敝（败也）髻锐戾裔袂系祭（祭祀。卦韵异）隶闭（阖门也，塞也。屑韵同）逝缀（连缀。屑韵异）翳（隐也）制替砌细税婿例誓筮蕙偈（息也，又佛偈。屑韵异）诣砺励瘵噬继脆谛（审也）系（谱系）睿毳（细毛）剂（调剂。支韵异）曳（牵引也，无点）蒂（根蒂）睨（小视）憩（息也）彗（星名。置韵同）睨（斜视）醳（酹酒也。屑韵同）贳（贷也，赦也。祃韵同）柢（荠韵同）祲（妖气）逮（安和也，《诗》"威仪逮逮"，逮同棣。队韵异）禘（大祭）芮（芮芮，草生貌，又国名）掣（曳也。屑韵异）蓟（州名，草名）妻（以女妻人。齐韵异）挤（齐韵同）眦

（置韵同，与卦韵眦字异）禊（祓禊）弟（孝弟，通作悌。荠韵异）达（足滑也）蹛（秋社会祭处）呭（呭呭，乐也）锲（刻也）题（睇视貌，《诗》"题彼脊令"。齐韵异）砅（渡也，《诗》"深则砅"，作厉）蛎（牡蛎）瞖（目障）睥（左睥右睨）嘬柄（柄柄，所以入凿）篲（扫帚，通作彗）递（荠韵同）遰（迢遰也，去也，又《礼》"右佩管遰"，刀鞞也）愒（息也。泰韵异）鱊（鱼名。月韵同）粝（米粗也。泰、曷韵同）疠躄蹶（敏也，《诗》"良士蹶蹶"，又行遽也，《礼》"足母蹶"。月韵异）齐（音剂，《礼》"凡食齐视春时"，又火齐，珠名。齐韵异）棣（棠棣）说（以言说人也。屑韵异）巋暳（阴而风也）离（附离。支韵异）荔（薜荔，又荔支）汭（水名）泥（滞也。齐韵异）蜕（蛇蜕，蝉蜕。泰韵同）赘儷（伉儷）揭（褰衣渡河也。屑韵异）帨（巾也）唳（鹤鸣）薙（除草）泄（泄泄，怠玩也，舒徐也，又《诗》"俾民忧泄"，散也。屑韵异）殢娣（荠韵同）濟（水名）嚌（以酒至齿曰嚌）劽（伤割也，《礼》"廉而不劽"）薜（薜荔）懘（憏懘，音不和也）懠（怒也。齐韵异）袣（长被，又衣长貌）呓（睡语也，啐呓）潎（水暴至声）蛎（牡蛎）羿（人名）谜（隐语）轪（车辖。泰韵同）杕（木盛貌，《诗》"有杕之杜"）惠缔（齐韵同）莅浙（水名）晢（晢晢，星光也。屑韵异）切（一切，大凡也。屑韵异）蟪（蟪蛄）医（藏弓矢器）

【九泰】

泰会（合也，又见后）带外盖（覆也，又语词。合韵异）大（小大。个韵同）斾（旗也）濑（水流沙上）赖籁蔡害最贝霭（云集貌）蔼（茂也，和也）沛艾兑丐（乞也）柰（果名）奈（那也。个韵同）绘（彩画）桧（柏叶松身）脍（细切肉）浍（田间水道）狯（狡狯。卦韵同）会（会计，会穑）侩（市侩，通会）襘（《左传》“衣有襘领”，会也）旝（麾也，木置石投敌也）郐（国名）禬（除殃祭）荟（翳荟，草木盛貌）磕（硍磕，石声。合韵同）壒（尘也，埃壒）太忕（侈也。霁韵异）汰（洗汰）汏（水激过也。曷韵异）鈦（霁韵同，亦通軑）軑（霁韵同）癞疠（霁、曷韵同）霈（滂霈，同沛）蜕（霁韵同）濊（汪濊，水多貌。曷韵异）翙（翙翙，飞声）哕（哕哕，鸟声）酹（酹酒。队韵同）狈（狼狈）藾（蒿也，苹藾）愒（贪也，玩愒。霁韵异）眛（目昏也。队韵同）

【十卦】

卦挂懈廨（官廨）隘卖画（图画。陌韵异）派（分流也）债怪坏诫（通戒）戒界介芥械（机械，器械）薤（菜名）拜快迈话败稗（荑稗草，似谷）晒（置韵同）噫（饱食息也。支韵异）届（至也）疥玠（大圭，通介）瀣（沆瀣，露气。队韵同）湃（澎湃，水声）聩（聋也）惫（疲也）杀（降也，减削也。黠韵异）夬（决也，卦名）哙（咽也。又人名，樊哙）嘬（一举尽脔，又啮也）虿（螫虫，蜂虿）喝（阴喝，噎塞也。曷韵异）解（贡士解额，官司解报也。蟹韵两见义并异）祭（周邑名。霁韵异）龂（龥龂，切齿怒貌）蒯（茅类，菅蒯）蒉（赤苋，又邑名，又杜蒉，蒉尚，俱独用；又草器，与置韵同）韛（韦囊）犗（犍牛）餲（饭臭也。曷韵同）紩（故衣，《庄子》“挫针治紩”）粺（精米，《诗》“彼疏斯粺”）眦（恨视貌，此与置、霁韵眦字义别）鲋（比目鱼）价（佋价，通绍介）喟狯（泰韵同）薤（芥薤）砦（山居木栅也）诖（误也）劢（勉也）繣（纬繣，乖戾也）篑（置韵同）呗（梵音）欬（同噫。置、队韵异）寨（羊栖宿处，又通砦）

【十一队】

队内塞（边塞。职韵异）爱辈佩代退载（乘载，覆载，又记载。贿韵异）碎态背（脊背，又见下）背（相背，通倍、北）䅌菜对废海晦昧碍（阻也）戴贷配（古作妃，与微韵妃字义异）妹啄（口也）溃黛贲吠逮（及也。霁韵异）岱袋（囊也）埭（以土堰水）肺溉（未韵同）耒（田器）慨（慷慨）忾（忧忾，敌王所忾，独用；又太息。未韵同）嘅（感嘅）块缋（画也，同绘）乂（才也，俊乂；治也，保乂）碓（舂具）赛（报赛，又赌赛也）刈（获也）耐悖（乱也。月韵同）暧（晻暧，暗也）晬（子生周岁曰晬）淬（烧剑入水也，磨淬）敦（祭器，珠盘玉敦。元、寒、愿韵异）愦（心乱）阓（闤阓）铠（贿韵同）硙（磨也）焙（烘焙）在（所在，行在，无定在，有在，俱实用。贿韵异）再欸（置韵同，卦韵异）孛（彗星。月韵同）瑇（玳瑇。号韵异）茷（草多也。泰韵同）憝（怨也，恶也）酹（泰韵同）澮（卦韵同）眜（傍视也，眄眜）徕（劳徕。灰韵异）裁（准裁，风裁。灰韵异）睐（暧睐，不明貌）儗（儓儗，痴也。纸、置韵异）采（采地。贿韵异）回（迂回，避也。灰韵异）焠（火与水合为焠，通淬）栽（筑墙长板，《左》"楚子围蔡里而栽"。灰韵异）悖（言乱也。月韵同）北（分异也。《书》"分北三苗"。职韵异）劢（推劢，投劢。职韵同）玳（玳瑇）诶（置韵同）脢（灰韵同）悔（改悔。贿韵小异）癀（痼疾）痱（贿韵同）眛（泰韵同）

【十二震】

震信印进润阵（通作陈，与真韵陈字义异）镇填（土星。真、先、霰韵异）刃顺慎鬓晋骏闰峻衅（血祭，瑕衅也）振（奋也，拯也。真韵异）

俊（才俊，亦通隽）䑞㐹（悔㐹）㐹（鄙㐹）烬（火馀也）讯（问也）胤㘅（八尺也）轫（止车轮木）殡傧（相也，真韵异）迅（疾也）瞬（目自动也，一瞬）谆（真韵同）荩（忠荩，又草名）憖（且也）殣馑蔺（莞属，又姓）浚（深也）徇（从也）殉（以人从葬）赈（赈济，通振。轸韵异）觐（春朝秋觐）畯（田畯）摈（斥也，摈相，通傧）瑨（美石）琎（真韵同）酳（酒漱口也）仅轫（满也，充物）认遴（行难也，又通㐹）㰌（㰌㰌，又馈㰌）衬晙（早也）瑾（美玉）趁（逐也。铣韵异）龀（吻韵同）蕣（木槿）韧（坚柔也）㓷（出言难也）泛（洒也）磷（薄石也，《论语》"磨而不磷"。真韵异）躏（蹂躏）粦（同磷）驎（真韵同）浚（取也，又水名）埻（真韵同）缙（浅绛色，又扱也，同搢）搢（插也，《礼》"天子搢笏"）娠（通震，真韵同）引（牵牛綍也，又曲引也，箜篌引。轸韵异）瞵（真韵同）麟袗（轸韵同）诊（轸韵同）蜃（轸韵同）瑱（玉充耳。霰韵同）亲（左庶人工商各有分亲，又婚姻相谓之称。真韵异）

【十三问】

问闻（声闻。文韵异）运晕（日月旁气）韵训粪奋忿（吻韵同）酝（让也）郡分（定分。文韵异）紊（乱也）汶（水名）偾（僵也）愠靳（车中马也，骖靳；又戏而相愧也，嘲靳）近（切近之也。吻、置韵异）斤（斤斤，察也。文韵异）扢（吻韵同）絻（袒絻，丧服也，一作免）郓（鲁邑）员（姓也，文、先韵异；又人名，伍员，平去兼用）缊（精缊，敝缊。文、元韵异）拚（扫除之名。霰韵异）隐（限隐也，隐几。吻韵异）蕴（习也。吻韵异，元韵蕴一作薀，亦异）坋（吻韵同）

【十四愿】

愿论（议论。元韵小异）怨（恨也。元韵异）恨万饭（炊谷为饭。阮韵异）献（进献。歌韵异）健寸困顿遁（阮韵同）建宪劝蔓（葛属，又滋蔓）券（契券）钝闷逊（通作孙，与韵孙字义异）嫩贩（买贱卖贵）愿（谨也）溷（溷浊。元韵异）远（推而远之也。阮韵异）巽潠（喷水）曼（引也，长也，又美也。寒韵异）喷（元韵同）艮敦（敦邱，通顿，又太岁在子曰困敦。元、寒、队韵异）坌（尘也）绻（阮韵同）鄄（地名）裋（卸衣，又红裋落花也）畹（阮韵同）堰（阮、霰韵同）圈（邑名，见《公羊》。阮韵异）

【十五翰】

翰（书翰。寒韵异）岸汉难（患难，诘难。寒韵异）断（绝也，旱韵同，又见下）断（决断也。旱韵异）乱叹（寒韵同）干（才干，又天干）观（卦名；又宫观，京观，容观。寒韵异）散（离也，布也。旱韵异）畔旦算（算长六寸，计数者也；又算术，俱实用。与旱韵算字义异）玩烂（火熟，又明也）贯半案（几案，又考也）按（抑也，又推验也）炭汗（人液也，浣汗。寒韵异）赞（参赞，论赞）赞（襃赞）漫（水浸淫也，又汗漫，烂漫，散漫。寒韵异）冠（加冠于首。寒韵异）灌（水名，又溉也）爨（炊爨）窜（逃窜，改窜）幔（帷幕）粲（米白，又明也，笑也）灿（明也，通粲）璨（玉光也，璀璨）换焕唤悍（旱韵同）捍（卫捍）弹（丸也。寒韵异）惮段看（寒韵同）判叛（通畔）腕（手腕）涣（水名，又散也）奂（大也，又文采明貌）绊（络首曰羁，系足曰绊）惋鹳钻（锥子，实用。寒韵异）缦（缯无文也，《周礼》"巾车卿乘夏缦"。谏韵异）锻（冶金也）旰（晚也）瀚（瀚海）

豜（狱也，豠豜。寒、删韵异）胖（牲半体也，《周礼》"掌共膴胖"。寒韵异）暵（旱韵同）㵎（寒韵同）駻（马突也）蒜罐（汲器）瓘（玉名，瓘斝）酇（汉萧何封邑。旱韵异）嗗衎（衎衎，乐也。旱韵异，无平音）泮（冰释也，与泮字异）泮遄（逃也）祼（酌鬯灌地也）漫（漫漫）豻干（枝干，又筑墙板，《诗》"干不庭方"。寒韵异）盱（张目也）谩（寒、谏韵同）澜（寒韵同）碫（与麻韵碫字异）撣（掷也）袒（后衣也，《诗》"绿衣"，笺绿当为袒）摊（按也。寒韵异）侃（旱韵同）馆（旱韵同）滩（水奔流貌。寒韵异）晏（晚也，清晏也。谏韵同，入铣、霰韵者从宀，宴安、宴飨也）盥

【十六谏】

谏雁患（删韵同）涧闲（厕也，迭也，隔也，又非正曰闲，致隙曰闲。删韵异）宦晏（翰韵同）慢办（致力也，又具也）盼豢（谷养畜也，牛马曰刍，犬豕曰豢）栈（栈道，栈车。潸韵同，铣韵异）惯（习也）赝（伪物也）虥（潸韵同）串（穿也，又习也，亲串）苋（菜名）绽（裂也）幻讪（删韵同）丱（童丱，总角也）绾（潸韵同）缦（弦也，《礼》"不学操缦"，又古歌"纠缦缦兮"，缓也。翰韵异）嫚（媟嫚）谩（寒、翰韵同）汕（鱼浮貌，《诗》"烝然汕汕"）疝（病也）瓣撰（删韵同）篡（逆取也）铲（削木器，同划）槾（无槾，木名）裥（裙幅）栅（编竹木为落。陌韵同）扮（装扮）

【十七霰】

霰（冰雪相搏也）殿（宫殿，又见下）殿（军后曰殿）面县（郡县。先韵异）变箭战扇（门扇，羽扇。先韵异）煽（炽盛也）膳传（经传。先

韵异，又见下）传（驿传。先韵异）见（目见，又见下）见（发见，俗作现）砚（通作研，与先韵异）选（中选，铨选。铣韵异）院练（熟缣）炼（冶金也）宴（饮宴）燕（元鸟。先韵异）宴（息也，独用；又安也。铣韵同）卷（书卷。先韵异）贱电荐绢彦掾（官属）便（利也。先韵异）眷面线倦羡堰（阮、愿韵同）奠遍恋啭眩（惑也）钏（手钏）茜（草盛貌。葱茜）倩（美好也。敬韵异）卞（鲁邑，又法也，急也）汴（水名）弁（冕也，战惧也。寒韵异）拚（舞拚，同抃。问韵异）忭（欢忭，喜也）咽（吞也）片禅（封禅，禅让。先韵异）谴绚（文貌）谚缘（衣缘。先韵异）颤擅援（救助也，又马援，人名。元韵异）媛（美女。元韵异）瑗（璧名）佃（先韵同。又陆佃，独用）钿（先韵同）淀（浅水也，陂淀）淀（泥滓也，又蓝淀，同靛）缮（补也，又眷也）鄯（西域国名，兰鄯）狷（铣韵同）罥（绾也）眴（视貌）煎（甲煎，香名。先韵异）旋（绕也。先韵异）漩（先韵同）瑱（玉充耳也。震韵同）唁（吊生也）穿（贯穿。先韵异）茜（染绛草）羱（元、铣韵同）溅（水激也。先韵异）楝（木名）拣（潸韵同）缠（香缠，实用。先韵异）牵（挽舟索，通纤。先韵异）先（先之也。先韵异）靬（铣韵同）炫（自荐也）袨（袨服，好衣也）炫（光耀也）善（善之也。铣韵异）缮（铣韵同）遣（人臣赐车马曰遣车。铣韵异）研（磨也。先韵同，徐异）嬿（美也，欢嬿）瞑（瞑眩，溃乱也。青韵异）汧（先韵同）填（厚重貌，《庄子》"其行填填"。真、先、震韵异）蚬（铣韵同）睍（铣韵同）娈（顺也，蔡邕《神诰》"用永蕃娈"。铣韵异）鄄（鄄城，周邑）晛（日光）莛（蔓莛，不断也。先韵异）撰（铣韵同）畎（铣韵同）譾（先、铣韵同）衍（丰衍，游衍。铣韵同，徐异）楄（木名）辗（水辗，同碾。铣韵异）转（以

力转之也。铣韵异）綪（赤缯，又染草）縓（帛赤黄色一染为縓）涀（水名）
饯（铣韵同）

【十八啸】

啸笑照庙窍妙诏召劭（萧韵同）邵（邑名，又姓）要（紧要。萧韵
异）曜（日光）耀（光耀）燿（照也，耀耀，萤也）调（迁调，才调，声
调，又租庸调法。萧、尤韵异）钓吊（问终也，愍。锡韵异）叫燎（庭
燎。萧韵同，又放火，筱韵同）峤（萧韵同）少（老少。筱韵异）徼（游
徼，边徼。萧韵异）眺峭（峻峭）诮料（意料，物料。萧韵异）肖尿（通溺）
剽（剽掠，剽悍。萧韵异）掉（筱韵同）鞘（刀鞘）鹞（鸷鸟也，又辽有
左右铁鹞子军。萧韵异）嗷（《礼》"毋嗷应"，号呼也）轿（萧韵同）窔（奥
窔，幽深也）祧（祭也，与筱韵祧字异）噍（行促貌，《礼》"庶人噍噍"）
烧（野烧，山烧。萧韵异）疗（治病也，无平音）噍（嚼也。萧、尤韵异）
漂（水中击絮也。萧韵异）醮（冠娶祭名，又斋醮）骠（骠骑，官名）茑（寄
生草）爝（火也。药韵同）趠（走也，腾趠）熛（筱韵同）绕（卷取物貌。
筱韵异）摽（筱韵同，萧韵异）娆（嬲娆，不仁。萧、筱韵异）摇（萧韵同）
嶕（筱韵同）薆（草盛貌。萧韵异）鹩（鹌也。萧韵异）敫（歌也。药韵
异）叫哨（屯戍防盗曰巡哨。又哨哨，多言也。萧韵异）约（要约，券书
也。药韵异）飘（萧韵同）嘹（病呼声。萧韵异）嬲（见娆字注）撽（旁
击也）璙（玉名）裱（帗裱，领巾也）俵（分俵，散也）跳（越也）

【十九效】

效教（教训。肴韵异）貌校（考校，又见下）校（学校，又军校也）
孝栲（栋栲，枉栲。萧韵异）闹淖（泥淖）豹爆（爆竹。觉韵同）罩（笼罩，

又鱼具）踔（踸踔，跛行也。觉韵同）拗（戾也，执一也。巧韵异）窖（地藏也）酵（酒酵）嚎（大嘑。肴、药韵异）稍（小也，渐也。无平音）乐（喜好也，益者三乐。觉、药韵异）效（法也）较（比较。觉韵异）钞（楮货名。肴韵异。又钞略，通用）炮疱（面疮）敲（肴韵同）佼（快也）笟（笟篱，竹器）磽（石不平）棹（楫也。觉韵异）觉（寤也。觉韵异）敩（学也）窌（困窌。肴、宥韵异）胶（胶黏。肴韵同，馀异）

【二十号】

号（号令。豪韵异）帽报导盗操（节操，琴操。豪韵异）噪（群呼也）譟（群鸟声）灶奥隩（水隈，崖也。屋韵作澳）告（相告，语也。沃韵异）诰暴（残暴。屋韵异）好（嗜好。晧韵异）到蹈劳（慰劳。豪韵异）傲耗（稻属，又减也）眊（目少睛也。觉韵同）耄躁（急躁）涝（旱涝。豪、晧韵异）漕（水运谷也。豪韵异）造（就也，《诗》"小子有造"。又诣也，《书》"有众咸造"。晧韵异）冒（覆冒，欺冒。职韵异）悼纛（大旗。沃韵同）焘（覆也）倒（颠倒，倒悬。晧韵异）鹜（桀鹜。豪韵异）瑁（天子所执圭。队韵异）媚（晧韵同）缟（晧韵同）懊（懊恨）澳（深澳，又水名。屋韵异）愭（愭愭，笃实貌）嫪（媚嫪，恋惜也）躁（疾也）菢（鸟伏卵）膏（以膏膏之也。豪韵异）犒（饷军也）郜（国名）芼（搴也，择也，《诗》"左右芼之"。豪韵异）凿（在到切，穿孔也。圆凿方柄。药韵两见，一同一异）埻（晧韵同）祷（晧韵同）瀑（疾雨也。屋韵异）旄（旄倪，同耄。豪韵异）燠（以水添釜曰燠。釜、晧、屋韵异）靠（相违也，俗作依靠字）糙（米谷杂也）

【二十一个】

个（枚也）个（明堂偏室也）贺佐作（遇韵同，药韵异）逻（巡逻）坷（哿韵同）轲（歌、哿韵同，馀异）驮（鞍驮、铃驮，实用。歌韵异）大（泰韵异）饿奈（泰韵异）那（语助，《汉书》"公是韩伯休那"。歌、哿韵异）些（语辞，楚些。麻韵异）过（越也，误也。歌韵异）和（唱和，调和。歌韵异）挫（搓挫，顿挫）课堁（哿韵同）睡播簸（哿韵同）剉（去芒角也）磨（硙也，蚁旋。磨、歌韵异）愞（铣韵同）糯座（床座）坐（缘坐。哿韵异）破卧货磋（歌韵同）涴（泥着物也）左（助也，《书》"左右厥辟"，《易》"以左右民"，同佐。哿韵异）锉（釜也，土锉）惰（哿韵同）媠（懒妇也，通惰。哿韵异）癉（哿韵同，寒韵异）潘（敷也，谣也）

【二十二祃】

祃（师行所止，祭名）驾夜下（自上而下也。马韵异）谢榭（台榭）罢（蟹韵同）夏（春夏。马韵异）暇霸（五霸，亦作伯。陌韵异）灞（水名，通霸）嫁赦借（假也。陌韵同）藉（荐物也，《易》"藉用白茅"。又冯藉，慰藉，蕴藉。陌韵异）炙（燔炙。陌韵同）蔗（甘蔗）假（休沐也。马韵异）化舍（屋舍）价射（大射，乡射。实用，去声；虚用，入声。陌韵异，又见下）射（音夜，仆射，官名。陌韵异）骂稼架诈亚娅（两婿相谓也，姻娅，《诗》作亚）罅（隙也）跨麝咤（叱怒也，《记》"母咤食"。麻韵异）怕讶诧嗄（声变也）迓（迎也）蜡（冬祭名，秦蜡，周蜡）胯（遇韵同）帕柏（桑柏）华（西岳）姹（马韵同）卸贳（霁韵同）泻（卤也，又吐泻。马韵异）靶（辔革）乍桦（麻韵同）杷（田器，同麻韵，馀异）坝（堤也）

【二十三漾】

漾（水名）上（对下之称。养韵异）望（阳韵同）相（视也，助也。阳韵异）将（将帅。阳韵异）状帐浪（波浪。阳韵异）唱让旷壮放（逐也，逸也。养韵异）向（相向，志向，又《诗》"塞向墐户"，牖也，又见下）向（音饷，地名，又姓）仗（器杖。养韵异）畅量（十斛为量，又局量，又限也，审。阳韵异）葬匠障（步障，屏障，独用。又隔也，卫也。阳韵同）谤尚涨饷（馈食也）样藏（物所蓄之地也，盖藏，宝藏。阳韵异）舫访贶（赐也）养（供养，奉养。养韵异）酱嶂抗当（事理合宜也，又底也，玉卮无当。阳韵异）酿亢（星名，又过旱，又不屈也，敌也。阳韵异）况（矧也，譬也，又寒水也）脏瘴（瘴气）王（王天下之王，又神王，俗伪旺。阳韵异）纩（细绵）鬯（郁鬯，降神酒。又香草）谅（信也，又原也）亮（朗也）妄怆创（初也，草创）丧（亡也，失位也。阳韵异）帐两（车两。养韵异）圹宕（通荡）伉（敌也，伉俪）忘（阳韵异）傍（倚也。阳韵异）砀（阳韵同）恙吭（阳、养韵同）炀（炙也，暴也。阳韵异）飏（阳韵同）张（供设也，侈也。阳韵异）阆（门高也）胀（腹满也）行（辈行，又行行，刚强貌。阳、庚、敬韵异）广（兵车名，《左》分为二广，十五乘为一广。又广轮。养韵异）悢（惆怅也）汤（热水沃也，《月令》"如以热汤"，《诗》"子之汤兮"，同荡。阳韵异）炕（阳炕，乾也）长（馀也，《世说》"平生无长物"。阳、养韵异）创（始也，又惩创。阳韵异）诳（欺也）桁（衣桁。阳、庚韵异）羕（水长也）踼（跌踼，亦作跌宕）颃（咽也。阳韵异）酿（浊酒）徬（同傍）掠（劫夺也。药韵同）妨（阳韵同）旺（光美也，日晕也）荡（莨荡渠。养韵异）潢（染纸也，《齐民要术》有"装潢纸法"。阳韵异）

防（堤防。阳韵同，馀异）快（养韵同）偿（阳韵同）荡（羃荡舟。养韵异）盎（养韵同）仰（资也，仰给。养韵异）漾（养韵同）饷（养韵同）挡（摒挡）傥（幸也，傥来。养韵异）

【二十四敬】

敬命正（中也，定也。庚韵异。三正，正朔，平去通用）令（法也，善也。庚韵异）政性镜盛（茂盛。庚韵异）行（德行。阳、庚、漾韵异）圣咏姓庆（福也，贺也。阳韵小异）映病柄郑劲竞（争也）净竟孟进（走散也）聘阱（陷阱）诤（谏诤）泳（游泳）请（朝请，延请。庚、梗韵异）倩（使令，又婿称。霰韵异）檠（庚韵同）硬（坚硬）清（温凊）靓（梗韵同）蘱晟（日光充盛也）柄（梗韵同）更（再也。庚韵异）横（强横。庚韵异）酱（庚韵同）榜（进船也。庚、养韵异）迎（未来而往迎之也，《诗》"亲迎于渭"。庚韵异）娉（婚娉，与聘通。青韵异）敻（远也，无平音）轻（疾也，《左》"绞小而轻"，又"秦师轻而无礼"。庚韵异）并（梗韵同）儆（戒也）评（庚韵同）邴（姓也，独用，馀与梗韵同）证诇（迥韵同）侦（庚韵同）并（专也。庚韵异）侦（逻候也）盟（盟津，同孟。庚韵异）

【二十五径】

径定听（聆也，青韵同；又待也，从也，断也，任也，独用）胜（负之对。蒸韵异）磬应（答也。蒸韵异）乘（车乘，邑乘。蒸韵异）媵（从嫁女也）赠（馈赠）佞（口才也）称（权衡，俗作秤。惬也。蒸韵异）罄（器空也）邓（国名，又姓）甑（鬶也，釜甑）胫（迥韵同）莹（精明也。庚韵异）证（验也）孕兴（《诗》有比兴。又高兴，自喜也。蒸韵异）经（经纬，雉经。与青韵同，馀异）醒（青、迥韵同）廷（青韵同）锭（有足镫也，俗以一金一铤为一锭）庭（迳庭，隔远也。青韵异）饤（贮食也，今以文词累积为饾饤，无平音）钉（以钉钉物也。青韵异）暝（青韵同）溟（小水）烝（气上行。蒸韵同，馀异）賸（长也，益也，馀也）凭（蒸韵同）凝（止水也。蒸韵小异）嶝（小坂）镫（马鞍具）橙（几属。庚韵异）磴（岩磴）凳（床属，几凳，通橙）蹬（蹭蹬，失势貌）㥄（东韵同）亘（绵亘，亘古，《诗》"恒之秬秠"）

【二十六宥】

宥（宽宥）候埁（封埁，土堡也）就授售（尤韵同）寿（有韵同）秀绣宿（星宿。屋韵异）奏富兽斗漏陋守（为之守也，汉置郡太守。有韵小异）狩（冬猎）昼寇茂懋（勉也）旧胄（介胄）胄（裔也，世胄）宙袖褎（同袖，又禾黍盛也）岫柚（似橘而大。屋韵异）覆（盖也。屋韵异）复（又也，再也。屋韵异）救厩臭嗅（以鼻取气）幼佑（助也）祐（神祐）右（助也，同佑。有韵异）侑（劝食也）囿（园囿，又拘也。屋韵同）豆（祭器，菽名，又量名）窦（穴也）逗（逗遛，止也）溜（水溜，下也）霤（屋水流也）瘤（尤韵同）留（宿留，停待也。尤韵异）构（筑屋也，又成也）遘（遇也）媾（昏媾）觏（见也）菁（十稯曰菁，数也。又中菁，深宫也）购（以财求物也）透瘦漱（盥漱）嗽（咳嗽）呪（诅也）镂（雕镂。虞韵异）贸（贸易）鹫（鸳鹫，鸟名；灵鹫，山名）走（疾趋曰走，《诗》"骏奔走"。有韵小异）副（贰也，佐也。屋、职韵异）诟（詈也。又謑诟，巧言也）糅（杂也）酎（三重醇酒也）究（穷也）凑（聚也）谬（误也，妄言也）缪（错缪。尤、屋韵异）籀（史籀，篆籀）疚（病也）灸（艾灼也）畜（牲畜也。屋韵同，馀异）耨（耨器，用以除草）雊（雉鸣）枢繇（占卦爻辞。萧、尤韵异）骊首（自首，东首。有韵异）皱（面蹙纹也）绉（绤之细者，又衣绉也）戊（十干之一）遘（遘当。虞、尤、遇韵异）裒（东西曰广，南北曰裒）鼬（如鼠而大）僦（赁也）蹂（有韵同，尤韵异）姆（女师）沤（久渍也。尤韵异）姤（卦名，遇也，又偶也）廖（国名）腠（肤腠）蔟（律名，大蔟。屋韵异）又鲎（海中介族）輮（辐輮）逅（邂逅）蔻（豆蔻）伏（鸟覆卵也。屋韵异）雊（置韵同）檴（尤、有韵同）收（获多也。《礼》"农事备收"，凡物可收者，去声。尤韵异）狃（有韵同）嗾（有韵同）犹（犹豫。尤韵同，徐异）饇（饤饇）瘶（疮也）后（后于人也。有韵小异）油（浩油，地名。又物有光也。尤韵异）雺（东、宋韵同）仆（顿也。遇韵小异）鞣（尤韵同）后（皇后。有韵异）胄（华胄）厚（有韵同）扣（有韵同）璓（有韵同）愗（恂愗，愚貌）鎀（尤韵同）呴（有韵同）㑃（偪㑃，恶言詈也）绶（有韵同）读（音豆，句读。屋韵同）懤（愁毒也）棷（水棷，船篙木）辏（辐辏。屋韵异）㔉（古国名，独用。徐与萧、尤韵同）鄮（县名，即今慈溪奉化）偻（尤、虞韵同）

【二十七沁】

沁（水名，又以物探水也）饮（以饮饮之。寝韵异）禁（制也，又宫禁。侵韵异）任（克也，用也，又身任也。侵韵小异）荫谶（符谶）浸（渍也）祲（祆气。侵韵异）潜（谗潜）鸩（毒鸟）枕（以枕枕之。寝韵异）衽（衣襟。寝韵异）赁（佣也，借也）临（哭临，吊临。侵韵异）渗（下漉也）喑（声也，《史记》"喑哑叱咤"。侵韵异）揕（拟击也）窨（地室藏酒）闯（马出门貌）妊（侵韵同）噤（寝韵同）紟（紟带。侵韵同）吟（侵韵同）深（量度浅深也，《周礼》"以土圭测土深"。侵韵异）甚（寝韵同）沉（投物水中

434　大学诗词写作教程

没也，又《周礼》"以貍沉祭山林川泽"。侵、寝韵异）

【二十八勘】

勘（校也）暗滥（水延漫也，又浮辞失实也。豏韵异）啖担（所负也，负担。覃韵异）憾缆（维舟索）瞰（视也）玲（含玉）憸（动也，《史》"威棱憸平邻国"。感韵异）绀（青赤色）阚（视也，又鲁邑，又姓。豏、陷韵异）三（三复，三思。覃韵异）暂荟（感韵同）磡（崖也）赣（水名，感韵赣字同）参（曲名，又渔阳参三挝鼓也，同掺。侵、覃韵异），澹（水动摇貌。覃、感韵异）淡憨（害也，果决也。覃韵异）瞰（日出貌）鉴（感韵同）淦（新淦，县名。覃韵同，馠异）燂（火焱也。艳韵同）

【二十九艳】

艳剑（兵器。陷韵同）念验赡（给也，又学赡也）店占（据也。盐韵异）敛（俭韵同）厌（足也，《诗》"有厌其杰"，又斁也。盐、叶韵异）滟（水动貌）焰（光也）潋（俭韵同）欠（欠伸，又不足。陷韵同）椠（插也，《释名》："椠板，长三尺者也。"又渐也，言渐渐然长也。感韵异）僭酽（酒醋未厚也）坫（屏障，又反爵处）襜（披衣也，《管子》"列大夫豹襜"。盐韵异）砭（盐韵同）脸（足也）喼（盐韵同）猃（俭韵同）殓苫（盐韵同）掭（舒也）盐（以盐腌物也，又古乐府有"昔昔盐"，读作艳。盐韵异）沾（水名。盐韵同，馠异）兼（盐韵同）念（呻吟也）酓（酒味苦，又酒盈量也）胁（妨也。洽韵异）婪（好貌）俺（大也）潜（藏也。盐韵同，馠异）燂（勘韵同）嬮（嬮嫈，美女貌）忝（俭韵同）

【三十陷】

陷（坎陷）鉴监（视也，《诗》"监观四方"，又左右监，官名。咸韵异）

泛（东韵同）梵（释书梵华，言清净也）帆（船使风也，《韩诗》"无因帆江水"。咸韵异）忏（陈悔也）赚（重卖也）儳（《礼》"母儳言"，轻言也；"儳焉如不终日"，不整肃也。咸韵异）蘸（以物内水）谗（咸韵同）剑（艳韵同）欠（艳韵同）淹（没也，又水崖。盐韵小异）站（俗言独立，又驿站）

入声

【一屋】

屋木竹目服福禄榖熟谷肉族鹿腹菊陆轴逐牧伏（潜伏，拜伏。宥韵异）宿（宴息也，信宿。宥韵异）读（诵读。宥韵异）牍渎（四渎，又烦渎也）牍（简牍）椟（匮也）黩（垢也）讟（谤讟）毂（车毂）复（往复，兴复。宥韵异）粥肃育六缩哭幅（布帛有幅。职韵异）斛（量名）戮仆（僮仆，又仆仆。沃韵同）畜（养也，止也，独用；又牲畜。宥韵同）蓄（积蓄，又冬菜也）叔淑（善也）菽（豆也）独卜馥（香气）沐速祝麓（山足）镞（箭镞）蹙（促也，急也）筑穆（昭穆，又美也，敬也）睦（亲也）啄覆（反覆，覆败。宥韵异）鹜（遇韵同）麹（酒母，俗作曲）秃榖（罗谷）扑（击也）衄（鼻衄，又挫衄也）鬻（亦作粥）燠（热在中也曰燠。日寒安且燠兮。晧、号韵异）澳（水隈也。号韵异）辐（车辐。宥韵异）瀑（瀑布。号韵异）漉（渗漉）恧（惭也。职韵同）洑（洄流也）鵩（不祥鸟）竺（天竺，西域国）筑（似筝，十三弦）簏（小竹）蔟（蚕族，通作簇。宥韵异）暴（日干也，同曝。号韵异）掬（撮也）濮（水名，又姓）鞫（鞫狱）鞠（养也。蹋鞠，毬也）彧郁（文也）矗（高耸也）复（重衣，又重复）蓿（苜蓿）塾（门侧堂）朴（丛木。觉韵异）蹴（蹋也）煜（耀也）谡（起也）碌（多石貌）琭（玉名）盝（去水也，沥也，通漉）踘（蹋踘）舳舳（舳舻）柚（杼柚。宥韵异）蝠（蝙蝠）昱（日光）菔（芦菔。职韵同）慉（起也，养也）楸（朴楸，小木）夙（早，敬也）踧（足迫也）蝮（蝮蛇）彧（有文章也）匐（匍匐。职韵同）淯（水名）謬（痴行，又辱也，同戮）俶（始也）摵（到也，又摵摵，秋声）缪（谥法，同穆。尤、宥韵异）蓼（蓼莪。筱韵异）倏熇（炎熇。萧、沃、药韵同）槲（木名）觓（廉谨貌）囿（苑囿。宥韵同）苜槭（木可作车辕）茯（茯苓）淗（水名）睦（曼睩，视貌）碡（碌碡，田器）髑（髑髅）副（剖也。宥、职韵异）戮（尤韵同）孰摵（振也）

【二沃】

沃（灌也）俗玉足（手足，又满也。遇韵异）曲粟烛属（附也，又付也。遇韵异）录（簿录）辱狱绿毒局欲束鹄蜀（巴蜀）促（迫促）触续督赎笃浴酷缛（繁缛）瞩（视也）躅（踯躅）褥旭（日出貌）蓐（陈草复生）欲顼（颛顼）梏（手械）纛（号韵异）欿（盛气怒也。感韵异）溽（溽暑）斸（斫也）躅（躑躅）輂（禹山行乘輂）勖（勉也）醁（醽醁，美酒）渌（水清）逯（行谨，逯逯也）喾（帝喾）鄏（郏鄏）鹆（鸲鹆）告（忠告。号韵异）熇（萧、屋、药韵同）仆（屋韵同）

【三觉】

觉（悟也。效韵异）角鷽（鸟羽肥泽也）珏（二玉相合）较（车较，重较。效韵异）榷（征榷）搉（扬搉）岳乐（音乐。效、药韵异）浞（濡湿也）汋（激水声。药韵异）捉娖（廉谨貌）朔数（频数，烦数。麌、遇韵异）箾（舞所执）㰤（同嗽）斫卓诼（谣诼）涿（壶涿氏。官名，又郡名）啄（鸟食也）倬（大也）琢椓（击也，又宫刑也）剥（落也）趵（足击）爆（效韵同）驳（马色不纯）駮（六駮，兽名，又水名）邈（远也，渺也；亦作貌，绵貌，听貌，俱入声，与筱韵异）瞀（尤、宥韵同）貌（状貌）眊（号韵同）雹（雨冰）扑愡（烦闷也）鳆（鱼名）璞朴（朴素。屋韵异）墣（土块）确硞（固也）浊擢（拔擢）镯（钲也）濯幄（大帷）喔（鸡声，又喔咿，强颜貌）偓（偓促）药（白芷。药韵同）握（持也）渥（沾濡也）搦（捉搦）踔（效韵同）晫（明盛貌）逴（远也，通作趠，腾趠，趠舶，趠风。药韵异）荦（卓荦，驳荦）学鸴（山鹊）龊（龌龊，迫促也）

【四质】

质（文质，又质成也）日笔出（出入。置韵异）室实（充足也，又诚也。职韵同）疾术（技也，业也。置韵异）一乙壹（专壹，又合也，诚也）吉秩（序也）密（山春，又静也，稠也）率律（律吕，法律）逸（安逸，隐逸，通佚）佚（纵佚，荡佚）失漆（胶漆）漆（水名，在岐山）栗（果名，又坚也）毕（竟也，又佃毕）恤（忧也）蜜（蜂蜜）橘溢（盈溢）瑟（置韵同）膝匹（偶也，四丈也，又马匹）述栗（惧也）黜（贬黜）踔（置韵同）弼（辅弼）七卒（终也，尽也。月韵异）虱悉谧（静也）术（药名）轶（超轶，侵轶。屑韵同）诘（治也，又问也）帙（书帙）戌（辰名）佶（正也，又健壮）栉（梳也）暱（亲也）窒（塞也）必侄（兄弟之子。屑韵异）蛭（水蛭。屑韵同）泌（置韵同）镒（二十四两为镒）苾（苾芳）蟋（蟋蟀）嫉（忌嫉）唧（虫声。职韵同）篥（觱篥，类胡笳）遹（述也，自也，遵也）鹬（翠鸟）篳（篱落）肸（响布也，又肸肸，笑声；拂肸，大貌，人名。物韵同）佾（舞列）怵（悚怵）珌（佩刀下饰）帅（统帅。置韵异）崒（高也。月韵同）礩（柱下石）聿（语助，又遂也，述也）郅（郁郅，县名，又至也）桎（足械）昳（大也，明也）泆（淫泆）泬（潜藏也，深也。物韵异）踤（摧踤，触也，蹋也）苗（草芽。黠、屑韵同）絰（缝也）佖（威仪备也）煇（烂煇，火光）觱（觱篥）咥（笑也。置韵同，屑韵异）㵚（栗冽，风寒）汨（水流也，泌汨，奔汨，荡汨）蔤（荷本也）璱（玉鲜洁貌）獝（惊遽貌，又狂恶鬼）尼（止也，近也。支韵异）蒺（蒺藜）滭（滭沸，泉出貌）拮（拮据。屑韵同）

【五物】

物佛拂屈郁（香草，又幽滞也）乞（求也）掘（搰也，掘地。月韵同）讫（止也）吃（口吃，言蹇也；又吃吃，笑貌）绂（绶也）黻（黼黻）绋（纶也）弗（不然也）茀（草多）祓（除灾求福）诎（语塞）崛（危崛，山貌）勿（无也，莫也）熨（火斗展帛）厥（突厥，国名。月韵异）仡（壮勇也）迄（至也）怫（郁也）艴（艴然。月韵同）不（不然，不可。尤韵异）屼（屼崒，山貌）胇（质韵同）黦（黄黑色）菀（阮韵同）岪（山胁道）咈（违也，戾也）坲（尘起）倔（倔强）尉（尉迟，姓也。未韵异）蔚（州名，又蔚蓝，天色青翠也。未韵异）

【六月】

月骨发阙越（逾越，又国名。曷韵异）遏没伐罚卒（隶卒。质韵异，又见后）竭（尽也。屑韵同）窟（窟穴）笏钺歇发突忽勃蹶（颠蹶，竭蹶。霁韵异）鹘（鹘鸠，回鹘。黠韵同）筏（海船）厥（其也，贻厥。物韵异）蕨（薇蕨）掘（物韵同）阀（门在左曰阀，右曰阅）讷（蹇讷。屑韵作呐同）殁（亦作没）粤悖（队韵同）兀（兀兀，不动貌）碣（碑碣。屑韵同）卒（仓卒，同猝。质韵异）猝樾（树阴）羯（羖羊）汨（汨没，又决汨，通也；又汨汨，水声。锡韵异，质韵从日之汩亦异）窣（勃窣，穴中出也）咄（咄咄，惊怪声。曷韵同）惚（恍惚）捽（手持也）渤（渤澥）凸（凹凸。屑韵同）齕（啮也。屑韵同）猾滑（乱也，又滑稽。黠韵异）刖（刖足。黠韵同）軏（輗軏）崒（质韵同）孛（队韵同）纥（丝下也，又束也）浡（浲浡，滂浡，通作勃）暍（伤暑也。曷韵同）矻（矻矻，劳也）核（果中实。陌韵异）撅（拨也，又把也）鳜（霁韵同）阏（大岁在卯曰单阏。曷韵异）杌（木无枝也，又椓杌）扤（动也）勃悖（队韵同）浡（水出声）窟愲（愲愲，心乱也）舭（物韵同）曰讦（攻讦。屑韵同）

【七曷】

曷达（通也，又见下）达（挑达）末阔活（生活，又见下）活（活活，水流声）钵脱夺褐（衣褐）割沫拔（拔起，挺拔。黠韵异）葛阏渴拨豁括（包括）聒（絮聒）抹（涂抹）秣（食马也）遏（止也）挞（挞伐）萨（菩萨，菩，普也，萨，济也）掇（拾取也。屑韵同）喝（诃也，棒喝。卦韵异）跋（草行曰跋）魃（旱魃）獭（黠韵同）撮怛（恻怛）阏（止也，塞也。月韵异）剌（乖戾。与置、陌韵剌字异）辣栝（木名，又檿栝）钹（铜钹）泼軷（将行祭道）茇（草根，又草舍也）越（疏越，瑟下孔也；又越席，蒲也。月韵异）斡（运斡，旋斡）剟（削也。屑韵同）捋（手持也）曷（月韵同）嘈（声杂也；又嘈囋，鼓声）袜（袜肚，所以衷衣）适（疾也，又人名）搬（侧手击也；又抹搬，扫灭也）撒（掷也）猲（月韵同）佸（会计曰佸，又至也）朅（月韵同）呾（相呵也）咄（月韵同）妭（美妇也，又女妭）粝（霁、泰韵同）妲（妲姬）

【八黠】

黠（坚黑，又慧黠）札拔（擢也，抽也。曷韵异）猾（乱也，又狡猾）

鸹（月韵同）八察杀（戮也。卦韵异）刹（梵刹，僧寺；又搭也）轧（辗轧，车声）辖（车轴端链也）刖（月韵同）劼（慎也，勤也）鸹（曷韵同）蔡（草芥也）戛（戟也，轹之也）秸（禾藁也）嘎（鸟声）扴（刮也）磋（碣磋，怒也）揠（拔也）菝（草也）圿（垢圿）苜（牛羊苜，独用。馀与质、屑韵同）楬（敔也，止乐器；又木豆也。月、屑韵异）瞎獭（曷韵同）刮（刷也）鎋（针也）帕（红绡，抹额，军容也）妠（娶也，又小儿肥貌，媖妠）擖（刮也，又折也，架也。洽韵异）嘶（嘲嘶，鸟声）刷（埽刷，又振刷也）黠（减克也，盗黠，羹黠。屑韵异）滑（利也，《周礼》"调以滑甘"。月韵异）

【九屑】

屑（琐屑，不屑）节雪绝列（行次也）烈（光也，业也）结穴说（讲说。霁韵异）血舌（从干不从千）洁别（辨别。又大别，山名。又见下）缺裂热决铁灭折（拗折。齐韵异，又见下）折（断而犹连也。齐韵异）拙切（割也，按也；又恺切。霁韵异）悦（亦作说）辙（车辙）诀（诀别）泄（漏泄。霁韵异）咽（哽咽，通噎。先韵异）噎（饭窒也。鲠噎）杰（万人为杰）彻（通也，明也，又同撤）别（离别）哲鳖设啮劣碣（月韵同）掣（霁韵同）谲（谲诈）玦（半环也）截窃纈（文缯，又彩额，又系也）缀（止也，《乐记》"礼者所以缀淫"。霁韵异）阅垤（等也，又马垤）许（月韵同）餮（贪食也。饕餮）暼（暂见）撇（手击也）臬（在墙曰楔，在地曰臬，门橛也，又刑法也）鸩（鹪鸩）媟（狎媟，通亵）昳（日昃）锲（钩锲，镰也，又刻也）耋（八十曰耋）抉（剔也）挈（提挈）洌（水清也）捩（拗也。霁韵异）楔（木楔，又木名，樱桃也）蹩（跛蹩）褺襭（以衣衽盛物）绖（缞

绖）蔑（污血）蟻（蠓蟻，细虫也）捏（捏捺）醶（霁韵同）苗（质、黠
韵同）竭（月韵同）契（稷契。霁韵异）谳（铣韵同）疖（疮疖）齕（月
韵同）涅（染早也，又水名）颉（飞貌，颉颃。又仓颉，古史官。黠韵异）
撷（挦取也）撤（除去，又发也）跌（仆也，差跌）蔑（无也，劳目无睛也）
浙鷩（霁韵同）澈（澈冽，流轻疾貌。霁韵异）趹（足疾，又马行貌）瞲
（惊视貌）篾（竹皮）蔑（不蔑，绵蔑）揲（数蓍）澈（澄澈）蛭（质韵
同）揭（高举，又长也。霁韵异）孑孽（庶孽，又妖孽）凸（月韵同）闋
（霁韵同）阕（曲终为阕）蘖（馀蘖）铪（三雨曰举，倍举曰铪）薛绁（羁
绁）泬（水从穴出）渫（治井也）偈（偈偈，用力貌。霁韵异）啜（茹也，
又同諜，多言也）楬（月韵同，黠韵异）轶（质韵同）蜺（虹也，沈约赋
"雌蜺连蜷"，与齐、锡韵霓字同）粲茶（疲茶，衰茶。叶韵同）辍（止也）
爇（烧也）晣（明也。霁韵异）迭（更迭）歠（大饮）讷（言缓也）咥（啮也。
置、质韵异）惙（惙惙，忧也）佚（《汉书·杜钦传》"娣佚虽缺不复补"。
质韵异）冽（寒也，《诗》"栗冽"作"烈"）飂（风雨暴至）嶭（曷韵同）
掇（曷韵同）咉（饮也，又小孔风过声）暖（霁韵同）剟（曷韵同）准（隆
准，鼻也。轸韵异）棁（梁上楹。月韵异）拮（质韵同）蛣（质韵同）批（批
亢，批鳞。齐韵同，馀异）橇（萧韵同）絜（麻一耑也，又河名）瞂（瞂望，
又摘瞂）

【十药】

药薄恶（善恶。虞、遇韵异）略作（兴起也。遇、个韵异）乐（喜乐。
觉、效韵异）落阁鹤爵弱约（束也，又期约，俭约，绰约。啸韵异）脚雀
幕洛（洛水）壑索郭博错（金涂也，遇韵同。又舛也，磨也，杂也，独用）

跃若（如也，顺也，汝也，又语词。马韵异）缚酌托削铎（铃铎）灼（炙也，又火光）凿却（退也，不受也）络（脉络）鹊度（谋也。遇韵异）诺尊橐（囊橐）漠着（衣着。语、御韵异，又见下）着（附也，土著。语、御韵异）虐掠（漾韵同）获（草曰刈，谷曰获，又陨获，失志貌。遇韵异）泊（舟附岸也）搏（击也）锷（刀剑刃）藿（豆叶，又香草）嚼（咀嚼）杓（杯杓，通勺。萧韵异）勺簙（六簙，同博，戏局也）酪（乳浆）谑（戏言）廓（大也）绰（宽绰）霍（挥霍，又《尔雅》"大山宫，小山霍"）烁（灼烁）镬（鼎镬）莫（无也，不肯也，又茂也，《诗》"维叶莫莫"。陌韵异）箨（竹皮）铄（销金也）缴（矰缴）谔（謇谔，直言也）鄂（国名，又姓）亳（汤都）恪箔（帘箔）攫（扑也）涸（竭也）臛（溃也）疟爝（火光，又爇也）镢（大锄）鹗（雕鹗）龠（量器，合龠为合）礿（春祭）郝（乡名，又姓）骆（白马黑鬣）膜（肉间胅膜也。虞韵异）粕（酒滓）镆（镆铘，剑也）霸（雨止云罢貌）妁（媒妁）礴（磅礴）漷（水名）洺（水名，又陂洺，大池也）襮（沃韵同）跞（逴跞，超绝也）拓（手承物也）蠖（尺蠖）镈（乐器，钟镈；田器，钱镈）鳄（鳄鱼）格（废也，阻也。陌韵异）柝柝（击以警夜）酢（客酌主人曰酢）醵（鱼、御韵同）萚（木叶落也）斫（斩也）摸貉（狐貉）珞（璎珞，颈饰也）愕（惊遽貌）怍（惭怍）柞（栎也。陌韵异）垩（白土，饰墙也）矠筰（竹索，又狭也，压也）玃（母猴）脯（脯也）凿（音作，鲜明貌。号韵异）嗀（嗢嗀，笑不止也）瘼（病也，无平音）爑（啸韵同）箬（竹箬）蒻（荷茎入泥处）魄（落魄，贫无业也，又旁魄，同蒲。陌韵异）烙（烧也）药（觉韵同）焯（火气）攉（摇手曰挥，反手曰攉）鄗（邑名。晧韵同，肴韵异）謞（谗慝也）嗃（严厉貌。肴、效韵异）熇（萧、屋、沃韵同）厝（砺石也。攻厝，《诗》作"错"。遇、陌韵异）矍（惊矍，又矍矍，严肃貌）泽（格泽，星名。陌韵异）袭（姌袭，长貌。筱韵小异）碏（敬也，又人名）矍（惊顾也）硌（磊硌，石貌）各猎（猎猎似熊）瞙（目不明也）庴（安也，《考工记》"老牛之角紾而庴"。陌韵异）瞦（重目，又失明也）踱（超也，通踱。鱼韵异）芍（芍药）婼（不顺也。麻韵异）躩（盘辟为敬也）踖（踖陵，地名。陌韵异）踱（跣足踢地）洛（赭也，又落也）都（地名）逴（略逴，行貌，又逴逴。觉韵异）

【十一陌】

陌石客白泽（山泽，又润泽。药韵异）伯迹宅席策碧籍格（资格，又感格。药韵异）役帛戟璧驿麦额柏魄（魂魄。药韵异）积（积聚。置韵异）脉夕液册（通策）尺隙逆画（筹画，疆画。卦韵异）百（音伯，数名，又见后）辟赤易（周易，辟易。置韵异）革脊获翮屐适（乐也，往也。锡韵异）帻（巾帻）剧（甚也）厄碛（沙碛）隔益栅（谏韵同）窄（狭隘也）核（克核，综核。月韵异）核（核实曰核。屑韵异）掷（投也）责惜僻（邪僻，偏僻）癖（腹病，又偏好也）辟（君也，又征辟）辟（偏辟，便辟，又法也）掖（扶掖）腋（肘腋）释（解释）舶（海舶）拍索（同药韵索字）择磔（裂也，又格磔，鸟声）摘（手取也。锡韵同）射（以弓矢射物也，虚用读入声。又音亦厌也。无射，律名，两见。祃韵并异）绎怿（悦也）斥奕（大也。又奕奕，美也）弈（博弈）迫疫译（传译四夷之言也）昔（今昔。药韵异）瘠（瘦也）赫（盛也）炙（祃韵同）谪（责也）虢腊（干肉）箦（床箦）硕（大也）奭（盛也，又赤貌）蝥（虫毒）藉（狼藉，又耕藉。祃韵异）翟（阳翟，县名。锡韵异）嗌（喉咽也）砉（皮骨相离声，《庄子》

"奏刀砉然"。锡韵同）祏（宗庙主也）亦鬲（鬲津，县名；胶鬲，人名。锡韵异）擗（抚心也）踖（踧踖，敬貌。药韵异）貘（食铁兽）愬（愬愬，惊惧貌）骼（骸骼）只鲫（职韵同）珀（琥珀）借（祃韵同）膈（胸膈）喷（喷喷，鸣也）搤（满手曰搤，同扼）蹢（蹢躅）场（疆场）蜴（蜥蜴，守宫也）帼（妇人首饰）掴（打也）嫿（婳嫿，静好也）峄（山名）斁（厌也。遇韵同）绤（绤绤）貉（蛮貉）擘（分擘）檗（黄檗，药名）汐（朝潮夕汐）埆（薄土曰埆）哑（哑哑，笑也。麻、马韵异）柞（芟柞，除草也。药韵异）摭（拾取也）醳（醇酒）喑（大声）咋（咋咋，犬声，又咳也）吓郝（地名，与药韵却字异）刺（刺绣，刺船，又语"刺刺不休"也。置韵异，曷韵从束之剌亦异）百（音陌，励也，《左》"距跃三百"，又行杖人曰五百）莫（莫莫，静也。《诗》"貊其德音"，《左》作"莫"。药韵异）厝（地名。遇、药韵异）霸（月始生，霸然也，又月体黑者谓霸，通魄。祃韵异）霹（霹雳。锡韵同）

【十二锡】

锡壁历枥（马枥）击绩笛敌滴镝（箭镞）檄（羽檄）激寂翟（山雉，又戎翟。陌韵异）觋逖（远也）析（分也）晰（白晰）溺觅摘（手取也，独用；又发也）狄荻（芦荻）幂（覆食巾）鶂（水鸟）戚戚（忧也）涤（洗涤）的菂（莲实）吃霹（陌韵同）沥（滴沥）雳（霹雳）疬（瘰疬）惕（怵惕）裼（袒裼）踢（躄踢，惊貌）剔（解骨也，又剔治也）緆（饰裳在幅曰綼，在下曰緆，又细布也）砾（小石）栎（木名）皪（皪皪，白貌）鬲（鼎属，金鬲。陌韵异）汨（汨罗，江名。月韵异）耆（陌韵同）适（音的，专主也，《诗》"天位殷适"。《记》：适子、适士、适室。陌韵异）嫡（嫡庶）焱（火焰）鶪（鸣鶪，伯劳也）蹢（住足也，又兽蹄）迪（进也，蹈也）觋（男巫女觋）郙（析郙，地名。又姓。支韵异）踧（行平易也。屋韵异）淅（淅米。又淅淅，风雨声）蜥（蜥蜴）吊（至也。啸韵异）霓（齐韵同）偬（偬傄）愵（忧也，饥也）菂（菂薂，莲实）艗（船头画鹢首也）

【十三职】

职国德（德行，德惠。置韵异）食（饮食。置韵异）蚀（日月亏也，通食）色力翼墨极息直（正直也，又价直，通置韵值字）得北（南北，又败北。队韵异）黑侧饰贼刻则塞（满也，窒也。队韵异）式轼（车前伏也）域（疆域）殖（生也，多也）植（种植。置韵同）敕（约敕，又制书）饬（谨饬）棘（荆棘）惑默织（组织，又促织。置韵异）匿亿（十万曰亿）臆（胸臆）忆特勒（马勒，镳勒）劾（队韵同）慝（恶也）昃（日昃）仄（仄陋，通侧）稷识（知识。置韵异）逼（迫也）克克（克期，又相克）蜮（短狐也，鬼蜮）唧（质韵同）即拭（拂拭）弋（缴射也）陟测冒（音默，贪也，《左》"贪冒之民"。号韵异）翊（辅也，藩翊）抑侧肋（胁肋）殛殛（诛也）忒（差忒）湜（水清也）緎（缝也，《诗》"素丝五緎"）淢（疾流也）阈（门限）嶷（岐嶷，小儿有知识也；又嶷嶷，德高也。支韵异）洫（沟洫）踣（僵也）熄寔（止也，是也，俗通实）穑（稼穑）啬（省啬）埴（置韵同）匐（屋韵同）愊（屋韵同）鲫（陌韵同）阞（地脉理坼也）玏（美玉次石）赩（大赤）魃（鬼魅，旋风也）睗（目左右视；又人名，邹睗）檝（楫也）幅（行縢名，《诗》"邪幅在下"，《左》"带裳幅舄"。屋韵异）副（劈也，《礼》"为天子削瓜者副之"。宥、屋韵异）仂（不懈也，又数之馀也）或愎（刚愎）翌（明日也）薏（薏苡，药名，又莲心也）

【十四缉】

缉（绩也，续也）辑（和辑）戢（止也）立集邑急入泣湿习给十拾（掇拾）什（十人为什，十篇为什）袭及级涩（滑之反也）粒（米粒）揖（揖让，又见后）汁（液也）笈（书箱。叶韵同）蛰笠（蓑笠）执隰（下湿地）汲（绠汲）吸（呼吸）絷（维絷）茸（补茸，又茨也）褶（裤褶。叶韵异）伋（述圣名）岌（山高貌）翕（合也）歙（敛气也。叶韵异）裛（露裛，香裛。叶韵同）浥（湿也，《诗》"厌浥行露"）熠（熠耀，萤火）揖（聚也，《诗》"揖揖兮"，同辑）潗（水疾流声）悒（忧也）廿（二十，并数也，音集，俗读念非）挹（酌也，又谦挹）岦（山耸立貌）

【十五合】

合（同也，会也，又见下）合（音合，十龠为合，又和也，并集也）塔答纳榻阁（小閤）杂腊（伏腊）蜡（蜜滓）匼（周匼）阖（闾阖）蛤（蚌蛤）衲（僧衣）沓（合也）榼（酒器）鸽（鸠属）踏飒（飒飒，风声）拓（摹拓）拉（摧折也，无平音）搭（击也，附也）漯（水名，济漯）盍盖（齐邑音葛。泰韵异）靸（履也）跋（进足）溘（奄忽也）嗑（噬嗑，又嗑嗑，多言也）蹋（嗒蹋）姶（美好也）卅（三十并数）磕（泰韵同）

【十六叶】

叶（枝叶，又见下）帖贴牒（札也）接猎妾蝶叠箧涉鬣（长须也）捷（胜也）颊（面颊）楫（舟楫）摄蹑（履也，登也）谍（反间，又谱谍）堞（城上女墙也）协（和也）侠（豪侠）荚（荚荚）晔（光也）厌（压也，禳厌。盐、艳韵异）惬（快也）纓（思也，又刘纓，人名）睫（眉睫）浃（洽也）笈（缉韵同）慑（怖也）蹀（蹀躞，行貌）挟铗（长铗，剑也）喋（喋喋，多言也。洽韵异）燮（调燮）褶（袷也，袭也。缉韵异）镊（镊子，钳也）厣（颊辅也）楪（牖也，又床簀也）鞢（射决也，《诗》"童子佩鞢"）叶（音摄，南阳县名）烨謺（失气言也）折（折叠）裛（缉韵同）讘（多言也；又狐讘，县名）跕（履也；跕䑐，轻蹋也）歙（县名。缉韵异）褋（禅衣）擪（一指按也）帖（安也）躐（躐等）艓（小舟）擸（理持也）踕（足疾；又踕踕，往来貌）辄（每事即然也）讘（讘讘，小语也）捻（指捻）蹀（蹀躞，行貌）苶（屑韵同）慑（思惧貌）渫（水名）袺（裾也）婕（婕妤，妇官）聂（附耳小语，又姓）猲（戎姓）捷（斜出也，利也）渒（水名）鲽（鱼名）霅（雨声，又霅时。洽韵同）蛱（蛱蝶）

【十七洽】

洽狭（阔狭）峡（巫峡）硖（硖石，县名）法甲业邺（魏郡名）匣压鸭乏怯（畏也）劫（强取也）胁（胸胁，又迫胁。艳韵异）脇（威力相恐也）插锸（锹也）歃（歃血）押（署也）狎（习也）袷（复衣）掐（爪掐）巢（岌巢，山高貌）夹筴（箸也，又箃筴，盐筴）恰眨（目动也）呷（吸饮曰呷，喤呷，众声）胛（背胛）柙（槛也）郏（郏鄏，地名）霅（叶韵同）扱（取也，举也）喋（叶韵异）劄（以针刺也，又奏劄）跲（踬也）嗋（吸嗋也，又以口吓人）喢（多言，又小人言也）圔（窊圔，声下貌）